W0346190

Traduit de l'américain par Marie Cambolieu

Cet ouvrage a été réalisé par les Éditions Milan,
avec la collaboration d'Ingrid Pelletier.
Mise en pages : Pascale Darrigrand
Création graphique : Bruno Douin

Titre original : *Unleashed - Wolf springs chronicles*
Text copyright © 2011 by Nancy Holder and Debbie Viguié
Published by arrangement with Delacorte Press, a division of Random House, Inc. New York.
Jacket photograph © 2011 by Michelle Monique Photography
First published in the US Delacorte Press, a imprint of Random House Children's books, a division of Random House, Inc. New York.

Pour l'édition française :
© 2012, Éditions Milan, pour le texte et l'illustration.
300, rue Léon-Joulin, 31101 Toulouse Cedex 9, France
Loi 49-956 du 16 juillet 1949
sur les publications destinées à la jeunesse
ISBN : 978-2-7459-5715-3
www.editionsmilan.com

NANCY HOLDER & DEBBIE VIGUIÉ

DÉCHAÎNÉS

MILAN

À nos blogueurs, critiques, bibliothécaires
et libraires : merci de faire partie du clan.
Nancy

À Wolfie, mon chien-loup,
qui me manque chaque jour.
Debbie

Les créatures qui aiment la nuit
N'en goûtent pas de pareilles...
Le Roi Lear, III, 2.

Chapitre 1

Je vole.

Sur le trapèze, Katelyn Claire McBride. Sa chevelure blonde, décolorée par le soleil, flotte derrière elle tandis qu'elle s'élève sur la corde volante au-dessus du public. Une épaisse couche de maquillage dissimule ses taches de rousseur et ses lèvres sont peinturlurées de ce rouge carmin qu'elle a toujours trouvé un peu ridicule. Un trait de crayon gris souligne ses yeux clairs. La mélodie enivrante d'*Alegría* bouillonne en elle. La musique lui donne vie. Le mouvement lui donne une âme.

Enfin, elle a réussi. Après des années de sueur, de blessures, de muscles endoloris, d'entorses et de foulures, elle se produit enfin au Cirque du Soleil. Tout en bas, parmi les spectateurs, sa mère et son père la regardent, main dans la main. Ils rayonnent de fierté, malgré une angoisse parentale réprimée.

Comme tous les enfants de la balle, Katelyn est un caméléon. Loin des projecteurs, c'est une ado californienne qui affectionne les blouses à imprimés indiens, les tongs à strass et les grosses lunettes de soleil avec des branches en forme de fleurs. Sanglée dans son costume, elle a le panache bouleversant d'une danseuse de flamenco et fait bien plus que ses seize ans. Les perles brodées sur le justaucorps noir étincellent. Aux emmanchures, la dentelle grise est rêche au toucher et un grenat taillé en forme de rose, monté sur de l'argent, est niché au creux de son cou.

La corde volante, c'est la spécialité de Katelyn et elle joue des jambes pour lui donner du ballant, assise au creux du V formé par les deux drisses de coton blanc. Elle inspire un grand coup, gagnée par une folle euphorie, alors qu'elle s'apprête à défier la gravité et la mort.

Ici, je suis la seule à pouvoir voler !

Elle se balance de plus en plus haut, puis saisit le filin suspendu à un enchevêtrement complexe d'agrès. Avec quelques mouvements précis, travaillés, elle l'enroule autour de sa cheville droite. Le contact familier de sa corde effleure sa peau rugueuse. Comme toutes les danseuses et gymnastes, en dépit d'une apparence délicate, Katelyn est tout en muscles.

L'air glacé pénètre dans ses poumons lorsqu'elle saute, arquée comme un plongeur, et rattrape le V qui se raidit. Elle conserve la pose avec grâce sous un tonnerre d'applaudissements. Une pluie de pétales de rose écarlates tombe du ciel, jetée depuis la cime du chapiteau et tandis que la musique va crescendo, elle lâche insolemment la corde. Les bras rejetés en arrière, le menton levé, elle ignore la salve de flashs, pourtant interdits dans la salle. Elle n'a peur de rien. Bien sûr qu'elle n'a peur de rien.

Mais le silence médusé du public se mue soudain en cris stridents tandis qu'elle chute, tête la première, et fend l'air à une vitesse phénoménale. En une fraction de seconde, la joie devient panique.

Le filet a disparu !

Le sol se rapproche en dépit de ses moulinets désespérés.

Je vais mourir !

Dessous, la piste se fissure et révèle ses entrailles déchiquetées. De la crevasse, des flammes surgissent et montent vers elle. Comme giflée par cette chaleur brûlante, elle continue de dégringoler, droit vers l'enfer...

– Katie, Katie ! Oh, mon Dieu, réveille-toi ! hurlait sa mère à son oreille.

Katelyn ouvrit les yeux pour presque aussitôt les refermer. Elle toussa, puis cligna des paupières. Elle suffoquait, étendue sur le divan du salon, le bras mollement posé sur l'épaule noueuse de sa mère. L'halogène art déco éclairait par intermittence les énormes spirales de fumée qui montaient dans la pièce. Les pieds du canapé frappaient le parquet, comme une rafale de mitraillette, et le plâtre du plafond tombait en morceaux. Elle remarqua que sa mère était uniquement vêtue de la veste de kimono qui lui servait de robe de chambre.

– Séisme, articule péniblement Katelyn.

L'antalgique que lui avait donné son prof de gym pour sa cheville foulée l'avait assommée.

– Vite, hurla sa mère en français.

Sa langue maternelle revenait toujours dans les moments de panique.

Elle tira Katelyn par le bras et l'appuya contre son dos pour tenter de la redresser comme l'aurait fait un sauveteur chevronné. Katelyn glissa et saisit le poignet de sa mère, tout en essayant vainement de dissiper la fumée qui déclenchait chez elle de furieuses quintes de toux.

Cramponnées l'une à l'autre, elles titubèrent dans ce brouillard âcre. Katelyn avait conscience de ralentir sa mère. Groggy, toujours sous l'effet des médicaments, elle était prise de vertiges. Elle sentit quelque chose de brûlant sous la cambrure de son pied, à l'endroit où la peau n'est pas protégée par des cals, et gémit. La pièce tout entière vibrait et tanguait. La lampe bascula et projeta sa lumière sur les portraits de sa mère, la grande danseuse étoile Gisèle Chevalier, qui claquèrent contre la cloison avant de se briser sur le sol.

– Passe sous le chambranle, lui hurla Geneviève.

Katelyn était incapable de se remémorer la disposition du salon. L'espace d'un instant, elle se figea, désorientée. Ses jambes se dérobèrent, mais Gisèle la retint avant qu'elle ne s'effondre.

Autour d'elle, tout éclatait, explosait. Katelyn lutta pour continuer à avancer et sortir de sa torpeur. Ses poumons s'embrasaient.

Soudain, elle fut plongée dans le noir. Puis Gisèle gémit et lâcha sa main.

– Maman ?

Katelyn chancela tout en tâtonnant dans l'obscurité. Elle trébucha et sentit quelque chose de mou contre son pied. La joue de sa mère. Puis, au-dessus, quelque chose de dur : un énorme morceau de plâtre effondré sur elle.

Katelyn se laissa tomber sur le parquet et secoua la silhouette inerte.

– Maman !

Celle-ci gémit.

– Ma chérie, sauve-toi, parvint-elle à souffler.

Mais le sol s'ouvrit en deux.

Et Gisèle Chevalier disparut.

Deux semaines plus tard, Katelyn se trouvait à bord d'un petit avion, entièrement vêtue de noir : justaucorps, cache-cœur, jean et bottes cavalières qui serraient un peu trop ses mollets. Sans maquillage, elle paraissait complètement éteinte. Son apparence était à l'image de ses émotions : elle se sentait vide, à demi morte. Mais cela valait mieux qu'une nouvelle crise de larmes ou un cauchemar. Ses trois derniers rêves atroces la hantaient encore : la chute mortelle au Cirque du Soleil, le solo d'Odile dans le *Lac des cygnes* au moment où le toit de l'opéra s'effondrait sur la scène et celui où elle s'embrasait en portant la flamme olympique pour l'équipe de gymnastique des États-Unis. Sa meilleure amie, Kimi Brandao, mettait cela sur le compte de la culpabilité du survivant, la pressant de s'en débarrasser. Gisèle Chevalier aurait voulu que sa fille s'en sorte... avec ou sans elle.

Toujours courbaturée, Katelyn ravala ses larmes et s'enfonça dans son siège. Elle était prise au piège contre le hublot. Elle avait oublié son lecteur MP3, que Kimi avait chargé de morceaux pour le voyage, dans son petit sac mauve, placé dans un compartiment à bagages trois rangées plus loin. Elle pensait pouvoir le récupérer après le décollage. Mais le monsieur qui occupait le siège côté couloir refusait obstinément de se lever et sa voisine avait dû l'enjamber afin de rejoindre les toilettes. Katelyn avait donc abandonné l'idée. Il n'était pas question de se contorsionner par-dessus ce type. Elle dut d'ailleurs fournir un effort surhumain pour ignorer les deux personnes assises près d'elle.

– Jack Bronson est un génie, déclara l'homme à l'intention de son infortunée voisine, aux ongles impeccablement manucurés, cramponnée à sa liseuse numérique.

Au vue de sa raideur agacée, elle cherchait visiblement à éviter la conversation.

– Je dois participer à son séminaire. Enfin, c'est davantage une retraite. Pour les cadres.

Il bombait légèrement le torse. Avec sa timide masse de cheveux bruns, fins et ternes et son double menton naissant, il n'avait pas l'air d'être de Los Angeles. Dans cette ville, les jeunes cadres dynamiques de son espèce passaient leur temps libre dans les salles de sport. Et nombre d'entre eux avaient recours à la chirurgie esthétique. Tout était dans l'apparence.

– Chacun doit trouver le côté « loup » de sa véritable nature.

Il rougit légèrement, soudain conscient de l'absurdité de sa phrase.

– Enfin... Disons que chacun doit atteindre ses objectifs.

Il y eut un blanc.

– Qu'est-ce que c'est, ce « côté loup » ? demanda sa voisine avec une pointe d'accent du Sud.

Était-elle véritablement curieuse ou simplement polie ?

– C'est le côté qui n'a peur de rien. Qui décide de ce qu'il veut et le prend en chasse.

L'homme se pencha avec un sourire concupiscent. Beurk.

– Celui qui se consacre entièrement à ses objectifs.

Beurk. Beurk. Beurk.

Tout cela expliquait peut-être comment Katelyn s'était retrouvée coincée dans cet avion. Elle ne s'était pas « entièrement consacrée » à son objectif d'émancipation. Son grand-père avait finalement refusé qu'elle reste à Los Angeles pour y vivre seule. Elle commençait sa dernière année de lycée et aurait dix-sept ans dans quelques jours, mais pour lui, ça ne changeait rien à l'affaire. Il avait décrété que seize ans était trop jeune. Vaincue par son chagrin, elle s'était résignée, malgré les supplications de Kimi. La mère de celle-ci, avocate, lui avait même proposé de porter sa demande d'émancipation devant un juge ou, au moins, d'habiter avec eux durant l'année de terminale.

Son grand-père n'avait rien voulu entendre. Et Kimi n'avait pas apprécié de voir sa meilleure amie céder docilement.

Katelyn avait capitulé, sans contre-attaque ni protestation. Mordecai McBride lui avait ordonné de faire ses valises et avait réservé pour elle un aller simple de Los Angeles à destination de l'Arkansas. Une piste d'atterrissage grande comme un sparadrap coincée aux abords de la trépidante bourgade de Bentonville, qui comptait au plus vingt-cinq mille habitants. Son grand-père vivait à une heure trente de l'aéroport, seul et au beau milieu des bois. La commune la plus proche était Wolf Springs, et au lycée de Wolf Springs, on dénombrait cinq cent quarante-neuf élèves. Bientôt cinq cent cinquante.

– Tu veux que je te dise ? avait pesté Kimi. Tu vas dépérir dans ce bled ! Tu ne dois pas te résigner. Réponds-lui que c'est non, non et non, tu n'iras pas !

Mais comment Katelyn aurait-elle pu lutter alors qu'elle fondait en larmes à la moindre occasion ?

Quatorze mois et elle atteindrait ses dix-huit ans. Alors son grand-père ne pourrait plus l'empêcher de repartir pour L.A. et de reprendre sa vie, sa véritable vie, là où elle l'avait laissée. En imaginant qu'elle fût admise dans une université de Californie, il n'aurait pas le cran de le lui interdire. Et peut-être que onze mois de patience suffiraient. Dans certaines facs, les cours débutaient en août.

Mais si je dois mettre mon entraînement entre parenthèses pendant un an, je ne parviendrai jamais à rien. Et ce dont je rêve, c'est d'une vie bien remplie et extraordinaire !

Cette idée raviva sa colère et plus encore, son chagrin. Comme si perdre ses deux parents n'avait pas suffi, fallait-il à présent qu'elle renonçât à son avenir ?

Machinalement, elle serra contre elle l'ours en peluche que Kimi lui avait offert, juste avant qu'elle ne passe le contrôle de sécurité à l'aéroport de Los Angeles. Il était blanc et doux, et portait des vêtements de gymnaste : un justaucorps turquoise avec des jambières assorties. Lorsqu'on pressait le cœur brodé sur la poitrine de la peluche, la voix de son amie résonnait : « Tu me manques ! » Elle avait cherché une prise de casque sur l'ours pour pouvoir écouter la voix familière sans se rendre ridicule. En vain.

– Alors comme ça, vous gambadez dans la forêt, pour jouer au loup ? répondit la jeune femme à son voisin.

L'espace d'un instant, Katelyn avait cru pouvoir échapper à leur bavardage.

– Près de Wolf Springs, à l'ancienne station thermale. C'est là-bas que ça se passe, affirma l'homme. Tout commence demain. Ce soir, en revanche... je suis disponible.

Katelyn leva les yeux au ciel et pressa son visage contre le hublot. Elle préférait s'épargner le spectacle d'un imbécile en mal de sensations qui tente d'impressionner une femme indifférente. Elle se remémora soudain son rêve, la nuit du séisme, où elle avait vu son père en vie. Elle se rappelait ses mimiques hilarantes et sa façon de battre des cils pour faire mine d'amadouer sa mère. Il la faisait tellement rire. Et maintenant, ils avaient disparu tous les deux.

Et si je n'avais pas pris ce cachet, rien de tout ça ne serait arrivé.

Les larmes montèrent et lorsqu'elle ne put les retenir, elle se mordit les lèvres pour réprimer ses sanglots. Posant son menton sur la tête de l'ours, elle songea à Kimi.

– Regarde ! lança quelqu'un dans la rangée derrière elle. Les tupélos noirs commencent à roussir. Quelles couleurs magnifiques !

– C'est vraiment splendide, acquiesça une autre voix. L'automne est en avance, cette année.

Katelyn ferma les yeux. Elle ne voulait rien voir de splendide, encore moins en Arkansas – que Kimi avait d'ores et déjà rebaptisé le « pays du banjo ».

– Mais j'y pense, le match a lieu demain ! Une victoire facile pour les Tigres.

– Exact.

Ces « Tigres » affronteraient-ils l'équipe des Loups de Wolf Springs ? La petite ville, en dépit de sa taille, entraînait une véritable équipe de football américain. À Santa Monica, où Katelyn avait toujours vécu, les championnats de foot interlycées n'intéressaient pas grand monde. En tout cas pas elle. D'ailleurs, tout ce qui touchait au lycée la concernait peu. Elle avait d'autres passions : la gymnastique et la danse. Pour ce qui devait être leur dernière sortie ensemble, Katelyn et sa mère avaient assisté à une représentation du spectacle du Cirque du Soleil, *Alegría*. Éblouie, Katelyn avait fait remarquer à sa mère qu'elle pourrait combiner ses talents de gymnaste et de danseuse si elle intégrait un jour une troupe ou, pourquoi pas, le cirque lui-même.

– Peut-être, avait évasivement répondu Gisèle avant de changer de sujet.

Katelyn n'aurait jamais l'occasion de lui demander ce qu'elle sous-entendait par « peut-être ». Que c'était une mauvaise idée ? Ou qu'elle n'en serait pas capable ? Ou si, comme Kimi l'avait affirmé, que Gisèle ne supporterait pas de la voir un jour quitter le nid pour vivre sa propre vie ?

Gisèle Chevalier, danseuse étoile, avait été surnommée le « Papillon de fer » car sa détermination et son énergie étaient sans égal. Mais après le meurtre de son mari Sean, le père de Katelyn, Gisèle s'était muée en une créature fragile et craintive. Katelyn avait fait son possible pour lui faciliter le quotidien :

dispenser les cours des plus petits au studio, préparer le dîner… et tenter de se persuader qu'elle rêvait vraiment de devenir une ballerine. Elle n'avait jamais osé l'avouer à sa mère, mais Katelyn voyait le monde de la danse classique comme un carcan. Elle avait dû batailler pour obtenir de prendre des cours de gymnastique.

– Et si tu te blessais ? répétait Gisèle. Tu as pensé à ta carrière ?

Katelyn n'avait rien trouvé à répondre. Elle savait seulement que la gym lui procurait un plaisir que le ballet ne parvenait pas à susciter. Elle avait redouté le jour où il lui aurait fallu « déclarer sa préférence », comme le disait Kimi. Annoncer enfin ce qu'elle voulait faire de sa vie. D'après Gisèle, les danseurs professionnels n'avaient pas de temps à consacrer aux études. Katelyn et Kimi avaient néanmoins passé des heures à éplucher les descriptifs de cursus des différentes facs. Nombre d'universités comptaient des départements de danse.

– Ce n'est pas pour les véritables danseurs, avait rétorqué Gisèle. Tu as pensé à ta carrière ?

Non, Katelyn n'y avait pas pensé. Mais ce dont elle était certaine, c'était d'aimer sa mère. Et Kimi… Kimi qui avait ses propres rêves. Et, oui, peut-être y avait-il aussi Alec, qui avait accepté de l'aider à apprendre le trapèze volant, au cours de gym. D'être celui qui la rattraperait lorsqu'elle lâcherait la barre pour prendre son essor. *Alec, c'est bien fini*, songea-t-elle. Plus la peine d'imaginer comment l'inviter au bal de promo, même si elle y pensait toujours. Comme par réflexe.

Salut, Tarzan, ça te dirait de me rattraper sur le dancefloor ?

Une semaine avant la catastrophe, Katelyn avait commencé sa dernière année au lycée Samohi, diminutif du Santa Monica High School. Des tas de stars et professionnels du cinéma en étaient sortis. Zac Efron y avait même tourné un film. Là-bas, on rêvait tôt et on rêvait grand, avec la certitude de pouvoir tout accomplir. Kimi, d'ailleurs, ne doutait pas de surfer sur la vague de cette vie magique.

– Parce qu'on a le truc ! assurait-elle, tandis qu'elles arpentaient les rues lumineuses en tongs et grosses lunettes de soleil.

Avec un soupir, Katelyn tâcha d'en rire, mais elle avait le cœur lourd. Kimi trouverait quelqu'un d'autre avec qui s'amuser, rêver, faire du shopping et tout le reste. Katelyn l'espérait pour elle, même si l'idée d'être remplacée la terrifiait. Kimi était l'ultime lien avec son foyer, sa dernière famille.

Des turbulences secouèrent l'appareil et Katelyn retint son souffle. Agrippée à son siège, elle essayait de ne pas penser au sol, quelques milliers de pieds plus bas. Ici, aucun filet de sécurité pour la sauver. Lorsque le pilote annonça la descente, elle était si tétanisée qu'elle dut fermer les paupières. Le cœur battant, elle aurait voulu hurler.

Lorsque le train d'atterrissage toucha enfin le tarmac, elle rouvrit les yeux et vit... relativement peu de choses. Un petit aéroport. Minuscule. Derrière, un champ en friche. Bienvenue au pays du banjo.

Suite à un problème technique, le départ de Los Angeles avait été retardé de trois heures. Au lieu de quatorze heures trente, elle avait finalement atterri à dix-sept heures trente. Déjà, les ombres s'allongeaient sur le paysage. Chez elle, le soleil darderait ses rayons sur l'étincelant Pacifique pendant encore quelques heures.

Tout le monde se leva dans la cabine. L'homme-loup s'enthousiasmait toujours pour sa retraite dans les bois et la femme à la liseuse l'écoutait en hochant la tête. Pas à pas, Katelyn suivit le mouvement jusqu'au coffre à bagages où elle avait déposé son sac. Mesurant à peine un mètre soixante, elle eut du mal à l'atteindre. Un grand type portant un tee-shirt de l'université de l'Arkansas le lui passa et elle le remercia. Il lui jeta un regard surpris, ayant probablement remarqué son visage bouffi de larmes, aussi elle baissa rapidement la tête.

Fouillant dans son sac, elle en sortit son téléphone portable qu'elle alluma. Un SMS de Kimi l'attendait, sans doute envoyé de l'aéroport. AP QUAND TU ARRIVES. Mais son téléphone indiquait « *Réseau Indisp.* ». Elle tenta quand même de rédiger un bref message. Sans succès.

– J'y crois pas, grinça-t-elle entre ses dents.

Elle descendit de l'avion. Une chaleur et une humidité insupportables l'assaillirent. Sa queue-de-cheval retombait comme un pinceau mouillé. Elle suivit les passagers le long de la piste jusqu'au terminal et chercha des yeux son grand-père. Mais aucun visage familier n'apparut.

Il n'avait tout de même pas oublié ? Aurait-il compris que son vol n'avait pas été annulé, simplement retardé ?

Imitant la foule, elle s'avança pour récupérer ses bagages. Il n'y avait qu'un seul tapis. Une douzaine de valises s'y promenaient comme des escargots décorés de rubans criards ou étiquettes voyantes. Entre les tee-shirts de la fée Clochette et les valises ornées d'autocollants Mickey, elle devinait que la plupart de ces gens rentraient de vacances. Ils étaient partis en Californie admirer l'océan, visiter Hollywood et les parcs d'attractions.

Toujours pas de grand-père.

Où pouvait-il bien être ? Avait-il renoncé à l'attendre et regagné ses montagnes ?

Je n'ai rien à faire ici.

Sa vue se brouilla tandis qu'elle restait là, cramponnée à son petit sac de voyage. Par réflexe, elle serra plus fort l'ours en peluche déjà humide de larmes.

Puis elle aperçut l'homme-loup et sa proie, la jeune femme à l'accent du Sud. Ils se tenaient curieusement proches l'un de l'autre, devant le tapis à bagages, et à une remarque de son voisin, la jeune femme éclata de rire. Était-il parvenu à la séduire ? Katelyn n'en revenait pas.

La valise en cuir élimé de son père apparut sur le carrousel. Le petit rectangle de cuivre passa sous la lumière, faisant étinceler ses initiales. SKM. Sean Kevin McBride. Elle souleva son sac, coinça la peluche sous son bras et se prépara à attraper la valise. Lorsqu'elle arriva à sa hauteur, elle la saisit tant bien que mal.

Puis elle se retourna et tressaillit.

Elle ne l'avait pas vu depuis près de cinq ans, mais Mordecai McBride n'avait absolument pas changé. Grand, les yeux vert clair, ses cheveux gris étaient coupés à ras et ses rides encadraient ses lèvres minces, sévères. Sous sa veste en cuir, sa chemise en toile bleue paraissait presque trop juste pour son imposante carrure.

La gorge serrée, Katelyn réalisa à quel point elle lui en voulait. Il était son unique parent encore en vie, du moins à sa connaissance, et il ne s'était même pas déplacé pour les funérailles de sa mère.

Leurs regards se croisèrent. Le visage de son grand-père trahit quelque chose, avant de se durcir et de redevenir parfaitement inexpressif. Il se contenta d'un hochement de tête et prit la valise, seulement sur deux doigts, puis tourna les talons. Elle pressa le pas pour le suivre tandis qu'il fendait la foule. Autour d'elle, parents et amis se retrouvaient avec effusion. Son grand-père ne lui avait même pas adressé une parole. Elle serra plus fort l'ours contre elle.

À l'extérieur l'attendait son carrosse : autrefois rouge, le vieux pick-up malmené par les éléments était aujourd'hui recouvert d'une épaisse couche de rouille et sa peinture s'écaillait par endroits. Impossible de faire tenir la grosse valise dans l'habitacle, aussi son grand-père l'arrima à l'arrière et l'enveloppa d'une bâche. Katelyn grimpa sur le siège passager. Sans lâcher la peluche, elle posa son sac sur ses genoux et tenta une nouvelle fois de joindre Kimi.

Réseau indisp.

Son grand-père se glissa derrière le volant, la regarda, puis regarda l'ours. Il la trouvait probablement trop âgée pour ce genre de jouet, mais elle s'en moquait.

Il mit le moteur en route, mais demeura quelques instants immobile. Katelyn attendit, nerveuse.

– Tout s'est bien déroulé pour la... cérémonie de ta mère ?

Ces premiers mots la stupéfièrent. Elle aurait préféré qu'il prenne de ses nouvelles, qu'il s'inquiète de son voyage ou qu'il lui parle de la météo à Wolf Springs. Qu'il amorce une forme de conversation. Mais elle ne voulait pas non plus qu'il se montre indifférent à l'égard de sa mère, ni qu'il taise son absence à l'enterrement.

– Oui, c'était il y a presque une semaine, parvint-elle finalement à répondre avant d'ajouter, sur un coup de tête : Tu aurais dû être là.

Un silence. Il effectua une manœuvre pour quitter la place de parking, puis enclencha les essuie-glaces pour dissiper le crachin qui constellait le pare-brise. Les nuages s'amoncelaient dans le ciel sombre. Le dais flamboyant des arbres s'étendait devant eux.

– Je n'ai pas pu me libérer.

– Tu es à la retraite, rétorqua-t-elle, incapable de se contenir.

Il lui jeta un bref regard, puis se concentra sur la route.

– Ce n'est pas parce que je suis retraité que je n'ai plus d'obligations.

Il frappait là où ça faisait mal. Et moi ? voulait-elle lui dire. Est-ce que je ne fais pas partie de tes obligations ?

– J'ai dû tout préparer pour ton arrivée, ajouta-t-il en se tournant une fois de plus vers elle.

Tout ? Comment ça, tout ? Était-elle une gêne, un fardeau ? Parce qu'elle serait volontiers restée à Los Angeles. Et si elle ne représentait rien pour lui, pourquoi avoir tant insisté pour qu'elle vienne habiter ici ? Simplement pour la rendre malheureuse ?

Ils croisèrent un entrepôt désaffecté, des champs de bruyère abandonnés, quelques maisons et immeubles qui auraient pu ressembler à certains quartiers de Los Angeles. Elle repéra un fast-food appelé Las Fajitas et songea à lui demander de s'arrêter. Durant le vol, elle n'avait rien pu avaler et malgré son manque d'appétit, la faim se faisait sentir. Mais il aurait fallu pour cela s'adresser à son grand-père, ce dont elle se sentait parfaitement incapable. Comment allait-elle tenir une année entière ?

Elle l'observa. La mâchoire crispée, il agrippait le volant si fermement que ses phalanges saillaient aux jointures.

– Je veux rentrer avant la nuit, annonça-t-il d'un ton brusque.

Pourquoi ? Qu'est-ce que cela pouvait bien changer ? À moins que les phares de sa vieille épave ne fonctionnent plus...

Elle se tourna vers la vitre tandis que l'orage déchirait l'horizon et que l'averse redoublait. Le ciel s'était réduit à une épaisse masse grisâtre, sous laquelle la camionnette rampait comme un insecte le long de la route bordée de champs en friche et de végétation luxuriante.

Katelyn vit défiler des caravanes abandonnées, d'immenses tas de bois, et même une vieille cabane dont l'enseigne peinte à la main, posée derrière la fenêtre, indiquait : *Hameçons et Spiritueux*. Le chemin était ponctué de flaques traversées par le reflet des éclairs.

Elle eut quelques scrupules à sortir son lecteur MP3 et ses écouteurs. Mais puisqu'il ne desserrait pas les dents, quelle différence ? Elle l'alluma et une chanson de Lady Gaga, que Kimi avait absolument voulu ajouter à la playlist, retentit. La musique était trop gaie, trop entraînante, mais elle l'écouta tout de même.

Ils atteignirent un pont de fer. En contrebas s'agitaient les remous d'un courant aussi maussade que le ciel. Une rivière. Et soudain, Katelyn réalisa : l'Arkansas était une région enclavée. Elle s'imagina comme un point minuscule sur la carte du pays, prisonnière de cet État aux frontières rectilignes. Elle avait toujours vécu près de l'océan et pris l'habitude de méditer, assise sur la plage, de rêver à son avenir en observant les vagues. Souvent, elle songeait au meurtre de son père. Abattu par balle, sans témoin, sans piste sérieuse. On avait depuis longtemps classé l'affaire Sean McBride, mais au bureau du procureur, où il avait travaillé, tous ses collègues avaient accusé le coup.

À l'autre extrémité du pont, la première chose qu'elle aperçut fut un panneau en bois blanc où le mot « Danger » était inscrit en lettres noires. Il y avait autre chose, mais les caractères avaient été rongés par le temps. Une marque rouge, dans l'angle inférieur droit, aurait pu figurer une patte d'ours. Difficile à dire, sous cette pluie battante.

Elle retira un écouteur et se tourna vers son grand-père. Elle voulait savoir si l'on trouvait des ours dans la région, mais avant d'avoir pu l'interroger, un gémissement étrange, grave, la fit bondir sur son siège. Il lui parut provenir de l'extérieur et elle crut d'abord qu'il s'agissait du cri d'un animal, mais l'écho demeurait lointain. Un hurlement, peut-être. Il semblait... mélancolique. Durant une seconde, elle eut la singulière impression d'avoir elle-même poussé ce cri.

– Qu'est-ce que c'était ? demanda-t-elle. Un ours ?

– Quoi ? Je n'ai rien remarqué, répliqua son grand-père.

La plainte retentit de nouveau, grave, triste, désespérée, même. *Comme moi*, pensa-t-elle.

– Et là ? Tu l'as entendu, non ? C'était quoi ?

Seul le ballet des essuie-glaces ponctuait le silence.

– Le vent, répondit-il enfin.

Le bruit disparut, mais Katelyn n'en demeurait pas moins perturbée par l'attitude de son grand-père. Impossible ! Ça ne pouvait être le vent. Elle remit ses écouteurs et fixa la vitre.

Malmenés par l'orage, les arbres étaient splendides. Leurs branches écarlates dansaient comme des flammes. À travers le prisme des gouttes de pluie, les taches de couleurs prenaient des formes inattendues. Progressivement, la végétation se fit plus touffue et plus abondante aux abords de la route jusqu'à presque la recouvrir. Ils grimpaient une côte et Katelyn s'assoupit peu à peu, dodelinant au gré des nids-de-poule.

Brusquement, elle se sentit observée. Elle se retourna sur son siège et aperçut son grand-père qui la fixait. Il remuait les lèvres.

– Pardon ? demanda-t-elle en ôtant son écouteur. Je n'ai pas compris.

Il fronça les sourcils.

– Ça ne fait rien, répliqua-t-il. Moi non plus, je ne te comprends pas.

Le sous-entendu n'échappa pas à Katelyn. Il se décidait peut-être enfin à parler. Elle retira l'autre écouteur, mais n'éteignit pas la musique.

– Moi ? Qu'y a-t-il à comprendre ?

– Mme Brandao disait que tu cherchais une salle de sport...

– Et ? demanda-t-elle, pleine d'enthousiasme. Tu en as trouvé une ?

– Il y en a une, mais tu devras y aller en voiture.

Katelyn ne voyait pas où était le problème. Dans le sud de la Californie, tout le monde conduisait : impossible de se déplacer sans véhicule.

– Tu sais que je cherche un cours de gymnastique ? insista-t-elle prudemment, sans saisir où il voulait en venir.

Il hocha la tête.

– Oui. Ta mère m'avait expliqué que tu renonçais à la danse pour faire des galipettes.

La révélation lui fit l'effet d'une gifle. Depuis quand Gisèle et lui étaient-ils en contact ? Elle ne lui en avait jamais rien dit. Et puis qu'insinuait-il, exactement ? Des galipettes ? Cherchait-il à se moquer d'elle, à lui saper le moral ? Sa mère partageait-elle cette opinion ?

– Je n'ai pas abandonné la danse classique, répliqua-t-elle. D'ailleurs, je dois aussi trouver un studio, pour m'entraîner.

– Eh bien, je crois qu'il y a un cours de yoga. Et de tai-chi, au gymnase.

Katelyn comprit brutalement que son grand-père ignorait tout d'elle et de sa vie en Californie. Ou plutôt, de sa vie passée. La danse classique n'était pas un simple passe-temps, pour elle. Elle ne pouvait pas remplacer cette discipline par du yoga ou du tai-chi ! Que s'était-elle donc imaginé en acceptant de venir habiter chez ce vieil ours, avec son antique pick-up et sa cabane au fond des bois ? Avait-elle perdu la tête ?

Kimi avait raison. Elle n'aurait pas dû renoncer si vite. Elle aurait dû imposer ses exigences, fixer des conditions.

– Écoute, je sais qu'il n'y a pas de grande ville dans le coin. Je… je sais…

Mais au fond, que savait-elle ? Cet homme était un étranger. Il ne connaissait pas sa petite-fille. Comment aurait-il pu d'ailleurs ? Jamais il ne leur avait rendu visite. Il n'appelait jamais, sauf à Noël. Et suite au décès de sa mère, il n'avait pas daigné se déplacer.

– J'ai besoin de faire de la danse, poursuivit-elle d'un ton farouche. Et de la gymnastique. Je travaille dur pour… pour devenir une artiste. Et si je ne peux pas m'entraîner, autant renoncer tout de suite.

Il la dévisagea, impassible. Elle pouvait presque deviner ses pensées. *Eh bien, renonce.*

À son tour, elle le fixa d'un air médusé. Elle voulait pleurer, hurler, se jeter hors de cette voiture… Mais rien de tout cela n'aurait amené son grand-père à la considérer comme une adulte.

Elle se remémora leur ultime visite en Arkansas et combien elle avait ri à l'idée que son père ait grandi là, au milieu de nulle part. À l'époque, Sean était encore en vie. Ce furent les dernières vacances en famille des McBride.

Elle sentit les larmes monter alors que la foudre illuminait le ciel et les bois mornes. Les poings serrés, elle se souvint de l'époque pénible qui avait suivi la mort de son père. Elle s'en était sortie grâce à sa mère, parce qu'elles pouvaient compter l'une sur l'autre, se blottir l'une contre l'autre quand le poids du chagrin devenait insupportable. Se soutenir mutuellement chaque fois que la police annonçait qu'il n'y avait rien de nouveau.

– Tu entres en terminale, cette année, non ?

Sans le regarder, Katelyn ravala ses larmes.

– Oui. Les cours ont commencé il y a six semaines. Et je vais tout manquer. La soirée de promo, la remise des diplômes...

– Toutes ces choses existent ici aussi.

Était-ce censé lui remonter le moral ?

– Ça n'est pas la même chose, rétorqua-t-elle, piquée.

– Mais si, voyons ! Le lycée, les diplômes, tout ça, c'est partout pareil. Où qu'on aille, les ados sont tous les mêmes : ils ont peur de leur ombre et luttent pour survivre. C'est aussi immuable que les montagnes. Que la vie.

Elle avait oublié cette facette de son personnage. Rude. Pragmatique. Un trappeur solitaire, à la Davy Crockett. Difficile de croire aujourd'hui qu'il ait longtemps enseigné la philosophie. Le père de Katelyn n'avait jamais fait grand cas de cette discipline. Pour lui, les philosophes avaient décidément trop de temps libre s'ils pouvaient se permettre de le gaspiller en devisant sur le bien, le mal et la signification de l'existence.

Pour Sean, le bien et le mal étaient une réalité quotidienne. Il avait passé sa vie à poursuivre des criminels, jusqu'à ce que l'un d'eux finisse par le tuer. Et on pouvait bien dire ce qu'on voulait, Katelyn ne doutait pas de l'existence du mal : elle n'en connaissait que trop bien les ravages.

Son grand-père avait-il conscience de l'angoisse qu'elle pouvait éprouver ?

– À Los Angeles, beaucoup de jeunes de mon âge sont déjà des artistes confirmés. Ils ont quitté l'école. Ils n'ont plus de temps à consacrer à leurs études et se concentrent sur leur carrière.

Il demeurait silencieux.

– Ça, déclara-t-il enfin avec lenteur, c'est la chose la plus stupide que j'aie jamais entendue.

– Non, ça n'a rien de stupide...

Le désespoir la gagnait. En quelques minutes, elle avait la sensation de tout perdre. Venir ici était une erreur.

– C'est la vie des artistes. Maman...

– ... a fini par se marier, coupa-t-il. À un homme qui, lui, avait un véritable emploi. Une ballerine, ça s'arrête à quel âge ? La petite trentaine ?

– Elle a ouvert son cours de danse ! objecta Katelyn.

– C'est vrai. D'ailleurs, c'était un succès, hein ?

Il cligna des yeux, comme surpris de ses propres paroles, puis porta son attention sur la route.

Katelyn fronça les sourcils. Qu'avait-il voulu dire ? Le cours Chevalier marchait plutôt bien. Du moins, c'est ce que lui avait affirmé Gisèle. Son grand-père savait-il quelque chose qu'elle ignorait ?

– Ma mère était passionnée par son métier, s'obstina-t-elle.

– À force de vivre au pays des contes de fées, poursuivit-il comme s'il ne l'avait pas entendue, les gosses s'imaginent qu'ils vont tous devenir des stars de ciné. Alors que c'est la loterie. On a davantage de chance d'être frappé par la foudre que...

– J'ai passé ma vie à Los Angeles, grinça-t-elle d'une voix tranchante. Et certains de mes amis y réalisent déjà leurs rêves.

Ça n'était pas tout à fait vrai, mais il n'avait pas besoin de le savoir. Elle continua :

– On peut devenir une star très jeune.

– Un sur un million y parvient, peut-être. Les autres finiront voituriers dans des parkings. Ce qu'il te faut, c'est un peu de normalité.

Les sourcils froncés, il poussa un soupir, puis répéta :

– De normalité.

Elle comprit qu'elle n'avait pas su y faire. Loin de lui démontrer l'importance vitale de ses choix, elle n'avait fait que le convaincre qu'elle devait y renoncer.

– Tu dois me laisser rentrer chez moi, supplia-t-elle.

Le tonnerre gronda lorsqu'il immobilisa brusquement la camionnette. La pluie tambourinait contre le pare-brise. Les échos joyeux du lecteur MP3 résonnaient comme la mélodie éraillée d'une vieille boîte à musique.

– Katelyn, tu *es* chez toi.

Chapitre 2

Quel cauchemar, pensa Katelyn lorsque son grand-père lui tendit les clés, avant de récupérer la valise à l'arrière. Le soleil commençait à décliner. Elle ne prêta aucune attention à la façade de la maison sur deux niveaux. Elle gravit le perron jusqu'à la véranda, entièrement en bois, et s'arrêta devant la porte, pourvue d'une vitre ovale en verre dépoli. Elle tremblait tellement qu'elle fut incapable d'insérer la clé dans la serrure. Ses larmes l'aveuglaient.

Elle perçut l'écho des pas de son grand-père. Il s'approcha, lui prit le trousseau des mains et tourna la poignée. Il se recula pour la laisser passer. Katelyn sentit sa gorge se serrer presque au point d'étouffer.

En franchissant le seuil, elle retint un cri. Sur le mur en bois verni, ponctué de toiles représentant des paysages de montagne, se succédaient des têtes d'animaux empaillées. Un cerf, un élan... Des canards au plumage brun et émeraude et d'autres créatures, si belles à l'état sauvage, trônaient à présent au sommet d'une armoire tels des trophées. Katelyn eut un haut-le-cœur. Elle était végétarienne et, avec Kimi, s'était engagée dans plusieurs causes défendant les droits des animaux. Pour elle, le salon de son grand-père était un musée du morbide. Comment avait-elle pu oublier ce détail ?

– Je vais te faire visiter, proposa Mordecai.

– Montre-moi ma chambre, parvint-elle à articuler. Je veux seulement m'allonger.

– Comme tu préfères, dit-il avec un haussement d'épaules. Suis-moi.

À droite de la petite pièce, le long d'un escalier raide se succédaient d'autres têtes d'animaux, une carabine accrochée à un râtelier et ce qui ressemblait à un vitrail. Son grand-père porta sa valise tandis que, cramponnée à l'ours en peluche, elle soulevait son sac mauve. Écœurée, elle gravit les marches sous le regard vide et glacé des spécimens empaillés. Le vitrail, lui, représentait un bouclier carmin et blanc entouré par un trio de poissons. Sous le dessin leur nom était inscrit en caractères noirs : McBRIDE. Sous les éclairs qui redoublaient d'intensité, le rouge prenait la teinte pourpre du sang.

À l'étage, son grand-père longea un petit corridor décoré d'une autre tête de cerf et d'appliques anciennes. Sur la gauche, une porte était entrouverte et à la lumière diffuse, elle entraperçut une salle de bains. Au fond du couloir, il poussa la dernière porte.

Katelyn remarqua la lucarne dans le toit, le grand lit, la couverture écossaise gris et rouge. Elle vit le lierre, dans des pots de cuivre, qui agrémentait la tête de lit en bois sculpté. Elle regarda la lampe en verre grenat sur le chevet. Il y avait aussi une coiffeuse surmontée d'un miroir rond. Un flacon de cire et un chiffon y étaient négligemment posés. L'odeur citronnée du produit persistait dans l'air, mais ne masquait pas celle de la poussière. Avait-il passé ces derniers jours à nettoyer sa maison de fond en comble pour qu'elle s'y sente chez elle ? Était-ce la raison de son absence à l'enterrement ? Et pourtant cette pièce ne ressemblait en rien à son ancienne chambre. Celle que le feu avait ravagée.

– Merci, dit-elle sans conviction.

Il posa la valise et reprit à la hâte l'aérosol et le chiffon.

– Tu dois avoir faim.

– Non. Vraiment. Je suis juste fatiguée.

Elle ne le regarda pas, les yeux résolument fixés sur le tapis usé.

Ce n'est qu'en entendant la poignée tourner qu'elle comprit qu'il avait quitté la pièce. Elle se laissa tomber sur le lit et s'allongea sur le ventre. Ramenant ses poings sous son menton, elle fondit en larmes jusqu'à se mordre le dos de la main. La dernière chose qu'elle voulait, c'est que son grand-père la surprenne dans cet état.

Le tonnerre grondait toujours et la pluie ruisselait sur la lucarne. Lorsque enfin, celle-ci cessa, Katelyn parvint à se maîtriser. Elle sortit son téléphone pour appeler Kimi. *Réseau indisp.* Il y avait certainement un poste fixe quelque part. Dans la cuisine, peut-être ?

Elle se leva et se glissa dans le couloir. Alors qu'elle s'apprêtait à descendre l'escalier, elle sentit une odeur de fumée. Elle dévala les marches, prête à hurler au secours, mais ses yeux se posèrent sur une cheminée en pierre, à l'autre bout du salon, où crépitait un feu. Étouffant un cri, elle sentit la panique la submerger à la vue des flammes. Elle faillit regagner l'étage en courant.

Tout va bien. C'est normal.

Mais « normal » était depuis peu devenu le mot à bannir.

Elle longea le mur, évitant les animaux du regard, et finit par trouver la cuisine. Elle alluma le plafonnier, révélant une pièce en piteux état. Le vert sombre des placards s'écaillait et le vieux comptoir en Formica d'un blanc douteux était constellé de traces. Rien sur la porte de l'antique réfrigérateur, excepté un calendrier illustré de paysages sauvages. Un seul jour portait une inscription. Aujourd'hui. *Katelyn.*

Katelyn réalisa qu'elle avait soif et ouvrit le réfrigérateur, à la recherche d'une carafe ou d'une bouteille d'eau minérale. Le contenu était maigre : quelques canettes de bière, du pain entamé et un paquet enveloppé de papier blanc. Des traces sanguinolentes le maculaient.

– Beurk, murmura-t-elle en claquant la porte.

Elle recula de quelques pas, passa sa main dans ses cheveux puis chercha un téléphone. En vain. Elle fouilla les tiroirs, mais n'y trouva que des blocs-notes, des stylos avec des publicités pour des agences immobilières, des élastiques, des ustensiles divers. Une laisse...

Elle s'en saisit et crut vaguement se souvenir d'un chien, aperçu lors de ses rares visites. Puis elle entendit un léger grattement à la porte de derrière. Était-ce lui ?

La laisse à la main, elle entrouvrit le battant en bois. La lumière de la cuisine éclaira la véranda qui courait sur tout le pourtour de la maison. Le rayon de lune se reflétait sur les lourdes branches des érables immenses. Le parfum de la terre humide et du feu de bois, si différent de celui de l'océan, emplissait l'atmosphère. Elle descendit les marches du perron jusqu'au cheminement de pierres plates, disposées aux abords de la maison.

Les bras feuillus des grands arbres frissonnèrent devant elle. Penchant la tête de côté, elle joua distraitement avec la laisse, mais n'avança pas plus loin.

– Gentil toutou ! souffla-t-elle.

La porte de la cuisine s'ouvrit brutalement et Katelyn fit un bond. D'un mouvement vif, elle se retourna et aperçut son grand-père armé d'une carabine. Les yeux écarquillés, elle battit en retraite vers le tronc de l'arbre.

– Katelyn ! cria-t-il. Rentre immédiatement !

Elle redressa la tête et lui montra la laisse.

– Je cherchais juste le chien.

– Je n'en ai plus, répliqua-t-il en observant les bosquets derrière elle. Depuis longtemps.

– Bonjour ! appela une voix masculine du côté de la porte principale. Je tombe mal ?

Katelyn sursauta une fois encore, avant de pousser un soupir agacé. Du monde ! Elle qui ne voulait voir personne... Tout ce qu'elle désirait, c'était un verre d'eau et un téléphone en état de marche.

– Nous avons de la visite, lança son grand-père avant d'ajouter, plus doucement : Je t'en prie, rentre, à présent. C'est dangereux, dehors.

Dangereux ? À quelques mètres à peine de la maison et de lui, qui était armé ? L'idée d'avoir un fusil chargé entre ces murs la terrifiait.

– Grand-père... Papy...

Elle ignorait comment l'appeler.

– Je ne veux voir personne. Je souhaiterais juste rassurer mon amie Kimi. Tu as le téléphone ?

– Il y a quelqu'un ? insista la voix inconnue. Docteur McBride ?

– J'arrive ! cria Mordecai.

Katelyn rejoignit la véranda et son grand-père parut soulagé.

– Quand tu étais petite, tu m'appelais « papa-en-plus », dit-il avec un imperceptible sourire. Tu ne comprenais pas vraiment ce qu'était un grand-père. Alors tu pensais que j'étais comme un second papa. Même si, dans ta bouche de petite fille, ça sonnait davantage comme « papapuce ».

Elle n'en avait aucun souvenir.

– Restons-en à « grand-père » pour l'instant, répondit-elle, incapable d'envisager un nom plus affectueux.

– Bien m'dame, acquiesça-t-il en ôtant un chapeau imaginaire. Mais n'oublions pas que dans le Sud, nous avons une réputation d'hospitalité à tenir. Ne faisons pas attendre notre visiteur.

– Si je fais preuve de politesse, demanda-t-elle avec un soupir, est-ce que je pourrai ensuite appeler Kimi ?

– Tu pourras appeler Kimi, assura-t-il.

Ils regagnèrent la cuisine. Katelyn essuya les semelles de ses bottes sur un paillasson d'un bleu passé qui avait connu des jours meilleurs. Elle referma vivement le battant derrière elle et tourna la clé dans la serrure. Mordecai la précéda dans le salon. La porte d'entrée était ouverte et, sur le perron plongé dans l'obscurité, elle aperçut la silhouette hésitante d'un homme élancé.

Son grand-père pressa l'interrupteur près du vestibule et illumina la véranda. Sous la lumière bleutée, elle vit un jeune homme. Plutôt séduisant, d'ailleurs, avec ses cheveux bruns et courts, des yeux d'un éclat singulier... Verts ? Peut-être, difficile à dire, mais leur clarté tranchait avec sa peau mate. Ils étaient presque en amande. Ses pommettes, hautes et saillantes, creusaient ses joues. Avec sa mâchoire carrée et sa grande bouche dessinée, il avait décidément un physique exotique.

Les manches de son tee-shirt noir étaient relevées jusqu'aux coudes et ses santiags râpées étaient maculées de boue. Katelyn remarqua un bracelet de cuir tressé à son poignet, gravé d'une inscription. Mais elle ne put distinguer les lettres et craignit de l'observer avec trop d'insistance.

Il était cependant difficile de détourner les yeux du garçon.

Il enfonça ses pouces dans les poches de son jean et lui sourit. C'était presque hypnotique. Il vibrait... de chaleur. De charisme.

– Salut, Katelyn.

Son accent était moins prononcé que celui de son grand-père. Elle se surprit à lui sourire, alors qu'encore une minute auparavant, rien n'aurait pu la dérider.

– Trick, lança Mordecai.

Trick ? Était-ce son nom ? Ou l'une des expressions énigmatiques de Mordecai ?

– Vous connaissez la règle, docteur. Vous devez d'abord m'inviter à entrer.

– La règle ? Comme chez les vampires qui n'entrent chez leurs victimes que si elle le leur demande ? intervint Katelyn d'un ton plus brusque qu'elle ne le voulait.

Le garçon éclata de rire, mais ne bougea pas d'un pouce.

– Ne sois pas idiot, fiston, lui dit Mordecai en lui faisant signe d'approcher.

– Mais encore ? insista l'autre.

– Rentre immédiatement !

Bien qu'il eût employé exactement les mêmes mots avec Katelyn, l'intonation était entièrement différente. Elle exprimait la connivence, le jeu. À l'évidence, ils étaient bons amis. S'agissait-il d'une blague, entre eux ? Katelyn ne savait quoi en penser.

– Merci, monsieur.

L'inconnu se baissa pour ôter ses bottes, révélant des chaussettes blanches. Curieusement, Katelyn en fut gênée. Elle avait l'étrange impression de le voir en sous-vêtements.

Il franchit le seuil et lorsqu'il s'avança, elle eut la confirmation qu'il avait bien les yeux verts. La couleur singulière aurait presque évoqué les rivages peu profonds des lagons. Une couleur qui invitait à s'y perdre.

De près, elle remarqua sa barbe naissante et surtout, les mystérieuses lettres à son poignet. R.I.P. Katelyn en fut intriguée. Avait-il perdu un proche ?

– Je ne t'invite pas à rester, nous avons déjà dîné ailleurs, annonça son grand-père en le conduisant près de la cheminée, où deux fauteuils en cuir rembourrés entouraient une table basse croulant sous les magazines de chasse.

Rassérénée par la chaleur du feu, Katelyn se sentit brusquement ridicule, mais ne parvint pas à faire taire les sirènes d'alarme qui se déclenchaient dans son esprit.

– Vous n'avez pas préparé la volaille ? demanda le garçon. Elle va s'abîmer.

– Euh, bredouilla Katelyn. Trick, c'est vraiment ton nom ?

Il lui fit signe de s'asseoir, mais Katelyn resta debout.

– En fait, je m'appelle Vladimir. Mais personne ne m'a appelé comme ça depuis des lustres, ajouta-t-il avec un grand sourire. D'ailleurs ceux qui s'avisent de l'employer ne font pas long feu.

– On joue les gros bras, hein ? s'esclaffa Mordecai. C'est ce genre de bravades qui t'a valu des ennuis.

Brusquement sérieux, Trick secoua la tête.

– Non, ce sont plutôt les mensonges qui m'ont valu des ennuis.

– Si tu avais deux doigts de bon sens, tu resterais parmi tes semblables et oublierais ces maudits gamins.

Katelyn ouvrit de grands yeux. « Parmi tes semblables ? » À l'évidence, Trick était d'origine métisse, mais à quoi Mordecai faisait-il exactement référence ? La remarque lui parut déplacée et même légèrement raciste.

– J'ai des euh... des sodas au frigo. Et peut-être de quoi grignoter.

Il quitta la pièce avant que quiconque ait pu répondre. Le jeune homme ne fit pas mine de le suivre, mais resta debout. Katelyn l'imita. Ils se tenaient bien trop près du feu et le visage de la jeune fille s'empourpra. Elle était terriblement gênée par les paroles de son grand-père. Qu'avait-il voulu signifier, au juste ? À moins qu'elle ait mal entendu. Trick, pour sa part, ne semblait absolument pas vexé. Elle cherchait à lui dire quelque chose, à s'excuser pour Mordecai, mais ignorait ce qui se tramait précisément entre ces deux personnages, qu'elle connaissait presque aussi peu l'un que l'autre.

Une bûche se fendit dans la cheminée. Des étincelles montèrent dans le conduit. Depuis le séisme, c'était la première fois que Katelyn revoyait des flammes de près et son malaise frisait la crise d'angoisse. Elle n'en avait jamais eu, mais elle savait par quoi sa mère était passée après le décès de son père.

Elle était tiraillée entre l'envie de prendre ses jambes à son cou et la crainte que Mordecai ne soit conforté dans son discours sur la « normalité ».

Pour mieux feindre le détachement, elle ramena ses bras contre sa poitrine et s'écarta du feu – et de Trick, par la même occasion. Sa nervosité, autant que l'odeur de la fumée, lui donnait la nausée.

– Alors, c'est toi la fameuse petite-fille, lança Trick avec un regard perçant, qui la fit rougir des pieds à la tête.

L'assurance de Kimi avait fini par déteindre sur Katelyn. Elle avait l'habitude de l'attention des garçons, pourtant celui-ci rendait l'échange plus intime, presque chargé de sous-entendus.

– Eh bien, il faut croire, répondit-elle à contrecœur.

Son lien de parenté avec Mordecai ne l'enchantait guère.

– Comment ça, croire ? Tu attends une confirmation ADN ? demanda-t-il, goguenard, avant d'aussitôt retrouver son sérieux. J'ai appris, pour ta maman. Je suis navré.

Trick était un étranger, mais faisait preuve de davantage de sollicitude que son propre grand-père n'en avait montré. Elle en avait presque oublié son attitude singulière.

– Merci.

Sentant sa gorge se serrer, elle craignit de fondre en larmes et se détourna pour faire mine d'observer la toile accrochée au mur. Celle-ci représentait des montagnes, des bosquets d'arbres et une cascade. Ses yeux se posèrent sur la signature « M.M. ». Mordecai McBride ?

– Si je comprends bien, tu viens souvent prendre une bière ici.

– Euh, non. Je n'ai pas l'âge... Et puis, le soda c'est... le rêve.

Le rêve ? *Tu parles*. Il ne trompait personne.

Il se rapprocha. Il irradiait une chaleur, un parfum mêlant l'odeur de la pluie à celle du savon. Quelques petites gouttes de l'averse s'étaient accrochées à ses longs cils. Katelyn s'imaginait déjà comment le décrire à Kimi. Surprenant ? Étrange ? Charmant ?

– Au fait, mon nom est Sokolov, reprit-il. C'est russe.

Comme Vladimir. Elle l'aurait plutôt cru d'origine amérindienne.

– Tu es russe ?

– Non, rétorqua-t-il, amusé. Je suis d'ici, de Wolf Springs.

Elle craignit soudain de paraître aussi rustre que son grand-père.

– Tu es en quelle classe ?

Peut-être était-il déjà étudiant ? Il semblait avoir plus de dix-sept ou même dix-huit ans.

– En terminale, comme toi. Plus que quelques mois à tenir. Il me tarde de quitter le lycée.

– Pareil pour moi.

Son sourire était décidément chaleureux et Katelyn sentit sa carapace se fendiller. Trick se toucha le front et Katelyn mit quelques secondes à réaliser qu'il écartait, machinalement, une mèche imaginaire. Sa coupe de cheveux était sans doute récente.

– Mieux vaut t'avertir : toute l'école est au courant de ton arrivée et quelques rumeurs ont circulé sur la raison de ta venue. Sauf la vraie, naturellement.

Elle songea à Samohi. Même parmi trois mille cinq cents élèves, les nouveaux arrivants passaient rarement inaperçus. Dans un établissement sept fois plus petit, elle n'aurait aucune chance d'échapper à l'attention, surtout en cours d'année scolaire.

– Ici, dit-il d'un air entendu, les nouvelles vont plus vite que les textos. Et les ragots se propagent plus rapidement encore. Pas difficile d'ailleurs. L'absence de réseau dans les environs n'a pas facilité les moyens de communication modernes.

Une fois de plus, il repoussa sa mèche fantôme. Sentant le regard de Katelyn, il eut un mouvement gêné.

– Désolé. On m'a rasé pour m'ouvrir le crâne.

– Ah ?

La révélation la choqua, mais elle n'en laissa rien paraître. Pour mieux cacher son hésitation, elle examina un autre tableau. La silhouette d'un cerf derrière un tronc d'arbre. Au premier plan, se dressait un large rocher qui avait vaguement une forme de cœur. Derrière l'animal, l'ombre du roc se dessinait. La toile n'était pas de « M.M. ». Elle put déchiffrer le nom de l'artiste.

– Je te fais marcher, poursuivit brusquement Trick.

– Hein ? s'exclama-t-elle, surprise.

– On ne m'a pas ouvert le crâne. Tu prends toujours tout au premier degré ?

Les dernières semaines avaient peut-être un peu émoussé son sens de l'humour, mais ce garçon était un parfait inconnu. Comment était-elle censée interpréter ses blagues douteuses ?

– Tu parlais de règles, tout à l'heure. De quoi s'agit-il ? poursuivit-elle pour changer de sujet.

– Quelles règles ?

– Pour t'inviter à entrer.

– Oh, c'est que... j'ai eu quelques démêlés avec la justice, répondit-il d'un geste évasif. Des types, au lycée...

Il se racla la gorge, visiblement mal à l'aise.

– Enfin, tu vois...

– Ah.

Des démêlés avec la justice ? De quel ordre, exactement ? Mais la discussion tourna court lorsque Mordecai reparut avec deux Coca light et une bière. Il leur tendit les sodas et ouvrit sa canette.

– Pas de quoi grignoter ? s'amusa Trick.

– Tout ce que j'ai trouvé dans les placards, c'est de la sauce bolognaise et des crottes de rat. Au fait, il y a des rats, annonça-t-il avec un regard en coin à Katelyn.

Était-ce l'origine du grattement qu'elle avait perçu un peu plus tôt ? Dégoûtée, elle en oublia sa soif. Les rongeurs ne pouvaient pas ouvrir les canettes de soda, mais ils pouvaient facilement y grimper.

– En tout cas, si les vampires existent, ton grand-père doit en être un ! On se demande de quoi il se nourrit. Tu cuisines ?

Katelyn mit quelques instants à réaliser que la question s'adressait à elle.

– Il n'aimerait sûrement pas mes recettes. Je suis végétarienne.

Mordecai la regarda subitement comme si c'était elle, le vampire.

– La chasse est une activité naturelle pour l'homme, tu sais. Nous sommes des prédateurs.

– Pas moi.

Katelyn n'avait jamais compris la satisfaction qu'on pouvait en tirer. Elle s'agaçait.

– Comment peut-on prendre du plaisir à tuer des animaux ?

– Et ce que tu achètes au supermarché, c'est..., commença Mordecai.

– Une végétarienne, coupa Trick. Donc c'est plutôt le tofu sauvage qu'elle chasse.

Sur le point de s'emporter, elle se tourna vers son grand-père.

– Il faut que j'appelle Kimi. Je ne lui ai pas donné de nouvelles et elle va s'inquiéter.

Personne ne répondit et elle regarda Trick vider sa canette et la froisser dans sa main. Le tri sélectif existait-il seulement dans les Ozarks ? Ça restait à vérifier.

– Merci pour le soda, docteur. Je serai là, frais et dispos, lundi matin. J'ignore si ton grand-père t'a prévenue, mais nous devons partir sur le coup des six heures et demie si nous voulons être à l'heure au lycée.

– Six heures et demie ? répéta-t-elle, hébétée.

– C'est moi qui t'accompagnerai. Le doc ne t'a rien dit ?

– Nous n'avons pas vraiment eu le temps d'en discuter, intervint ce dernier.

Trick se tourna vers Katelyn.

– J'ai dû le soudoyer. Cinquante dollars. Mais tu vas faire grimper ma cote au lycée.

Il se dirigea vers la cuisine, toujours en chaussettes, et maintenant qu'elle savait pour les rats, elle grimaçait à chaque fois qu'il posait un pied par terre. Plus question de se déplacer dans la maison sans chaussures. Pas même en pantoufles.

Trick reparut presque aussitôt et s'approcha de la porte d'entrée. Lorsqu'il l'ouvrit, Katelyn constata que l'averse avait repris. Trick se pencha en avant pour enfiler ses bottes, leur offrant une vue imprenable sur... son postérieur, plutôt pas mal, d'ailleurs. Son grand-père surprit le regard de Katelyn et elle se détourna, mortifiée.

Soudain, le même gémissement qu'elle avait perçu dans la voiture couvrit le tambourinement de la pluie. Grave, glaçant, lugubre. Puis il y eut un choc sourd et un autre, comme un rythme lancinant. Plusieurs plaintes s'y ajoutèrent, allant crescendo. Ce n'étaient pas des gémissements, d'ailleurs. Mais des hurlements.

– Ach, les zenfants de la nuit, observa Trick dans une imitation approximative de Dracula. Aaah, quelleuh douceuh musique a mes zoreilles.

– Je croyais qu'ils ne commençaient que demain. Les imbéciles !

Le séminaire des loups ! Katelyn esquissa un sourire. Ces hurlements constituaient peut-être une forme d'échauffement pour les participants.

– Qu'est-ce qu'on entend ? Des tam-tams ? demanda-t-elle à son grand-père.

– Et ça va durer pendant des jours, déplora ce dernier en levant les yeux au ciel.

– C'est un séminaire de développement personnel, expliqua Trick. Monté par un type nommé Jack Bronson...

Mordecai jura avec un signe de tête agacé, qu'il ponctua d'une gorgée de bière.

– Mon voisin en parlait dans l'avion, intervint Katelyn avant qu'il ait fini sa phrase. Il paraît qu'on a tous un côté « loup ».

– Pas moi, répondit Trick avec un clin d'œil. Je suis un gros matou.

Il se redressa et enfonça ses talons dans ses bottes. Elle fut presque déçue lorsque la faible lumière du perron atténua le vert de ses yeux. La nuit l'engloutit tout entier et il ne fut plus qu'une ombre

– Gardez-vous au sec, lança-t-il en filant entre les goutes.

Elle le retrouverait lundi ! Songeant que ce garçon incroyablement mignon l'emmènerait chaque matin au lycée, Katelyn sentit son cœur s'emballer.

– Bon, reprit Mordecai en s'approchant d'elle. Passons à table.

– Je croyais que tu n'avais rien à manger.

– Je croyais que tu ne voulais pas voir de monde, rétorqua-t-il en levant un sourcil. Il y a une *parmigiana* d'aubergines dans le micro-ondes et dès demain, nous irons au marché faire le plein de légumes frais.

– Tu savais que j'étais végétarienne ? s'exclama-t-elle, stupéfaite non seulement de son improvisation sur le thème du placard vide, mais surtout qu'il se soit renseigné sur ses habitudes alimentaires.

– C'est si étonnant ?

Il se dirigea vers la cuisine. Elle songea soudain aux rongeurs et essaya vainement d'oublier son dégoût.

– Euh, je crois que je n'ai pas très faim.

– J'ai peut-être un peu exagéré au sujet des rats, lança-t-il par-dessus son épaule. Trick a tendance à s'inviter facilement.

Ce garçon passait-il vraiment autant de temps chez Mordecai ? Pourquoi ? N'avait-il donc pas de famille ? Au fond, aurait-ce été si gênant de l'avoir à dîner ? Il aurait pu faire diversion dans l'atmosphère pesante. Elle regrettait presque de s'être montrée si agressive à son arrivée.

– Qu'entendait-il par « des démêlés avec la justice » ? demanda-t-elle en suivant son grand-père.

– Des demeurés congénitaux ont tenté sans succès de lui faire porter le chapeau pour une série de cambriolages. Mais puisque les accusations avaient semé le doute, la juge lui a conseillé d'attendre d'être invité avant d'entrer dans une maison. Elle plaisantait, mais Trick a décidé de prendre ses instructions au pied de la lettre.

– À cause de son... profil, tu veux dire ? demanda-t-elle, mal à l'aise.

Avec sa peau sombre, ses yeux clairs et la finesse asiatique de ses traits, il n'aurait eu aucun mal à devenir mannequin à Los Angeles. Au fin fond de l'Arkansas, en revanche...

– Oui. J'imagine que c'était pareil dans ton ancien lycée.

– En Californie ? s'exclama-t-elle.

– Oh, j'oubliais : là-bas, tout le monde fait du théâtre.

– Comment ça ? Trick fait du théâtre ?

– Exact, répondit Mordecai en passant dans la cuisine. En plus, il s'intéresse à la poésie. Autant dire qu'il est souvent la cible des crétins de sa classe.

– Tu veux dire qu'il est gay ? insista Katelyn.

– Trick ? s'étrangla-t-il. Non. Absolument pas. Mais il est prévenu : avec toi, il devra se conduire en gentleman. Et s'il s'avisait de franchir la limite, avertis-moi, je le recadrerai.

Elle sourit, amusée et soulagée par cette description de Trick, mais surtout touchée par les attentions de son grand-père. Il n'était peut-être pas aussi rustre que ça.

– Tiens, de quoi reprendre contact avec la civilisation, dit-il en lui tendant le combiné d'un téléphone.

Elle allait le saisir lorsqu'un nouveau hurlement retentit dans le lointain. Mordecai secoua la tête.

– Les idiots. Encore des gens de la grande ville, je parie.

Oh oui... de la grande et belle ville où l'on a accès au réseau mobile.

Katelyn prit le téléphone et composa le numéro de Kimi, qui décrocha aussitôt.

– Katie ! cria-t-elle. Enfin !

– Eh oui !

L'intonation de Kimi suffit à la faire sourire.

– Alors, c'est aussi naze qu'on le pensait ?

Katelyn jeta un regard en coin à son grand-père, qui s'affairait dans la cuisine. Elle aurait préféré qu'il s'éclipse afin de lui laisser un peu d'intimité. Sa présence la mettait mal à l'aise.

– On peut dire ça.

– Aucun côté positif ?

L'image de Trick lui traversa furtivement l'esprit, mais elle l'oublia aussitôt.

– Quoi de neuf chez nous ?

– Eh bien, tu n'es plus là.

– Toi aussi tu me manques, murmura Katelyn, la gorge serrée.

Elle craignait de se remettre à pleurer. Lorsque le tintement du micro-ondes retentit, Mordecai la contourna ostensiblement pour y accéder.

– On va passer à table, reprit-elle, la mâchoire crispée. Je te rappellerai plus tard.

– Non, ne raccroche pas ! protesta Kimi. Et ton voyage ? Et c'est comment, là-bas, et...

– Kimi, je dois te laisser. Nous allons dîner.

La voix de Katelyn trembla alors qu'elle ravalait ses larmes. Elle avait perdu l'appétit. La seule chose qu'elle désirait, c'était rentrer chez elle, être en compagnie de Kimi et de sa famille.

– Il te fait probablement manger des écureuils ! Oh, ma pauvre chérie...

– C'est une *parmigiana* d'aubergines, répondit Katelyn de son air le plus enthousiaste. Mais ce sont les écureuils qui font marcher le micro-ondes.

Un sourire furtif éclaira le visage de son grand-père, mais elle fit semblant de n'avoir rien remarqué.

– Tu me manques déjà tellement, gémit Kimi.

– Pareil pour moi, renchérit Katelyn, l'estomac noué.

Son amie ne se doutait pas à quel point.

– Bon, allez, va dîner avec le diable.

– À plus, souffla Katelyn.

Rassemblant tout son courage, elle raccrocha et fit face au vieil homme.

– Tu veux un verre, pour ton Coca ? demanda-t-il.

Jamais cet homme ne la comprendrait. C'était impossible. Il n'avait même pas conscience du mal qu'il avait pu lui faire, en l'entraînant dans ce trou au milieu de nulle part.

Il attendait une réponse. Elle ne put que hocher la tête.

Lorsque enfin, elle se glissa sous les draps, elle était exténuée. Les yeux rivés au plafond, elle guettait ces bruits nocturnes et inconnus auxquels il lui faudrait désormais s'habituer. Ici, tout était différent. Jusqu'aux odeurs. Elle crut qu'elle ne parviendrait jamais à trouver le sommeil, mais son épuisement était tel, absolu et irrépressible, qu'elle y succomba en quelques minutes à peine.

Elle se redressa en sursaut au beau milieu de la nuit. Immobile dans le noir, le cœur battant, elle cherchait à comprendre ce qui l'avait réveillée. La pluie s'abattait toujours sur la maison. Katelyn tenta de retrouver son calme en se concentrant sur son crépitement. La bouche sèche, pâteuse, elle réalisa soudain qu'elle avait soif.

Quelques secondes s'écoulèrent avant qu'elle ne se glissât dans le couloir. La chambre de son grand-père était close et elle descendit l'escalier sur la pointe des pieds, redoutant le moindre grincement des marches. Soudain, un éclair illumina la pièce et elle tressaillit. Les animaux empaillés la fixaient de leur regard vide. Elle ferma brièvement les yeux, puis poursuivit son chemin.

Des braises couvaient toujours dans la cheminée. Et l'espace d'un instant, elle se crut chez elle, avec sa mère. Elle sentait encore la douceur de ses cheveux, la tendre inflexion de sa voix. Sa descente aux enfers après la mort du père de Katelyn.

Et maintenant, c'est moi qui vais m'effondrer à mon tour, pensa la jeune fille. Puis elle inspira profondément. *Non, ça va aller.*

Elle entra à tâtons dans la cuisine. Une faible clarté filtrait au travers des rideaux à demi tirés au-dessus de l'évier, illuminant les sillons de pluie dont l'ombre se projetait sur les placards écaillés. Elle chercha l'interrupteur, mais ne le trouva pas. Elle passa la main le long du mur, en vain. L'image de têtes d'animaux morts lui revint et elle se recula brusquement, craignant d'en effleurer une qu'elle n'aurait pas remarquée durant le dîner.

Un craquement déchira le silence et elle bondit. Le tonnerre. À Los Angeles, lors d'intempéries, les glissements de terrain étaient fréquents. Or, la route qui menait jusqu'à la maison de son grand-père n'était qu'un étroit chemin de terre. Pourrait-elle seulement se rendre en cours lundi ? Nous n'étions que vendredi. Allait-elle rester prisonnière de cette cabane améliorée jusqu'à épuisement total des provisions ?

Il pourrait toujours tuer du gibier.

Elle aurait voulu en rire, mais ça n'était pas drôle. Rien dans cette situation n'était comique. Elle haïssait cet endroit.

Épaules raides, bras croisés, elle s'avança dans la pénombre en direction de l'évier, prit un verre et d'une main tremblante, tourna le robinet.

Soudain, elle se figea, parcourue de frissons et d'une étrange sensation de fourmillements.

On m'observe, pensa-t-elle.

De l'autre côté de la vitre, elle n'aperçut que les trombes d'eau qui s'agitaient dans la pâle lueur nocturne, clignant comme des paupières translucides.

Mais au-delà du rideau de pluie, des ombres se profilaient. Quelque chose bougeait au-dehors.

Des branches, se persuada-t-elle. *Des écureuils.*

Puis, deux yeux rouges. Deux pupilles incandescentes, juste derrière le carreau.

Le souffle court, elle recula, incapable de crier. Elle se précipita en direction du salon, heurtant au passage le coin de la table. La douleur aiguë la fit grimacer et elle contourna le meuble en boitillant. Puis elle entendit un bruit d'eau : le robinet coulait toujours. En se retournant, elle braqua son regard sur la fenêtre. Elle ne vit rien. Car il n'y avait rien à voir.

– Tu es ridicule, lâcha-t-elle à voix haute.

Pourtant, elle fut incapable de faire un pas en avant.

– Ridicule, répéta-t-elle.

Son cœur cognait sourdement dans sa poitrine. Elle aurait pu courir jusqu'à la porte, sauter dans le pick-up, rouler en direction de l'aéroport...

– Maman..., bafouilla-t-elle, avant de se mettre à trembler de tous ses membres.

Enfin, elle se rua sur le robinet, qu'elle empoigna violemment pour le fermer, sans jamais oser lever la tête. Les poings serrés, elle quitta la pièce à reculons.

– Je veux rentrer chez moi...

Pour toute réponse, un nouvel éclair projeta dans la cuisine sa lumière bleutée, irréelle. L'espace d'un instant, elle crut revoir ces yeux. Immenses, rouges.

Puis ils disparurent.

Fallait-il réveiller son grand-père ? Pour qu'il se moque d'elle, la petite citadine, qui s'effarouchait d'un raton laveur ou d'une souris ?

Elle grimpa l'escalier quatre à quatre et regagna sa chambre. Elle saisit son ours en peluche et le serra contre sa poitrine, fixant la lucarne. La pluie crépitait contre la vitre, comme on tambourine à une porte.

– Je ne te laisserai pas entrer, dit-elle tout haut.

Mais c'était bel et bien à sa chambre, qu'on frappait.

– Katie ? appela son grand-père. Est-ce que tout va bien ?

Ses joues s'empourprèrent. Maintenant qu'elle avait allumé sa lampe et réveillé Mordecai, elle se sentit stupide.

– Je suis descendue prendre un verre d'eau. Et j'ai aperçu des yeux. Deux yeux rouges.

Un silence.

– Où ?

– Derrière la fenêtre. C'était sans doute un... un animal quelconque.

– Je vais voir.

Elle fit la grimace, mais ne put réprimer un certain soulagement, suivi d'une pointe d'angoisse à l'idée qu'il puisse bel et bien y avoir quelque chose derrière cette vitre.

– Je viens avec toi, annonça-t-elle en bondissant de son lit.

Elle traversa la pièce puis ouvrit la porte. Déjà, son grand-père descendait les marches, sa carabine à la main. Il se retourna.

– Non, Katie, recouche-toi. C'est probablement une fausse alerte.

– Alors, pourquoi prends-tu un fusil ?

– Reste dans ta chambre, ordonna-t-il.

La rudesse du ton la choqua. À l'évidence, lui ne croyait pas à une fausse alerte.

Elle obéit cependant, ramena ses bras contre elle et attendit, debout au milieu de la pièce, certaine qu'il allait se produire quelque chose. Elle faisait les cent pas, redoutant une nouvelle angoisse.

– Je n'y arriverai pas, gémit-elle d'une voix brisée. Je vais craquer...

Des heures semblèrent s'écouler dans un silence inquiétant, tendu, terrifiant. Enfin, elle en eut assez et s'approcha de la porte et l'ouvrit brutalement.

Son grand-père se tenait derrière, le bras levé, sur le point de frapper à sa chambre.

Surprise, elle fit un pas en arrière.

– Oh.

Trempé jusqu'aux os, il s'épongeait à l'aide d'une serviette. Il s'était débarrassé de son fusil. À son air sombre, le cœur de Katelyn s'emballa. Avait-il trouvé quelque chose ?

– Il faut que je te dise..., commença-t-il avant de s'éclaircir la gorge. Euh, je peux entrer ?

Elle hocha la tête et s'écarta. Lui laissant l'unique chaise de la pièce, elle s'assit sur le rebord du lit, mais il resta debout. Il plia soigneusement sa serviette, comme pour se laisser le temps de choisir ses mots. L'attente devenait insupportable. Elle l'observait, le souffle court.

– Il y a une quinzaine de jours, une jeune fille est morte.

– C'est affreux, s'exclama Katie. Tu la connaissais ?

– On l'a retrouvée mutilée. Dans la forêt, poursuivit-il avec un regard insistant. Elle s'y promenait seule.

Katelyn attendit la suite, puis comprit l'allusion. Eux-mêmes vivaient au milieu des bois.

– Je ne m'y aventurerai pas seule, c'est promis, assura-t-elle avant d'ajouter : d'ailleurs, crapahuter dans la forêt ou les montagnes, ça n'est vraiment pas mon truc. Je suis plutôt du genre plage.

– Je ne plaisante pas, Katelyn, rétorqua-t-il avec véhémence. Cette jeune fille est morte.

– Ne t'imagine pas que ça m'est égal, ça m'inquiète même beaucoup, mais je te jure que je n'ai pas l'intention de me promener seule dans les bois.

Il parut sur le point d'ajouter quelque chose, mais se contenta d'un soupir et d'un hochement de tête.

– Très bien. Bonne nuit, Katie.

– Bonne nuit, grand-père.

L'estomac noué, Katelyn en voulut une nouvelle fois à Mordecai. La mort de cette fille était une tragédie. Alors, comment avait-il pu la forcer à venir habiter ici, où la moindre bouffée d'air frais lui serait interdite ? Elle saisit un coussin, avec une furieuse envie de le jeter contre la porte.

Puis se ravisa, y appuya son front et murmura pour lui seul.

– Je veux m'en aller. Laisse-moi m'en aller.

Cette révélation l'avait troublée, mais elle redoutait à présent de rester à jamais enfermée dans cette maison. Le week-end se poursuivit sous un temps maussade, ponctué d'orages et d'averses. De sa prétendue nouvelle ville, Katie ne vit que de la pluie, des éclairs et de la boue. Devant cette météo déplorable, Mordecai annula les courses au marché local et la visite des environs, mais Katie n'en fut pas vraiment affectée. Elle n'était pas encore prête à rencontrer du monde et son quotidien lui manquait terriblement.

Un feu brûlait nuit et jour dans la cheminée et, mue par sa peur panique des flammes et des animaux empaillés, Katie évita soigneusement le salon. Elle découvrit une photo de ses parents et d'elle accrochée au mur près de l'escalier et observa fixement cette famille heureuse, souriante, jusqu'à ne plus en supporter la vue. Encore épuisée, en dehors de quelques coups de fil à Kimi, elle se contenta de dormir.

Les relations avec Mordecai parurent s'améliorer et ils rirent ensemble de l'écho du tam-tam et des hurlements ridicules qui se poursuivaient en dépit de la pluie battante. Katie songea à l'homme-loup, dans l'avion, et l'imagina, assis en tailleur sous un poncho gris, cherchant à libérer son « loup intérieur » derrière des instincts de jeune cadre dynamique.

Si elle dormit beaucoup, son sommeil n'en fut pas moins agité. Dès qu'elle fermait les yeux, elle se retrouvait dans sa maison en flammes, où tout s'écroulait autour d'elle. Elle rêva de sa mère, qui tombait, disparaissant pour toujours dans le néant, les bras tendus vers sa fille qui plongeait derrière elle sans jamais pouvoir la rattraper.

Elle se réveilla en sursaut une bonne dizaine de fois, tremblante. Remontant ses draps jusqu'au menton, elle fixait la lucarne. Les feuilles mortes s'agglutinaient sur le verre trempé, obstruant la lumière, ce qui ne la gênait guère. Elle n'était pas parvenue à se débarrasser de la sensation d'être épiée pendant la nuit. Même si, dans la journée, elle se persuadait d'avoir été victime de ses nerfs.

Le lundi matin, les premières lueurs de l'aube commençaient seulement à poindre lorsqu'elle se leva. Mordecai lui prépara du porridge et du café. Il la surprit une nouvelle fois en lui tendant un sac à déjeuner contenant un sandwich et une pomme. L'attention la toucha.

À six heures trente précisément, Trick se présenta à la porte, vêtu d'un vieux blouson de cuir sur un tee-shirt blanc, d'un jean et des mêmes santiags. Il réclama, entre deux bâillements, du porridge et du café, qu'on lui servit.

– Tu es ravissante, déclara-t-il en l'observant.

Pour son premier jour, Katelyn avait opté pour une veste indigo brodée, une fine blouse à manches longues, un jean et des babies, le tout déniché dans les boutiques vintage et les friperies de West Hollywood que Kimi et elles fréquentaient assidument.

– Merci.

Elle ignorait le code vestimentaire en vigueur au lycée de Wolf Springs. Elle s'imaginait des filles avec des shorts en jean effilochés et des types en salopette, mâchonnant un brin d'herbe. Elle avait conscience d'entretenir un stéréotype, mais ne put se défaire de cette vision.

Elle s'attendait à ce que Trick conduise une vieille camionnette cabossée, comme celle de Mordecai, aussi elle fut étonnée d'apercevoir une Mustang, ancien modèle et intérieur cuir, entièrement remise à neuf. Ravi de son effet, il lui tint la porte tandis qu'elle grimpait dans l'habitacle étriqué, posant son sac à dos sur ses genoux.

– Plutôt pas mal, hein ? insista-t-il fièrement en se glissant derrière le volant.

Le moteur démarra en ronronnant comme un tigre, et ils se mirent en route. Sur le perron, Mordecai les observait, agitant la main, et elle lui adressa un petit signe. La pluie se mit à tomber. Ils foncèrent à travers l'averse et la végétation dense. La tenue de route de la Mustang était excellente et Trick pressa le bouton de son lecteur MP3. *Smoke on the Water* s'échappa des haut-parleurs.

– C'est approprié, susurra Katelyn, avant de pencher la tête de côté. Mon grand-père m'a parlé de toi. Alors comme ça, il paraît que tu te fais casser la figure parce que tu joues les poètes maudits ?

– J'y crois pas ! pesta-t-il en riant. J'ai dû m'y essayer une fois, quand j'avais quatre ans. Le docteur McBride essaie sans doute de me ridiculiser, histoire que tu ne m'approches pas de trop près.

Avec un sourire ravageur, il appuya sur l'accélérateur. La Mustang sortit des arbres et amorça un virage serré.

– Il voudrait que je joue les bons copains asexués. Ce que je ne suis pas, Kat, pour info.

– Je ne m'appelle pas Kat, répliqua-t-elle en dissimulant son amusement.

– Il faudra t'y faire. Au fait, à partir de là, ton portable devrait capter le réseau. Éclate-toi.

Un peu honteuse, Katelyn passa le reste du trajet à échanger des SMS avec Kimi. Son amie était si impatiente d'avoir de ses nouvelles qu'elle répondit présente malgré le décalage horaire.

De temps à autre, Katie observait Trick à la dérobée. Celui-ci ne parut pas le moins du monde vexé par son attitude. Il poursuivait sa route à une allure folle au milieu des bois et sous un déluge continuel. À plusieurs reprises, Katie crut finir dans le fossé. Puis, tandis qu'ils amorçaient une côte, Trick joua de l'accélérateur. Au-dessus d'eux, les branches basses et touffues des arbres formaient un épais tunnel qui les maintenait dans une obscurité presque totale. Et l'averse ne cessait pas. Dans les trombes d'eau, le halo jaunâtre des phares de la Mustang éclaboussait les troncs que Trick évitait avec adresse.

– Prépare-toi au choc, annonça-t-il.

Katelyn se retournait pour lui demander de quoi il parlait lorsqu'ils quittèrent brusquement ce passage sombre et franchirent le rideau de pluie pour déboucher sur un plateau. Katelyn retint son souffle. Juste en dessous d'eux s'étendait un village tout droit sorti de l'époque victorienne, tranquille et naïf comme un dessin de carte postale. L'architecture mêlait savamment brique et bois. Les pignons et cheminées se succédaient élégamment. Des paniers garnis de fleurs orangées et de corolles érubescentes étaient suspendus à d'anciens lampadaires. La ville était parcourue d'étroites rues pavées. Et la pluie noyait ce charmant paysage.

Wolf Springs ne ressemblait en rien à ce qu'elle s'était imaginé. Pas de tracteurs garés en double file, pas de camping-cars rouillés abandonnés dans des champs.

– C'est un parc d'attractions ? demanda-t-elle, prise d'un doute.

– Le lycée est là.

Elle suivit son geste des yeux tandis qu'il s'insérait dans un flot de voitures composées principalement de camionnettes (visiblement le véhicule de prédilection dans la région) qui arrivaient d'une autre route au pied de la colline. Les automobilistes s'adressaient des signes et donnaient joyeusement du klaxon. Deux bus jaunes s'immobilisèrent devant l'entrée d'un haut bâtiment en bois, entouré de deux vérandas qui couraient le long de chaque étage. Le toit pentu était ponctué de minuscules tourelles et de mansardes. Au sommet de l'édifice, un panneau à écran lumineux clignotait : BIENVENUE CHEZ LES TIMBERWOLVES.

– Bon sang, j'ai oublié ma jupe à crinoline, plaisanta-t-elle, cherchant à provoquer un sourire.

Bingo. Il entra dans le jeu.

– Personnellement, je n'en mets jamais. Je trouve que ça me fait de grosses fesses, pas toi ?

La parade de véhicules chemina lentement aux abords de la ville dont le décor pittoresque n'était gâché que par deux éléments : un hangar en béton grisâtre et une vieille supérette en décrépitude. Katelyn était impatiente de raconter à Kimi qu'elles s'étaient radicalement trompées sur le pays du banjo... une surprise plutôt agréable.

– Il y a un parking réservé aux élèves de terminale. Ensuite je te conduirai au secrétariat. J'essaye d'éviter le bureau du proviseur.

– À cause de ces « démêlés avec la justice » ?

– Qui sont parfaitement injustifiés, répliqua-t-il en acquiesçant. Mais au moins, ça renforce mon aura de mystère. Au fait, ajouta-t-il, soudain sérieux. Il y a quelque chose que je dois te dire.

Elle attendit. Le vert de ses yeux s'assombrit brusquement et son visage parut se fermer. Katelyn retint son souffle, aussi curieuse de savoir où il voulait en venir que subjuguée par son physique.

– Peu avant ton arrivée, l'une de mes amies est morte.

La fille retrouvée dans la forêt. Trick devait la connaître, évidemment. Ici, tout le monde se connaissait...

– Mon grand-père m'en a parlé. Je suis vraiment navrée, dit-elle avec sincérité

Mais il demeurait grave.

– Que t'a-t-il dit, exactement ?

– Qu'on l'a retrouvée morte. Qu'elle se promenait seule dans la forêt.

Il jeta un bref regard à la route et effectua une manœuvre dans le parking. La tension semblait soudain palpable. Cette fille avait-elle été proche de lui ? Sa copine, peut-être ?

– Dans ce genre de patelins, les légendes urbaines vont bon train. Pardon, se reprit-il avec une grimace, pas « urbaines ». Dans les régions reculées des États-Unis, les vieilles histoires ont la vie dure. Elle s'appelait Haley et sa mort était *le* sujet brûlant jusqu'à ce qu'on apprenne qu'une starlette d'Hollywood s'apprêtait à débarquer dans les environs.

– Attends, c'est de moi que tu parles ?

Elle s'esclaffa, mortifiée, mais Trick ne sourit pas. Elle comprit alors qu'il n'était pas seulement triste, mais furieux.

– On a organisé des veillées. Les gens ont défilé pour déposer des ours en peluche, des bougies, des photos et toutes sortes de babioles. Tout le monde pleurait, se réconfortait mutuellement. Tout le lycée était présent à son enterrement. Et maintenant, c'est presque comme si elle n'avait jamais existé. Mais moi, ajouta-t-il fermement à voix basse, je n'ai pas l'intention de l'oublier.

– Je suis vraiment désolée, Trick.

Il secoua la tête.

– Ne va pas imaginer que je t'en veux d'être venue ici..., dit-il en soutenant son regard. C'est juste que...

Un sourire forcé s'esquissa sur ses lèvres parfaites.

– Sois prudente, d'accord, mam'zelle ? Et pas seulement dans les bois.

– Merci, souffla-t-elle.

Il sous-entendait sans doute qu'elle serait le centre de l'attention durant les prochains jours. Jouer les petites nouvelles l'angoissait tout autant.

Il immobilisa la Mustang et avant qu'elle ait pu rassembler ses affaires, il avait fait le tour pour lui ouvrir. La pluie ne se décidait toujours pas à s'arrêter, aussi ils rejoignirent le portail de pierre au pas de course, comme le reste des élèves.

Ils pénétrèrent dans l'atmosphère embuée du hall exagérément chauffé. Ainsi, Katelyn se retrouvait parmi ses nouveaux camarades. D'un œil curieux, elle observa la foule autour d'elle, distinguant les sportifs des premiers de la classe, les gens populaires des parias. Les looks n'étaient pas aussi branchés qu'à Santa Monica et moins originaux. Ici, on se contentait de jeans et de blousons, quoiqu'elle se surprît à lorgner d'un air envieux les bottes mauves d'une fille qui passait.

Katie respira un grand coup. *Bon, nouveau lycée, nouvelle vie. À quoi veux-tu ressembler, Katelyn ? Ici, personne ne te connaît, tu pourrais être qui tu veux.*

Sauf Trick, songea-t-elle. Et son chauffeur attitré se tourna vers elle, lui faisant signe de se dépêcher. Elle tenta de suivre la cadence, sous les regards étonnés des élèves qui réalisaient soudain qui elle était.

Trick la conduisit jusqu'à un bureau et désigna la porte ouverte.

– C'est là. À plus, dit-il. Et surveille tes arrières.

– « Surveiller ses arrières », c'est anatomiquement impossible.

Il leva les sourcils et éclata de rire, avant de disparaître à l'angle du couloir.

Et comme ça, perdue dans une foule d'inconnus, Katie se retrouva seule.

Chapitre 3

Prenant sur elle, Katelyn jeta un dernier regard aux alentours avant de pénétrer dans le bureau. Une femme d'une quarantaine d'années était installée derrière le comptoir. Mme Walker – c'était le nom qu'indiquait la plaque – l'accueillit avec bonhomie.

– Tu dois être Katelyn.

Pendant une seconde, elle s'imagina lui dire non. Elle aurait voulu répondre que Katelyn était une jeune fille ordinaire, qui vivait avec sa mère en Californie et qui allait au lycée de Santa Monica. *Mais je ne suis plus cette fille.* La secrétaire lui souriait toujours et Katie se força à remuer les lèvres.

– J'ai imprimé ton emploi du temps et t'ai dessiné un plan du bâtiment, poursuivit Mme Walker en lui tendant une grande enveloppe. C'est schématique, mais ça t'aidera les premiers jours.

– Merci, dit Katie, qui se retint de lui demander si le plan indiquait également le chemin du retour jusqu'à Los Angeles.

– Si tu te dépêches, tu peux encore rejoindre ton premier cours avant la sonnerie. C'est en sortant sur la droite, au fond du couloir, quatrième porte à gauche.

– Merci, répéta Katie.

Elle tourna les talons, sentant déjà l'angoisse monter tandis qu'elle s'engouffrait dans le corridor. Ici, tout était différent et avoir à repartir de zéro lui paraissait terriblement injuste.

Jetant un œil à son emploi du temps, elle remarqua qu'elle commençait par un cours d'histoire, avec M. Henderson. Dès qu'elle eut franchi la porte de la salle, le chahut s'interrompit et les yeux se braquèrent sur elle. Presque toutes les tables étaient occupées et elle se glissa sur l'une des dernières chaises libres, vers le fond. Devant cette marée de nouveaux visages, son estomac se noua. Sa vie n'était pas censée prendre une telle tournure.

– Salut, lui lança un grand blond qui portait un blouson d'équipe sportive. Tu dois être Katelyn McBride.

Elle se contenta d'un signe de tête. Tout était dans la première impression. Elle craignit de passer pour la bêcheuse distante, mais d'un seul coup, elle prit toute la mesure de ce qui lui était arrivé. Elle avait perdu sa mère. Elle se trouvait à présent à des milliers de kilomètres de sa tombe et de tout ce qui avait compté dans sa vie.

– S'il vous plaît, appela le prof au bout de la salle.

Katelyn remarqua ses cheveux blonds, parsemés de mèches argentées, ses yeux gris-bleu surmontés d'épais sourcils. Il portait un pantalon kaki et une chemise blanche.

– Nous accueillons aujourd'hui une nouvelle élève qui nous arrive de Californie. Katelyn, peux-tu te présenter à la classe ?

Elle se leva, cherchant à dissimuler ses mains tremblantes. « Je n'ai rien à faire ici, voulait-elle lui dire. Tout ceci n'est qu'une grossière erreur. » Elle prit une profonde inspiration.

– Je m'appelle K...

Elle hésita, puis redressa la tête.

– ... Kat McBride et j'arrive de Los Angeles. J'ai emménagé chez mon grand-père depuis que ma mère...

Sa voix se brisa. Ils savaient, de toute façon. C'était du moins ce que Trick lui avait dit.

– Kat. Très bien, reprit gentiment M. Henderson en griffonnant sa feuille de papier.

Elle ignorait pourquoi, mais elle eut soudain la conviction qu'il serait plus facile d'utiliser ce diminutif proposé par Trick plutôt que d'entendre tous ces étrangers prononcer son nom.

– Nous te trouverons un manuel, conclut M. Henderson.

Elle hocha la tête et le professeur s'adressa au reste de la classe.

– Parfait. Nous commençons aujourd'hui un nouvel exposé. Je veux faire de vous des historiens acharnés et dans cette optique, vous allez travailler par groupe de deux. Maintenant que Kat est avec nous, nous sommes en nombre pair.

Il lui sourit, comme si sa venue à Wolf Springs lui rendait un immense service. Elle était moins enthousiaste. À peine arrivée, il lui fallait déjà faire équipe avec quelqu'un. M. Henderson forma les binômes en suivant sa liste d'appel et aussitôt, un mouvement de chaises s'effectua dans la classe pour se conformer aux nouvelles dispositions.

Quelques-uns pianotaient discrètement sur leur portable. D'autres se mirent immédiatement au travail. Katelyn tenta de mémoriser quelques prénoms, sans succès. Rester assise dans cette salle lui semblait une épreuve en soi. Le simple fait de ne pas craquer était déjà un exploit.

Enfin, le professeur interpella une dernière élève.

– Et... Cordélia ? Pourquoi ne pas faire équipe avec Kat ?

Kat, c'est moi, se rappela Katelyn. *Cordélia. Qui est Cordélia ?*

Une fille se leva. Grande, mince, avec de longs cheveux auburn, des yeux d'un bleu sombre et un physique de star. Elle rassembla ses affaires et adressa à Katie un sourire chaleureux. On avait souvent dit à Katelyn qu'elle était jolie, mais comparée à cette fille, elle se sentait hideuse.

L'autre s'avança.

– Salut, Kat. Je suis Cordélia Fenner.

Avec un timide « bonjour », Katie serra gauchement la main qu'elle lui tendait. Elle n'avait pas l'habitude de ce geste chez les jeunes de son âge – peut-être était-ce une particularité de l'Arkansas ? Cordélia avait une poigne ferme. Avait-elle noté son malaise ? Elle lâcha aussitôt ses doigts.

– Eh bien, sois la bienvenue à Wolf Springs, lança joyeusement Cordélia en s'asseyant.

D'un coup d'œil, elle parut jauger l'allure de Katelyn, ses vêtements, sa coiffure et ses chaussures. Ce type de regard s'accompagnait souvent d'un soupçon d'agressivité, de mépris, mais pas celui de Cordélia. C'était davantage une façon d'évaluer, de comprendre son interlocutrice plutôt que de la juger. En Californie, les jolies filles se comportaient en général de manière radicalement différente. Katelyn dévisagea Cordélia, incapable de décider si elle assumait sa beauté naturelle ou si elle n'en avait absolument pas conscience. Quoi qu'il en soit, c'était pour Katelyn une nouveauté fort agréable.

– Merci, répondit-elle, instantanément conquise.

Cordélia pencha la tête de côté. Ses mèches rousses et soyeuses effleurèrent son teint de porcelaine.

– Alors, quel est ton clan ? demanda cette dernière.

– Pardon ?

– Pardon, s'excusa Cordélia en se tapotant le front. Je voulais dire, qui tu fréquentes ? Tu es plutôt du genre à rester avec les gens cools, les mordus de théâtre, les matheux, les derniers de la classe ?

Très directe, la question la prit au dépourvu.

– Je... je n'y avais pas encore réfléchi.

– C'est bien d'avoir le choix. Tout le monde n'a pas cette chance. Bon, faisons plaisir à M. Henderson et mettons-nous au travail.

Katelyn acquiesça tout en se demandant à quoi ressemblaient les amis de Cordélia, même si sa cote de popularité ne faisait aucun doute.

– M. Henderson était archéologue. Il a emménagé ici il y a environ deux ans. C'est un petit nouveau, comme toi.

– Deux ans ? Mais je ne suis là que depuis quatre jours !

– Tu sais, ici les choses sont différentes. Deux nouvelles têtes en moins d'un siècle, c'est du jamais vu pour nos pauvres concitoyens.

– Sans oublier le type qui organise les séminaires sur les loups, ajouta Katie.

Cordélia fit la grimace.

– Ne m'en parle pas. Enfin, Henderson est un prof passionnant. Il a beaucoup voyagé et ses cours sortent des sentiers battus. Estime-toi heureuse de l'avoir lui et pas Mme Herbold, qui se contente de lire le manuel scolaire à voix haute. Il paraît que le taux de suicides est nettement plus important parmi ses élèves.

– Très bien, reprit M. Henderson en passant une pile de polycopiés à une fille assise au premier rang. Je voudrais que vous vous intéressiez à votre patrimoine régional en creusant un peu le thème des légendes – puisqu'on semble tant les aimer, ici. Trouvez une histoire qui se transmet de génération en génération dans votre famille, un mystère non résolu... Enfin, quelque chose de cool, quoi.

Katelyn et Cordélia échangèrent un sourire entendu. « Cool », leur prof l'était certainement.

– Enfilez votre casquette d'historien, dit-il en mimant le geste, et découvrez l'origine de cette légende, ou de cette anecdote familiale. Je vous laisse jusqu'au 28 octobre pour y travailler. Vous avez tout le temps. Au travail !

Le blond qui avait interpellé Katelyn un peu plus tôt lui tendit la liasse de feuillets par-dessus son épaule. Katelyn en prit un pour elle et sa voisine avant de passer le tas à la personne suivante. Le polycopié proposait des exemples de sites historiques, de repaires notoires, de légendes et de ballades. Toute la classe bruissait d'impatience tandis que les nouvelles équipes de chercheurs en herbe s'employaient à trouver une thématique d'étude.

– Les légendes, ça semble chouette, remarqua Katelyn.

– Oui, c'est sûr..., répondit Cordélia avec un entrain quelque peu forcé. Ce ne sont pas les récits qui manquent concernant les esprits. Enfin, je veux dire les fantômes.

Cordélia tapota la feuille du bout de son crayon.

– J'en connais quelques-uns. Ma famille vit à Wolf Springs depuis des générations.

Katelyn eut du mal à l'imaginer. Comment pouvait-on s'enraciner dans un endroit aussi isolé durant des décennies ?

– Les fantômes, ça ferait un bon sujet, approuva-t-elle.

Le blond leva la main et le professeur hocha la tête pour l'inviter à parler.

– Et Haley ? demanda le garçon.

Le silence retomba dans la salle.

– Que veux-tu dire, Beau ? répondit M. Henderson d'un ton prudent.

– Eh bien, personne ne sait vraiment ce qui lui est arrivé, expliqua Beau. On pourrait peut-être se pencher sur ce mystère.

– Moi je trouve ça carrément tordu, comme idée, rétorqua un type installé sur la même rangée que Katelyn. Haley n'est pas un sujet d'exposé.

– Non, c'est clair, renchérit une fille avec un pull blanc.

– Haley était dans notre lycée, chuchota Cordélia, soudain très pâle. Elle... elle est morte, il y a une quinzaine de jours.

– Je sais. Trick m'en a parlé.

– Trick Sokolov ? s'exclama-t-elle. Tu le connais ?

Lisant entre les lignes, Katelyn crut comprendre que Cordélia n'appréciait guère Trick, mais elle n'en était pas certaine. Était-ce à cause de cette histoire de cambriolages ?

– D'ailleurs, reprit la fille au pull blanc, on sait déjà comment elle est... Enfin, ce qui s'est passé, conclut-elle d'une voix brisée.

Beau secoua la tête.

– Mais ma grand-mère dit que...

M. Henderson s'éclaircit la gorge.

– Mieux vaut laisser Haley de côté, décréta-t-il en observant ses élèves. J'ai conscience qu'elle vous manque beaucoup. Sa disparition a été un choc terrible pour nous tous. Et j'en profite pour rappeler à chacun d'entre vous de se montrer extrêmement prudent dans les bois.

– C'est ça, grinça Beau dans sa barbe. Comme s'il y connaissait quelque chose, lui.

M. Henderson ne parut pas l'entendre et revint à l'exposé.

– J'aimerais que vous ayez tous décidé de votre sujet d'ici un jour ou deux. À la fin de la semaine au plus tard.

Les murmures montèrent entre les tables. Katelyn observa Beau à la dérobée. Il fixait son bureau d'un air furibond. Soudain, il leva la tête et la regarda. Malgré son expression insondable, il parut sur le point de lui dire quelque chose. Mais sa voisine l'interrompit d'un coup de coude pour lui tendre une feuille. Il se pencha finalement sur son document.

– On parlait de Trick, poursuivit Cordélia à voix basse.

– C'est lui qui m'amène le matin au lycée, expliqua Katelyn.

Elle préférait ne pas se lier trop rapidement à Trick s'il apparaissait que personne ne l'appréciait.

– Nous habitons au milieu des bois. Enfin, mon grand-père et moi. Pas Trick, reprit-elle avec un bref sourire.

– Je comprends. Disons que Trick peut parfois se montrer... imprévisible. Il vaudrait peut-être mieux trouver quelqu'un d'autre pour...

Katelyn arqua les sourcils, inquiète.

– Qu'est-ce que tu entends par « imprévisible » ?

La jeune fille parut mal à l'aise.

– Il lui arrive de provoquer les gens. Il est tellement... étrange.

– Alors ? leur lança M. Henderson. Ça avance ?

Cordélia rougit et se racla la gorge.

– Fais attention, Kat. D'accord ?

Katelyn hocha la tête. Décidément, à Wolf Springs, tout le monde lui recommandait la prudence. Et Trick avait tort : la mort de Haley était encore à l'évidence dans tous les esprits. Plus que jamais, elle aurait souhaité pouvoir rentrer chez elle. Cet endroit était malsain. Elle se languissait du soleil, de l'océan... et de tout ce qu'elle avait laissé derrière elle.

– Enfin, se reprit Cordélia d'un ton nerveux. Je ne voudrais surtout pas... te dire ce que tu as à faire. C'est simplement un conseil.

– Je sais, l'assura Katelyn.

Quelque part, Cordélia lui paraissait fragile. Et si Trick était réellement quelqu'un d'instable ? Et s'il avait bel et bien commis ces cambriolages ?

– C'est gentil de vouloir m'aider, insista-t-elle en voyant sa nouvelle amie soucieuse.

– Pas de problème. Alors, quel est ton prochain cours ?

– Sport, répondit Katelyn en consultant son emploi du temps.

– Moi aussi, s'exclama Cordélia d'un air renfrogné. Avec cette pluie, nous serons certainement en intérieur. Ça risque d'être barbant.

Katelyn ne fit aucun commentaire, mais songea qu'un cours ennuyeux était précisément ce qu'il lui fallait.

– Écoute, Kat, lâcha soudain Cordélia. Si Trick est vraiment ton ami...

– Il ne fait que m'accompagner le matin, répéta Katie d'un ton plus décidé. C'est tout. Et je tâcherai de me montrer prudente avec lui.

Elle espérait faire comprendre à Cordélia qu'elle ne lui tenait pas rigueur de sa franchise. La jeune fille hocha la tête, en ramenant ses cheveux derrière son oreille. Tout chez elle respirait l'assurance et la confiance en elle, à l'exception de son attitude envers Katelyn. Elle semblait craindre de la froisser. Cordélia ignorait peut-être comment aborder les inconnus. Ou alors, elle voulait absolument jauger la nouvelle venue et redoutait de gâcher cette opportunité.

Le reste des élèves discutait de l'exposé et à la fin de l'heure, Katelyn et Cordélia n'avaient toujours pas décidé d'un sujet. Un peu déboussolée, Katelyn se faisait difficilement à son nouveau diminutif et ne réagissait qu'une fois sur deux lorsque quelqu'un l'appelait « Kat ». À l'intercours, les deux filles se dirigèrent vers le gymnase. Les garçons draguaient ouvertement Cordélia et dévisagaient sans retenue sa nouvelle amie. Katelyn n'aperçut Trick nulle part.

– Notre lycée est une ancienne église, raconta Cordélia. C'est une terre sacrée.

Un silence s'ensuivit et Katelyn comprit que Cordélia attendait un commentaire.

– C'est très joli, observa-t-elle en admirant un vitrail représentant un homme coiffé d'une auréole. À ses côtés se tenait un gros chien gris. Pas un chien, d'ailleurs. Un loup.

– Et il est hanté, renchérit Cordélia.

– Vraiment ? Alors, pourquoi ne pas étudier l'histoire de l'école ? proposa Katelyn. Qui est représenté sur ce vitrail ? Un saint ?

– Je ne sais pas vraiment. Il a toujours été là.

– Nous pourrions nous renseigner.

– Voilà qui serait « cool », plaisanta Cordélia avec un large sourire.

Elles pénétrèrent dans le gymnase. Cordélia désigna une petite porte près de l'entrée.

– C'est le bureau d'Ambrose, notre prof. Tu devrais aller le voir. Moi, je file au vestiaire. À tout de suite !

Cordélia disparut dans le bâtiment et Katelyn passa timidement la tête dans la pièce, qui donnait sur la salle de sport.

– M. Ambrose ?

Un homme chauve à la carrure imposante, en sweat-shirt gris avec un sifflet autour du coup, leva les yeux.

– Ah, la nouvelle, c'est ça ?

Elle acquiesça.

– Tu as acheté l'uniforme réglementaire de sport auprès du secrétariat ?

– Non.

Katelyn remercia silencieusement Mme Walker d'avoir omis ce détail. Après une heure de cours, elle se sentait déjà dépassée et n'avait aucune envie de se déshabiller devant des filles qu'elle ne connaissait pas.

– Pour aujourd'hui, tu peux t'asseoir dans les gradins. Tâche d'avoir tes affaires la prochaine fois.

– Très bien, merci, répondit-elle avec un sourire timide.

Elle se dirigea vers l'intérieur du gymnase, soulagée d'être dispensée et de se retrouver un peu seule.

Dehors, la pluie persistait. Elle s'installa à l'écart, dans le bruit continu des trombes d'eau sur le toit du bâtiment. Elle observa les lieux. Le gymnase ressemblait à celui de Samohi, mais, pensa-t-elle, toutes les salles de sport sont les mêmes. À chaque extrémité, des paniers de basket étaient suspendus au-dessus du parquet verni. Des banderoles aux couleurs de l'école étaient déployées le long des murs. BIENVENUE CHEZ LES LOUPS DE WOLF SPRINGS - ALLEZ LES LOUPS ! disaient-elles. Le loup gris était l'emblème de la ville, du lycée et inévitablement celui des équipes sportives, notamment de foot. Elle songea au saint du vitrail et à son compagnon. Au pays du banjo, la mascotte était toujours la même : le loup, le loup et encore le loup. Un détail qui ne manquerait pas d'amuser Kimi.

Peu à peu, les élèves sortirent des vestiaires et certains commencèrent à s'échauffer. L'uniforme sportif du lycée était simple : short blanc, tee-shirt gris à l'effigie d'une tête de loup.

Cordélia reparut, s'assit sur le sol et tenta, sans grande conviction, de faire quelques étirements. Le bout de ses doigts ne fit qu'effleurer ses chevilles. Elle aperçut Katelyn et lui fit la grimace. Décidant qu'elle en avait assez fait, elle s'interrompit et bâilla ostensiblement.

– Je suis trop fatiguée pour ça, aujourd'hui, déclara-t-elle.

– On se demande pourquoi, ricana un garçon près d'elle.

Katelyn le regarda. Il avait les cheveux roux, d'une teinte plus claire que ceux de Cordélia, et ses cils clairs et son nez retroussé lui donnaient un air porcin. Il était taillé comme une armoire. Le spécimen typique du pays du banjo.

– Mike, chéri, tu serais gentil d'aller baver ailleurs, susurra Cordélia.

– Susceptible, hein ? insista-t-il avec un geste en direction de la jeune fille. Tu veux que je bouge ? Tu vas devoir m'y obliger.

La mine renfrognée, Cordélia l'ignora superbement. Roulant des épaules, Mike eut un rire gras.

– Allez, Fenner ! Montre-moi un peu de quoi tu es capable.

Les poings serrés, Cordélia changea de couleur. Katelyn la regarda, médusée. Elle parut se transformer en furie. Comptait-elle vraiment se mesurer à ce type ?

Mais avant que la situation ait pu dégénérer, M. Ambrose fit son entrée, armé d'un bloc-notes, d'un stylo et d'un pile de feuilles. Il donna un coup de sifflet strident et se concentra sur ses pages.

– Très bien, aujourd'hui nous entamons notre session de trois semaines autour de la musculation et de l'équilibre. Vous allez commencer une série d'exercices dont vous inscrirez les résultats afin de mesurer vos progrès. Voilà vos grilles d'évaluation.

Il déposa les feuilles et quelques stylos sur le sol.

– D'abord, les abdominaux. Mettez-vous par deux.

– Et si on se mettait ensemble ? siffla Mike à Cordélia.

Le professeur ne parut pas l'entendre, mais certains élèves ricanèrent bêtement. Katelyn laissa échapper un soupir agacé. *Abrutis !*

Les lèvres pincées, Cordélia trouva une partenaire, une fille à la peau sombre qui portait un vernis à ongles doré. À tour de rôle, elles exécutèrent leur série d'abdominaux. Le but était d'en faire le plus possible dans le temps imparti et Katelyn comprit vite que Cordélia était plutôt douée.

– Serre les fesses, Cordy, souffla Mike.

Mais une fois encore, M. Ambrose ne remarqua rien. Ils enchaînèrent les séries d'exercices. Les uns après les autres, les élèves déclaraient forfait, mais Cordélia, le visage grave, redoubla d'efforts. À l'évidence, c'était la fille la plus athlétique de la classe. Mike, le roi du banjo, dominait pour sa part les garçons.

– Très bien, annonça le professeur. On termine par les tractions.

Chacun se positionna debout sous une longue barre horizontale. Ils bondirent, restèrent une seconde suspendus dans le vide, puis se soulevèrent à la force des bras jusqu'à ce que leur menton dépasse la barre. Deux filles ne parvinrent jamais jusque-là et la plupart s'arrêtaient après quatre tentatives. Même les garçons renoncèrent rapidement.

Katelyn les observait d'un air détaché, puis baissa les yeux. Son portable vibrait. Elle avait oublié de l'éteindre, mais personne ne le remarqua. C'était un MMS de Kimi : une photo d'elle en compagnie de Jane, l'une de leurs copines, en bikini sur la plage. Elles s'étaient drapées de boas à plumes fluo et avaient noirci leurs dents. Elle tenait en l'air un carton où était inscrit « Beverly Springs ». Le texte qui l'accompagnait disait « Tu vois, ici aussi on a nos bouseux. Bon courage pour ton premier jour ! Bisous K&J ».

Le message la toucha autant qu'il la désespéra. Aux dires de Kimi, Jane et elle avaient passé le plus clair du week-end ensemble. Bien entendu, Katelyn était contente que sa meilleure amie s'amuse, mais il n'en était pas moins difficile de la voir la remplacer peu à peu.

Elle s'obligea à répondre un « MDR » à Kimi, puis éteignit son téléphone.

Cordélia et Mike étaient les deux derniers encore cramponnés à la barre. Ils maintenaient la cadence, sous les exclamations du reste de la classe, qui encourageaient leur champion. Katelyn remarqua vite que la barrière des genres était scrupuleusement respectée. Tous les garçons soutenaient Mike alors que toutes les filles scandaient le nom de Cordélia.

– Vas-y, Mike, écrase-la ! Allez les Loups !

À ce signal, la moitié des garçons rejetèrent la tête en arrière et se mirent à hurler à la mort, presque aussitôt imités par les filles. Les glapissements stridents montèrent dans la pièce. *La grande classe...*, se dit Katelyn.

Le tee-shirt de Mike était trempé de sueur. Les joues de Cordélia s'étaient légèrement colorées, mais aucune goutte de transpiration ne perlait sur ses tempes. Soudain, elle cligna des yeux, semblant s'éveiller d'un songe, regarda Mike puis le reste des élèves. Elle eut un mouvement d'humeur, comme sous l'effet de la colère, et se laissa tomber sur le sol. Les filles poussèrent des cris enthousiastes et applaudirent, en se précipitant vers Cordélia pour l'aider à se redresser. Katelyn se leva et s'approcha pour la féliciter à son tour.

Les garçons se remirent à hurler. Mike fit une traction de plus, regarda Cordélia de haut, en refit une dernière, puis lâcha enfin la barre, se réceptionnant d'un pas hésitant. Ébranlé par l'effort, il trouva cependant l'énergie de se joindre aux cris.

– Très bien, belle performance, commenta M. Ambrose. Maintenant, à la douche !

Les élèves se dirigèrent vers les vestiaires, mais Cordélia ne bougea pas, reprenant toujours son souffle. Katelyn et elle échangèrent un geste victorieux et Cordélia s'épongea le front d'un revers de main.

– Waouh, s'exclama Katelyn.

– Oui, je crois que je me suis un peu emballée, murmura Cordélia, honteuse.

– Emballée ? Tu lui bottais carrément les...

– Chhht, siffla Cordélia en apercevant Mike et ses copains qui s'approchaient.

Mike rajusta ostensiblement son short, avec un sourire sardonique.

– Alors, tu vois, Fenner : les garçons sont plus forts que les filles, c'est la nature.

– Tu veux dire qu'ils sentent plus fort, oui, ça, c'est certain, rétorqua Katelyn du tac au tac.

Les amis de Mike éclatèrent de rire et Katelyn prit conscience d'avoir parlé sans réfléchir. Les brutes du genre de Mike n'appréciaient pas d'être ridiculisées en public. Cramoisi, Mike fit un pas vers elle. Katelyn pâlit. Mais avant qu'il ait pu faire quoi que ce soit d'autre, Cordélia s'était interposée, une main posée sur le bras de Katelyn.

– On se dépêche, leur cria le professeur.

Mike hésita et Katie sentit son pouls s'accélérer. Il n'oserait quand même pas l'attaquer. Pour une vanne ?

– Allez, Mike, viens, lui dit l'un des garçons aux sourcils broussailleux.

– La nouvelle. La nouvelle sal...

– Mike, arrête, le raisonna son copain.

Mais Mike soutint le regard de Katelyn. Enfin, il se détourna et s'éloigna. Lorsque Cordélia la lâcha, elle réalisa qu'elle tremblait.

– Ne fais pas attention à lui, reprit Cordélia, à l'évidence choquée. Oublie tous ces types. Tu vois le genre. Des brutes.

– Des brutes décérébrées. Nous n'avions pas de ça à Santa Monica, répondit laconiquement Katelyn.

Elle espérait cacher à Cordélia combien elle avait eu peur.

– Je reviens tout de suite, promis sa nouvelle amie en disparaissant vers les vestiaires.

Katelyn se retourna et remarqua que M. Ambrose les observait toujours. Serait-il seulement intervenu si les choses avaient dérapé ? Elle n'en était pas vraiment convaincue. Réprimant un frisson, elle se persuada que son imagination lui jouait des tours.

Comme promis, Cordélia la rejoignit en un temps record. Plus étonnant encore, son allure impeccable : elle était parfaitement recoiffée et maquillée.

– Tu n'étais même pas en nage, s'exclama soudain Katelyn. Tu l'as laissé gagner.

– Non, voyons ! répondit son amie qui se détourna en piquant un fard.

– Si !

Glissant sa main dans ses cheveux, Cordélia sourit, mais son regard demeurait sérieux.

– Eh bien, je ne sais pas comment ça se passe en Californie, mais ici les garçons sont très susceptibles. Mieux vaut ne pas trop malmener leur ego sinon ils perdent vite les pédales.

Mais Katelyn n'était pas dupe.

– Tu n'as pas l'air du genre impressionnable. Et tu as une force incroyable. Waouh !

– J'étais dans l'équipe des pom-pom girls, répondit Cordélia après un silence. L'an dernier.

Le ton rêveur trahissait une pointe de regret. Katelyn connaissait bien cette inflexion. C'était celle que prenait sa mère lorsqu'elle évoquait sa carrière de danseuse. Elle se demanda pourquoi Cordélia avait renoncé à cette activité, mais sa nouvelle amie sembla soudain se renfermer. Les épaules légèrement voûtées, les yeux baissés, elle ne désirait apparemment pas en parler.

Cordélia poussa la porte du gymnase et elles rejoignirent l'agitation du hall, dans le bâtiment principal. Dehors, le tonnerre grondait et sur le vitrail, les éclairs illuminaient le saint et son loup.

– J'essaierai de te présenter aux autres, reprit Cordélia. Mais... les filles sont toujours furieuses contre moi pour avoir lâché l'équipe. Cet été, nous aurions pu nous qualifier pour le tournoi national, mais ça n'a pas été le cas. Par ma faute.

– Je ne voudrais surtout pas te mettre dans l'embarras, répondit Katelyn, à la fois touchée et intriguée par les révélations de son amie.

– Ça ne fait rien. Et puis, te faire des copains t'aiderait à... t'intégrer.

En dépit des bonnes intentions de Cordélia, Katelyn n'imaginait toujours pas « s'intégrer » dans cette ville. D'accord, elle l'avait sans doute mal jugée. Mais Wolf Springs ne rivaliserait jamais avec Santa Monica. *Je ne resterai pas. Non, non et non. Pas question.*

– Enfin, reprit la jolie rousse, qui se racla la gorge pour mieux changer de sujet. Nous devrions décider d'un thème pour l'exposé d'histoire. Je suis libre demain après-midi, si tu veux. Je pourrais peut-être venir chez toi, ajouta-t-elle en rougissant.

Katelyn détestait la maison de son grand-père et n'aimait guère l'idée d'y inviter quelqu'un, surtout si elle avait la possibilité de s'en échapper.

Cordélia parut remarquer son hésitation.

– Enfin, balbutia-t-elle. Euh, je euh... je ne veux pas m'imposer, je...

– Non, c'est simplement que je ferais sans doute mieux de demander à mon grand-père. Et puis, la maison est à l'autre bout du monde, expliqua doucement Katelyn.

– Vraiment ? Et où, exactement ?

La question surprit Katelyn. D'après Trick, la ville entière savait déjà tout à son sujet et ses habitants semblaient raffoler des potins.

– À vrai dire, je serais incapable de situer l'endroit. Mon grand-père s'appelle Mordecai McBride.

– Effectivement, confirma Cordélia avec un sourire timide, il vit au fin fond de la forêt. Je n'avais pas fait le rapprochement. J'aurais dû : vous portez le même nom.

Le tonnerre grondait au-dessus tandis qu'elles longeaient le couloir. Une odeur de cuisine parvint aux narines de Katelyn. On préparait sans doute le déjeuner, au réfectoire. Cette première journée de cours traînait en longueur autant qu'elle semblait filer. Exactement comme le jour qui avait suivi la mort de sa mère.

– Mais nous devrions effectivement trouver un moment pour nous voir, reprit-elle.

Elle ne voulait pas que Cordélia s'imagine qu'elle se dérobait. Elle préférait simplement éviter de recevoir quelqu'un dans cette vieille cabane en bois. Son amie se mordit la lèvre, puis hocha la tête.

– Alors, tu viendras chez nous, si tu veux. Chez moi.

Katelyn espérait que son grand-père n'aurait pas d'objection.

– Oui, ça devrait aller, reprit Cordélia davantage pour elle-même que pour Katelyn. Il ne faudra pas faire attention à mes sœurs, si elles sont là. Elles sont folles. Quant à Justin, il est toujours absent. La voie sera libre.

Décidément, le comportement de Cordélia devenait de plus en plus étrange... Elle était tendue, presque à cran. Une chose était certaine, son invitation n'avait rien de spontané.

– Je devrai d'abord demander à mon grand-père. Mais nous pourrions aussi bien nous retrouver dans un café.

L'idée était tentante : elle n'avait encore rien vu de la ville et un café était un endroit neutre.

– Oh, non, chez moi ça sera très bien, insista Cordélia. Bon, je dois filer. J'ai cours au deuxième étage.

Avec un petit signe de la main, elle s'éloigna dans le couloir. Katelyn sourit en apercevant la fille aux ongles dorés la rejoindre. Elle éprouvait une certaine bienveillance à l'égard de Cordélia, qui semblait parfois si triste et même terrifiée.

Mais qu'avait-elle donc contre Trick ?

Katelyn profita de la pause pour acheter sa tenue de sport et récupérer ses manuels. Après le déjeuner, elle se dirigea vers son cours d'arts plastiques.

Elle pénétra dans une petite pièce, dont les bureaux en bois étaient constellés de taches de peinture, et fut immédiatement frappée par la forte odeur de térébenthine et d'encre d'imprimerie. Les murs étaient tapissés de toiles, de collages et des reproductions encadrées de Monet, Picasso et Chagall étaient disposées sur des tabourets de part et d'autre d'un tableau noir. La pluie battante martelait une large baie vitrée où s'appuyait une fille vêtue d'un sweat-shirt aux couleurs des Loups de Wolf Springs. Celle-ci lui sourit avant de s'écarter, dégageant la vue sur le parking des terminales.

À l'extérieur, Katelyn aperçut Trick, en grande conversation avec un homme en costume, sous un parapluie. Immobile, il regardait le garçon faire les cent pas, visiblement agité. Difficile de distinguer son expression, mais sa fureur était évidente.

– C'est dingue ! lança alors une fille aux boucles brunes qui pénétrait dans la salle. On a crevé les pneus de Trick.

– Non ! s'exclama celle au sweat-shirt gris. Encore ?

Lorsque Trick raccompagna Katelyn chez elle, cette après-midi-là, le soleil déclinait déjà. Il lui avait fallu un certain temps pour régler cette histoire et surtout changer les pneus. Trick tâchait d'en rire, mais devait être frustré et surtout inquiet. Et en l'apercevant dans le parking, Katelyn avait bien remarqué sa colère. Elle voulut en discuter, connaître les suspects potentiels, les éventuels rapports avec ses problèmes passés, mais à l'instar de Cordélia, Trick éludait les questions.

– Alors, on peut dire que tu vis dangereusement, conclut-elle, navrée pour lui.

– On peut le dire, en effet. Des pneus crevés, c'est vraiment terrifiant, ironisa-t-il en levant les yeux au ciel.

Mais ses bravades dissimulaient mal sa tension.

– Je suis vraiment désolée pour la voiture, et pour tout le reste...

Il secoua la tête et jeta un regard aux nuages.

– Le plus important, c'est d'arriver chez toi avant la nuit.

Évidemment. Haley... l'amie, peut-être la copine de Trick, s'était trouvée seule dans ces bois, dont elle n'était jamais ressortie vivante. Katelyn s'imaginait qu'elle avait été attaquée par un animal, mais les sous-entendus de Beau, en cours d'histoire, restaient énigmatiques. Réprimant un frisson, Katelyn repensa aux yeux rouges derrière la fenêtre de la cuisine. Les avait-elle rêvés ? D'ailleurs, qu'aurait-il pu lui arriver, dans cette voiture ? Son grand-père ne se montrait-il pas un peu trop méfiant ?

Elle suivit le regard de Trick vers l'horizon.

– Navrée de te décevoir, mais je doute que ce soit possible.

– Je sais, grinça-t-il en serrant le volant.

– C'est sans importance, puisque tu as prévenu mon grand-père que nous aurions du retard.

Elle avait entendu Trick lui passer un bref coup de fil. Ce qui l'avait soulagée, réalisant qu'elle-même n'avait pas enregistré le numéro de Mordecai sur son portable.

– Si, c'est important, marmonna-t-il pour lui-même.

– Il comprendra, insista Katelyn. Tu n'y es pour rien !

– Oh, pour comprendre, il comprend, pesta Trick.

Le long de la route sinueuse, Katelyn observait les derniers rayons de soleil filtrer entre les feuilles avant de disparaître. Les silhouettes devinrent des ombres pesant sur la voiture, que les phares crevaient parfois de leur lumière crue. De nuit, la végétation prenait des allures fantomatiques. Katelyn revoyait la scène de *Blanche-Neige* où la princesse se retrouve prisonnière de branches crochues d'arbres décharnés. Les bosquets semblaient prêts à s'animer à tout instant pour se jeter sur elle. Kimi lui reprochait toujours d'exagérer.

La route se rétrécit considérablement et elle se demanda soudain ce qui arrivait lorsque deux voitures se croisaient. Mais les environs étaient si déserts que le problème ne se posait peut-être jamais.

Elle gardait les yeux rivés vers la vitre pour tenter de les habituer à l'obscurité, en vain. Sans l'aide des phares, elle était incapable de distinguer quoi que ce soit. Le noir était total, impénétrable. *Et nous sommes seuls*, réalisa-t-elle brusquement. Aucun autre véhicule, aucune habitation, rien. Il n'y avait que la route, les branches hostiles qui griffaient la carrosserie, et eux.

Elle frémit. Et si les pneus neufs crevaient ? Et si la voiture tombait en panne ? Plus la peur s'insinuait dans son esprit, plus elle plissait les yeux pour apercevoir quelque chose dans les ténèbres. Après tout, il valait peut-être mieux se montrer trop prudente. Elle ramena ses bras contre sa poitrine, regrettant de ne pouvoir rire de ses propres angoisses.

Brusquement, dans un virage, elle le vit blêmir. En se retournant, elle crut distinguer quelque chose au milieu de la route.

Puis il y eut des cris et un coup de volant. La voiture partit en tête-à-queue. Katelyn hurla, cramponnée au tableau de bord.

Presque aussitôt, ce fut fini. La Mustang s'immobilisa après un dérapage.

– Ne regarde pas, Kat, souffla-t-il.

Mais elle ne put faire autrement. À quelques centimètres du capot, un cerf était étendu sur la route. Dans les phares, son regard vitreux, immense, exprimait encore la terreur. Il était mort ! L'estomac noué, elle détourna les yeux et songea aux têtes empaillées accrochées au mur, chez son grand-père. Quelqu'un avait dû le percuter, mais elle demanda tout de même à voix haute :

– Que lui est-il arrivé ?

Trick ne répondit pas.

Le cadavre du cerf obstruait la chaussée et la rangée d'arbres qui la bordait était si dense qu'il était impossible de le contourner. Le souffle court, Katelyn se tourna vers Trick et remarqua sa mâchoire crispée. Levant les yeux vers le ciel d'encre, il jura dans sa barbe.

– Quoi ? demanda-t-elle.

– Ne bouge pas d'ici.

– Pourquoi, où vas-tu ?

La panique la gagna. Et si Trick disparaissait dans la forêt et n'en revenait pas ? Et s'il l'abandonnait seule au milieu de nulle part ?

Sans la regarder, il serra le frein à main et mit la Mustang au point mort.

– Je vais dégager la route. Reste dans la voiture et ne sors sous aucun prétexte. Les bois ne sont pas sûrs la nuit. Toutes sortes d'animaux et de cinglés s'y promènent.

– Des cinglés ? répéta-t-elle.

Que sous-entendait-il par là ?

Dans le lointain, elle perçut l'écho d'un tam-tam. Était-ce de cela qu'il voulait parler ? Des « cadres-loups » ? Le type de l'avion lui avait paru étrange, cinglé peut-être, mais de là à l'imaginer dangereux... Elle enfonça ses ongles dans sa paume, cherchant le moyen de se calmer.

Lorsque Trick se tourna vers elle, elle lut la peur dans ses yeux et son cœur se mit à cogner dans sa poitrine.

– D'accord, je ne bouge pas.

Il hocha la tête, comme pour lui-même.

– Bien. J'en ai pour une minute.

Il claqua la portière et Katelyn, tendue, le vit s'avancer sur la chaussée sous le halo des phares. Saisissant l'animal par deux pattes, il le tira de toutes ses forces. Elle fut soudain soulagée d'être restée dans le véhicule, car elle ne se serait pas sentie capable de lui prêter main-forte.

Lentement, centimètre par centimètre, il dégagea la route tandis que Katelyn se détournait, refusant de croiser ces yeux sans vie. Mais l'obscurité qui semblait engloutir la voiture était pire encore.

Lorsqu'elle regarda finalement devant elle, le cerf avait disparu. Et Trick avec lui.

Quelques instants immobile, elle cligna des yeux, cherchant sa silhouette parmi les arbres. Le roulement du tam-tam s'accentuait et son cœur s'emballa. Tous les films d'horreur qu'elle avait pu voir débutaient de cette façon. Elle s'imaginait déjà découpée à la hache par l'un de ces « cadres-loups » et Trick retrouverait son corps juste avant d'être trucidé à son tour.

– Haley était seule, souffla-t-elle, éprouvant le besoin désespéré de briser le silence de l'habitacle.

Une autre idée lui traversa l'esprit. Et si ce n'était pas un accident ? Et si celui qui avait crevé les pneus de Trick avait déposé ce cerf sur la route pour l'attirer hors de la voiture ? Pour que lui se retrouve sans défense ? Le pousser à s'aventurer dans le noir pour lui casser la figure ou... pire ? Si le meurtrier se débarrassait de Trick en premier, que lui ferait-il ensuite ?

Arrête la parano. Personne n'aurait traîné un cerf jusqu'ici pour nous piéger.

Mais elle ne put en supporter davantage et baissa la vitre.

– Trick ? appela-t-elle.

Seuls les bruits des bois et le tam-tam incessant lui répondirent.

– Trick, ça n'est vraiment pas drôle !

Rien. Elle frémit.

Trick avait pu se blesser, se perdre... ou avoir besoin d'aide. Quand bien même parviendrait-elle à rejoindre le lycée ou la maison de son grand-père sans manquer l'un des innombrables virages, elle serait incapable de retrouver cet endroit.

Il lui avait demandé de rester dans la voiture, mais pour combien de temps ? Qu'était-elle censée faire ? Le moteur tournait toujours et elle leva la tête pour vérifier la jauge, craignant soudain d'être à court d'essence. Soulagée, elle constata que l'aiguille indiquait un réservoir à moitié plein.

C'est grotesque !

Avec une profonde inspiration, elle sortit.

– Trick ! Ne m'oblige pas à venir te chercher !

Elle observa les alentours, mais à l'exception de la silhouette effrayante des arbres sous la lumière des phares, elle ne voyait rien et le plafonnier de la Mustang n'offrait que peu de clarté. Après un instant d'hésitation, elle referma la portière puis, dos aux phares, elle fit un pas en avant. Le froid glacial s'insinuait sous sa peau et elle eut la soudaine impression qu'on lui murmurait à l'oreille. Elle ne distingua rien d'intelligible, mais la sensation perdura. Sa vision des arbres de *Blanche-Neige* lui revint et cette fois, elle ne put s'en défaire.

La plainte du vent fit grincer les branches. Sentant qu'on agrippait sa chemise, elle poussa un cri et recula, avant de heurter violemment son coude contre la voiture. Elle gémit sous l'effet de la douleur, tout en cherchant à tâtons la poignée, qu'elle ouvrit brutalement. Elle se jeta sur le siège et claqua la portière. Elle examina son bras à la lumière du tableau de bord : sa manche était déchirée et le sang commençait à poindre sur l'égratignure. Une branche tapota contre la vitre et Katelyn s'obligea à respirer profondément.

Ce ne sont que des arbres. Ils sont juste tout proches.

Elle s'immobilisa pour mieux tendre l'oreille. Fichus tam-tams ! S'ils s'arrêtaient, elle pourrait peut-être...

BOUM ! Quelque chose avait sauté sur le capot. Katelyn poussa un cri. Deux yeux bleus perçants la fixaient à travers le pare-brise. Elle perçut un grognement, sourd, rauque, menaçant.

La créature remua. Elle releva le museau, couvert de fourrure grise, énorme. C'était un loup gigantesque, aux crocs tachés de sang. Et il se remit à gronder.

Il joua des griffes contre le pare-brise, comme s'il essayait de l'atteindre, et Katelyn hurla comme jamais elle n'avait hurlé. L'animal bondit sur le toit de la Mustang et racla férocement la tôle. Le grognement terrifiant reprit tandis que tout le véhicule tremblait.

La vitre ! Elle était restée ouverte.

Katelyn chercha la poignée pour la remonter avant que le loup ne s'en aperçoive, mais une main la saisit par la chemise.

Katelyn se débattit, mais l'étreinte se resserra. C'est alors qu'elle entendit quelques mots, murmurés fermement à voix basse. « Le flingue, sous le siège. »

Elle étouffa une exclamation de surprise en reconnaissant Trick accroupi contre la portière. Elle glissa le bras sous ses jambes jusqu'à ce que ses doigts rencontrent le métal glacé du revolver. Puis elle perçut un autre grondement, qui couvrit le premier.

– Trick, Trick...

Elle cherchait à l'avertir de la présence d'un deuxième loup, mais elle ne put élever suffisamment la voix.

– Trick !

D'une main tremblante, elle lui tendit l'arme à travers la vitre, terrifiée par la sensation de l'objet. Trick tira un coup en l'air et la détonation fut assourdissante. Le loup sauta du toit et les grognements reprirent de plus belle. L'animal se retourna, illuminé par les phares. Il retroussa les babines, où l'écume se mêlait au sang, puis se rua sur Trick, toujours à terre. Celui-ci laissa échapper un cri et tira une seconde fois.

Un glapissement, puis la bête disparut dans les bois. Quelques instants plus tard, Trick bondit derrière le volant, à bout de souffle et visiblement tout aussi terrifié qu'elle. Prenant son visage entre ses mains, il l'obligea à le regarder.

– Est-ce que ça va ?

Encore sous le choc, elle ne parvint qu'à hocher la tête.

– Il t'a blessée ?

– N... non. Mais ils étaient deux. J'en ai entendu un autre.

– Bon.

Il la lâcha et en apercevant son bras, il étouffa un juron.

– Qu'y a-t-il ? s'écria-t-elle, paniquée.

– Tu saignes ! Je croyais qu'il ne t'avait pas touchée.

– Non. C'était une branche... et je me suis cognée.

Il s'enfonça dans son siège, ferma les paupières et poussa un soupir.

– Si je comprends bien, tu es sortie de la voiture, reprit-il après une profonde inspiration.

– Oui, avoua-t-elle.

Elle grimaça, craignant qu'il ne se remette à crier.

– Alors tu as eu beaucoup de chance.

Il la dévisagea et tendit la main, comme pour effleurer ses doigts, mais se ravisa.

– Kat, je t'en supplie, surtout ne recommence jamais.

Elle humecta ses lèvres sèches.

– Qu'est-ce que c'était ?

– Un loup.

Au loin, l'écho des tam-tams résonnait toujours. Elle avait vu des loups, une fois, dans un zoo, mais aucun n'était aussi énorme et ne manifestait une telle agressivité.

– C'était un vrai monstre, bafouilla-t-elle, peinant à retrouver son calme. Je... je pensais que ces bêtes-là ne s'attaquaient pas à l'homme. Il a sans doute cru que j'allais lui voler son dîner.

– Je ne pense pas, remarqua Trick. Ce sont ces imbéciles, avec leurs tam-tams et leurs hurlements, qui perturbent les animaux. Ce loup était probablement effrayé et désorienté.

Elle songea à Haley. Les choses s'étaient-elles passées ainsi ? Avait-elle croisé le chemin d'un loup terrifié par ces tam-tams ? Aurait-il pu s'agir du même animal ? Les visions qui se bousculaient dans sa tête lui donnèrent la nausée. Mourir de cette manière... c'était atroce.

– La forêt n'est pas sûre, Kat. C'est un véritable labyrinthe, peuplé de bêtes sauvages. Et puis, mieux vaut éviter de croiser l'un de ces types en quête de leur loup intérieur. Il faut vraiment être cinglé pour suivre ce genre de séminaire et qui sait ce que Bronson les pousse à faire ?

Katelyn songea à la manière dont le loup l'avait observée, à sa gueule ensanglantée, à l'éclat perçant de son regard bleuté. Il n'avait pas paru effrayé. Il semblait plutôt furieux, cruel et presque amusé. À mesure qu'elle prenait conscience de ce qu'elle venait de voir, elle se mit à trembler. Les tam-tams résonnaient toujours. Quelque part, au loin, un hurlement sinistre déclencha en elle une nouvelle vague de frissons.

Dans un crissement de pneus, Trick démarra en trombe. Elle jeta un regard à son bras et constata avec soulagement que la blessure ne saignait plus. Fermant les yeux, elle s'enfonça contre le dossier, sans retenir ses larmes.

Chapitre 4

Lorsqu'ils atteignirent enfin la maison de son grand-père, celui-ci les attendait sur le perron, armé de son fusil. Cette vision la perturba et à la peur qui la taraudait toujours se mêlait à présent une sensation nouvelle : la colère. Dès que Trick eut coupé le contact, elle bondit hors de la voiture et se précipita à l'intérieur sans un regard pour Mordecai. Elle se dirigeait vers l'escalier, mais la vue des animaux empaillés la fit dévier vers la cuisine.

La voix de son grand-père lui parvint depuis la véranda.

– Que diable est-il arrivé ?

Elle n'entendit pas la réponse de Trick, mais Mordecai jura farouchement. Avec une grimace, elle s'aspergea le visage d'eau glacée. Elle cherchait à dissiper ce trouble qui ne la quittait plus, mais lorsqu'elle eut épongé ses joues et se retourna, Mordecai se tenait dans l'embrasure de la porte. Un pouce accroché au passant de sa ceinture, agrippant fermement son fusil dans l'autre main, il l'observait d'un regard déterminé, résolu.

– Est-ce que ça va ? demanda-t-il avec une pointe d'inquiétude.

– Non, ça ne va pas du tout, répliqua-t-elle les bras ballants. Trick t'a raconté ?

Mordecai hocha la tête.

– Ce loup... c'était un monstre, souffla-t-elle d'une voix tremblante qu'elle ne parvint pas à masquer.

– C'est une créature de la forêt, observa-t-il d'un ton laconique.

Il posa sa carabine et s'avança vers elle.

– Sais-tu te servir d'un fusil ?

– Quoi ? Bien sûr que non ! répliqua-t-elle du tac au tac, horrifiée.

– Alors il est grand temps d'apprendre.

– À manipuler.... une arme à feu ?

Jusqu'à ce jour, elle n'avait même jamais effleuré un tel engin. Jamais elle n'en aurait eu l'idée. C'était une balle qui lui avait arraché son père. Les armes à feu l'effrayaient encore davantage que les séismes ou les flammes.

– Ça, c'est un Marlin, annonça-t-il en tapotant la crosse de son fusil. On ne fait pas mieux pour la chasse.

– Pas... pas question de tuer quoi que ce soit !

Il l'observa sans fléchir, d'un air décidé.

– J'entends bien. Mais je dois m'assurer que tu ne deviennes pas une proie.

Une proie... Ce mot suffisait à évoquer toutes sortes d'images effrayantes : le sang, des mâchoires acérées, la mort. Elle se souvint alors des crocs rougis du loup. Ce sang était-il celui du cerf ou... d'autre chose ?

– Bon, concéda-t-elle enfin. Mais je ne veux rien tuer. Pas même ce loup.

Il y eut un silence. Le visage de son grand-père s'assombrit et son regard se durcit.

– Ce n'est pas le seul animal sauvage qui rôde dans les bois.

– Mon Dieu, souffla Kimi d'une voix qui, bien que lointaine, apaisa un peu Katelyn. Tu dois partir de là.

Katelyn était penchée au-dessus de l'évier, le combiné coincé entre l'épaule et l'oreille. Après le dîner, elle avait proposé à son grand-père de faire la vaisselle et en avait profité pour appeler son amie. Il ne possédait pas de lave-vaisselle et elle avait de la mousse jusqu'aux coudes. Mordecai lui avait préparé des lasagnes aux légumes, mais avait aussi fait cuire sa fameuse volaille pour lui tout seul. Durant le repas, elle avait soigneusement évité son assiette du regard, mais à présent, il lui fallait la nettoyer. L'idée d'apercevoir un morceau du volatile dans la poubelle, comme la tête ou les pattes, la terrifiait...

– Il a sauté sur le capot, reprit Katelyn. Et il avait la gueule pleine de sang.

– Quoi ? s'écria Kimi, qui semblait presque aussi enthousiaste que choquée.

– Je te jure. Il s'est jeté sur moi pendant que Trick dégageait le cadavre d'un cerf au milieu de la route.

À mesure qu'elle débitait ces informations, elle prenait conscience de l'invraisemblance de la situation.

– Tu rigoles ?

– Heureusement, il avait un revolver, ajouta Katelyn, cherchant à régaler Kimi de détails sensationnels autant qu'à vider son sac.

– Maman ! brailla Kimi à l'autre bout du fil. Il faut l'émanciper d'urgence.

– Arrête, ça n'est pas drôle, reprit Katelyn, moins bravache.

– Drôle ? Tu trouves ça drôle, toi ? Si le juge tranche en ta faveur, que pourrait faire ton grand-père ? Te tirer dessus ? Tout comme il a tiré sur ce pauvre cerf et ce... ce poulet.

– Il n'a pas tué le cerf, la raisonna Katelyn.

Elle jeta un regard anxieux à la poubelle. Pour le poulet, en revanche, rien n'était moins sûr.

– Allez, rentre chez nous !

– J'aimerais bien...

Tandis que les couverts glissaient de ses mains savonneuses, le mal du pays la gagnait. Elle songea à sa maison, telle qu'elle l'avait vue pour la dernière fois. Les murs calcinés, rognés par les flammes, bardés de rubans de plastique comme un énorme cœur brisé et mal raccommodé. À l'intérieur, rien que de la cendre, à l'exception de quelques rares objets restés intacts : ses bottes, près de la porte d'entrée ; la tête d'une poupée ; deux cirés jaunes sur leurs cintres fondus et les cadres... dont les photos avaient brûlé.

– Alors, pourquoi ne pas résister ?

– Parce que... parce qu'il pourrait finir par céder et me laisser partir, expliqua-t-elle. Si tout se passe bien. Si j'entame un combat juridique que je perds... ça deviendra l'enfer.

– Voilà pourquoi tu t'es retrouvée là-bas au lieu de rester ici. Si tu t'étais battue... Bon ça va, ça va..., lança-t-elle d'une voix soudain lointaine. Ma mère me dit de ne pas t'embêter avec ça. Elle pense qu'à moins qu'il ne représente une véritable menace pour toi, avec son fusil, le fait que tu as volontairement déménagé en Arkansas rendra la procédure plus compliquée : tu es chez ton tuteur légal, à présent.

Génial. Katelyn eut l'impression de s'effondrer intérieurement. Comme si elle avait commis une erreur terrible et irréparable.

– J'aurais préféré...

Mais elle s'interrompit en voyant Mordecai pénétrer dans la cuisine.

– Coucou, lança-t-elle d'un air entendu.

Kimi comprit le message.

– Tu ne peux plus parler ?

– J'ai quelques coups de fil à donner, dit-il à Katelyn. Est-ce que ton amie peut te rappeler un peu plus tard ?

– Bien sûr, répondit-elle. Kimi, je dois te laisser. On s'appelle après ?

– Est-ce que tu pourrais au moins lui demander de s'abonner à Internet ? Même à l'ancienne, *via* modem ? Qu'on puisse utiliser Skype ! Que je m'assure que tu ne t'es pas encore métamorphosée en paysanne.

– Je vais essayer.

– Dis-lui que c'est indispensable pour les cours.

Kimi n'avait manifestement pas compris à quel point la maison de son grand-père était isolée. Ni que tout le monde au lycée de Wolf Springs se passait apparemment fort bien d'Internet.

Elles raccrochèrent et Katelyn ne put dissimuler son malaise.

– Est-ce que ça va ? lui demanda Mordecai.

– Je suis juste un peu... nostalgique.

– C'est normal, acquiesça-t-il, sans pour autant chercher à la réconforter.

– Cordélia m'a invitée chez elle demain, après les cours, annonça Katelyn en terminant la vaisselle. Nous avons un exposé d'histoire à faire.

Elle ne lui en avait pas parlé plus tôt, craignant sa réaction. S'il refusait, elle aurait l'impression d'être prisonnière de cette maison et cela, elle ne pouvait se résoudre à l'accepter.

Mais peut-être tiendrait-elle alors un argument pour l'affronter devant un juge.

Mordecai eut l'air surpris.

– Cordélia... ?

– Fenner.

Il leva aussitôt les yeux.

– Les Fenner n'ont plus tellement l'habitude de voir du monde.

– J'ai cru le comprendre. Mais elle m'a promis de me raccompagner avant la nuit.

Mordecai la fixa quelques instants. Il scruta son visage, le front plissé, le regard perçant. Avec une expression qui mit soudain Katelyn mal à l'aise.

– Grand-père ? demanda-t-elle.

Plus étrange, tu meurs, pensa-t-elle. Après un silence, il sembla se reprendre.

– Bien sûr. Mais n'oublie pas de m'appeler demain pour me communiquer leur numéro fixe. Et préviens-moi lorsque vous partirez de chez elle.

– D'accord.

C'était une petite victoire, mais la joie et le soulagement qu'elle lui procura la gêna. Certes, elle n'était donc pas prisonnière de la cabane au fond des bois. Mais elle ne souhaitait pas pour autant établir de liens ou nouer des amitiés dans cet endroit, qu'elle entendait quitter le plus tôt possible. Elle profiterait de sa sortie et travaillerait à leur projet d'histoire. Rien de plus.

En proie à des émotions partagées, elle regagna sa chambre et s'assit sur son lit en disposant devant elle ses livres de cours. Elle prit son ours en peluche et pressa son cœur.

« Tu me manques ! »

La pluie s'était remise à tomber. Elle pouvait presque sentir l'odeur des feuilles détrempées au travers de la lucarne. Son esprit vagabonda et elle revit Trick faire les cent pas sous l'averse, dans le parking, puis tirer le cerf sur le bord de la route. Il gardait un revolver dans sa Mustang...

Il est étrange, mais sexy, songea-t-elle avec un sourire embarrassé. Et entre eux, l'attraction était évidente. Mais elle ignorait encore tout de lui : ses ennuis avec la justice, ses ennemis...

Et puis, son côté imprévisible. Cordélia ne l'appréciait pas et ne voulait pas que Katelyn l'approche de trop près.

Sans même s'en rendre compte, elle piquait du nez. Trick et tous les éléments auxquels elle tentait de réfléchir parurent se détacher de son esprit, suspendus dans sa tête comme autant d'étoiles dans un ciel d'encre. Elle revit les yeux de Trick. Puis ceux du loup. Rusés. Fourbes. Sinistres.

C'est à moi qu'il en voulait, songea-t-elle alors qu'elle posait la joue sur un coin rigide de son classeur. Elle le repoussa et chercha à tâtons son oreiller. Au-dessus d'elle, les gouttes crépitaient contre la vitre. Le son la berçait. Elle avait vu plus de pluie en trois jours qu'il n'en tombait durant toute une année à Santa Monica.

Flic... Floc.

Elle se raidit. Était-ce un grognement qu'elle entendait ?

Ce n'est que le vent, se dit-elle.

Le vent. Les tam-tams.

Le vent.

Et les tam-tams.

Et les battements de son cœur.

Le vent.

Et le flic, floc, flic...

Et puis tic... tic... tic...

Des griffes... tic... tic...

Elle dort... sans dormir. Elle sait qu'elle dort. Mais il arrive. Elle entend son souffle rauque.

Tic... tic...

Il se rapproche.

Tic... tic...

Elle est incapable de bouger. Paralysée par la terreur, qui pèse sur elle et l'enferme.

Tic.

Il s'est immobilisé devant son lit. Elle ferme les yeux parce qu'elle dort, mais elle sent qu'il l'observe...

Bleu...

Non, ils ne sont pas bleus.

Verts comme la feuille.

Sombres comme l'écorce.

Argentés comme la lune.

D'un jaune d'or.

Ses yeux à elle sont clos, mais les siens sont grands ouverts.

Elle ne peut pas bouger. Ni gémir.

Tic.

Tic.

Tic.

Réveille-toi, réveille-toi, s'implore-t-elle intérieurement. Sauve-toi.

Ce soir, si tu vas dans les bois, mieux vaut avancer à visage masqué.

Mais elle n'est pas dans les bois. Elle est dans son lit.

Tic.

Et il est là... penché sur elle. Un filet de bave coule sur sa joue.

Réveille-toi. Réveille-toi.

Rien que le vent.

Et les tam-tams.

– Salut, Katimini ! lui lança Trick le lendemain matin.

Katelyn était épuisée. Entre les réveils en sursaut, le souvenir obsédant de l'attaque du loup et les bruits qui résonnaient tout autour de la maison, elle avait eu une nuit agitée.

Le soleil se levait à peine derrière Trick, qui l'attendait sur le perron entièrement vêtu de noir, chapeau compris, et toujours les mêmes santiags. Katelyn remarqua qu'il ne se séparait jamais de son bracelet en cuir. Il exhalait une odeur de propre et une vague senteur de café.

Elle-même se sentait encore sale. Elle s'était endormie sans même se brosser les dents ou se rincer le visage et avait dû se dépêcher ce matin pour se préparer. Elle s'était habillée à la hâte, passant une fine blouse noire sur un jean déchiré et délavé. Ses cheveux blonds étaient négligemment relevés en un chignon approximatif, maintenu par deux baguettes.

– Katimini ? Tu en as beaucoup des surnoms ridicules comme ça ? lança-t-elle d'un air sceptique, avant de lui tendre un mug de café et du pain grillé.

Il fit tremper la tartine dans la tasse et mordit à pleines dents. Katelyn posa la sienne en équilibre sur le mug et referma la porte derrière elle. Dehors, la vapeur du café semblait absorbée par l'atmosphère humide et lourde.

– Katimini, grommela-t-elle une fois encore. C'est grotesque, Trick.

Tandis qu'ils se dirigeaient vers la voiture, Trick leva les yeux au ciel.

– Vous faites tous autant de chichis, à Hollywood, ou bien ?

– Entre toi et mon grand-père, c'est quoi cette obsession pour les expressions débiles ? commenta-t-elle avec un regard au ciel noir, se demandant s'il fallait emporter un parapluie.

– Greffe de cerveau, répliqua-t-il en se tapotant la tempe. Comme ça, on fait de la transmission de pensée. Voilà pourquoi j'ai dû subir cette opération. Tu es ravissante, ajouta-t-il avec un large sourire en lui ouvrant la portière de la Mustang.

– Merci.

Katelyn se glissa sur le siège passager, se dépêchant de terminer sa tasse de café avant d'avoir atteint la portion la plus cahoteuse de la route.

Elle ne put réprimer une certaine nervosité. Elle rechignait à l'admettre, mais elle avait guetté l'arrivée de Trick avec impatience et le bruit du moteur dans le chemin lui avait rendu sa bonne humeur.

– C'est une blague, hein ? Cette histoire d'opération ?

Elle surprit son expression moqueuse et se sentit idiote.

– Je ne t'ai pas demandé ce que tu as fait ce week-end, reprit-elle pour changer de sujet.

– Du bénévolat dans un foyer pour sans-abri, puis j'ai aidé ma chatte à donner naissance à ses petits, j'ai écrit quelques poèmes...

D'un air satisfait, il écrasa la pédale d'accélérateur et la voiture rugit. Katelyn partit en arrière.

– J'ai conduit comme un crétin...

La Mustang évita les arbres avec autant de souplesse qu'un wagon de montagne russe. Serrant les dents, Katelyn se cramponna à l'accoudoir.

– Et j'imagine que seulement un quart de tout ça est vrai, non ?

– Disons la moitié.

Ils s'enfoncèrent dans la pénombre des bois. Trick alluma la stéréo qui passait *Blaze of glory* de Bon Jovi. Katelyn sentit la ligne de basse vibrer dans tout son corps, le tempo l'enivrait et cette énergie déclencha en elle une vague d'optimisme forcenée, irrépressible. Un sourire se dessina au coin de ses lèvres. Elle retrouverait Los Angeles. Elle reprendrait la danse, la gym, peut-être même l'art dramatique et elle déciderait ensuite de ce qu'elle voudrait faire de sa vie.

Non, aucun grognement n'avait retenti cette nuit. Personne ne l'avait observée par la lucarne de sa chambre. C'était l'angoisse, rien d'autre.

– C'est vrai, tu conduis comme un crétin, lança-t-elle avec un sourire.

– Ils ne m'attraperont jamais vivant, Kat, plaisanta-t-il avant de feindre un cri animal.

Il était d'humeur joueuse, fantasque, mais Katelyn poursuivit sans réfléchir.

– Tu sais, j'ai fait un cauchemar...

– Pas étonnant après la journée d'hier. Tu veux en parler ?

Elle s'interrompit, réalisant brusquement qu'elle n'en avait aucune envie. Partager ce rêve étrange ne ferait que le rendre plus palpable alors qu'elle ne désirait qu'une chose : l'oublier.

– En fait, je ne me le rappelle pas vraiment. Du moins, pas assez pour le raconter.

– Et c'est moi qu'on traite de dingue, dit-il avec un sourire.

Katelyn fit la moue.

– Tu es méchant.

– Non, je suis malin. Essaye un peu d'être le malin au milieu d'un tas d'abrutis. Ça rend hargneux.

– Jusque-là, ça te vaut surtout quelques pneus crevés.

Aussitôt, elle se mordit la langue.

– Excuse-moi, Trick, c'était cruel de ma part.

– Tu n'as pas quelques SMS à envoyer ? rétorqua-t-il avec un soupir.

– C'est encore trop tôt.

– Si c'est vraiment ta meilleure amie, ça ne la gênera pas.

Elle sortit son téléphone de son sac, soulagée de pouvoir s'occuper. Elle était embarrassée, honteuse d'être allée trop loin dans la plaisanterie.

– Passe-lui le bonjour de ma part.

– Ça marche, dit-elle en piquant un fard.

Mais Kimi ne répondit pas à son message.

Ils arrivèrent au lycée de bonne heure et se séparèrent. Trick prétexta un problème à régler. Y avait-il un rapport avec les pneus crevés ?

Espérant trouver quelques sujets d'exposé à proposer à Cordélia, Katelyn se dirigea vers la bibliothèque. Située dans le bâtiment principal, elle se résumait à une modeste salle désuète, où régnait une légère odeur de moisi. De faibles suspensions éclairaient les rayonnages croulant sous les livres. Dans un coin, elle remarqua une pancarte indiquant « Accueil », fixée à un bureau, mais la chaise était vide et semblait l'être depuis longtemps. La table était aussi poussiéreuse que les étagères. Peut-être que personne au lycée ne fréquentait la bibliothèque. Katelyn se mit en quête d'un ordinateur, dans l'espoir de consulter le fonds, mais le XXIe siècle ne semblait pas avoir pénétré ces lieux. Ce qui n'aurait pas vraiment dû la surprendre...

Elle découvrit néanmoins des fiches à l'ancienne, qui répertoriaient les documents. Elle parcourut les cartes jusqu'à trouver ce qu'elle cherchait : « WOLF SPRINGS », mais le thème ne comportait qu'une seule sous-catégorie : « HISTOIRE ». La bibliothèque possédait deux ouvrages sur le sujet.

Elle nota les références et longea les étagères. L'un des deux livres avait disparu. L'autre, un volume mince à la couverture en tissu gris élimé manqua de se déchirer lorsqu'elle le sortit du rayonnage. Elle l'ouvrit avec précaution et examina la table des matières. *Les colons espagnols. Wolf Springs et ses loups. Les bandits. Les sources chaudes. Des rêves perdus.* Gagné !

Elle fit défiler les pages et commença le chapitre dédié aux loups.

À la fois craints et haïs par les colons, les animaux venus des Ozarks avaient apparemment disparu de l'Arkansas au début du XX*e siècle. Des habitants de Wolf Springs avaient signalé des spécimens, aperçus en bande lors de l'arrivée des premiers colons espagnols. Des prêtres, fondateurs de l'église catholique de Notre-Dame de la Pitié, avaient également écrit que les loups de la région gardaient leurs distances jusqu'à l'hiver : « À cette saison, le manque de nourriture les poussait à pénétrer dans nos fermes pour chasser la poule et l'agneau. Quant à nous, nous ne les craignions pas, car ils ne nous avaient jamais attaqués. »*

Elle eut un soupir dubitatif. Les loups inoffensifs avaient apparemment disparu avec les ecclésiastiques espagnols. Consciente que le grand hall se remplissait peu à peu, elle acheva rapidement sa page.

Mais une autre créature se terre dans la forêt. Et nous craignons celle-ci de toute notre âme.

La page suivante manquait. La marge déchirée, jaunie, ne tenait plus à la tranche que par un fil. Katelyn poursuivit sa lecture, espérant comprendre la nature de cette mystérieuse créature.

Voilà pourquoi notre petite congrégation évite les collines et leurs bois.

Elle tressaillit à cette dernière phrase. La créature serait-elle une paire de grands méchants loups ?

La sonnerie stridente la fit sursauter. Elle tourna la page, mais la description des loups et de la mystérieuse bête s'arrêtait là. Elle voulut tout de même emprunter le livre.

– Il y a quelqu'un ? appela-t-elle.

Mais aucun documentaliste n'apparut et lorsqu'elle se fut assurée d'être absolument seule dans la pièce, elle rangea le volume dans son sac avec un soupçon de mauvaise conscience.

En cours d'histoire, Cordélia lui apprit qu'elle avait consulté quelques ouvrages de la bibliothèque municipale. Elle approuva la découverte de Katelyn et lui expliqua en riant que pour sortir officiellement des livres du CDI, il suffisait de les présenter à Mme Walker, qui tenait la liste des emprunts. La dernière bibliothécaire avait quitté le lycée sans être remplacée. Dans cet établissement, Mme Walker endossait apparemment tous les rôles.

Katelyn remarqua avec soulagement l'absence de Mike au cours de gym. Après une journée loin du lycée, il oublierait peut-être ses railleries de la veille. Elle se changea et fit quelques étirements, rassurée de retrouver l'élasticité de ses muscles. Mais elle savait que sans entraînement régulier, elle perdrait inévitablement sa souplesse. Le regret, terrifiant et familier, s'empara à nouveau d'elle lorsqu'elle songea aux costumes, aux enregistrements vidéo de ses performances sauvegardés sur son ordinateur qu'elle ne reverrait jamais. *Je n'ai pu sauver des flammes que moi-même*. Et il lui arrivait parfois d'en douter.

Durant le déjeuner, Cordélia lui présenta quelques amies, de rares membres de l'équipe des pom-pom girls qui ne l'avaient pas reniée pour sa désertion. Les autres ne lui avaient pas pardonné de leur avoir fait perdre la compétition et faisaient comme si Cordélia Fenner n'avait jamais existé. Des garçons s'approchèrent de leur table et Katelyn dut répondre à d'innombrables questions concernant Los Angeles. Parmi les pom-pom girls, il était évident que Dondi, la fille aux ongles dorés, et Maria tenaient à Cordélia. Et elle ne manquait pas non plus d'admirateurs. Mais elle paraissait pourtant préférer, par choix ou nécessité, la solitude.

Trick garda ses distances et se contenta de les observer de loin, installé avec une bande de gothiques entièrement vêtus de noir. Sans qu'elle comprenne pourquoi, il l'attirait, et une sensation délicieuse l'envahissait dès que leurs regards se croisaient. C'était peut-être ses yeux, si intensément verts, ou bien le look décalé, quoique intéressant, de son entourage. Ses amis semblaient l'adorer. À l'évidence, il était le leader de la bande.

Ou alors appréciait-elle simplement d'être l'objet de son attention ? Chaque fois qu'elle levait discrètement la tête dans sa direction, il la fixait. Il remarquait le moindre de ses regards et lui rendait un sourire toujours plus grand. D'abord mortifiée, Katelyn finit par en rire.

– Qu'y a-t-il de si drôle ? lui demanda Cordélia.

Katelyn se tourna de nouveau vers ses compagnons.

– Rien, éluda-t-elle.

Trick n'avait fait aucun commentaire sur ses projets de l'après-midi. Durant le trajet matinal, Katelyn lui avait fait part de son intention de rejoindre son amie et prévenu qu'il n'aurait pas besoin de la raccompagner. Mais elle se prit à regretter de ne pas le retrouver à la fin de la journée.

En cours d'arts plastiques, la jeune fille au pull gris reconnut Katelyn. L'activité du jour était dédiée au croquis et lorsque Katelyn lui adressa un signe, elle rassembla son carnet et son fusain pour venir s'installer près d'elle, juste sous l'horloge qui égrainait bruyamment les secondes.

– Je m'appelle Paulette, lui dit-elle. Ça se passe bien l'intégration ?

– Bof.

– J'imagine, si tu as dû quitter Los Angeles pour ce trou, commenta Paulette en levant les yeux au ciel.

– Ça n'est pas si mal, objecta Katelyn, sans parvenir à s'en convaincre.

– Oh si, c'est même pire que ça, renchérit Paulette avec un nouveau sourire en poursuivant son esquisse.

– Eh bien... c'est peut-être un peu, euh...

– Rustique ? Paumé ?

– Paumé, ça l'est.

Sans vraiment savoir pourquoi, Katelyn choisit de dessiner un loup. Mais par où commencer ? Une forme triangulaire pour la tête ? Elle songea alors à la ville et à ses rues pittoresques.

– Ça doit quand même attirer les touristes, non ?

– Tu plaisantes, c'est bien trop compliqué d'arriver ici ! À des kilomètres de la civilisation, avec des routes impraticables. Donc...

Elle jeta un regard à l'extérieur, vers le parking.

– C'est Trick qui t'amène tous les jours ?

La remarque ne surprit pas Katelyn. Les gens devaient se poser toute sorte de questions à son sujet.

– Oui.

– La chance..., souffla Paulette, le rouge aux joues.

Cette fois, Katelyn fut décontenancée. Cette réaction ne correspondait pas vraiment à celle de Cordélia. Paulette ne cachait pas son faible pour Trick. Finalement, il n'était peut-être pas le paria du lycée. Sentant poindre la jalousie, Katelyn se ressaisit.

– Mais je le connais à peine, reprit Paulette.

– Sais-tu qui a crevé ses pneus ?

– Non. Et toi ? Il te l'a dit ?

Paulette interrompit son croquis et attendit sa réponse.

– Aucune idée, poursuivit Katelyn en reprenant son triangle.

– Je suis certaine que c'était Mike Wright, lâcha Paulette, l'air mauvais. Trick a eu des histoires avec lui et ses copains il y a quelque temps. Ce sont vraiment de sales types.

Katelyn tressaillit. Mike cherchait décidément des ennuis à tout le monde. Pourquoi ne l'avait-elle pas évité ?

– Enfin, pas Trick. Lui, c'est quelqu'un de bien, conclut Paulette avec un soupir avant de reprendre son esquisse. Je t'ai vue déjeuner avec Cordélia Fenner.

Katelyn hocha la tête, agacée. Elle acceptait d'être l'attraction du moment, mais pas qu'on épie ses moindres faits et gestes !

– Je n'ai jamais aimé cette fille, lâcha Paulette. Tu devrais t'en méfier.

Katelyn eut un mouvement de surprise. C'est bien la dernière chose qu'elle s'attendait à entendre au sujet de Cordélia.

– Elle joue les saintes-nitouches. Et quand je dis « joue », c'est au sens littéral, poursuivit Paulette en lui lançant un regard appuyé. Trick et elle ne se supportent pas.

– Pourquoi ça ?

– Une histoire qui remonte à la maternelle, sans doute. Ici, les gens sont rancuniers. J'imagine que ça les occupe, conclut-elle, les yeux dans le vague. Je donnerais n'importe quoi pour vivre à Los Angeles. Ça doit être si... différent.

– Eh bien, tu pourras toujours partir, après le bac, suggéra Katelyn.

– Peut-être. Mais la plupart des jeunes s'installent dans le coin. Peu de gens s'en vont, commenta-t-elle avec un haussement d'épaules. Quoi qu'il en soit, ne t'emballe pas. Il faut parfois du temps pour repérer les hypocrites, si tu vois ce que je veux dire.

– Compris. Merci du conseil.

– Autant éviter une autre sale histoire, acheva Paulette, le regard braqué sur Katelyn. Parce que si l'envie lui prend, Cordélia Fenner n'hésitera pas à te faire souffrir.

Katelyn ne savait que penser des avertissements de Paulette, mais ils l'obsédèrent pour le reste de la journée. Après son dernier cours, elle rejoignit le parking des terminales. Cordélia l'y attendait déjà, près d'un pick-up noir. Katelyn n'imaginait pas son amie au volant de ce genre d'engin, mais vu le nombre de véhicules similaires aux alentours, cela n'aurait pas dû la surprendre. Katelyn grimpa côté passager. L'habitacle était d'une propreté impeccable et sentait la cannelle.

– Jolie voiture, commenta-t-elle.

– Merci !

Malgré le ton joyeux, Cordélia arborait une expression étrange, presque tendue, et son sourire parut forcé. Katelyn songea aux paroles de Paulette. Elle ne pouvait se résoudre à y donner fois, tant Cordélia était sympathique. Elle semblait néanmoins soucieuse et incapable de le cacher.

Katelyn pensa à lui parler de l'attaque des loups, mais Cordélia n'était pas d'humeur à bavarder. Regrettait-elle d'avoir invité Katelyn ?

– Tu es certaine que ça ne t'ennuie pas si nous allons chez toi ? insista cette dernière.

– Non, aucun problème, répondit son amie d'un ton un peu trop guilleret.

En silence, elles quittèrent le parking, traversèrent la ville et s'engagèrent sur une route étroite qui sinuait le long de la montagne. Comme Mordecai, les Fenner vivaient à l'écart. Là-haut, la route n'était pas goudronnée et les arbres défilaient à toute vitesse. Voyant Cordélia si concentrée sur sa conduite, Katelyn renonça à faire la conversation. Distraite, ses pensées se tournèrent vers Trick. Elle voulait interroger Cordélia à son sujet et comprendre l'étendue de son animosité, mais craignait de paraître trop curieuse, surtout au sujet d'un garçon que sa nouvelle amie n'aimait pas. Ou bien refusait-elle d'avouer à quiconque, surtout à elle-même, qu'il l'intéressait ?

Soudain, Cordélia laissa échapper un bref soupir. Katelyn surprit son regard inquiet, comme si elle avait aperçu quelque chose dans le rétroviseur. Mais elle ne vit rien. Les ombres s'allongeaient peu à peu sur le capot de la voiture, puis sur le pare-brise. Les feuillages parurent soudain plus touffus, la végétation plus dense. Elles ralentirent.

– Bienvenuuuuue, lança Cordélia d'une voix d'outre-tombe, imitant sans doute un vieux film d'horreur que Katelyn ne sut reconnaître.

Il lui fallut plusieurs secondes pour réaliser ce qu'elle apercevait. Elle avait vu quelques émissions montrant des bobos fondus de nature qui érigeaient des maisons autour d'un arbre, mais c'était sans commune mesure avec ce qui se dressait devant elle. L'architecture anarchique mêlait les matériaux : séquoia, pierre et vitraux. La construction s'élevait parmi les bosquets, comme sortie de terre, dans un enchevêtrement de tourelles et d'oriels, qui imitaient l'aspect tortueux des troncs. Un feuillage, d'un rouge ardent, surmontait plusieurs espaces à ciel ouvert. Au sommet d'un large perron en pierre, la grande porte d'entrée en séquoia était parsemée de fragments de verre dépoli. Aux fenêtres étaient accrochés des bacs où poussaient de délicates fleurs mauves. Si Katelyn avait admiré quelques imposantes villas sur la côte ouest, elle n'avait cependant jamais rien vu d'aussi enchanteur.

Cordélia longea la façade et contourna la maison pour se garer près de deux autres véhicules : une Mercedes et un rutilant 4x4 Volvo. Lorsqu'elle coupa le contact, elle laissa échapper un profond soupir. Ses mains retombèrent mollement sur ses genoux. Katelyn ouvrait déjà la portière.

– Que se passe-t-il ?

– On dirait bien que mes sœurs sont là, souffla Cordélia, les yeux rivés sur les deux voitures.

– Ça pose un problème ?

– Oui… J'aurais donné n'importe quoi pour être fille unique.

– On veut toujours ce qu'on n'a pas, rétorqua Katelyn avec un rire nerveux. Moi, je rêvais d'avoir une sœur.

– Tu peux prendre les miennes, lança Cordélia avec un sourire navré.

Elle descendit et s'avança vers la maison.

Katelyn l'imita et rejoignit son amie sur le perron. Derrière la grande porte, elle remarqua une cour intérieure couverte, où une petite fontaine coulait sous un toit de verre. Plusieurs jardinières aux mêmes fleurs mauves décoraient l'endroit. Katelyn observait les alentours d'un air admiratif, mais Cordélia jetait autour d'elle des regards inquiets. Un rire cristallin résonna soudain, accompagné d'un cliquètement de talons sur le sol.

– Mince, souffla Cordélia.

Deux jeunes femmes s'approchèrent. L'une était blonde, l'autre brune, mais la ressemblance avec leur jeune sœur était frappante.

La blonde, aux formes généreuses, était vêtue d'un pantalon de cuir couleur bronze, d'un chemisier noir sans manches, et de sandales à talons hauts. Plusieurs chaînes aux multiples breloques en ambre pendaient à con cou. Son maquillage était parfait, des yeux charbonneux aux lèvres brillantes.

La brune portait une minijupe et un col roulé bordeaux. Mais à la différence de sa sœur, elle avait la silhouette mince, filiforme d'un mannequin. Son visage, très fardé, faisait ressortir ses lèvres d'un rouge carmin.

Sur la défensive, Cordélia croisa les bras en les toisant d'un air méfiant. En observant leur démarche, Katelyn en vint à regretter de ne pas avoir invité Cordélia chez son grand-père. L'œil inquisiteur des deux jeunes femmes la mettait plus mal à l'aise encore que les yeux de verre des animaux empaillés de Mordecai. Elle se remémora alors ce qu'il lui avait dit la veille au sujet des prédateurs et de leur proie. Scrutée par ces deux-là, elle se sentait presque traquée.

Elles s'avancèrent, mais loin de se présenter, elles contournèrent les deux adolescentes et observèrent Katelyn de haut en bas.

– Tiens, tiens. Regarde ce que nous a rapporté la sœurette, minauda la brune.

– Ça ressemble à une étrangère, renchérit la blonde.

Une étrangère ?

Elles évoluaient avec une grâce évidente. Katelyn réprima l'envie de les imiter et de décrire des cercles autour de ces curieux personnages.

– Elle a l'odeur d'une étrangère, confirma la brune.

– Kat, voici mes sœurs : Arial et Regan, reprit Cordélia d'un air maussade et résigné, que Katelyn partageait entièrement.

– Euh, bonjour, tenta Katelyn.

– Tu entends ça, Regan ? Elle parle aussi comme une étrangère, s'exclama Arial, la blonde.

Mais d'où sortent ces cinglées ? se demanda Katelyn tandis qu'elles poursuivaient leur inspection. Le résultat d'un taux de consanguinité trop élevé, au pays du banjo ?

Mais avant que Katelyn ait pu répondre, Arial et Regan éclatèrent de rire.

– Allons, allons, les filles, n'effrayez pas les enfants, intervint un homme grand et maigre qui entrait au même instant dans la pièce.

Katelyn lui donnait une vingtaine d'années, peut-être plus. Difficile à dire.

– Albert, qu'est-ce que tu fais là ? lui lança Cordélia d'un air soulagé.

Elle l'appréciait visiblement davantage que ses propres sœurs.

– Je suis venu récupérer ma femme, répondit-il.

Arial s'approcha de lui en faisant la moue.

– Rabat-joie.

– Tu devrais être contente que je rabatte quelque chose, rétorqua-t-il d'un ton jovial avant de se tourner vers Katelyn. Al Fontaine, se présenta-t-il, main tendue. Tu dois être une amie de Cordélia.

Le sourire paraissait forcé, mais témoignait au moins d'une certaine politesse. Médusée, Katelyn lui serra la main.

– Enchantée, grinça-t-elle avec un regard appuyé aux deux sœurs.

Le visage marqué de l'homme s'éclaira tout à coup et il se mit à rire.

– Viens, Kat, allons dans ma chambre, lui dit Cordélia en la saisissant par le bras pour l'entraîner à l'écart.

– C'était quoi, ce cirque ? demanda Katelyn dès qu'elles se furent éloignées.

– Elles adorent intimider et manipuler les gens..., marmonna Cordélia qui la conduisit le long d'un couloir lambrissé. Fais comme moi : ne te laisse pas impressionner.

Katelyn était gênée pour elle. Jamais elle n'avait vu pareils spécimens.

– Je comprends mieux pourquoi tu préférerais être fille unique. D'un seul coup, ne pas avoir de frère et sœur me paraît plutôt agréable.

– Eh bien, elles t'auront au moins permis d'en prendre conscience, répondit Cordélia en jetant un regard derrière elle. C'est déjà ça.

– Pardon, se reprit Katelyn. C'était maladroit de ma part.

– Pas du tout, je t'assure. Nous y sommes.

La chambre de Cordélia était environ trois fois plus vaste que celle de Katelyn chez son grand-père. Au mur, un élégant papier peint aux motifs taupe et argentés tranchait avec les meubles sombres. Un grand lit à baldaquin sculpté trônait au centre et, tout près, était installée une psyché sur un socle à pattes de lion où était gravé un croissant de lune et une étoile. Des photos de Cordélia et de ses amies en uniforme de pom-pom girls étaient accrochées partout aux murs.

Derrière un secrétaire, une baie vitrée donnait sur un petit patio qui s'ouvrait directement sur le sous-bois. Katelyn observa les taches roussies que formaient au loin sur le sol les aiguilles de pin et les feuilles mortes. Elle se demanda si Cordélia avait elle aussi reçu l'interdiction de se promener seule dans la forêt. Mais depuis la veille, elle commençait à comprendre l'origine de cette peur collective.

Elle se tourna vers son amie, qui la regardait avec appréhension.

– C'est joli, lui dit Katelyn. Tu as de l'espace.

– Oui, répondit Cordélia, le sourire tendu. C'est un luxe, mais j'aime mon intimité, me retrouver un peu seule... Ça doit sans doute te paraître bizarre.

Elle eut un haussement d'épaules presque embarrassé.

– Comme tout le monde, l'assura Katelyn. Je tuerais pour avoir autant de place.

Cordélia s'allongea sur son lit, reposant sur menton sur ses poings.

– Parle-moi de Los Angeles.

Que dire ? Katelyn s'installa sur une chaise garnie d'une étoffe grise richement décorée. Le tissu était rêche, mais le siège confortable. Comment lui expliquer ? *C'est tellement mieux qu'ici* ?

– C'est grand. Ça fourmille de monde. Et puis, il y a l'océan, dit-elle d'une voix qui se voulait détachée.

Elle craignait de vexer Cordélia en critiquant sa ville natale, même si les insinuations de Paulette remettaient en question l'amitié qu'elle aurait espéré.

– Mais nous avons des étangs. Bon, plutôt des marais vaseux, reprit Cordélia en plissant le nez. Mais nous avons un fleuve. À la fonte des neiges, on pourrait l'imaginer en océan !

– Ah.

Katelyn garda un ton neutre, mais la perspective de la neige ne l'emballait guère. Dans le sud de la Californie, il fallait se lever tôt pour apercevoir un flocon.

– Et comment étaient tes copains, là-bas ? insista Cordélia, avide de détails.

– Je passais tout mon temps avec Kimi, ma meilleure amie. Nous étions... enfin, nous sommes comme des sœurs.

Elle s'en voulut d'employer le passé. Kimi était toujours son amie la plus proche et à son retour à Los Angeles, tout reprendrait comme avant. Elle sentit les larmes monter et lui brouiller la vue. Si elle préférait éviter de se donner en spectacle, mieux valait changer de sujet.

– Et toi, qui sont tes copains ?

Cordélia désigna la ribambelle de photos et de coupes qui ornaient sa chambre.

– Eh bien, comme je te l'ai expliqué, je faisais partie de l'équipe des pom-pom girls, dit-elle en se laissant retomber sur le lit, sans quitter Katelyn du regard. Mais à présent, je passe surtout du temps en famille.

– Ah, mais c'est... c'est bien aussi, balbutia Katelyn, qui espérait pour son amie que le reste des Fenner fût plus sympathique que les terribles sœurs.

Cordélia fit la grimace.

– Mes deux cousins ont emménagé chez nous il y a quelques mois, après la mort de leur père. Ça n'a pas été simple, mais tu sais... c'est la famille.

– Oui...

Katelyn ne connaissait que trop bien le problème, avec un grand-père lunatique dont elle ne se sentait absolument pas proche. Mais comme elle, Cordélia avait dû placer sa vie entre parenthèses. Elles avaient au moins cela en commun.

– Alors, on s'y met ? reprit Cordélia en se redressant.

– Bien sûr ! s'exclama Katelyn, ravie de changer de sujet.

Cordélia sortit quelques livres abandonnés sous son lit tandis que Katelyn tirait le petit ouvrage gris de son sac, réalisant qu'elle avait oublié de prévenir Mme Walker.

– J'ai fait une recherche préliminaire à la bibliothèque municipale, expliqua Cordélia, et emprunté toute une série de volumes avant que d'autres ne le fassent. Difficile de trouver les légendes locales sur Internet.

Elle déposa la pile sur l'édredon et les disposa de façon à ce que Katelyn puisse examiner les couvertures.

– *L'Arkansas durant la guerre de Sécession. Le peuple souverain, une histoire de l'Arkansas.* Waouh, ça donne envie.

Cordélia éclata de rire.

– C'est même carrément rasoir, non ?

– Je croyais que nous devions nous concentrer sur le lycée, reprit Katelyn. Tu m'as dit qu'il était hanté...

– Impossible. J'ai croisé Maria à la bibliothèque. Jackson et elle ont déjà choisi ce sujet. Sa tante doit lui prêter de vieux annuaires de l'école, ou quelque chose du genre. Je crois qu'on aurait du mal à faire un parallèle pertinent.

– Eh bien, pourquoi pas une autre histoire de fantôme ? Tri... Enfin, j'ai entendu dire qu'on raconte toutes sortes d'histoires sur les créatures effrayantes censées habiter dans les montagnes.

Elle s'était reprise, décidée à ne plus mentionner Trick devant Cordélia.

Avec une grimace, celle-ci tira un autre volume. Katelyn lut le titre. *Histoire de l'Arkansas : des colons espagnols à la Prohibition.*

– Le surnaturel n'est pas vraiment mon truc. Je suis très froussarde. Mon père dit que je suis une vraie gamine.

– Ah. Et ta famille ? Y a-t-il un grand mystère, chez les Fenner ? D'où ta grand-mère tire-t-elle sa recette de tarte à la citrouille ? D'où venaient-ils avant d'émigrer aux États-Unis ?

– Oh, je t'assure, rien de passionnant chez nous, répondit-elle d'une voix un peu hésitante.

Katelyn le remarqua et se demanda si les Fenner cachaient un lourd secret de famille. D'après la mère de Kimi, les familles du Sud étaient fières de leurs ancêtres, de leurs racines. Les Californiens les oubliaient beaucoup plus facilement.

– Tu trouveras peut-être quelque chose là-dedans, suggéra-t-elle en lui tendant le livre. Je crois que je ne me sens pas vraiment l'âme d'une historienne de terrain, aujourd'hui.

À l'évidence, l'apparition inattendue des deux sœurs l'avait perturbée. Contrairement à ce qu'elle affichait au lycée, elle semblait soudain effacée, à l'opposé de la jeune fille souriante sur les clichés qui ornaient les murs de sa chambre.

– Voyons ce qu'on peut trouver, proposa-t-elle.

Pendant que Cordélia survolait les indications du polycopié distribué en cours, Katelyn parcourut la table des matières et repéra avec enthousiasme le chapitre consacré aux « Trésors cachés ».

– Cordélia, que dis-tu de ça : les richesses espagnoles, les butins des mercenaires, les mines secrètes ?

Cordélia eut un murmure vaguement approbateur.

– Les colonies espagnoles..., continuait Katelyn. Voyons... Hé, regarde ça ! Tu savais que les gangsters contrôlaient la source thermale dans les années trente ? Oooh ! Une mine d'or cachée !

– De l'or ! Ça, c'est intéressant. De l'or.

Tout en poursuivant sa lecture, Katelyn repéra soudain le nom de Wolf Springs. Elle lut le paragraphe à haute voix.

– « Le petit village de Wolf Springs, bâti à l'époque victorienne, constitue l'un des joyaux qui ornent la couronne des Ozarks. Il est bien connu des chasseurs de trésors pour avoir abrité la Madre Vena, une mine d'argent perdue. » Excellent ! s'exclama la jeune fille en levant la tête.

Mais loin de partager son enthousiasme, Cordélia parut pâlir. Elle affichait une moue dubitative.

– De l'argent ? Mais l'or, c'est plus « cool », non ? objecta-t-elle en reprenant le terme de M. Henderson.

– Oui, mais… la Madre Vena fait partie du patrimoine de Wolf Springs.

– Ce n'est qu'une légende, répliqua Cordélia, sceptique. Et puis, de quand date ce texte, exactement ? On l'a probablement découverte depuis.

– Oui, mais si ce n'est pas le cas, on devrait vraiment choisir ce sujet. C'est bien toi qui m'as dit que M. Henderson était archéologue ? Il serait impressionné ! Et puis…, reprit-elle en revenant aux premières pages du livre, ce texte a été publié il y a seulement un an. Oh, allez, faisons-le !

– Eh bien…, dit Cordélia, à contrecœur.

Brusquement, elle se retourna, comme si elle avait entendu du bruit.

– Nous ferions mieux d'y aller avant que la nuit ne commence à tomber. On pourra discuter des détails dans la voiture. Le trajet sera long.

Katelyn fronça les sourcils. Elles venaient à peine d'arriver ! Quel était l'intérêt de se retrouver ici pour passer à peine dix minutes ensemble ?

– S'il nous reste un peu de temps, nous en parlerons chez toi, non ? poursuivit son amie d'une voix suraiguë.

Elle paraissait soudain nerveuse, plus encore qu'en apercevant les voitures de ses sœurs…

– Euh… si tu veux.

Les deux jeunes filles rassemblèrent leurs affaires et regagnèrent la cour intérieure. Tandis qu'elles la traversaient, un vrombissement retentit derrière la grande porte. Katelyn se demanda qui dans la famille Fenner conduisait une moto.

Le lourd battant s'ouvrit avec fracas et elle bondit. À contre-jour, dans la lumière du soleil couchant, la silhouette immense d'un garçon s'immobilisa. Derrière des lunettes d'aviateur,

Katelyn aperçut sa mâchoire volontaire, son visage taillé à la serpe, sa barbe naissante. Il avait des cheveux d'un brun cuivré, légèrement ondulés. Sous son blouson de cuir noir, elle devinait la carrure imposante de ses épaules et les jambes musclées sous son jean sombre.

Il leva sa main gantée pour retirer ses lunettes et mieux dévisager Katelyn. Ses yeux étaient d'un bleu profond, celui de l'été californien. Le cœur de Katelyn se mit à battre plus vite. Il était à tomber. D'une beauté si insolente qu'il devenait presque douloureux de soutenir son regard. Il ouvrit son blouson, révélant un simple tee-shirt noir.

Presque au ralenti, il s'avança vers elle en ôtant ses gants, délicatement, un doigt près l'autre, avant de les froisser dans sa paume. Lorsque enfin il s'arrêta à sa hauteur, Katelyn dut relever la tête pour l'observer. Il la dépassait très largement. Sans détourner les yeux, il fourra les gants dans la poche de sa veste.

– Kat, je te présente mon cousin, Justin. Justin, voici Kat. Elle vient d'emménager ici.

Katelyn lui tendit la main, rien que pour sentir le contact de sa peau. Justin esquissa un sourire. Lorsqu'il saisit ses doigts pour les serrer, Katelyn eut l'impression de recevoir une décharge électrique et elle étouffa une exclamation de surprise. Puis il se pencha vers elle. Ses lèvres manquèrent d'effleurer sa joue. Il inspira longuement, comme pour reprendre son souffle. Elle eut un mouvement de recul, mais il ne la lâcha pas.

Qu'est-ce que...

Sidérée, elle le vit se redresser juste assez pour croiser son regard.

– Bonjour, Kat, dit-il d'une voix grave, presque rauque.

Qu'est-ce qu'il a fait ? Il n'allait quand même pas m'embrasser ?

Il ne retirait toujours pas sa main et la dévorait des yeux, tandis qu'une sensation insupportable naissait au creux de son ventre. De toutes ses forces, elle se retint de se jeter à son cou, de le serrer contre elle et de l'embrasser.

Non, elle ne se contentait pas de le vouloir. Elle allait le faire. Déjà, sa main s'approchait de sa nuque lorsque des pas retentirent derrière elle et qu'une voix cria :

– Une étrangère !

Chapitre 5

– Une étrangère ! s'exclama une nouvelle fois la voix.

Décontenancée, Katelyn sentit ses jambes se dérober lorsque Justin s'écarta. Elle se retourna, cherchant l'origine du cri.

Un garçon trapu au cou épais se tenait dans l'encadrement de la porte, vêtu lui aussi d'un jean et d'un blouson de cuir. Un casque de moto pendait mollement à son poignet. Au-dessus d'une grande bouche, ses yeux oscillaient follement, comme s'ils suivaient un match de ping-pong. De sa main droite, il agrippa l'épaule de Katelyn en poussant des gémissements plaintifs.

Cordélia se précipita vers lui et le prit doucement par le bras.

– Pardon, Jesse. J'ignorais que vous seriez là, sinon je vous aurais avertis de sa visite, expliqua-t-elle, les joues cramoisies. Je pensais que vous ne rentriez que demain, tous les deux.

Encore sonnée, Katelyn clignait furieusement des paupières. Elle s'obligea à observer le nouveau venu. Il ressemblait beaucoup à Justin, quoiqu'un peu plus petit, avec des lèvres plus charnues.

– Jolie, l'étrangère, ajouta Jesse en lui adressant un large sourire.

– Oui, Jesse, répondit Justin sans la quitter des yeux. Elle est très jolie.

Cordélia lança un regard embarrassé à Katelyn. Elle n'avait manifestement pas remarqué l'intensité de sa réaction envers

Justin. Katelyn se détourna, cherchant à recouvrer ses esprits. Justin avait-il senti qu'elle était sur le point de se jeter sur lui ? Le cœur battant, elle était en nage. Et surtout mortifiée.

Que s'est-il passé, au juste ?

– Kat, je te présente mon autre cousin, Jesse, intervint Cordélia. Jesse, voici Kat. Elle vient d'arriver et veut se faire de nouveaux amis.

– Bonjour, Jesse, lui dit doucement Katelyn.

Il ne sembla pas l'entendre. Elle s'approcha de lui et répéta sa phrase.

– La demoiselle te dit bonjour, reprit Justin. Tu vois, elle est gentille.

Enfin Jesse leva les yeux, avança rapidement de un ou deux pas avant de l'embrasser sur la joue et de reculer presque aussitôt.

Katelyn jeta un regard surpris à Cordélia, qui parut gênée, mais elle la rassura d'un sourire. Puis elle se tourna vers Justin, qui l'observait, l'air amusé, le pouce accroché à la poche de son jean.

– Je la raccompagne chez elle, expliqua Cordélia. Vous ne m'aurez pas dans les pattes.

– On se débrouillera pour le dîner, lui répondit Justin.

Il se tourna vers Katelyn. Un sourire se dessina lentement sur ses lèvres, découvrant une rangée de dents d'un blanc étincelant.

– Bienvenue chez nous, Kat.

Katelyn cherchait quoi dire, mais Cordélia l'entraînait déjà à l'extérieur. En grimpant dans le pick-up, elle ne put s'empêcher de jeter un regard en arrière. Debout dans l'embrasure de la porte, Justin les observait. Une sensation brûlante l'envahit, se propageant le long de son dos jusque dans ses épaules. Avant même qu'elle ait réalisé, Cordélia effectuait une marche arrière pour s'engager sur le chemin.

Tandis que le véhicule cahotait une fois de plus le long de la route caillouteuse, l'impression troublante se dissipa peu à peu.

– Je suis vraiment confuse, disait Cordélia. Jesse est un garçon... un peu spécial.

Katelyn hocha la tête, gênée que son amie ait mal interprété sa réaction. Cela lui permettait au moins de cacher son embarras vis-à-vis de Justin. Le souvenir encore cuisant des dernières minutes lui donnait des frissons. Mais la sensation était loin d'être désagréable.

– Il a l'air adorable, l'assura Katelyn.

– Oui. Jesse est formidable, cependant il ne sera jamais autonome. Mais ça ne pose pas vraiment de problème. Notre famille est très soudée.

Cordélia rétrograda pour amorcer une grande côte. Elle appuya sur le bouton de son iPod et la musique envahit l'habitacle.

Encore sous le choc de son étonnante rencontre avec Justin, Katelyn retrouva soudain le souvenir de son odeur : celle de l'océan. Ce parfum salé, mêlé à quelque chose d'indéfinissable qui emplissait ses narines chaque fois qu'elle avançait pieds nus dans le sable, les paupières closes, le visage inondé de soleil.

– Vous êtes du genre tactile dans votre famille, remarqua-t-elle, d'un air qui se voulait détaché.

En y repensant, Justin s'était curieusement approché d'elle, comme pour la serrer dans ses bras. Il s'était arrêté juste à temps.

– Je sais, ça surprend, répondit Cordélia avec embarras. Les Fenner ont tendance à donner très vite dans le contact physique. Désolée.

Donc, c'est simplement un réflexe, se dit Katelyn déçue. Le geste paraissait pourtant trop intense, trop intime. Il semblait signifier davantage de choses.

– J'ai l'habitude. En Californie, les gens sont démonstratifs. Et ma mère était française : là-bas, on se fait la bise à tout bout de champ.

La mâchoire crispée, Cordélia esquissa un sourire.

– Encore désolée pour tout. Je pensais vraiment que nous serions tranquilles cet après-midi et au lieu de ça, tu as rencontré la moitié de ma famille.

– J'avoue que tes sœurs m'effraient un peu, reprit Katelyn avec une expression de dégoût. Mais Jesse est adorable. Quant à Justin, il semble très... mystérieux.

– Il a toujours été comme ça, répondit Cordélia d'un air sombre, même lorsque nous étions petits. Mais c'est plus flagrant depuis le décès de son père.

Ainsi, Justin avait perdu son père. Katelyn comprenait mieux que quiconque ce qu'il traversait.

– Et sa mère ?

– Elle est morte lorsqu'il n'était encore qu'un bébé, murmura Cordélia en fixant la route. Comme la mienne, d'ailleurs.

– Oh, je suis désolée.

Katelyn rencontrait rarement de jeunes gens dans la même situation qu'elle.

– Je ne me souviens pas d'elle, expliqua Cordélia.

– Il te reste ton père, observa Katelyn.

– Ah, ça oui ! Mon père, c'est une forte personnalité.

Cordélia pencha la tête de côté, comme pour mieux scruter le bitume. Katelyn suivit son regard, mais à contrejour, elle ne distinguait rien.

L'esprit de Katelyn vagabondait. Comment Justin surmontait-il la mort de ses parents, maintenant qu'il habitait avec la famille de Cordélia ? Cette nouvelle vie était-elle aussi pesante que l'était son quotidien avec Mordecai ? À son âge, il aurait pu choisir de vivre seul. Sans doute avait-il fait ce compromis pour Jesse.

L'espace d'un instant, elle se réjouit d'avoir trouvé dans cet endroit isolé, au beau milieu de nulle part, quelqu'un qui puisse la comprendre.

– Qu'est-il arrivé à leur père ? reprit-elle avant de réaliser qu'elle se montrait peut-être trop curieuse.

– Un accident de chasse, se contenta de répondre Cordélia soudain très pâle, en agrippant fermement le volant.

Avait-elle été proche de son oncle ? Katelyn décida de ne pas insister.

– Pardonne-moi : je me mêle de ce qui ne me regarde pas.

– Non, ça ne fait rien. En fait, je n'ai personne avec qui parler de tout ça...

Cette remarque surprit Katelyn, qui n'aurait jamais pris Cordélia pour quelqu'un de timide. Les avertissements de Paulette lui revinrent. Aurait-il pu s'agir d'une comédie ?

– C'est drôle, non ? On s'imagine avoir des tas de copains, mais en cas de coup dur, si on n'a plus trop de temps à leur consacrer, ils se dissipent comme un écran de fumée, poursuivit Cordélia, tendue.

Katelyn songea à Kimi. Elle avait beau refuser d'y croire, il fallait bien admettre que la distance commençait à se faire sentir. Kimi passait à autre chose, nouait de nouvelles amitiés. En dépit des avertissements de Paulette, Katelyn pourrait-elle vraiment devenir proche de Cordélia ? Retrouverait-elle un jour la complicité qu'elle avait partagée avec Kimi ?

Les larmes montèrent, mais elle était lasse de pleurer, de céder à l'angoisse et à l'abattement. Il était temps de reprendre pied.

Qu'aurait dit son père, s'il l'avait vue ? *Ne sois pas une victime !* Et pourtant lui-même avait fini par en devenir une.

– Mince ! s'exclama-t-elle subitement. J'étais censée prévenir mon grand-père que nous étions en chemin.

– Prends mon portable, proposa Cordélia en lui tendant son téléphone.

Son étui avait une touche psychédélique : un tourbillon hypnotique de couleur.

– Géniale, ta coque !

– Tu trouves aussi ? En plus, elle est fluorescente !

– Il y a du réseau, ici ?

– Oui.

– Alors, autant me servir du mien. Mais merci.

– Pas de quoi !

Katelyn sortit son portable, dans lequel elle avait enregistré le numéro de son grand-père. Elle fit défiler les contacts et émit l'appel. Mais elle n'obtint que le répondeur. Elle laissa donc un message disant qu'elle venait de quitter la villa des Fenner et serait bientôt de retour.

Le soleil disparaissait lorsqu'elles atteignirent enfin la maison de Mordecai. Presque furieuse, Katelyn voyait dans la lumière déclinante le symbole des limites de son nouvel univers.

– La nuit tombe vite ici, remarqua-t-elle, les yeux rivés sur la façade.

– Plus vite qu'à Los Angeles ? s'amusa Cordélia.

– C'est si animé, répliqua Katelyn avec un haussement d'épaules. La ville ne dort jamais.

– Je ne me rappelle pas ça. J'étais toute petite lorsque nous y avons passé quelques jours de vacances, souffla son amie d'un ton de regret.

– Lorsque j'y retournerai, tu pourras venir me voir, proposa joyeusement Katelyn.

Elle s'imaginait déjà lui faire visiter ses quartiers préférés.

– J'aimerais beaucoup, mais...

– Mais quoi ?

Cordélia se tut tout à coup. Ses épaules parurent s'affaisser, comme sous le poids d'un immense fardeau. C'était sur elle que la nuit semblait tomber.

– La vie n'est pas toujours simple, tu sais.

– Ah, tu crois ça ? Attends de faire la connaissance de mon grand-père !

Elle sursauta en entendant la porte de la maison s'ouvrir brutalement. Mordecai en sortit, l'air méfiant.

– Je crois qu'on m'attend, conclut-elle en soupirant.

Avec un dernier sourire à Cordélia, elle prit son sac. Son grand-père descendit les marches du perron. Était-il furieux qu'elle ne l'ait pas appelé plus tôt ? Mais ce n'était pas vers elle qu'il se dirigeait. Il s'avançait du côté du conducteur.

Katelyn sortit. Mordecai lui adressa un signe discret et se pencha à la portière. Katelyn l'observait, pétrifiée, tandis que Cordélia baissait la vitre. Il lui tendit la main, qu'elle serra.

– Tu restes à dîner ? proposa-t-il.

– Euh, oui, merci, répondit Cordélia, jetant un regard incertain à Katelyn.

Celle-ci hocha la tête, à la fois surprise et ravie que son grand-père fasse preuve d'hospitalité.

– Parfait, déclara-t-il.

Il regagna la maison, laissant la porte ouverte derrière lui.

– Je ne m'attendais pas à ça, souffla Katelyn en gravissant le perron.

– J'avoue que je préfère dîner chez vous plutôt que de subir le désastre qu'auront préparé mes cousins.

– Est-ce que tu ne dois pas les prévenir, ou demander la permission ?

– Ça ira, répondit Cordélia.

Katelyn était-elle donc la seule à ne pas pouvoir sortir, une fois la nuit tombée ? Mais Cordélia avait grandi ici, ce qui expliquait sans doute cette liberté. Les Fenner ne vivaient certes pas en ville, mais paraissaient moins isolés que son grand-père. Ce devait être plus agréable. Et surtout, plus normal, songea Katelyn.

Elle guettait la réaction de son amie tandis qu'elles pénétraient dans le salon. Comparée à la villa des Fenner, la maison devait sembler minuscule.

– Charmant, commenta Cordélia avec un sourire.

Après avoir examiné les animaux empaillés et les toiles qui ornaient les murs, elle se tourna vers Mordecai, qui se tenait à l'entrée de la cuisine.

– Splendide. Ce sont vos trophées ?

– En effet, répondit Mordecai avec une pointe de fierté.

– Waouh !

Katelyn faillit lever les yeux au ciel. Décidément, elle ne comprendrait jamais la chasse.

– Je te montre ma chambre ? À moins que tu n'aies besoin de moi pour préparer le dîner ? ajouta-t-elle à l'intention de son grand-père.

– Allez-y, dit-il d'un air satisfait, avant de disparaître dans la cuisine.

Les deux adolescentes grimpèrent l'escalier. Cordélia s'attarda devant le vitrail portant le blason des McBride, puis suivit Katelyn au fond du couloir.

– Elle est bien plus modeste que la tienne, commenta cette dernière en posant son sac sur le sol.

Cordélia jeta un regard à la lucarne, puis sortit les livres.

– Donc, avant d'être interrompues, reprit Katelyn en repensant à l'arrivée de ses cousins, nous décidions d'opter pour la mine d'argent de Madre-machin.

Devant le soupir contrit de Cordélia, elle s'empressa d'ajouter :

– Mais on peut choisir autre chose !

Elle ne comprenait pas la réticence de son amie. Le sujet était parfait.

On frappa à la porte.

– Cordélia ? dit Mordecai en passant la tête dans la chambre. Herbivore ou carnivore ?

– Carnivore, répondit Cordélia.

– Compris, lâcha-t-il avant de s'éclipser.

– Ton grand-père est un amour, déclara l'invitée à voix basse.

– Je n'irais pas jusque-là, s'amusa Katelyn.

Elle saisit un livre, intitulé *Légendes des montagnes*.

– On pourrait peut-être trouver un autre thème.

Elles compulsèrent les ouvrages. Katelyn s'attardait parfois sur les paragraphes décrivant des légendes de la forêt. L'une d'elles parlait de « la furie ». Dans un accès de folie, une femme avait noyé ses enfants dans un étang et errait depuis dans les bois, les nuits sans lune, hurlant de douleur, à la recherche de ses petits disparus. Une autre racontait comment Tio Oso, « l'Oncle Ours », un ermite des montagnes, avait vécu parmi les ours avant d'en devenir un lui-même. On l'entendait encore grogner certains soirs.

Elle se perdit ensuite dans la légende de Hank la Potence, un bandit qui accrochait au hasard des branches des nœuds coulants faits de lianes, pour pendre les promeneurs trop étourdis avant de leur faire les poches. Elle songea aux arbres qui entouraient la maison et jeta un regard à la lucarne. Cordélia avait peut-être raison : une jeune fille avait été retrouvée morte dans les environs et des récits effrayants de ce genre n'étaient peut-être pas la meilleure chose à lire dans un lieu isolé, perdu au milieu des bois. Elle en revint donc à son idée première, celle de la mine. C'était vraiment le choix idéal.

– Les filles ? appela son grand-père. Vous pouvez mettre la table ?

– Sauvées par le gong ! commenta Cordélia en refermant joyeusement l'énorme volume qu'elle parcourait.

Mordecai s'activait devant une marmite d'eau bouillante, ôtant le couvercle d'un pot de sauce tomate.

– Je cuisine plutôt saignant, lança-t-il à Cordélia par-dessus son épaule.

– Tant mieux, répliqua-t-elle avec un large sourire.

Quinze minutes plus tard, ils étaient à table. Devant son assiette de tortellinis au fromage, Katelyn les regarda attaquer leur steak. Ils papotèrent de la météo et des dernières nouvelles de la région. Katelyn comprit que dans les environs, tout le monde se connaissait au moins de vue, sinon personnellement. Mordecai et Cordélia venaient à peine de se rencontrer et pourtant, ils se parlaient déjà avec une familiarité que Katelyn se prit à leur envier.

– Tu veux travailler encore un peu ? proposa Katelyn lorsqu'ils eurent achevé le repas.

Cordélia hésita. Elle tira son téléphone de sa poche et observa l'écran.

– Je ferais sans doute mieux de rentrer.

Katelyn dissimula sa déception. La présence de son amie détendait l'atmosphère et la rendait plus supportable, presque plus normale. Elles se partagèrent les livres empruntés à la bibliothèque et Cordélia rangea son lot de volumes dans son sac.

– Nous verrons bien si ce qu'ils contiennent nous intéresse davantage, suggéra Katelyn.

– Excuse-moi, mais cette histoire de mine ne m'emballe pas vraiment.

– Ça ne fait rien, assura Katelyn.

Mais à vrai dire, sa réaction la frustrait quelque peu. Elle avait plusieurs cours à rattraper et ne voulait pas perdre de temps à choisir un sujet d'histoire. Elle ne comprenait vraiment pas pourquoi Cordelia se montrait aussi difficile.

Katelyn ouvrit la porte d'entrée. Il faisait déjà nuit noire. Alors qu'elle s'apprêtait à raccompagner son amie, son grand-père la retint d'une main ferme et l'empêcha de franchir le seuil. Agacée, elle voûta les épaules, jetant un regard navré à Cordélia.

– Désolée, il ne me permet pas de mettre un pied dehors à la nuit tombée, grinça-t-elle sans même dissimuler son exaspération.

– C'est plus prudent, approuva Cordélia qui s'avançait dans le noir. Du moins, jusqu'à ce que tu te familiarises un peu avec les environs.

– Ton père te laisse bien sortir, toi !

Mordecai serra plus fort son épaule et la contourna pour rejoindre Cordélia sous la véranda.

– J'ai été élevée ici, objecta son amie. Et puis, j'ai toujours une arme dans la boîte à gants.

Katelyn ouvrit la bouche, prête à lui demander si tous les habitants de Wolf Springs se promenaient avec des fusils dans leur voiture, mais Cordélia poursuivit :

– Tu devrais apprendre à tirer, d'ailleurs.

– C'est prévu, assura son grand-père.

– Excellent.

L'air brusquement sérieux de Cordélia s'évanouit et elle retrouva son sourire.

– Encore merci pour le dîner, docteur McBride. Kat, on se voit demain au lycée.

Mordecai suivit Cordélia jusqu'à sa camionnette et attendit qu'elle démarre. Avec un dernier signe, elle effectua une marche arrière et aussitôt, il regagna la maison.

– Tu aurais pu me laisser la raccompagner, s'emporta Katelyn dès que la porte se fut refermée. Son pick-up n'était qu'à quelques mètres et tu étais à côté. Qu'aurait-il bien pu arriver ?

Elle avait élevé la voix malgré elle, mais elle n'avait pas l'habitude de cette vie recluse qui la rendait folle.

Son grand-père l'observa longuement.

– Un tas de choses, souffla-t-il.

Le cœur de Katelyn s'emballa. À l'évidence, il était sérieux.

– Quoi, au juste ?

Mordecai se contenta de secouer la tête et regagna la cuisine pour faire la vaisselle. Immobile, Katelyn avait les yeux rivés sur la porte. La gardait-il captive, ou au contraire dressait-il un rempart contre l'extérieur ?

Le lendemain, après le cours d'histoire, sur le chemin du gymnase, Katelyn s'excusa du comportement insensé de son grand-père.

– C'est sans importance, répondit Cordélia avec entrain. Il veut simplement te protéger !

Katelyn, elle, pensait au loup.

– C'est curieux : j'ai toujours entendu dire que les animaux nous craignaient bien plus que nous ne les craignions.

– On trouve des choses bien plus dangereuses dans les bois que les bêtes sauvages, objecta Cordélia en s'éclaircissant la gorge.

Katelyn leva les sourcils. Elle ne faisait tout de même pas référence aux créatures des légendes ?

– Comme ces cinglés d'hommes-loups, avec leurs retraites, poursuivit Cordélia. Ils vont finir par nous rendre dingues avec leurs tam-tams.

Mais Katelyn les imaginait mal s'en prendre à quelqu'un.

Dans les vestiaires, elle se changea à la hâte et rejoignit son amie, qui s'échauffait déjà. Katelyn allongea les jambes devant elle, attrapa ses pieds sans difficulté et se pencha jusqu'à ce que son front touche ses genoux. La sensation la ravit. Elle avait vraiment besoin d'exercice !

– Waouh, s'exclama Cordélia. Quelle souplesse !

– Plus on s'entraîne, plus c'est facile !

Cordélia s'esclaffa d'un air moqueur et Katelyn leva les yeux au ciel.

– Arrête, on dirait Mike.

– Si je ris comme Mike, je n'ai plus qu'à me suicider.

Presque à point nommé, Mike apparut. Le visage de Cordélia s'assombrit et elle se racla ostensiblement la gorge.

– Mike chéri, ça alors ! lança-t-elle d'une voix doucereuse.

Katelyn se figea, n'osant se retourner.

– Vous parliez de moi ? grinça Mike.

– Évidemment qu'on parle de toi ! Comment résister à ton charme ? ironisa-t-elle.

– La ferme.

Katelyn serra les dents, mais ne bougea pas. Lorsque Cordélia poussa un soupir, elle comprit qu'il avait passé son chemin.

– Je ne plaisante pas, souffla son amie, si un jour tu me surprends à faire quelque chose comme Mike, achève-moi d'un coup de carabine.

– Tu oublies que je ne sais pas m'en servir, répliqua joyeusement Katelyn.

– Ça viendra.

L'après-midi même, dans les bois derrière la maison, Mordecai montra qu'il était très sérieux lorsqu'il prétendait vouloir lui apprendre à tirer. Il installa une cible à une distance d'environ quinze mètres avant de lui tendre son horrible fusil.

– Mais c'est une arme, gémit Katelyn pour la énième fois.

Certes, elle n'était pas opposée à l'idée de se défendre. Mais pas à balles réelles.

– C'en est une, confirma-t-il. Et tu vas apprendre à t'en servir.

– Je ne veux pas, s'obstina-t-elle.

– Ce n'est pas une question d'envie, mais de nécessité. Ça ne te plaît peut-être pas, mais tu dois t'y mettre.

Il lui présenta l'arme.

– C'est un calibre 22, annonça-t-il. Avec ça, on tire les lapins, les écureuils et le petit gibier.

En imaginant viser un lapin, elle se mordit les lèvres. *Poule mouillée*, se dit-elle.

– Ce n'est pas ce qui te protégera du danger, mais c'est ce qu'on fait de mieux pour apprendre. Tu es droitière, me semble-t-il.

À contrecœur, Katelyn hocha la tête.

– Parfait.

Il s'approcha et se positionna face à elle.

– De ta main gauche, maintiens-le sous le canon, là, expliqua-t-il en lui montrant le geste.

Elle hésita. Il devait bien exister un moyen de se défendre sans avoir à manipuler un pareil engin. Rien ne lui vint à l'esprit, mais elle refusa de toucher l'objet.

– Prends-le !

– Je n'aime pas les armes. Elles me font peur, répliqua-t-elle avec humeur.

– C'est parce que tu en ignores encore le maniement.

Non. C'était surtout parce qu'elles servaient à tuer. Et c'était dans ce but que lui l'utilisait : il chassait des animaux sans défense. Elle frémit lorsqu'il prit sa main pour la poser sous le canon.

– Maintenant, place la droite ici, comme ça, afin que ton doigt effleure la gâchette, dit-il en guidant son bras. La crosse reste appuyée sur ton épaule. La détonation te projettera en arrière, mais tant que tu la maintiendras fermement, le choc sera atténué. À présent, ajuste la hauteur du canon pour viser la cible. Tu la vois ?

– Oui, répondit-elle en inclinant la tête avec réticence.

– Presse doucement la détente. Sans forcer, sans te précipiter. Puis inspire.

Elle s'exécuta.

– Tu as remarqué que le canon du fusil s'était relevé ?

Elle acquiesça.

– Bon, expire, maintenant. Là tu constates que le canon s'abaisse.

– Oui.

– Voilà pourquoi il faut retenir sa respiration. Faisons un essai. Expire. Inspire. Expire encore. Inspire. Ne respire plus. Presse la détente !

Les yeux fermés, le souffle court, elle obéit, la mort dans l'âme. La crosse heurta son épaule et la violence du coup la projeta en arrière. Le tonnerre de la détonation l'assourdit. Avec un cri strident, elle lâcha le fusil. Son grand-père le rattrapa juste avant que la gueule du canon ne touche le sol.

– Tu as bougé. La crosse n'était pas suffisamment calée. C'est pour ça que tu as senti le choc. Ne ferme pas les yeux. Sinon, tu n'atteindras jamais ta cible. Ne respire pas. Et ne lâche surtout pas ton fusil ! S'il s'enfonce dans le sol, la terre ou des gravats risquent de l'obstruer. Et au prochain tir, il pourrait exploser.

Une douleur lancinante gagnait son épaule et elle n'en était que plus terrorisée. Les paroles inquiétantes de son grand-père résonnaient dans sa tête et elle s'imagina le métal éclater entre ses mains, la tuant avant que quelque chose ou quelqu'un n'en ait eu l'occasion.

Le problème ne vient pas des armes. Mais de ceux qui s'en servent. Son père le lui avait souvent dit. Avant d'en devenir lui-même la victime, alors qu'elle n'avait que douze ans.

Et pourtant, une mauvaise manipulation de ce fusil pourrait s'avérer fatale...

Lorsque Mordecai repositionna la crosse contre son épaule, elle éprouva des difficultés à respirer. Elle visa, haletante.

Elle tira et une branche à une quinzaine de mètres au-dessus de sa cible tomba avec un craquement. Elle fit feu une seconde fois et ne parvint qu'à faire voler une motte de terre à mi-parcours. Mais elle ne lâcha pas le fusil.

Enfin, son grand-père lui prit l'arme des mains.

– Je crois que nous n'arriverons à rien aujourd'hui, décréta-t-il.

Le soulagement la submergea. Mordecai était sans doute déçu, mais qu'avait-il espéré ?

Une fois à l'intérieur, elle se précipita sous la douche. Elle noya sous l'eau chaude cette atroce sensation, cette impression morbide dont elle voulait se défaire. Mais son épaule endolorie la fit grimacer.

Après s'être rhabillée, elle descendit, évitant le regard accusateur des animaux empaillés. Dans la cuisine, son grand-père préparait le dîner.

– Tu n'aurais pas des poches de glace ? gémit-elle d'une voix aussi abattue que son moral.

– Tu n'as qu'à prendre un sachet en plastique et le remplir de glaçons. Ça fera l'affaire.

Elle fit la grimace. La condensation allait tremper ses vêtements... Il fallait pourtant soulager la douleur. Elle ne lui demanda pas d'antalgiques. Elle s'était jurée de ne plus jamais en subir les effets. Sans ces fichus cachets, sa mère serait encore en vie. Épuisée, vidée, elle se sentait toujours aussi angoissée.

Lorsque le dîner fut servi, elle se débarrassa de son sac de glace et saisit sa fourchette d'une main tremblante.

– Tu finiras par y arriver, l'assura son grand-père.

Elle ne voulait pas y arriver, mais n'avait pas non plus envie de protester. Elle souhaitait simplement en terminer avec ce repas pour regagner sa chambre et être un peu seule.

– J'ai quelques courses à faire à Little Rock, annonça-t-il. Il faut renouveler les provisions pour l'hiver qui approche. Je partirai vendredi et ne serai de retour que samedi dans la matinée. Te sens-tu de rester seule ici ?

Il paraissait presque nerveux. D'abord enthousiaste, Katelyn réalisa soudain qu'elle serait isolée, prise au piège de ses cauchemars et des étranges bruits nocturnes. Mais pas question de les laisser gâcher sa liberté et l'opportunité de prouver qu'elle était autonome.

– Aucun problème. J'ai l'habitude.

Elle mentait, mais craignait par-dessus tout qu'il se mette en quête d'une baby-sitter.

– Si tu veux, tu peux inviter Cordélia à passer la nuit ici, suggéra-t-il.

L'idée emballa aussitôt Katelyn. Sans être seule avec ses angoisses, elle aurait tout de même la possibilité de montrer à son grand-père qu'elle pouvait être responsable. Mais pourquoi ne pas attendre le week-end afin de l'emmener avec lui à Little Rock ? Elle s'apprêtait à lui poser la question, mais s'abstint, craignant qu'il ne change d'avis, alors qu'il lui offrait l'opportunité d'une soirée entre copines.

– Merci. Je le lui proposerai.

Elle acheva son repas, se prépara un nouveau sac de glace et regagna sa chambre.

Où la lucarne grinçait toujours.

Chapitre 6

– Qu'est-ce qui t'arrive ? demanda Trick lorsqu'il se présenta sur le perron le lendemain matin.

Les manches de son tee-shirt noir étaient relevées jusqu'aux coudes, révélant ses avant-bras musclés, veinés comme ceux d'un athlète. Si Trick jouait les poètes maudits, il n'en avait pas l'apparence. C'est un garçon solide qui se tenait devant elle, à la carrure imposante et au sourire ravageur.

Katelyn répondit par une grimace en appuyant la poche de glace contre son épaule.

– Mon grand-père a tenté de m'apprendre à tirer, hier.

– Un succès, visiblement, ironisa-t-il en levant un sourcil.

Katelyn repassa à la cuisine et jeta les glaçons presque fondus dans l'évier. Mécaniquement, elle tourna les talons et prit ses affaires posées près de la porte.

– Oui, c'était une idée de génie, grinça-t-elle en sortant.

Trick insista pour porter son sac.

– Tu penses pouvoir survivre à une journée de cours ?

– D'après Mordecai, oui. J'ai eu beau lui répéter que j'avais mal, il m'a répondu de remettre de la glace et d'être plus adroite la prochaine fois.

– Tu finiras par t'y faire, l'encouragea Trick tandis qu'il démarrait.

Elle souleva la ceinture qui lui sciait l'épaule, n'osant imaginer les dégâts si Trick freinait brutalement – ce qui ne tarderait pas à arriver, vu la vitesse à laquelle il roulait.

– Je n'en ai aucune envie.

– Tu sais, maintenant que tu vis au beau milieu de nulle part, apprendre à te défendre n'est peut-être pas une mauvaise idée.

– J'ai trouvé un livre à la bibliothèque pour mon exposé d'histoire. Il parle d'une espèce de loup énorme ou de monstre du genre, tapi au fond des bois. Un prêtre a laissé des écrits sur le sujet, mais la page a été arrachée.

– Kat, dit Trick avec un haussement d'épaules. Nous sommes dans les Ozarks. Ici, les légendes sont monnaie courante.

– Lesquelles, par exemple ?

Katelyn avait déjà parcouru une dizaine d'ouvrages, mais elle était curieuse d'entendre ce que Trick savait.

– Tout ce qu'on peut imaginer. Esprits, bêtes sauvages... on a la panoplie complète. Désolé de gâcher ta soif de sensationnel, mais ces bois sont dangereux parce que les forêts en général sont des endroits dangereux. Et maintenant, ces types qui campent près des sources chaudes et perturbent les animaux...

Il jeta un bref regard au bracelet en cuir à son poignet.

– On raconte que l'ancienne station thermale est hantée, reprit-il avec un sourire grave. En tout cas, elle en a l'air. Ça fait un peu « maison de fous » victorienne. Vous devriez faire un exposé là-dessus.

– On a opté pour une mine d'or perdue. Enfin, j'espère.

– Si tu as besoin d'aide pour charrier le minerai..., lança-t-il avec un regard grivois.

– Comme c'est attentionné de ta part, ironisa-t-elle, faussement indignée.

– Je suis ton homme. Et pas du style copain-copain. Parce que c'est pas mon truc, ça. Je suis un mec, un vrai.

Elle éclata de rire. Trick la mettait à l'aise, il devenait si facile de parler avec lui. Elle l'observa quelques instants. Non, il n'était définitivement pas du genre androgyne. Plutôt carrément sexy.

– Bon, puisqu'on est sur le sujet, j'ai une question, reprit-il plus sérieusement.

– Quel sujet ?

– Ma virilité.

– Quoi ? souffla-t-elle, anxieuse.

Qu'allait-il bien pouvoir lui demander ?

– Il y a une soirée la semaine prochaine. Pas ce vendredi, mais le suivant. Je pensais qu'on aurait pu y aller.

– Tu veux dire... ensemble ? insista-t-elle, sentant un large sourire lui fendre le visage.

– Eh bien, si on le voit comme ça... oui, exactement, répondit-il d'une voix grave.

– Dans ce cas... c'est d'accord ! s'exclama joyeusement Katelyn.

La tête dans les nuages, elle ne touchait déjà plus terre. Elle repensait aux deux garçons de Santa Monica qui lui plaisaient, mais qui ne l'avaient jamais invitée à sortir. Dans la plupart des cas, ses flirts avaient tourné court.

– Houston, nous sommes parés pour le lancement ! dit-il avant d'écraser la pédale d'accélérateur.

– Tâche de ne pas me tuer avant la soirée, s'exclama Katelyn.

– Ni avant, ni après, c'est juré, ajouta-t-il avec un large sourire. Par contre, cette fête promet d'être une tuerie.

Lorsqu'elle arriva en cours d'histoire, Cordélia lui adressa un large sourire.

– J'ai changé d'avis, annonça-t-elle lorsque Katelyn s'installa. Je suis motivée pour l'exposé sur la Madre Vena.

– Ah ? Excellente nouvelle !

L'enthousiasme de son amie sonnait faux. Une fois encore, elle essayait sans doute de contenter tout le monde. Katelyn ne fit aucune remarque, pressée de se mettre au travail et craignant de froisser l'unique amie qu'elle s'était faite à Wolf Springs. Trick ne comptait pas, puisqu'il ne voulait apparemment pas être son ami. L'idée la fit rougir.

– Tu en es certaine ? insista-t-elle.

– Oui. Mon père m'a raconté que dans sa jeunesse, des rumeurs ont circulé concernant la redécouverte de la mine, mais il s'agissait en réalité d'un canular.

– C'est génial.

Elle en avait donc parlé chez elle. Les connaissances de son père sur le sujet l'avaient-elles fait changer d'avis ?

– On pourrait peut-être utiliser son témoignage, reprit Katelyn.

Cordélia parut se décomposer avant de retrouver presque aussi vite son sourire forcé.

– Oui, pourquoi pas ?

L'hésitation était flagrante. Son père était-il aussi bizarre que ses sœurs ? Katelyn plaignit son amie.

Le reste de la semaine passa à toute vitesse. Cordélia accepta de dormir chez elle le vendredi. Trick poursuivit ses sous-entendus, qu'elle entretenait avec joie. La semaine suivante, elle emprunta – dans les règles cette fois – d'autres livres au lycée et signala à Mme Walker la disparition du second volume concernant l'histoire de Wolf Springs. Pensant qu'il était peut-être mal rangé, Katelyn passa chaque matin quelques minutes à le chercher avant le début des cours. À mesure qu'elle progressait, elle époussetait les rayonnages et remettait de l'ordre dans les classements.

À la bibliothèque, elle ne croisa jamais personne, jusqu'au vendredi. Elle était alors accroupie au pied d'une étagère et dépoussiérait quelques ouvrages oubliés.

– Salut, lança une voix derrière elle.

Surprise, elle fit volte-face, armée de son plumeau. C'était Beau, le blond du cours d'histoire, qui leva les mains en l'air.

– Ne tire pas ! Je me rends !

– Salut, répondit-elle en esquissant un sourire. J'ai bien failli te prendre pour un fantôme : cet endroit est toujours désert. Je n'y ai jamais vu personne depuis mon arrivée.

– Tu comptes récolter des points de bonus avec des heures sup' ? demanda-t-il en s'approchant pour observer le travail accompli. C'est le grand ménage, on dirait !

– J'essayais de trouver un livre pour l'exposé d'histoire, mais il a disparu. En le cherchant un peu partout, j'ai pris l'habitude de ranger.

Elle se remémora soudain les allégations de Beau, durant le tout premier cours. Il avait affirmé que les causes de la mort d'Haley n'étaient pas claires. Elle se rappelait sa colère et qu'il avait alors semblé sur le point de lui faire une confidence.

– Cordélia et toi, vous avez choisi la légende d'une mine perdue, c'est bien ça ?

Après l'annonce de tous les sujets d'exposé, M. Henderson leur avait donné le feu vert.

– Oui, répondit-elle après une hésitation. Mais le livre que je cherche parle d'une créature qu'on dit tapie au fond des bois. Quelque chose de vraiment effrayant.

Beau demeura silencieux, sans la quitter du regard, puis se mordit les lèvres.

– Évidemment, tu viens d'une grande ville... tu ne crois pas à ce genre de choses. Tu nous prends certainement pour des ploucs un peu arriérés, avec notre lot de superstitions...

Il n'acheva pas sa phrase et baissa les yeux.

– Enfin, j'imagine que c'est un peu le cas...

– Pas du tout ! s'exclama-t-elle, regrettant soudain les blagues échangées avec Kimi sur le « pays du banjo ». La dernière fois, tu allais me dire quelque chose à propos de ta grand-mère, insista-t-elle doucement, et... de Haley.

Beau hésita.

– Haley, souffla-t-il. Bon Dieu...

– Tu n'avais pas l'air d'accord avec les autres, sur les causes de sa mort.

Sa curiosité un peu malsaine l'embarrassait, mais elle brûlait d'aborder le sujet avec quelqu'un qui, à l'évidence, avait des doutes. Elle ne voulait pas paraître morbide, juste en apprendre davantage.

Elle le vit blêmir. Lentement, il se laissa tomber sur le rebord du bureau d'accueil, puis secoua la tête.

– Ça doit rester entre nous. D'accord ?

– Bien sûr, assura-t-elle.

Il esquissa un sourire, qui s'évanouit aussitôt.

– D'après ma grand-mère, ce qui est arrivé... n'était pas une simple attaque d'animal. Elle prétend que tout recommence et que Haley n'est que la première...

Stupéfiée, Katelyn attendit la suite.

– Qu'est-ce qui recommence ? insista-t-elle après un long silence.

Il s'éclaircit la gorge et se détendit. Le temps s'écoulait, la sonnerie allait retentir d'une seconde à l'autre et elle redoutait qu'il se rétracte.

– Elle dit qu'il y a environ quarante ans, plusieurs morts suspectes sont survenues. Des personnes qu'on a retrouvées « taillées en pièces ». Enfin, elle le formule comme ça. Des animaux dans la forêt seraient devenus fous et tuaient ceux qui croisaient leur chemin. Et un demi-siècle avant ça, même chose, ajouta-t-il, lugubre.

– Mais pourquoi ? Qu'est-ce qui les avait rendu fous ?

– Elle l'ignore. Personne ne le sait. L'époque était différente. La ville était plus isolée et les gens peu bavards. Ici dans les montagnes, ils étaient du genre taciturne, superstitieux, ils ne parlaient que par messes basses. La ville était terrifiée. Et personne ne savait quoi faire, à part chasser. Alors ils ont tué autant de loups et d'ours qu'ils ont pu, mais ça n'a rien changé. Les morts continuaient.

Mordecai aura certainement eu vent de cette histoire, pensa-t-elle, quoique la perspective d'un tel carnage lui retournât l'estomac. À l'époque, son père ne devait être qu'un petit garçon.

– Ma grand-mère compare Wolf Springs à un feu de braises. Certaines choses ici ne devraient pas être remuées. Si on l'attise, les flammes pourraient bien tout dévorer.

– Qui ça, « on » ?

Il haussa les épaules.

– Je ne sais pas. Et ma grand-mère non plus. Quand je lui ai posé la question, elle a paniqué. Heureusement, elle habite avec nous. Il se pourrait que ton livre ait disparu pour cette raison, ajouta-t-il en désignant les étagères qu'elle nettoyait. Il faisait sans doute allusion à cet épisode.

– Mais qui aurait intérêt à étouffer toute cette histoire ? demanda-t-elle prudemment.

– Peut-être ceux qui souhaitent éviter une panique générale ? Le maire et ses conseillers font ce qu'ils peuvent pour éviter la mort de Wolf Springs... enfin, se reprit-il, réalisant son curieux choix de vocabulaire. Je veux dire que la ville meure à petit feu ; l'endroit est tellement isolé. Il y a très peu d'emplois et les jeunes n'ont aucun avenir ici. Alors quand ce Bronson a lancé cette histoire de retraite pour trouver son loup intérieur, beaucoup de gens ont voulu croire que les choses s'amélioreraient.

– C'est une jolie petite ville, observa Katelyn. Si l'accès était plus facile, je suis sûre qu'elle attirerait les touristes.

– Oui, mais d'après ma grand-mère, moins les gens s'aventurent jusqu'ici, mieux c'est. En tout cas, jusqu'à ce que toute cette histoire soit terminée, ajouta-t-il, l'air abattu.

La sonnerie retentit, le tirant de ses pensées.

– On va en cours d'histoire ?

– Allons-y, répondit Katelyn.

– Que ce soit clair : je ne t'ai rien dit, lui souffla-t-il tandis qu'ils quittaient la bibliothèque. Ma grand-mère m'a fait jurer de garder ça pour moi. Quand elle a appris que j'y avais fait allusion en cours, elle m'a passé un sacré savon.

– Pourquoi donc ?

– Elle répète qu'il faut savoir la fermer.

– Belle philosophie ! s'exclama Katelyn, et Beau hocha la tête.

Tandis qu'ils remontaient le couloir, Mike Wright les toisa d'un air mauvais.

– Hé McBride, lança-t-il. Tu as oublié le déodorant, ce matin ? Je te sens d'ici !

J'aimerais que Mike sache la fermer, lui aussi, pensa-t-elle.

– Pourquoi me racontes-tu tout ça ? demanda-t-elle tout à coup à Beau.

– Parce que tu n'es pas du coin, répondit-il sans détour. Et si j'étais toi, je quitterais Wolf Springs aussi vite que possible.

– Sans vouloir te vexer, ça faisait déjà partie de mes priorités.

C'était même en tête de la liste.

Le monologue de M. Henderson n'en finissait pas et Katelyn n'eut pas l'occasion de mettre Cordélia dans le secret. Elle ne voulait pas trahir la confidence de Beau, simplement transmettre quelques informations. Mais du cours de gym jusqu'à la pause déjeuner, elles ne se trouvèrent jamais seules. Il semblait que la petite nouvelle se soit fait accepter.

Cordélia devait d'abord récupérer quelques affaires chez elle et, comme chaque jour, c'est Trick qui raccompagna Katelyn. Elle le rejoignit sur le parking, où il chargeait un gros carton à l'arrière de la voiture.

– Du matériel de dessin, expliqua-t-il. C'est pour un projet que je compte réaliser...

– Génial ! s'exclama-t-elle, curieuse.

Mais le mystérieux Trick n'en dit pas plus.

– Tiens, j'ai entendu une histoire étrange, annonça-t-elle. Il paraît que tous les quarante ou cinquante ans, une série de meurtres violents frappe les environs.

– Qui t'a raconté ça ? Babette ? lui lança-t-il avec un regard en coin.

– Babette ? C'est qui, Babette ? Ma source, poursuivit-elle en s'éclaircissant la gorge, préfère rester anonyme.

– Désolé, Sherlock, s'esclaffa Trick, mais j'ai entendu des histoires bien plus étranges encore. Pour l'instant, il n'y a qu'une seule personne qui a été tuée par un animal. Une seule.

– Ce genre de chose n'arrive jamais à Santa Monica. Mais il y a d'autres... enfin, évidemment, les morts violentes existent aussi là-bas.

– Je sais, chérie, lui dit-il doucement. Mais Haley est morte parce qu'elle a croisé le chemin d'une bête sauvage dans la forêt.

Katelyn hocha la tête, ignorant son cœur qui s'emballait tout à coup. Elle reprit :

– À ce propos, les prêtres qui s'étaient autrefois établis à Wolf Springs ont parlé d'une créature effrayante qui se terrait au fond des bois. Ils la craignaient tant qu'ils ne s'y aventuraient jamais.

– Un loup, un ours ? C'est sans doute l'un ou l'autre.

– Tu manques vraiment d'imagination, répliqua-t-elle d'un air boudeur.

– Et toi, tu en as trop !

Lorsque Trick la déposa chez son grand-père, il lui proposa d'attendre avec elle l'arrivée de Cordélia, puisque Mordecai était déjà parti pour Little Rock. Katelyn fut tentée d'accepter, surtout après les révélations de Beau, mais déclina. Elle ne s'était plus retrouvée seule, véritablement seule, depuis la mort de sa mère et cette petite heure d'isolement n'était pas pour lui déplaire.

Et puis... peut-être était-elle un peu intimidée à l'idée de rester en tête à tête avec Trick...

Dès qu'il fut parti, elle referma la porte, donna deux tours de clé et contempla le salon désert. La liberté : personne pour l'observer ou l'entendre. Elle éprouva l'envie de faire quelque chose de fou : de sauter sur les meubles, de hurler à tue-tête, juste pour le plaisir de profiter de l'instant. Mais une partie d'elle-même redoutait de s'effondrer. Plus personne devant qui elle devait faire bonne figure. Elle se retrouvait face à elle-même.

Le vrombissement d'une moto emplit les bois. Le grondement du moteur s'amplifiait, longeant la maison par la gauche jusqu'à la porte d'entrée avant de s'arrêter. Avec une dose de curiosité et surtout d'excitation, Katelyn ouvrit la porte et jeta un regard à l'extérieur.

Justin Fenner était sur la moto, les pieds fermement plantés sur le sol. Le soleil couchant jouait avec les reflets dorés de ses cheveux.

Que fait-il ici ? se demanda Katelyn.

Elle repoussa le battant et s'avança sur la véranda. Justin coupa le contact, abaissa la béquille et descendit de son engin.

– Salut, Kat, lança-t-il en s'approchant.

Il s'arrêta au bas du perron. Elle l'observait, craignant qu'il ne perçoive les cognements sourds de son cœur.

– Salut, Justin, articula-t-elle enfin, le souffle court. Où est Cordélia ? reprit-elle après une profonde inspiration.

– Son père l'a chargée d'une mission de dernière minute et elle aura un peu de retard. Elle voulait t'appeler, mais n'avait pas ton numéro fixe, alors je me suis proposé de t'avertir.

Découvrant qu'il jouait seulement les messagers, elle éprouva une secrète déception. L'espace d'une seconde, elle avait cru à une visite spontanée.

– Merci, souffla-t-elle. Mais c'est un sacré trajet pour faire une simple commission...

– Eh bien, pas vraiment. À vrai dire...

– Pardon ? bafouilla-t-elle, les jambes en coton.

– J'avais envie de te voir.

– Ah ?

L'embrasserait-il sur la joue si elle se rapprochait ? Elle devrait au moins l'inviter à s'asseoir sur la véranda. Le silence s'éternisait et il allait bien falloir trouver quelque chose. N'importe quoi.

– Jolie moto, lâcha-t-elle avant de se mordre la langue.

– Tu veux faire un tour ?

L'intensité de son regard la fit rougir de haut en bas. Elle se contenta de hocher la tête, car soudain, elle était incapable d'articuler un mot. Elle referma la porte et descendit les marches.

Justin ôta son blouson en cuir pour l'aider à le passer. Lorsqu'il releva ses cheveux pris dans le col, il effleura son cou et Katelyn frémit. Il la fit lentement pivoter face à lui. Son tee-shirt révélait un torse musclé. Elle y posa la main, surprise par sa propre audace. Il lui sourit et tout son corps sembla palpiter au rythme de sa poitrine qui se soulevait et s'abaissait sous ses doigts. Elle ne désirait qu'une chose : l'embrasser.

Il l'entraîna vers la moto. Elle se glissa derrière lui, frissonnant lorsqu'elle sentit leurs jambes se toucher. Elle passa les bras autour de sa taille et s'appuya contre lui. Son odeur se mêlait à celle de la forêt qui les entourait, mais il exhalait aussi un parfum de sève, de terre encore humide, le parfum d'une nature vierge, sauvage.

Dans un grondement de moteur, ils filèrent, quittant le chemin goudronné pour un sentier étroit au milieu des arbres. Ses yeux s'embuèrent tandis qu'ils serpentaient à travers la clairière. Son cœur faisait des bonds à chaque réflexe de Justin, qui évita plusieurs obstacles de justesse. La Californie comptait des milliers de kilomètres de route, une infinité d'asphalte et de béton. Ici, la piste était un simple tapis de feuilles et de terre qui se déroulait sous leur passage.

Elle ferma les yeux, mais s'obligea à les rouvrir : elle ne voulait rien perdre de ces instants. Les vibrations de la moto, le rugissement du moteur, la sensation du tee-shirt de Justin contre sa joue. Son monde ne se résumait plus qu'à cela tandis qu'ils zigzaguaient entre les ombres fuyantes.

Enfin, Justin immobilisa l'engin au milieu d'un terrain plus plat, entouré d'immenses arbres. Il l'aida à descendre. Elle sentit ses jambes se dérober tandis qu'il l'entraînait vers le monticule de feuilles le plus proche.

– Tu as eu peur ?

Il écarta une mèche de ses yeux.

– Oui.

– Franche en plus d'être courageuse, souffla-t-il en caressant sa joue.

Son contact suffisait à la priver de toute pensée rationnelle. Elle perçut un gémissement et réalisa qu'elle-même l'avait poussé. Elle aurait dû être mortifiée et pourtant, ce n'était pas le cas. Elle devait s'approcher, se blottir contre lui. Lorsqu'elle agrippa sa nuque, un sourire éclaira le visage de Justin.

Mais ce n'était pas assez. Il lui en fallait plus encore. Il l'enveloppa de ses bras et la serra contre lui. Ses lèvres n'étaient plus qu'à quelques millimètres, puis elles touchèrent les siennes, douces et tièdes. En effleurant sa langue, elle n'en désira que davantage. Elle voulait goûter, ressentir tout son être. Chaque point de contact entre leurs deux corps devenait incandescent.

Que m'arrive-t-il ? se dit-elle. *Ça ne me ressemble pas. Je ne suis pas ce genre de fille.*

Elle entendait tant de choses : la respiration de Justin, la plainte du vent dans les branches, le bourdonnement des insectes et aussi quelque chose d'autre, d'indéfinissable, qui dansait dans la brise comme un murmure.

Katelyn.

Elle ouvrit les yeux, surprise. Sans doute son imagination... Justin prolongeait leur baiser. Il s'écarta, comme s'il sentait son hésitation. Elle ne voyait que son beau visage, rien de plus. Katelyn cilla et s'obligea à se détourner, esquivant un second baiser. Brusquement gagnée par la panique, elle s'agita dans tous les sens, cherchant quelque chose du regard.

Elle ne distinguait rien. L'obscurité régnait sous les arbres, car soudain, il faisait nuit.

– Qu'y a-t-il ? demanda Justin.

– Je ne devrais pas me trouver dans les bois à la nuit tombée, glapit-elle.

Elle en voulait à son grand-père et à ses maudites règles d'interrompre cet instant, mais en observant les ténèbres, elle comprit que son angoisse grandissait. Elle ne désirait plus qu'une chose : regagner la sécurité de sa maison.

Un craquement sec retentit près d'eux et elle tressaillit, songeant d'abord au loup... puis à Haley... et enfin au récit de Beau.

– Qu'est-ce que c'était ?

– Un animal, répondit Justin d'un air moqueur. Un écureuil, peut-être un lapin. Détends-toi.

– Non, dit-elle en secouant farouchement la tête. Je dois rentrer. Cordélia pourrait s'inquiéter et elle risquerait d'avertir mon grand-père, mentit-elle.

– Ne t'en fais pas, je vais te ramener chez toi. Même si je n'en ai aucune envie, conclut-il avec un soupir.

Ils enfourchèrent la moto. Cette fois, elle sentit à peine la chaleur de Justin. Un froid vif retombait sur la forêt. Il s'insinuait sous ses vêtements et lui glaçait les os.

Ils regagnèrent la maison bien plus vite qu'elle ne l'aurait cru. En descendant, elle peinait à tenir sur ses jambes. D'un geste, Justin la retint.

– Merci, murmura-t-elle, à présent gênée et honteuse.

Il esquissa lentement un sourire enjôleur qui la fit frissonner.

– Est-ce que ça va ?

Elle se contenta d'un hochement de tête, redoutant ses propres paroles. Elle se détourna pour grimper les marches du perron. Agrippant la poignée, elle jeta un dernier regard par-dessus son épaule, mais déjà, Justin n'était plus qu'une silhouette au pied de la véranda.

– On se reverra bientôt, Kat, assura-t-il avant de repartir.

Elle claqua la porte derrière elle en la verrouillant d'une main tremblante. Son inquiétude ne fit que grandir lorsqu'elle réalisa que l'obscurité régnait dans la maison. Elle tenta de se rappeler l'emplacement des interrupteurs, qu'elle n'avait jamais actionnés. Son grand-père était toujours le dernier à monter se coucher. À tâtons, elle suivit le mur, priant pour ne pas y rencontrer d'animaux empaillés... Ou vivants.

Enfin, elle toucha le bouton et poussa un soupir lorsque le plafonnier éclaira la pièce. Elle parcourut rapidement le rez-de-chaussée pour allumer chaque lampe et fit de même à l'étage jusqu'à ce que toute la maison soit illuminée.

Rassurée, elle retourna dans la cuisine et passa en revue le contenu du réfrigérateur. Elle saisit la brique de jus d'orange et s'en servit un grand verre. Tout en buvant, elle perçut un bruit de moteur. Cordélia. Soulagée, elle se précipita vers l'entrée.

Des pas retentirent sur la véranda.

– Houhou ? appela Cordélia.

Katelyn ouvrit la porte et la serra contre elle.

– Tu ne peux pas savoir combien je suis contente de te voir !

– Euh... moi aussi, répondit Cordélia, déconcertée. Justin est venu t'avertir, non ?

– Oui..., murmura Katelyn, qui préféra ne rien révéler de leur escapade.

Au fond, que s'était-il vraiment passé ? Elle-même n'en était pas tout à fait certaine.

Cordélia posa son sac près de la porte que Katelyn referma.

– Tu es sûre que ça va ? s'enquit son amie.

– Très bien. Je... j'ai simplement entendu des bruits bizarres, dehors, et je me suis fait peur, expliqua-t-elle avec un sourire navré. Je suis rassurée que tu sois là.

– Rien à craindre. Nous sommes enfermées dans la maison et elle semble solide. D'ailleurs, je pense que d'instinct, les animaux doivent redouter ton grand-père, lança-t-elle avec malice, en désignant les têtes empaillées.

– Merci, dit Katelyn qui se détendait enfin. Ne m'en veux pas, je suis une piètre hôtesse.

Elle saisit les mains de Cordélia pour l'attirer vers la cuisine.

– Viens, allons préparer le dîner.

Sur la table, Katelyn découvrit un mot de son grand-père.

Je serai de retour demain matin. FERME BIEN LA PORTE. ET NE SORS PAS DE NUIT.

Mordecai.

Elle froissa la note et s'employa à confectionner des mini pizzas aux légumes pour elle et au chorizo pour Cordélia. Sur le point de lui proposer à boire, Katelyn s'interrompit en observant son amie. Celle-ci paraissait épuisée. Pâle, elle se déplaçait avec une extrême lenteur.

– Tout va bien ?

– Je suis juste un peu fatiguée.

– Exténuée, oui ! On dirait que tu viens de faire un marathon.

– C'est un peu le cas, répondit Cordélia avec une grimace. Une course à pied avec mes sœurs...

– Celles que j'ai rencontrées ? s'étonna Katelyn.

Elles ne lui avaient pourtant pas paru du genre sportif.

– On pourrait appeler ça les Olympiades Fenner. C'est comme une vraie compétition, mais sans médailles, sans gloire et sans contrats publicitaires juteux !

– Excellent !

– Tu parles, rétorqua Cordélia d'un ton las. Désolée, mon père nous l'a imposé à la dernière minute.

Cordélia avait pour habitude de s'excuser pour tout, même pour les autres, remarqua Katelyn.

– Chez nous, c'est comme chez les Kennedy, ajouta Cordélia.

Voyant son amie perplexe, elle reprit :

– Je veux dire, la famille de l'ancien président Kenndy, avec ses frères, tu sais ? Il paraît que leur père les obligeait à jouer régulièrement au foot.

Katelyn la regarda en clignant des yeux.

– Je t'assure que c'est vrai, continua Cordélia.

– Alors, tu comptes te présenter aux prochaines élections ?

– Non, je suis candidate à ma propre succession, répliqua-t-elle avec un demi-sourire. Je n'aurais pas dû t'en parler. Maintenant tu vas me prendre pour une barjot.

Katelyn était perplexe. Cordélia s'inquiétait-elle vraiment de ce qu'elle pensait, ou bien était-ce de la fausse modestie ?

Elles enfournèrent leurs pizzas et bavardèrent tout en patientant.

– Alors, qui les a gagnées ces Fennerolympiades ? insista Katelyn.

Cordélia marmonna d'abord quelque chose qui ressemblait à « personne », avant de poursuivre, avec un entrain forcé :

– C'est moi. D'une demi-tête.

– Félicitations ! Un toast s'impose !

Elle sourit en songeant à Trick, qui s'était défendu de boire de l'alcool.

– Coca ou jus d'orange ? Navrée, on est à court de champagne.

– Un Coca light, si tu as ? demanda Cordélia en riant.

Katelyn en dénicha un au fond du réfrigérateur et trinqua avec du jus d'orange.

– Tchin !

– Alors si je comprends bien, Justin ne participe pas à ces épreuves ? reprit Katelyn bien décidée à en apprendre davantage.

Cordélia vida son verre avant de répondre.

– Non, c'est un tournoi entre filles. C'est pour ça qu'il s'est proposé de venir jusqu'ici. Évidemment, tous les prétextes sont bons pour faire un tour en moto.

Katelyn piqua un fard.

– Il a vraiment un côté rebelle. Genre James Dean dans *La Fureur de vivre*. C'est peut-être une façade, qui lui permet de mieux surmonter la mort de son père, remarqua Katelyn avant de s'interrompre.

L'idée lui était venue subitement. Cordélia reposa sa canette et la pressa, comme pour l'écraser. Mais elle se ravisa et tapota le métal du bout des doigts, songeuse.

– Non, il a toujours été comme ça.

– Il doit avoir un succès fou, reprit Katelyn d'un ton détaché.

En tout cas, elle avait succombé.

Cordélia lui adressa un regard inquisiteur.

– Justin possède ce qu'on pourrait appeler un magnétisme animal. Depuis des années, toutes les filles se jettent à son cou. Ne me dis pas qu'il te plaît !

– Moi ? Non, pourquoi ? répliqua aussitôt Katelyn, avec un peu trop d'empressement.

– Parce qu'il est pris. Lui et sa copine sont ensemble depuis cinq ans. C'est le couple idéal.

Katelyn eut la sensation de recevoir un coup de poing dans le ventre. Impossible ! S'il était avec quelqu'un, comment avait-il pu l'embrasser de cette façon ?

– Cinq ans ? Je... je ne le croyais pas assez vieux pour avoir une relation aussi longue.

La remarque semblait ridicule, mais elle ne trouva rien d'autre à dire et craignait de se trahir.

– Il a dix-neuf ans.

– Donc ils se sont rencontrés à quatorze ans ?

– Lucy est une fille adorable, expliqua Cordélia. Elle fait presque partie de la famille.

En repensant au charme envoûtant de Justin, Katelyn devinait sans mal que Lucy devait être plus qu'adorable. D'abord gagnée par un sentiment cuisant de jalousie, elle sentit monter une colère noire. Comment avait-il pu lui cacher qu'il avait une copine ?

Avec un soupir, Cordélia ramena ses bras contre sa poitrine.

– Maintenant, c'est moi qu'on va seriner pour trouver quelqu'un.

– Quoi ?

Katelyn n'en croyait pas ses oreilles. Cordélia releva brusquement la tête, comme si elle avait pensé tout haut.

– Pourquoi ? insista Katelyn, cherchant à dissiper le malaise.

– Eh bien, chez les Fenner, on a tendance à se mettre en couple très jeune.

Katelyn se demandait s'il était vraiment possible de tomber amoureux à quatorze ans.

– Tu sors avec quelqu'un ? lança-t-elle en songeant aux garçons du lycée qui tournaient autour de son amie.

– Il y a bien quelques garçons, répondit Cordélia en haussant les épaules. Mais jusque-là, je n'y ai jamais vraiment réfléchi.

Katelyn se rendait compte qu'elle ne lui disait pas tout. Elle voulait en apprendre plus, mais craignit de se montrer trop curieuse. Si Cordélia préférait garder ces détails pour elle, c'était son droit.

– Et toi ? reprit Cordélia avec un regard en coin. Tu sortais avec quelqu'un en Californie ? Ou tu as peut-être craqué sur quelqu'un ici. Allez, raconte-moi !

Katelyn se mordit la lèvre. Son instinct lui soufflait que Cordélia n'était pas la confidente idéale à ce sujet. Et si le père de Lucy provoquait Justin en duel, ou autre délire archaïque du genre ?

– Non, assura-t-elle après un silence.

– Je vois, dit Cordélia en hochant lentement la tête. Je note que la réponse était un peu hésitante, mais je comprends parfaitement que tu n'aies pas envie d'en parler.

Le minuteur vint à la rescousse. Katelyn fut soulagée de cette interruption. Elles sortirent les pizzas du four. Une odeur appétissante embauma la cuisine et le côté ordinaire de cette soirée la réconforta : elle avait invité une amie à dormir chez elle, préparé des pizzas, parlé garçons... C'était normal, banal. Même si elle ne l'aurait jamais avoué à son grand-père.

– Alors, qui sont ces garçons ? demanda Katelyn.

– Oh, souffla Cordélia, cramoisie. Juste... des types.

– Je vois, siffla Katelyn. Qu'est-ce qu'ils font de beau ? Sportif ? Délégué de classe ?

– Eh bien, il y a eu Bobby Templeton, à une époque, expliqua Cordélia d'une voix traînante. Il faisait partie de l'équipe de foot. Un arrière. Mais mon père s'y est opposé. Pas assez bien pour moi. Si encore il avait été capitaine...

Elle fit la grimace comme pour tourner l'anecdote en dérision, mais son regard triste n'échappa pas à Katelyn.

– Mais il y en a d'autres, poursuivit Cordélia. L'un d'eux est d'ici. Il a déjà quitté le lycée, donc tu ne le connais pas. Mais nous avons grandi ensemble. Il peut être vraiment drôle, par moments. Mais je ne suis pas certaine de lui faire confiance.

Katelyn souffla sur sa pizza, où la mozzarella entrait en ébullition.

– Pourquoi ?

Cordélia croqua une tranche de chorizo.

– Je ne suis pas sûre qu'il m'apprécie pour ce que je suis.

– Bien sûr que si, voyons !

Katelyn repensa soudain à Justin. Au contact de ses lèvres. Des frissons la parcoururent et il lui fallut quelques instants pour retrouver la parole.

– Qui d'autre ?

L'attitude de Cordélia changea subitement. Elle releva le menton, redressa les épaules, comme fière de ce qu'elle s'apprêtait à lui dire. Mais son expression s'assombrit et elle poussa un long soupir. Accrochant une mèche derrière son oreille, elle baissa les yeux.

– C'est compliqué. Il s'appelle Dom. C'est une relation à distance. Il a vingt-deux ans. Depuis que son père est mort dans un accident de voiture, Dom se... enfin, il a repris l'affaire familiale. Il se débrouille vraiment très bien. Mais nos deux familles... ne s'entendent pas.

Une fois encore, elle paraissait s'excuser de quelque chose.

Ainsi, M. Fenner n'approuvait pas leur relation. Dom était plus âgé. Et Katelyn se remémora les paroles de Paulette, qui prétendait que les rancunes avaient la vie dure dans les environs. Elle croisa les mains et se pencha en avant.

– Donc c'est une passion secrète ! Comme Roméo et Juliette. C'est romantique !

– Oui, peut-être.

Cordélia étudia de près une seconde tranche de chorizo. Puis l'avala.

– Il m'arrive parfois de le détester et je suis certaine qu'il ressent la même chose. Mais c'est plus que ça. Il m'apprécie et je sais qu'il est sincère, car il aurait trop de raisons de ne pas le faire.

– Effectivement, c'est compliqué, commenta Katelyn.

Elle n'avait jamais rencontré de situation où l'intensité des sentiments pouvait provoquer de l'animosité entre deux personnes.

– En résumé, nous en avons un qui cherche peut-être simplement à te sauter dessus et un autre qui nourrit une passion véritable, mais défendue ?

Katelyn voulait détendre l'atmosphère, mais redoutait que Cordélia se vexe.

– Mon père piquerait une crise s'il l'apprenait, répondit son amie d'un air contrit, alors je t'en supplie, surtout ne le répète pas.

– À ton père ? Comment pourrais-je lui en parler ?

– Enfin, c'est juste que..., reprit Cordélia gênée. Si un jour tu le rencontres, évite de faire allusion à tout ça. Tu vois le genre... Personne n'est assez bien pour sa petite fille.

Katelyn s'esclaffa. Exactement comme le père de Kimi !

– Alors, lequel est le plus sexy ?

– Dom, et de loin, assura Cordélia, le regard pétillant. Je parie que tu pensais qu'ici, tous les mecs étaient des péquenauds.

Katelyn piqua un fard et Cordélia s'emballa.

– J'en étais sûre ! Tu craques pour quelqu'un !

– J'admets une chose : les garçons de Wolf Springs sont étonnamment charmants.

Katelyn s'en tint là. Cordélia conclut sans doute qu'elle faisait allusion à Trick.

Après le dîner, une fois la vaisselle terminée, elles s'installèrent dans le salon.

– Je crois que je n'ai pas suffisamment préparé cette soirée, regretta Katelyn en passant en revue la maigre vidéothèque de son grand-père.

– Ça ne fait rien. On pourrait... faire un jeu, proposa Cordélia en examinant la bibliothèque.

– Ou travailler à notre exposé d'histoire, renchérit Katelyn. Devine un peu... ce que j'ai lu. Il y a quarante ans, on a dénombré plusieurs morts... brutales. Et un demi-siècle plus tôt, même chose.

– À Wolf Springs ? demanda Cordélia, choquée.

– Dans la forêt, ajouta prudemment Katelyn. Apparemment, les animaux seraient devenus fous.

– Eh bien..., dit Cordélia en se concentrant sur les rayonnages. Où as-tu lu ça ?

– Dans... dans l'un des livres, balbutia Katelyn, qui rechignait à mentir. On pourrait se concentrer là-dessus pour l'exposé. À moins que ça ne soit trop lié à Haley..., ajouta-t-elle, songeant à l'échange tendu entre les élèves en cours d'histoire.

– Restons sur l'idée de la mine, acquiesça Cordélia. Mieux vaut éviter un sujet sensible. Surtout que tu viens d'arriver au lycée.

– Tu as raison.

– J'ai encore trouvé quelques ouvrages, à la bibliothèque. Ils sont dans mon sac. Je ne les ai pas encore parcourus, mais ils contiennent sans doute quelques informations concernant la Madre Vena.

– Parfait, dit Katelyn, légèrement étonnée. Je peux les voir ?

– Plus tard, si tu veux bien. Je ne travaille jamais le vendredi soir. Attendons encore un peu avant de s'y mettre.

Katelyn acquiesça avec un sourire et observa la série de tableaux accrochés au mur. Les animaux empaillés ponctuaient les toiles et elle frémit en repensant au cadavre du cerf sur la route. Son malaise ne fit que croître en se remémorant le fusil de son grand-père, dont il s'était servi pour tuer ces animaux et avec lequel il comptait lui apprendre à tirer.

– Ça alors. Je suis surprise de trouver ça ici, s'exclama Cordélia en lui tendant un livre.

Sur la couverture, un homme d'âge mûr, grave, mais plutôt séduisant arborait un polo siglé d'une tête de loup. Le titre gaufré détonnait par ses caractères rouge métallisé.

– *Libérez le loup qui est en vous*, de Jack Bronson ? Sans blague ! s'écria Katelyn en piquant un fou rire. Mon grand-père a ce bouquin chez lui ?

– C'est dingue, non ? On dirait qu'il n'a jamais été ouvert : la tranche ne porte aucune pliure, observa Cordélia. C'était peut-être un cadeau ?

– Qui le lui offrirait ? Quand on connaît un peu Mordecai, c'est forcément une blague.

Cordélia retourna le volume.

– Hé, écoute un peu ce qu'ils racontent sur la quatrième. *Chacun, en son for intérieur, possède un loup prêt à bondir. Il est là, tapi au fond de nous, et en apprenant à l'écouter il nous apporte force, pouvoir, ambition et bravoure. Maîtrisez ces dons en domptant le loup qui se cache en vous !*

En repensant au type dans l'avion, Katelyn s'esclaffa de plus belle.

– N'importe quoi !

Elle parcourut quelques pages. Elles regorgeaient de paragraphes en italique et de mots martelés en lettres capitales comme : *POUVOIR ! FÉROCITÉ ! AGRESSIVITÉ !*

– Il ferait mieux de commencer par chercher l'humain en eux, observa Cordélia.

– Tu sais qu'on les entend d'ici avec leurs tam-tams ? reprit Katelyn. Je le garde. Je vais le lire.

– C'est pareil chez moi. L'écho se répercute dans la vallée. Et ça affole les animaux.

Katelyn posa le livre sur la table basse.

– C'est aussi ce que dit Trick.

Aussitôt, elle se mordit les lèvres en voyant Cordélia faire la grimace.

– Tu connais le problème, avec Trick ? demanda cette dernière.

Dans le lointain, un loup hurla. Le souffle court, Katelyn se retourna vers la porte.

Un instant plus tard, un cri strident retentit entre les montagnes.

Chapitre 7

– Qu'est-ce que c'était ? murmura Katelyn lorsque le hurlement se dissipa.

– Je ne sais pas..., souffla Cordélia. Un chat ?

Elle était d'une extrême pâleur, ce qui n'était pas pour rassurer son amie.

– Un chat ? s'étrangla Katelyn. Tu plaisantes ?

Toutes deux fixaient la porte.

– Lorsqu'ils se battent, ou qu'ils sont effrayés, leurs miaulements ressemblent parfois à des cris humains.

– J'appelle les secours, décida Katelyn en se précipitant vers la cuisine.

– Je ne suis pas certaine que ce soit nécessaire, Kat. Nous sommes à la campagne.

– Mais tu l'as entendu comme moi : quelqu'un hurlait.

– Peut-être..., concéda Cordélia d'une voix tendue. Mais les policiers ne seront pas là avant une bonne heure. Et à Wolf Springs, ils ne sont que deux.

Elle jeta un regard autour d'elle.

– Où ton grand-père range-t-il son... ah, le voilà !

Cordélia décrocha le fusil de son râtelier. Elle abaissa le canon pour l'examiner avant de le refermer d'un coup sec.

– Parfait. Il est chargé.

– Non, Cordélia...

– Ça n'est sans doute rien, reprit cette dernière en se dirigeant vers l'entrée, maintenant l'arme pointée vers le plafond. Ça pourrait très bien être un ivrogne ou l'un de ces hommes d'affaires qui s'amusent dans les bois.

Les yeux toujours rivés sur la porte, Katelyn se tint immobile.

– Mais tu disais que c'était un chat...

– Et j'en suis persuadée, insista Cordélia. Mais... ça pourrait être autre chose.

Quelqu'un qui a besoin d'aide. Quelqu'un comme Haley, pensa Katelyn, terrorisée. Elle songea aux paroles de Beau, puis au mot de Mordecai : *Ferme bien la porte.*

C'est alors que l'image du loup lui revint. S'en prenait-il à quelqu'un d'autre ? Qu'aurait fait son père, à sa place ? Qu'aurait fait Mordecai ? En cas de danger, ils ne seraient pas restés les bras croisés. Qui sait ce qui aurait pu arriver si Trick n'avait pas tiré ces coups de feu ?

– Ouvre-moi la porte, demanda Cordélia.

D'un geste déterminé, Katelyn tourna la poignée et poussa le battant. L'obscurité régnait à l'extérieur. Elle ne distinguait même plus la silhouette des arbres.

– Il y a quelqu'un ? hurla-t-elle.

Elles s'avancèrent sur la véranda.

– Il nous faut une lampe, dit Cordélia. Tu en as une quelque part ?

– Je n'en sais rien, gémit Katelyn.

– J'en garde toujours une de poche au fond de mon sac. J'y vais. Prends le fusil.

Le poids de l'arme surprit Katelyn. Elle appuya la crosse contre son épaule endolorie. L'espace d'une seconde, elle regretta de ne pas savoir s'en servir et décida qu'un nouvel essai s'imposerait à l'avenir.

Mais s'ils attaquaient.... Elle aurait dû laisser le fusil à Cordélia et aller chercher elle-même la torche électrique !

– Ça y est, je l'ai, lança Cordélia qui reparut.

Le faisceau illumina les arbres. Cordélia lui tendit la lampe et reprit l'arme.

Des vagues de sueur froide saisirent Katelyn. Elle scruta les branches basses, n'osant imaginer ce qu'elles dissimulaient. Elle se souvint des yeux rouges aperçus à la fenêtre de la cuisine.

Un autre cri retentit, aigu et râpeux. Bref et plein de fureur.

Et familier. Il ressemblait aux miaulements rageurs des matous qui se battaient souvent dans son ancienne rue. Elle poussa un soupir.

– Bon sang, souffla Cordélia, qui se planta fermement sur ses jambes et leva le fusil.

– Attends ! s'écria Katelyn. Ça, c'était bien un chat.

Cordélia ne dit rien. La crosse appuyée sur l'épaule, elle demeurait parfaitement immobile.

– Tu en es sûre ? demanda-t-elle enfin.

– Oui. Il y en avait beaucoup dans mon ancien quartier. Ils étaient attirés par les détritus que les gens abandonnaient sur la plage.

Elle prit une profonde inspiration et balaya les alentours avec la lampe torche. La branche d'un petit arbre touffu s'agita, répandant quelques feuilles roussies.

– Il y a quelqu'un ? cria Katelyn avec plus d'assurance. Vous avez besoin d'aide ?

Une silhouette sortit de l'ombre, filant dans la nuit. La forme était trop furtive pour qu'elle la discerne clairement, mais la taille ressemblait à celle d'un chat.

– Là ! Tu l'as vu ?

– Non, répondit Cordélia.

– C'était bien un chat, assura Katelyn. Ou peut-être un écureuil. Enfin, quelque chose comme ça.

– Des écureuils qui poussent des cris stridents ? Génial.

Cordélia abaissa le fusil pour s'éponger le front.

Quelque part, au loin, le loup se remit à hurler. Katelyn était presque certaine que c'était bien un animal et non un homme qui l'imitait.

Les deux filles se regardèrent, firent demi-tour et se précipitèrent à l'intérieur. Katelyn referma la porte, la verrouilla et s'en écarta aussitôt.

– Il y a un loup dans les environs, déclara-t-elle en jouant nerveusement avec la lampe. Un vrai, en chair et en os. Est-ce qu'il ne faudrait pas prévenir quelqu'un ?

Cordélia parut amusée.

– On ne craint rien, Kat. Les loups ne peuvent pas entrer à moins d'y être invités.

– Quoi ?

– Oh, je plaisante ! reprit-elle en s'esclaffant. Dis-moi, tu as déjà vu un animal de près ? Et je ne parle pas des minichiens que les filles d'Hollywood trimballent comme des sacs à main.

– Évidemment, répliqua Katelyn qui ne voulait pas admettre que son expérience de la vie sauvage se résumait aux animaux de compagnie de ses copines et à quelques visites au Zoo.

– Alors on est d'accord : ce cri n'était pas celui d'un homme, conclut Cordélia en s'approchant des trophées empaillés.

– Non, ça n'était pas humain, acquiesça Katelyn.

Après avoir raccroché le fusil, Cordélia s'épousseta ostensiblement les mains tandis que Katelyn éteignait la lampe et s'asseyait par terre, au beau milieu de la pièce.

– Est-ce que ça va ? s'inquiéta son amie en s'installant près d'elle.

Katelyn ferma les yeux. Il fallait qu'elle en parle. Elle n'en avait aucune envie, mais c'était nécessaire.

– Non, pas vraiment. L'autre jour, quand Trick m'a raccompagnée chez moi pour la première fois, un énorme loup a bondi sur le capot de la voiture. Il était agressif et il essayait de m'atteindre à travers le pare-brise.

– Waouh ! s'exclama Cordélia. Je n'en ai plus vu ici depuis des années.

– C'était terrifiant. Trick a tiré quelques coups de feu pour l'effrayer. J'en ai entendu un second grogner, mais je ne l'ai pas aperçu.

– C'est à cause de ces cinglés avec leur séminaire débile. Si j'étais un loup, j'aurais moi aussi envie de les dévorer tout cru.

Elle découvrit largement ses dents et fit claquer ses mâchoires, mais Katelyn était encore incapable d'en rire.

– Il y avait un cerf. Mort, au milieu de la route. Trick a dû le déplacer.

– Alors le loup a pensé que vous lui voliez son dîner. Pas étonnant qu'il ait râlé.

– Et ce soir, un autre était tout proche.

Cordélia poussa un soupir et écarta les mèches, d'une blondeur diaphane, du visage de Katelyn avant de la serrer brièvement contre elle.

– C'est une région sauvage, Kat. Il va falloir t'y faire.

Elle a raison. Reprends-toi, se dit-elle. Il était temps de changer de sujet.

– Donc, tu ne veux vraiment pas qu'on travaille à notre exposé d'histoire ?

Cordélia fit non de la tête.

– En direct de Wolf Springs, le vendredi soir nous attend !

– Eh bien, la collection vidéo de mon grand-père fait un peu pitié, mais on devrait bien dénicher un film...

– Ça marche ! répondit Cordélia avec un sourire. Prenons le plus nul qu'on trouvera, préparons du pop-corn et rigolons un peu.

Oublie tout ça, se répéta Katelyn.

– Je m'occupe du pop-corn et tu choisis le film, déclara-t-elle en feignant une voix plus gaie.

– Parfait, lança joyeusement Cordélia en aidant son amie à se relever.

À la cuisine, elle s'appuya contre le plan de travail, luttant pour retrouver une contenance. Elle tentait de se débarrasser de l'impression que quelque part, dans le noir, il se tramait quelque chose de terrible.

Au loin, le hurlement du loup retentit une fois encore.

Katelyn se réveilla la première et décida de laisser Cordélia dormir. Le sac de son amie était ouvert et un épais volume en dépassait. Curieuse, Katelyn l'examina.

Les Trésors perdus de l'Arkansas, de l'Oklahoma et du Missouri. Une association intéressante. Emportant le livre avec elle, Katelyn descendit à la cuisine pour préparer du café. Elle s'assit et parcourut l'ouvrage. Il était passionnant. Elle dévora chaque page. Qui ne serait pas emballé à la perspective d'un trésor ? Elle atteignit le chapitre dédié à une mine, « située dans la forêt aux abords de Wolf Springs ». La Madre Vena. Enthousiasmée, elle poursuivit sa lecture. Un passage attira son attention.

L'un des récits les plus singuliers de la Madre Vena rapporte que son entrée est gardée par une créature surnaturelle, le

Cerbère. Contrairement à ce qu'indique son nom, il ne s'agit pas, comme dans la mythologie grecque, d'un chien, mais d'un monstre difforme qui s'apparenterait vaguement à un loup. D'après un journal rédigé par Xavier Cazador, il possède des yeux luisants, de longs crocs « affutés comme des lames », et crache du feu. Cazador, un immigrant espagnol, s'était établi sur le domaine de l'ancien monastère catholique, qui abrite aujourd'hui le lycée de Wolf Springs.

« Le Malin, sous l'apparence d'un loup, m'a traqué toute la nuit », écrivit-il en 1868. « Tout à fait par hasard, j'ai découvert la mine perdue de Madre Vena. Avec ma torche pour seul guide, toute la richesse de ses parois d'argent m'est soudain apparue. Sous mes yeux, une fortune ! Une rançon de roi ! J'ai remercié la Sainte Vierge, qui m'avait sans doute conduit vers ce miracle.

C'est là que le grondement féroce de la bête s'est fait entendre, disparaissant peu à peu à mesure que je m'éloignais. Cependant, toujours terrifié, j'ai continué à fuir. C'est seulement par la suite que j'ai compris : plus loin est tapi le monstre, plus terribles sont ses grognements. Il avance à pas de velours. Ainsi, lorsqu'il a bondi, je n'ai pas perçu le moindre bruit. Le Cerbère m'a pourchassé. Il m'aurait rattrapé si je n'avais réussi à atteindre ces terres sacrées, sanctifiées par l'Église, qu'il ne pouvait franchir. »

Malgré les sollicitations, Xavier Cazador ne révéla jamais l'emplacement de la mine. Les autochtones finirent par croire qu'il ne l'avait en réalité jamais découverte et qu'il régalait les voyageurs crédules de ses récits, à la taverne, afin que ceux-ci lui offrent à boire. Mais un fameux bandit de l'Arkansas, Jubal DeAndrew, qui s'était installé avec sa famille dans le marais de Wolf Springs, enleva un jour Cazador. L'une des filles du brigand raconta plus tard que Jubal avait menacé Cazador de le tuer si celui-ci ne révélait pas le secret de la mine. Elle ignorait si Cazador avait cédé, mais Jubal finit par le libérer. Cazador mourut deux jours plus tard et Jubal DeAndrew disparut sans laisser de trace.

– Bingo, murmura Katelyn en tournant la page. Ce Cerbère est peut-être la créature qui effrayait tant les moines espagnols.

– Qu'est-ce que tu lis ? demanda Cordélia derrière elle.

Katelyn bondit sur sa chaise. Captivée par le récit, elle en avait presque oublié son amie.

– Je crois que j'ai trouvé le monstre de la forêt.

– Super ! marmonna Cordélia en étouffant un bâillement.

Elle paraissait mal réveillée et sa tignasse emmêlée avait l'aspect d'un halo rouge qui encadrait son visage fatigué. Elle s'approcha de la table, posa la tête sur ses bras et poussa un gémissement.

– La gueule de bois ? Nous n'avons pourtant rien bu !

– Je ne suis pas vraiment du matin.

– Un peu de café ?

– Oui, si ça ne t'ennuie pas.

Cordélia se redressa tant bien que mal et saisit mollement le livre.

– Oups, avoua Katelyn. Je te l'ai piqué. Il dépassait de ton sac.

– Tu es vraiment un rat de bibliothèque, toi.

– Et devine quoi ? s'emballa Katelyn, tout excitée, en ouvrant le placard. Il est question d'un monstre. C'est plutôt cool, non ?

– *Sí, claro*, répondit Cordélia qui feuilletait les pages en bâillant. *Mucho cool.*

Katelyn sortit deux tasses qu'elle préféra rincer, craignant la poussière et surtout les rats.

– Ils parlent aussi d'une carte disparue et d'un curieux rocher à la forme bizarre. Mais je ne trouve pas le passage concernant le monstre, dit Cordélia.

– C'est un peu avant, répondit Katelyn en lui jetant un regard par-dessus son épaule. Une créature terrifiante, une carte perdue, un trésor... C'est mieux que *Scoubidou* !

Elle se retourna avec un sourire triomphant. Mais Cordélia fixait une page, la bouche entrouverte, blême. Avant que Katelyn ait pu comprendre ce qui la contrariait, la jeune fille referma le livre d'un claquement sec, replaçant ses cheveux derrière son oreille.

– Est-ce que ça va ? demanda Katelyn.

– Génial, rétorqua Cordélia, presque méchamment.

Une fois de plus, sa nouvelle amie la déroutait.

– Je t'agace avec mon enthousiasme ?

– Excuse-moi, se reprit immédiatement Cordélia. C'est juste que... chez moi, on est un peu les uns sur les autres. Et la perspective de rentrer ne m'enchante pas.

– Je comprends. Être ici ne m'emballe pas non plus.

Malgré leur regard complice, Katelyn n'était pas certaine qu'elle lui ait tout dit. Elle désigna le livre de la main.

– Tu as trouvé le paragraphe qui parle du monstre ?

– Non, souffla Cordélia en étouffant un autre bâillement, avant de se redresser lentement. Excuse-moi. J'y jetterai un œil plus tard. Je n'en ai pas vraiment envie, mais je ferais sans doute mieux de rentrer.

– Tu en es certaine ? s'étrangla Katelyn.

– Mon père..., hésita Cordelia avec un regard à sa montre. Enfin, je crois qu'il a prévu quelque chose aujourd'hui.

Elle paraissait blême... et même un peu tremblante. Elle se frictionna les bras.

– Tu es sûre que tout va bien ? insista Katelyn, dubitative.

– Kat, je te remercie pour tout, répondit Cordélia en se penchant pour la serrer contre elle. La soirée était très sympa. Tu es une hôtesse parfaite et je me suis beaucoup amusée. Mais je dois vraiment y aller.

Katelyn la crut, mais ne regretta pas moins de la voir partir. Lorsque le crissement des pneus disparut, elle se rassit à la table et poursuivit sa lecture. Le livre comportait une gravure représentant un mineur poursuivi par un gigantesque animal féroce, en plein bond. Le Cerbère ressemblait davantage à un monstre qu'à un loup : une masse de fourrure sombre aux yeux luisants, prête à dévorer le malheureux. Ses crocs étaient aussi longs et acérés que des griffes et de la salive fumante s'échappait de sa gueule béante.

– Haley, murmura-t-elle, avant de secouer la tête.

Non, ce n'était pas ce qui l'avait attaquée. Cette créature n'était qu'une légende.

Le reste du texte ne lui apprit rien de plus et Katelyn eut du mal à se concentrer sur sa lecture. Elle pensait continuellement à Justin. Jamais on ne l'avait embrassée comme ça. On ne l'avait jamais vraiment embrassée, d'ailleurs. Ses expériences s'étaient cantonnées à quelques baisers furtifs, échangés dans des soirées. Les garçons avaient à peine effleuré ses lèvres. Elle n'arrivait pas à admettre que Justin fût déjà en couple.

S'il s'avisait de recroiser son chemin, il le regretterait, décida-t-elle.

Mais... pouvait-on embrasser de cette façon, avec autant de fougue, de passion, sans aucune sincérité ? Cordélia pouvait-elle se tromper ? Il avait peut-être rompu avec Lucy.

Ou alors, c'est juste un sale type qu'il vaut mieux oublier tout de suite.

Elle passa un coup de fil à Kimi pour en discuter, mais tomba directement sur sa messagerie.

– Je sais qu'il est encore tôt chez toi, mais j'ai besoin de te parler, dit-elle au répondeur, cachant sa déception.

Elle raccrocha, mais le téléphone demeura résolument silencieux.

– Cerbère, souffla-t-elle.

S'agissait-il du monstre qui effrayait les prêtres espagnols ? Il aurait pu s'agir d'un loup gigantesque, d'un croisement entre espèces. Il était sans doute mort depuis... Mais pourrait-il avoir des descendants ? Et s'il arrivait que ces descendants attaquent les habitants des environs ?

La suite du livre était moins passionnante. Il y était question de recherches infructueuses pour tenter de localiser la mine, listant les noms des chercheurs, les dates et les détails des expéditions. Katelyn s'assoupit. Elle n'avait aucune envie de travailler, aussi elle attendit en pyjama le retour de son grand-père, sur le coup de midi. En entendant le bruit de sa voiture approcher, elle fonça jusqu'à sa chambre, s'habilla à la hâte et redescendit dans le salon avant qu'il ait franchi la porte.

– Bonjour Katie. Tout s'est bien passé ?

– Sans problème, répondit-elle d'un ton léger.

Elle jeta un regard discret au fusil accroché au mur, s'assurant que Cordélia l'avait correctement rangé.

– Parfait. Tu peux me donner un coup de main ?

Dehors, la fraîcheur persistait en dépit du soleil. Mordecai abaissa le hayon du pick-up. Katelyn y découvrit avec surprise un alignement de conserves : fruits au sirop, légumes secs, maïs, tomates et condiments de toutes sortes, ainsi que du thon et du ragoût de bœuf. Il y avait aussi de l'antigel et quelques boîtes de cartouches.

– Je croyais que Bentonville était à deux pas. C'est le siège d'une chaîne de supermarchés, là-bas ? Tu avais vraiment besoin d'aller jusqu'à Little Rock pour acheter quelques conserves ?

Elle souleva le bidon d'antigel, mais son épaule la gênait encore.

– J'avais plusieurs choses à faire à Little Rock, répondit Mordecai en se dirigeant vers le garage. Consulter un notaire, entre autres.

Katelyn le regarda, les sourcils levés, mais il ne le vit pas.

– Ta mère ne t'a rien laissé, annonça-t-il sans détour. Mais tu auras droit à des prestations sociales, ainsi qu'à un petit pécule pour ton père. En tant que tuteur, je gèrerai tes revenus jusqu'à ta majorité. Pour l'instant, je te donnerai de l'argent de poche et je me chargerai des dépenses courantes, comme ta facture de téléphone ou tes vêtements.

Toutes ces considérations lui étaient jusque-là étrangères.

– Merci, répondit-elle à voix basse.

– Et j'ai refait mon testament, ajouta-t-il.

Ébranlée, Katelyn trébucha, puis se dépêcha de le rattraper. Mordecai marchait d'un bon pas.

– Tu n'es pas malade ? demanda-t-elle.

– Non. Simplement prudent.

Il lui tint la porte de la remise, plongée dans l'obscurité. Il pressa l'interrupteur. La pièce était modeste, mais bien organisée. Des outils et des cordes étaient accrochés à des panneaux de liège et à côté d'un grand établi était rangé du matériel de pêche ainsi qu'un assortiment de tournevis et de pinces. Un canoë trônait au centre de la remise, près d'une chaise pliante.

– J'ai raclé le fond, cet été, expliqua-t-il en désignant l'esquif. La coque est abîmée. Je vais le déplacer afin de garer le pick-up ici, durant l'hiver. Le cellier est derrière.

Il ouvrit une porte et tira sur une chaîne, révélant un garde-manger où s'empilaient des réserves sur des étagères en bois. Katelyn remarqua plusieurs pots de sauce tomate et de cornichons.

Son grand-père s'aperçut qu'elle luttait pour soulever le bidon d'antigel.

– Tu as peut-être trop mal à l'épaule pour m'aider.

– Non, ça ira.

Chez elle, on l'aurait aussitôt mise au repos et on lui aurait défendu de faire le moindre effort. À cause de la danse et de la gym. Ici, les blessures ne semblaient avoir aucune importance.

Je ne peux pas rentrer dans ces considérations, se dit-elle. *Tout ça est temporaire.*

– Cet hiver, nous serons bloqués par la neige, tu peux en être sûre.

– Génial, lâcha-t-elle.

Prisonnière de cet endroit, la vie allait tourner au cauchemar.

Lorsqu'ils eurent rangé les provisions, Mordecai l'entraîna dans le bois pour une nouvelle séance de tir. Maintenant que la frayeur de la nuit précédente était dissipée, son aversion des armes reprenait le dessus.

Ils s'exercèrent pendant plus d'une demi-heure, mais loin de progresser, Katelyn visait de plus en plus mal. Elle était fatiguée et surtout agacée.

– Comment te sens-tu ? demanda son grand-père après un essai particulièrement raté.

– Pas très bien, avoua-t-elle. J'ai encore mal à l'épaule.

Il hocha la tête et lui prit le fusil des mains.

– Arrêtons là pour aujourd'hui.

Il tourna les talons et elle lui emboîta le pas, soulagée d'en avoir terminé.

– Qu'est-ce que tu en as pensé ? insista-t-elle pour meubler la conversation.

– Je crois, répondit-il avec un soupir, que c'était un beau gâchis de cartouches.

Katelyn ne put s'empêcher d'être embarrassée. Elle regagna la maison, tête baissée. Elle détestait les armes, mais n'aimait pas décevoir son grand-père et cette soudaine idée la surprit. Depuis quand cherchait-elle à lui faire plaisir ?

Cette nuit-là, elle rêva de Justin. Une brume rougeâtre montait autour de lui et de sa moto et, derrière les langues de brouillard, le ciel était noir. Il venait vers elle, mais elle se tenait au bord d'une énorme crevasse. En approchant du précipice, il donna un coup d'accélérateur et son engin décolla comme une comète en décrivant un arc de cercle, avec une traînée noire dans son sillage. Katelyn tendit les bras vers lui, priant pour qu'il parvienne à l'atteindre.

Il volait, grimpait de plus en plus haut dans le ciel... jusqu'à ce qu'il retombe. Tout autour de lui ce rouge n'était pas celui de la brume, mais de la fumée qui montait des flammes. Et il plongeait droit vers elles.

– Non ! hurla-t-elle en se dressant sur son lit.

Haletante, elle passa une main dans ses cheveux. *Ce n'était qu'un rêve*, se dit-elle.

Elle se pelotonna sous les draps. Son cœur cognait violemment dans sa poitrine. Elle songea à appeler Kimi, mais même en Californie, il était déjà trop tard.

Et celle-ci n'avait jamais répondu à son message.

Elle leva le bras pour saisir son ours. Se sentant idiote, elle le serra contre elle et posa son menton sur sa tête. Elle voulait rentrer chez elle. Quitter cet endroit.

Le lundi après-midi, elle regagna la forêt avec son grand-père, qui lui tendit le fusil. Toucher l'objet suffisait à la rendre malade.

– Tiens-le fermement, ordonna-t-il. Le doigt sur la gâchette.

Katelyn poussa un soupir et laissa mollement pendre son bras.

– Ne m'en veux pas, dit-elle d'un air navré. Mais je crois que je n'y arriverai pas.

Avec un murmure réprobateur, il redressa le canon de l'arme vers le ciel.

– C'est bientôt ton anniversaire, il me semble.

Elle fut surprise qu'il s'en souvînt. Décidément, quel étrange personnage !

– Le 15 novembre.

– Que fais-tu, habituellement, pour fêter ça ?

– Oh, ça dépend...

Pour son seizième anniversaire, sa mère l'avait emmenée à une représentation du New York City Ballet, en tournée à Los Angeles. Mais la dernière chose qu'elles avaient vue ensemble était le spectacle du Cirque du Soleil, *Alegría*.

– Tu m'avais parlé de ce fameux cirque, qui te plaît tant.

Katelyn se mordit la lèvre. Elle aurait voulu lui expliquer, mais redoutait un nouveau sermon sur le choix d'une véritable carrière et d'une perspective d'avenir raisonnable.

Mordecai plongea la main dans la poche de sa veste et en tira deux billets de spectacle.

– Le Cirque du Soleil, c'est bien ça ? Ils font quelques représentations à Little Rock. J'ai vu les affiches. Je t'y emmène pour ton anniversaire... si tu parviens à atteindre la cible.

– Quoi ?

Elle n'était pas certaine d'avoir bien entendu. Elle effleura les tickets du bout des doigts. Son passé, son avenir se télescopaient dans un présent qui lui donnait le tournis.

– On peut vraiment y aller ?

– À condition que tu touches le mille.

Il s'écarta. Katelyn maintint fermement la crosse et retint sa respiration. Elle pressa la détente. Le coup partit et la douille ricocha sur le sol avec un bruit strident.

Ensemble, ils redressèrent la tête. Elle était très loin du mille, mais pour la toute première fois, elle avait atteint la cible.

– Mordecai, souffla-t-elle. Regarde !

– Je vois. Et j'en pousserais bien des cris de joie, répondit-il.

Katelyn leva le fusil et fit une nouvelle tentative.

Chapitre 8

Le lendemain matin, Katelyn se réveilla de bonne humeur. La perspective des places pour le cirque la motivait et le geste de Mordecai l'avait touchée. Tout espoir n'était donc pas perdu. Le temps lui avait donné raison : les conflits étaient inutiles, mieux valait attendre de convaincre son grand-père. Ce dernier n'était pas encore descendu lorsqu'elle pénétra dans la cuisine, aussi elle prépara elle-même du café et sourit en entendant le moteur de la Mustang rugir dans l'allée.

Elle vérifia le contenu de son sac, servit une seconde tasse de café pour Trick et prit une tranche de pain. Tenant le mug d'une main, elle ouvrit la porte. Trick s'approchait du perron. Elle sortit dans l'air vif du matin.

Il s'avança vers elle, mais ne dit pas un mot. Son regard clair était contrasté par ses sombres sourcils froncés et les cernes violacés qui marquaient ses paupières. Il avait les lèvres pincées et son inhabituelle pâleur lui donnait une allure... différente. Ce n'était plus la même personne. Il lui parut soudain plus... proche d'elle, même si le sérieux de son expression la fit reculer. Elle baissa les yeux. Un morceau de ruban noir était attaché à son bras.

– Trick ? Qu'est-ce qui se passe ?

Il eut un soupir curieusement étranglé. Il fit un pas vers elle, mais se reprit. D'une main, il saisit la tasse et la tranche de pain qu'elle lui tendait et serra l'autre dans la sienne. Ses doigts étaient glacés.

– Trick ? Tu me fais peur !

Il secoua la tête et l'entraîna vers la voiture. Elle se glissa sur le siège passager tandis qu'il grimpait au volant. Aussitôt, la radio se mit en marche et elle reconnut la *Pavane pour une infante défunte* de Ravel. La pièce pour piano lui évoquait des souvenirs. Un spectacle de sa mère sur ce morceau, où Gisèle apparaissait dans un costume d'infante espagnole inspiré du XVIe siècle. Katelyn avait vu des images.

Le volume à fond, Trick conduisait lentement, visiblement peu pressé de rejoindre le lycée.

– Mais enfin, que s'est-il passé ? s'exclama-t-elle.

Il ne parut pas l'entendre. Elle le regardait, paniquée, et voulut baisser le son, mais elle redoutait une terrible nouvelle, dont elle aurait préféré retarder l'échéance.

Avant qu'il ne s'engouffre dans le tunnel de verdure, il immobilisa la voiture, se tourna vers elle et la serra contre lui. Le visage pressé contre sa poitrine, elle perçut les battements sourds de son cœur dans le crescendo de la musique.

– Trick ? insista-t-elle d'une voix brisée par l'angoisse.

Il relâcha son étreinte avant de reprendre la route.

En atteignant le lycée, Katelyn comprit immédiatement qu'il s'était passé quelque chose de grave. Trick n'était pas le seul bouleversé. De petits groupes d'élèves murmuraient à voix basse. Une blonde, assise dans sa voiture, un pied posé par terre, sanglotait, le front appuyé sur le volant. Katelyn sentit son estomac se nouer. Ces signes de détresse lui étaient familiers.

Trick coupa le contact.

– Explique-moi, ordonna-t-elle. Tout de suite.

Il poussa un soupir et garda les yeux rivés sur le pare-brise.

– Becky Jensen n'est pas venue en cours, hier. Apparemment, elle avait disparu depuis déjà deux jours. On a retrouvé son corps, tôt ce matin.

La mâchoire crispée, il se tourna lentement vers elle, braquant son regard vers le sien.

– Comme Haley.

Une vague de terreur s'empara de Katelyn. Becky Jensen avait-elle poussé ce cri, dans les bois, vendredi soir ? Était-ce un loup qui l'avait attaquée ? Aurait-elle pu tenter de la sauver ?

Elle lutta pour réprimer sa nausée. Elle leva les yeux vers Trick, tout aussi secoué.

– Tu la connaissais ? souffla-t-elle.

– Je te l'ai dit : ici tout le monde se connaît, répondit-il en hochant la tête. Vous aviez sans doute un ou deux cours en commun.

– Mon Dieu, murmura Katelyn, avec une curieuse indolence.

Une partie d'elle-même percevait toute l'horreur et la brutalité de l'événement, mais une autre partie restait détachée, comme si la nouvelle était distante, éloignée dans l'espace et le temps.

– Trick, cette histoire dont je t'ai parlé...

– Pas maintenant, souffla-t-il d'une voix presque inaudible.

Il descendit. Elle le rattrapa tandis qu'il traversait le parking, mais en passant devant la fille effondrée dans sa voiture, le malaise redoubla. Elle se souvenait du traumatisme, de la douleur qui avait suivi l'annonce du décès de son père. Contrairement à sa mère, elle n'avait pas assisté à la scène. Et d'une certaine manière, cela avait rendu la nouvelle plus difficile à croire.

J'ai touché la joue de maman juste avant qu'elle ne disparaisse, se rappela-t-elle. *Et elle est morte. Ma mère est morte.*

À présent, deux filles ici sont mortes, elles aussi. La mort m'a suivie.

Ne craque pas maintenant !

Elle pénétra dans le hall et partout, où qu'elle se tournât, elle croisait des visages hagards, en larmes. Trick avait raison. Dans une petite ville, tout le monde se connaissait.

Et son grand-père avait lui aussi raison : sortir la nuit dans les bois pouvait s'avérer fatal.

Frissonnante, elle ramena ses bras contre sa poitrine.

Ce cri...

En cours d'histoire, Cordélia était blême. Katelyn s'assit alors que la sonnerie retentissait. M. Henderson voulut leur expliquer le barème de notation pour les exposés, mais personne n'avait la tête à l'écouter. Katelyn essaya, sans succès, d'attirer le regard de Cordélia, qui fixait obstinément sa page. À la fin du cours, elle quitta aussitôt la salle.

Katelyn la rattrapa dans le hall avant qu'elles n'aient atteint le gymnase. Elle la saisit par le poignet et l'obligea à se retourner.

Cordélia lui fit enfin face, les yeux remplis de larmes, maculés de noir. Son mascara avait coulé.

– Oh, Kat, gémit-elle. D'abord Haley et maintenant Becky ! Je les connaissais si bien...

Katelyn se sentait impuissante et ne sut quoi répondre. Elle se contenta de la serrer dans ses bras. Son amie s'agrippait désespérément à elle, sanglotant comme si son cœur se brisait.

– Tu devrais peut-être rentrer chez toi, lui dit Katelyn.

– Je ne veux pas rentrer. Il n'y a personne à la maison et je passerais mon temps à retourner tout ça dans ma tête.

À penser à ce qu'on aurait pu faire ; ce que nous n'avons pas fait ?

– Je t'en prie, viens avec moi, supplia Cordélia. Je te ramènerai avant la nuit.

Elle s'essuya les yeux, étalant un peu plus son maquillage, puis releva la tête.

– Quoi ? demanda-t-elle.

– Vendredi soir..., hésita Katelyn en se mordant les lèvres.

Cordélia la regardait sans comprendre, ce qui agaçait Katelyn. Elle ne voulait pas prononcer ces mots à haute voix.

– Les cris...

Son amie retint son souffle.

– Oh ! Non, Kat, non. Elle ne se trouvait pas du tout à proximité de chez toi. Ce n'est pas elle que nous avons entendue, c'est certain. Oh, je suis navrée que tu aies imaginé une chose pareille.

Le soulagement fut inouï, intense. Savoir qu'elle n'était pour rien dans la mort de Becky et voir Cordélia ravager son maquillage arracha un sourire à Katelyn.

– Quoi ? insista Cordélia, soudain embarrassée. J'ai l'air ridicule ?

– Tu ressembles un peu au Joker...

Elle se reprit. Rien de tout cela n'était drôle, mais on venait de lui ôter un énorme poids.

Cordélia éclata d'un rire étranglé, un peu fou, avant de plaquer ses mains sur sa bouche. Elle aperçut ses doigts maculés de mascara et d'ombre à paupières et ouvrit de grands yeux.

– Comment peut-on rire dans un moment pareil ?

– C'est nerveux, expliqua amèrement Katelyn qui ne connaissait que trop bien cette succession irrationnelle d'émotions. On rit, on pleure et entre chaque... c'est le vide.

– Je t'en prie, viens avec moi, implora Cordélia. J'ai besoin d'être avec les miens, là-bas...

La formulation était étrange, mais Katelyn comprit.

– Je dois être rentrée avant la nuit.

Sans un mot, Cordélia se pencha pour l'embrasser sur la joue.

Katelyn prévint Trick par SMS que Cordélia se chargeait de la raccompagner, mais il ne répondit pas. Elle croisa Sam, une fille qu'elle avait aperçue en sa compagnie au réfectoire et celle-ci promit de lui transmettre le message.

Elles firent un crochet par le secrétariat pour demander une permission de sortie. Mme Walker, en larmes, leur apprit que le principal avait déjà autorisé tous les élèves qui le souhaitaient à quitter le lycée pour la journée.

Les deux jeunes filles se dirigèrent vers le parking. Dans la voiture, tandis qu'elles s'éloignaient de la ville, Katelyn parvint enfin à se détendre un peu. Son amie était toujours choquée, effondrée, mais le chagrin d'une personne lui semblait moins difficile à supporter que cette douleur collective.

Le trajet se poursuivit en silence, ponctué seulement par les sanglots de Cordélia. Sans son maquillage, dont aucune trace ne subsistait, elle paraissait soudain plus jeune. Dans un élan protecteur, Katelyn eut envie de la consoler, mais qu'y avait-il à dire ? Les paroles, même bien intentionnées, n'avaient jamais produit le moindre effet sur elle et ne faisaient qu'accentuer sa solitude.

Lorsque Cordélia immobilisa son pick-up derrière la villa des Fenner, Katelyn remarqua un véhicule similaire parqué à proximité, plus grand et plus rutilant que celui de Cordélia. Celle-ci éteignit le moteur et fixa la voiture pendant quelques instants sans bouger.

L'espace d'une seconde, Katelyn songea à Justin et un frisson la parcourut. Mais elle n'avait aucune envie de revoir ce menteur, qui trompait sa Lucy sans remords.

– Mon père est là, annonça Cordélia.

Il y eut quelque chose d'étrange dans sa façon de le dire, comme si elle reprenait son souffle.

Katelyn resta interloquée.

– Ça pose un problème ?

– Hein ? Non, ça ne fait rien. Autant que tu fasses sa connaissance. C'est bien qu'il rencontre mes amis.

Pourtant, Cordélia demeurait immobile, les mains crispées sur le volant.

– On peut aller ailleurs, si tu préfères, proposa Katelyn en sentant son hésitation.

Trop tard. Une porte s'ouvrit derrière la maison. Un homme très grand aux cheveux chenus en sortit. Il avait la peau mate, burinée des cow-boys. Il était plus âgé que Katelyn ne l'aurait cru, mais paraissait encore solide. Son regard d'ambre, teinté d'or, sembla la traverser de part en part et Katelyn en eut la chair de poule.

Puis, se tournant vers Cordélia, il esquissa un sourire bienveillant. Sa fille ouvrit la portière et s'avança vers lui. Lentement, Katelyn lui emboîta le pas.

– Ma toute petite ! Comment se fait-il que tu rentres si tôt ? demanda-t-il en écartant les bras pour l'enlacer.

La voix de Cordélia se perdit dans son étreinte.

– Kat et moi avons décidé de consacrer un peu de temps à notre exposé d'histoire.

Pourquoi ce mensonge ? Pourquoi ne pas simplement dire la vérité à son père ? La disparition d'une amie proche était un traumatisme et il pouvait certainement le comprendre.

– Kat, reprit Cordélia en se tournant vers elle, je te présente mon père, Lee Fenner.

– Kat, lâcha-t-il.

Il serra sa main et se pencha, comme pour lui faire la bise. Elle eut un mouvement de recul. M. Fenner le remarqua et s'écarta à son tour. Katelyn ne sut quoi en penser.

– Alors comme ça, ma petite Cordélia et toi êtes devenues inséparables ? demanda-t-il.

Derrière lui, sa fille piqua un fard. Où qu'on aille, les parents étaient tous les mêmes. Ils n'avaient pas leur pareil pour vous embarrasser.

– Oui, j'ai de la chance de l'avoir pour amie, déclara gauchement Katelyn.

– Elle aussi a de la chance. C'est toujours un plaisir d'accueillir une nouvelle venue.

Si le ton était chaleureux, le regard qu'il jeta à sa fille le fut nettement moins. Lorsque celle-ci baissa les yeux, le malaise devint palpable. Quelle étrange famille ! Pas étonnant que Cordélia ait hésité à lancer des invitations.

– Donc, vous travaillez à un exposé d'histoire ? reprit-il.

– Exactement, répondit Katelyn.

– L'histoire est une matière importante, cruciale, même. Si l'on n'apprend pas du passé, il finit par se répéter. Les Fenner sont fiers de leur ascendance et de leur passé séculaire.

Cordélia ne savait plus où se mettre et Katelyn, médusée, hocha poliment la tête.

– La mine d'argent..., reprit-il.

– Nous allons dans ma chambre, l'interrompit Cordélia.

Avant même qu'elles aient atteint la porte, celle-ci se rouvrit sur Arial et Regan, en tenue de sport. Regan arborait un tee-shirt de Wolf Springs dont le slogan clamait : « Le joyau des Ozarks ». Elles levèrent leurs tasses, aux couleurs de l'entreprise familiale « FENNER – Bâtiment ».

– Tiens tiens, regarde ce que le chaton nous ramène, grinça Arial.

– Papa, reprit nerveusement Cordélia. Qu'est-ce que ça veut dire ?

– Oh, les filles sont juste passées nous voir, répondit-il d'un air détaché.

– Pendant que j'étais au lycée ?

Katelyn ne comprit pas ce qui perturbait Cordélia. Puisqu'elle n'appréciait pas ses sœurs, elle aurait dû être soulagée de les éviter.

– Laisse tomber, Cordélia, lança Regan en nouant ses cheveux à l'aide d'un élastique. Tu ne la gagnerais jamais, celle-là, de toute façon.

– Ah, la rivalité de la fratrie..., commenta M. Fenner. Ça les amuse.

Mais Cordélia paraissait tout sauf amusée. Elle avait même l'air furieux. Y avait-il un rapport avec ces fameuses olympiades ?

– On devrait remettre ça à plus tard, lâcha Cordélia avec un regard en coin à Katelyn.

– Moi je suis déjà échauffée, répliqua Regan avec un haussement d'épaules.

– Idem, renchérit Arial. Oublie, Cordélia.

D'un geste nerveux, la cadette se frotta le visage. Katelyn remarqua que ses mains tremblaient. Quelle maison de fous !

– Euh, Cordélia, intervint-elle d'un ton faussement détaché. Si tu as autre chose à faire, ça ne fait rien. Quelqu'un viendra me chercher. Vraiment, ça n'est pas un problème, assura-t-elle en sortant son portable.

Cordélia leva les yeux vers son père.

– Papa, est-ce que je peux te parler en privé ? J'en ai pour une minute, ajouta-t-elle pour Katelyn. Attends-moi.

Tout sonnait faux. M. Fenner observa longuement Katelyn, puis il ouvrit la porte :

– Les filles ?

Cordélia pénétra dans la maison, suivie de ses deux sœurs. Elles échangèrent un sourire narquois. N'était-elle donc pas autorisée à se retrouver seule avec son père ? Katelyn les détestait déjà. Rectification : elle les haïssait.

Une main sur la poignée, M. Fenner fixait Katelyn. Sous son regard, elle se sentit nue.

– Alors comme ça, tu es la petite-fille de Mordecai McBride ?

C'était davantage une constatation qu'une question. Se connaissaient-ils, tous les deux ?

– À ce qu'il paraît, marmonna-t-elle.

Il s'esclaffa.

– Et tu te plais à Wolf Springs ?

Elle songea à Becky Jensen.

– Eh bien, aujourd'hui, je...

Katelyn n'acheva pas sa phrase, réalisant que Cordélia n'avait rien dit à son père.

– C'est assez petit. J'arrive de Los Angeles et...

– Ah, la grande ville, ironisa-t-il d'un ton méprisant. La grande méchante ville.

– Eh bien, grande, c'est certain..., répondit-elle, ahurie.

Au même instant, la sonnerie du téléphone de Katelyn retentit. Sous le coup de la surprise, elle manqua de le lâcher. *Trick*, indiquait l'écran.

– Je te laisse répondre, conclut M. Fenner en s'engouffrant derrière la porte.

– Salut, Trick, souffla-t-elle, soulagée d'être enfin seule.

– Sam m'a dit que Cordélia et toi étiez parties, expliqua-t-il, tendu. Est-ce que tout va bien ?

Il s'inquiétait pour elle. Et elle en fut touchée.

– Elle avait besoin de quelqu'un pour la soutenir. Et maintenant, c'est moi qui ai besoin d'aide, ajouta-t-elle encore ébranlée par son échange avec M. Fenner.

– Que se passe-t-il ? lâcha-t-il brusquement, comme en alerte.

Elle s'éloigna et, par précaution, baissa la voix, tant la situation devenait absurde.

– Je suis chez elle et toute sa famille est un peu… sur les dents, lorsqu'ils sont ensemble. Est-ce que tu pourrais passer me prendre ? implora-t-elle.

Plus elle tentait de s'expliquer et moins les choses faisaient sens. Mais il ne posa pas de question.

– Bien sûr. J'arrive.

– Tu connais le chemin ?

– Ouaip.

– OK. Merci !

Soulagée, Katelyn s'en voulait d'abandonner Cordélia. Cependant personne, pas même son amie, n'avait réagi lorsqu'elle avait proposé qu'on vienne la chercher. Ils auraient au moins pu l'inviter à entrer… Ou pas.

La porte s'ouvrit sur Cordélia, qui avait passé un jogging et un tee-shirt aux couleurs du lycée. Ses yeux paraissaient humides.

– Kat, je suis confuse, balbutia-t-elle. Je ne m'étais pas rendu compte que mon père t'avait laissée dehors. Je… J'étais juste…

Elle déglutit péniblement. L'hystérie de la famille Fenner semblait s'accroître de minute en minute. Cordélia avait cruellement besoin d'être entourée de gens normaux et Katelyn comprit que pour l'instant, elle était la mieux placée pour remplir ce rôle.

– Ça ne fait rien, répliqua-t-elle. Trick va venir me chercher.

– Oh mon Dieu, gémit son amie en plaquant une main sur sa bouche. Il ne doit surtout pas voir…

– Voir quoi ? insista doucement Katelyn.

Cette fois, Cordélia fondit en larmes.

– C'est trop… C'est beaucoup trop…

Katelyn la serra contre elle. Comme une poupée molle, Cordélia se laissa faire puis, après quelques sanglots, se reprit et passa la main dans ses cheveux.

– Tu veux bien l'attendre au bout du chemin ? demanda-t-elle d'une voix tendue.

Au pays des Fenner, l'étrangeté était décidément sans limites. Katelyn hocha la tête, avec un peu trop d'empressement.

– Aucun problème ! Je dois juste récupérer mon sac dans la voiture.

– Bien sûr.

Katelyn rassembla ses affaires et, avec un sourire troublé, Cordélia insista :

– Ça t'ennuie de ne rien lui raconter ? Je le connais, il serait du genre à le prendre de haut.

Katelyn fronça les sourcils. Ce n'était pas vraiment le genre de Trick. Mais au fond, que savait-elle de lui ? Que savait-elle vraiment de Cordélia ?

Avant qu'elle ait pu répondre, la porte de la maison se rouvrit brusquement.

– Alors, Cordélia ? tonna M. Fenner.

Arial et Regan le rejoignirent tandis qu'il descendait les marches. Arial posa la tête sur son épaule et Regan passa son bras sous le sien. Ces filles affichaient une suffisance aussi malsaine que le tableau familial qu'ils brossaient.

Sous l'œil interrogateur de M. Fenner, Cordélia jeta un dernier regard à son amie. Katelyn avait l'impression de voir quelqu'un se débattre désespérément pour échapper à la noyade. Mais qu'aurait-elle pu faire pour voler à son secours ? L'emmener loin d'ici, et pour toujours ?

– Je vais l'attendre plus haut, dit-elle enfin.

– Merci. Vraiment, répondit Cordélia, les yeux embués.

Elle courut rejoindre sa famille et disparut derrière les arbres. Katelyn entama la montée raide, guettant la Mustang. Elle sortait ses écouteurs lorsqu'elle entendit M. Fenner crier :

– Force davantage sur le dos !

Que pouvait-il bien se tramer derrière ces bosquets ? Incapable de les distinguer, Katelyn poursuivit son chemin. D'autres éclats de voix retentirent, inintelligibles.

– Allez, Trick, siffla-t-elle entre ses dents.

Elle n'attendit pas longtemps. La voiture apparut peu après, au sommet de la pente, et il s'arrêta à bonne distance, comme retenu par une frontière invisible. Katelyn courut jusqu'à la Mustang, bondit sur le siège et claqua la portière.

– Chauffeur, à la maison, dit-elle avec un soupir, pressée de se défaire de la curieuse atmosphère de la villa Fenner.

– Bien, madame, répondit-il de sa voix la plus snob, qui détonnait avec son épais accent du Sud.

Le mélange était si comique que Katelyn ne put s'empêcher de sourire. Elle le croyait abattu, mais il trouvait encore le moyen de la dérider.

– Peut-on savoir ce qui amuse madame ?

– Après la matinée que je viens de passer, j'en avais besoin, avoua-t-elle.

L'ombre de la mort persistait, sans parler de l'étrange accueil des Fenner.

– Alors pour une fois, j'ai fait ce qu'il fallait, reprit-il, plus sérieusement.

– Tu fais toujours ce qu'il faut, répondit-elle sur le même ton.

– Je suis content de te voir.

– Merci d'être venu me chercher. Je... je pensais pouvoir me débrouiller.

Il inclina la tête.

– Ravi de rendre service. Tu t'es lassée de cette bande de cinglés ?

– Ils ne sont pas cinglés, argua-t-elle. Simplement... différents.

Elle-même n'y croyait pas vraiment, mais Cordélia lui avait fait tant de peine qu'elle s'en serait voulu de critiquer sa famille... surtout devant Trick.

– Si tu le dis..., répliqua-t-il d'un air entendu.

– C'est toi le cinglé, le taquina-t-elle pour changer de sujet.

Son sourire était complice, triomphant. Avec une trépidation délicieuse, elle se remémora la façon dont il l'avait serrée contre lui, le matin même. Après l'expérience désastreuse de Justin, un gentil garçon comme Trick était le bienvenu. Elle se surprit à espérer qu'il la reprendrait dans ses bras et même qu'il l'embrasserait avec fougue. Les joues empourprées, elle se tourna vers la vitre tandis que Trick faisait demi-tour. Son regard se posa sur une tourelle, au dernier étage de la maison, et sur sa large fenêtre.

Derrière les carreaux, Justin l'observait. Il était immobile, mais elle ne put distinguer son expression. L'avait-il épiée depuis son arrivée ? Après avoir si honteusement trompé sa copine, était-il trop embarrassé pour l'approcher ? Ou s'était-il désintéressé de la petite nouvelle parce qu'il était parvenu à ses fins ?

La voiture s'éloigna et Katelyn laissa Justin derrière elle, là où il devait être. Mais elle ne put s'empêcher de ruminer cette vision... et les souvenirs qu'elle évoquait.

C'était mon imagination, se dit-elle.

Cependant... le hurlement perçu le vendredi soir était bien réel, lui. Et avec le recul, elle avait peine à croire qu'il s'agissait d'un chat. Cordélia lui avait pourtant affirmé que Becky se trouvait trop loin de la maison et qu'elles n'auraient pu entendre ses cris...

– Tu es sûre que ça va ? lui demanda Trick.

Elle ne dit rien, mais l'observa avec attention.

– Et toi, Trick, est-ce que ça va ? Tu les connaissais toutes les deux...

Sans réfléchir, elle serra sa main dans la sienne. Elle sentit sa surprise. Il se crispa.

– Je suis content que tu aies répondu à mon coup de fil, déclara-t-il tranquillement.

Il se concentra alors sur la route, tandis que la pénombre de la forêt les enveloppait peu à peu.

Lorsqu'ils arrivèrent chez Katelyn, Mordecai les attendait, assis sur la véranda. Les cours n'étaient pas censés être terminés. Comment avait-il pu deviner ?

– Je l'ai prévenu, expliqua Trick lorsqu'elle lui jeta un regard interrogateur.

Elle gravit le perron, se sentant quelque peu coupable.

– Excuse-moi de ne pas t'avoir averti, dit-elle à son grand-père. L'une des filles du lycée a été retrouvée morte. Et... et Cordélia la connaissait bien. Elle avait besoin de rentrer chez elle, mais ne voulait pas rester seule. Mais toute sa famille était là, alors j'ai demandé à Trick de me raccompagner. Nous n'avons pas séché les cours : le secrétariat nous a donné l'autorisation de partir...

Mordecai hocha la tête.

– Tu devrais rentrer. Trick et moi avons à parler de certaines choses.

Son regard se durcit lorsqu'il le braqua vers le jeune homme. Derrière elle, Trick se tenait debout devant sa voiture, les épaules voûtées, les mains enfoncées dans les poches. Il paraissait redouter les ennuis. Katelyn n'y comprenait plus rien. Son grand-père lui en voulait-il de l'avoir ramenée ?

– On se voit demain matin, Kat, lui lança Trick.

Elle lui adressa un dernier signe. La discussion promettait d'être tendue. Mordecai n'avait manifestement pas l'intention de l'inviter à déjeuner, encore moins à dîner.

Dès qu'elle eut refermé la porte, elle perçut des éclats de voix. Elle se précipita à l'étage, mais derrière les épais murs de bois, leurs paroles étaient étouffées. Leur échange était pourtant si animé qu'elle ne put s'empêcher de tendre l'oreille. Une fois encore, elle regretta la Californie, où tout était bien plus simple.

L'après-midi était largement entamée lorsque enfin la porte d'entrée se rouvrit avant de claquer. Le pas décidé de Mordecai résonna dans l'escalier. Il entra dans sa chambre et s'assit sur le lit. Le visage marqué, les épaules voûtées, il paraissait fatigué.

– J'ai entendu ce qui est arrivé à cette jeune fille. Tu tiens le coup ?

– Plus ou moins, acquiesça-t-elle, surprise par sa question. C'est un choc, même si je ne la connaissais pas. Ni elle, ni Haley... Devrais-je être plus bouleversée ?

– Bien sûr que non, ma chérie, répondit-il avec un geste affectueux. Je suis simplement soulagé que tu ailles bien.

– Merci.

Katelyn prit une grande inspiration et saisit l'opportunité.

– Quelqu'un au lycée m'a dit qu'il y a quarante ans, des animaux s'étaient attaqués aux humains. Et que ça n'était pas la première fois... que ça s'était déjà produit.

Mordecai l'écouta, le front plissé, mais elle ignorait s'il était furieux, choqué ou juste intrigué.

– Qui t'a raconté ça ?

– Il ne voulait pas que je le répète.

– Et pourquoi ça ? insista-t-il en penchant la tête.

– Je... je ne sais pas... Est-ce que c'est vrai ? C'est réellement arrivé ?

– Il y a quarante ans, je n'habitais pas ici à l'année. J'enseignais la philosophie et ce n'était qu'une maison de vacances, pour nous. Ton père n'était qu'un petit bout de chou, poursuivit-il d'un air attendri.

La tristesse passa sur son visage et Katelyn se souvint de sa détresse aux funérailles de son père. Il avait quitté l'église avant la fin de la cérémonie et n'était pas venu jusqu'au cimetière.

– On n'imagine jamais qu'on enterrera son enfant, murmura-t-il, plus pour lui-même que pour elle, avant de s'éclaircir la gorge. Mais pour en revenir à ta question, j'ai entendu des rumeurs concernant certains événements qui se seraient produits dans la région. Mais tu dois comprendre, Katie : en ce temps-là, tout était si différent. Wolf Springs était un lieu reculé. Et les gens s'en trouvaient très bien ainsi.

– Ah, parce que ça n'est plus le cas aujourd'hui ? bougonna-t-elle.

– À l'époque, il n'y avait ni téléphone, ni électricité. Ta grand-mère devenait folle.

– Mon... mon ami semblait effrayé. Il disait que Wolf Springs était un feu de braises. Et aujourd'hui, deux adolescentes sont mortes !

Mordecai hocha tristement la tête.

– Habituellement, les animaux sauvages évitent les humains. Mais s'ils sont affamés, s'ils se sentent menacés ou s'ils sont enragés...

La rage. Elle repensa au loup qui l'avait attaquée, dans la voiture de Trick ; à son regard fou, à sa gueule maculée de sang. Était-il enragé ?

– Malheureusement, la nature est ainsi faite et le pire se produit parfois, reprit-il en l'observant d'un air résigné. J'imagine que je ne t'apprends rien.

– Non, souffla-t-elle. Je le sais bien.

Ils demeurèrent assis en silence, puis il reprit :

– Au fait, Trick m'a parlé de cette soirée à laquelle il veut t'emmener, vendredi.

Le changement de sujet la dérouta.

– Oui..., répondit-elle avec une hésitation.

– Je préférerais que tu t'abstiennes, commença-t-il avant de poursuivre, en la voyant prête à protester. Mais tu tiens de ton père et si je te le défends, tu trouveras le moyen de faire le mur.

Katelyn retint son souffle.

– J'ignore comment ça se passe à Santa Monica. Ici les gamins organisent des soirées qui durent toute la nuit, jusqu'au petit matin. Il faut dire que les gens sont isolés. C'est peut-être typique des régions rurales. Mais cette fête aura lieu en ville et je suis plus rassuré de te savoir loin de la forêt.

Tous ces détails la surprirent. Chez elle, les soirées se déroulaient très différemment.

– Trick est censé t'accompagner, mais je vais te prêter le pick-up. Je préfère que vous vous retrouviez sur place et qu'au moindre problème, tu puisses rentrer directement. Et je veux que quelqu'un te suive en voiture jusqu'ici afin que tu ne te perdes pas en chemin.

N'avait-il donc pas suffisamment confiance en Trick pour la conduire en ville et la ramener, alors qu'il effectuait chaque jour le même trajet ? Était-ce la raison de leur altercation ?

– Très bien, conclut-elle.

– Demande-lui de rester derrière toi s'il fait encore nuit, insista-t-il.

– Oui, j'ai compris.

Il expira lentement, comme si ses paroles lui coûtaient.

– Tu n'es pas dans une prison, Katelyn.

– Je sais, tu cherches simplement à me protéger, dit-elle.

Si elle ne voulait pas qu'il change d'avis, il était grand temps de se montrer conciliante et coopérative. Si tout allait bien, ce serait peut-être son premier pas vers la liberté.

– Et si on tirait parti de cette belle lumière pour retourner s'entraîner un peu ? proposa-t-il.

Katelyn enchaîna les tirs durant une bonne heure, jusqu'à ce qu'une pile de douilles s'amoncelle à ses pieds. Les zones de la cible étaient numérotées. Le 1 pour le cercle le plus éloigné du centre et le 9 pour le mille. À présent, elle touchait presque à chaque fois les zones 1, 2 et 3.

Lorsqu'ils regagnèrent enfin la maison, Katelyn demanda :

– Alors, est-ce que j'aurai bientôt droit à ces billets de spectacle ?

Mordecai, qui reprenait le fusil, arqua ses sourcils argentés.

– Tu les as bien mérités. On est encore loin du mille, mais puisque tu ne fermes plus les yeux en pressant la détente, je dirais qu'il y a du progrès.

– Qu'est-ce qu'on ne ferait pas quand on est vraiment motivé, hein ? répondit-elle, exécutant intérieurement une petite danse de la victoire.

– Tu as sans doute hérité de l'œil des McBride.

Soudain, un concert de hurlements lugubres retentit et Mordecai fit volte-face. Avec une rapidité diabolique, il leva son fusil en position de tir. Il attendit quelques instants, puis l'abaissa.

– Ces imbéciles commencent un autre séminaire. Crois-moi, si un jour leur abruti de chef tombe entre mes mains, il hurlera bien plus fort.

Katelyn se demanda tout à coup si l'un de ces types pouvait avoir attaqué les deux jeunes filles. Elle chassa aussitôt l'idée et les images qu'elle évoquait.

– Ce n'est pas en gambadant quelques jours dans la nature qu'une bande de citadins coincés vont sonder leur for intérieur ! fulminait Mordecai.

– Je crois que c'est leur « loup » intérieur, qu'ils cherchent.

– Tout ce qu'ils trouveront, c'est leur bêtise intérieure.

– L'un d'eux était assis près de moi, dans l'avion. Il avait l'air complètement accro aux théories de ce Bronson.

– C'est un ramassis de fadaises ! s'emporta son grand-père, que le nom de Bronson suffisait à faire bondir. C'est le joueur de flûte qui charme des illuminés.

Katelyn se surprit à sourire. L'image était bien trouvée. Elle espérait simplement qu'elle ne correspondait pas à la réalité.

– Je suis en train de lire ton exemplaire, dit-elle.

– Je pensais m'en être débarrassé, pesta Mordecai en faisant la grimace.

– Au début, j'ai cru qu'il pourrait nous servir pour notre exposé d'histoire. Ah, nous avons choisi un sujet, annonça-t-elle. La mine de la Madre Vena. Tu en as déjà entendu parler ? On raconte qu'un terrible monstre s'y cachait : le Cerbère.

– Cerbère, grommela-t-il. La bête idéale pour effrayer les aventuriers aux dents longues.

– Les prêtres espagnols redoutaient une créature tapie au fond des bois. Et si c'était le Cerbère ?

– Ou peut-être entretenaient-ils la rumeur pour dissuader les paroissiens de s'aventurer trop loin de l'église. C'étaient, pour la plupart, des Indiens réduits en esclavage et des soldats espagnols trop crédules. Maintenant, concernant ces rumeurs de massacre, tiens-moi au courant si tu en entends davantage. Et je ferai de même. Ça pourrait t'être utile pour ton projet.

– C'est promis.

Elle ne voulait pas lui dire que ce sujet ne concernait pas son exposé. Il fallait qu'elle en apprenne plus.

Katelyn tenta de travailler le restant de l'après-midi, mais son esprit vagabondait. Elle songea à Trick et à la soirée. À Justin et à l'étrange clan Fenner. Et au livre de Jack Bronson. Elle le parcourut en diagonale.

Aucun homme ne sait de quoi il est capable, jusqu'à ce qu'on le pousse dans ses retranchements. Le loup est par nature un animal fuyant, qui disparaît dans l'ombre en un instant. Mais que ce loup, sa meute ou son petit soient menacés et la bête se réveille. Elle peut alors déchaîner de grandes et terribles choses. La clé est de trouver le moyen de canaliser cette force, une fois le danger passé, y compris la nuit, lorsque nous sommes seuls et que nos démons viennent nous hanter.

– Sympa, lâcha-t-elle, railleuse, quoiqu'un peu effrayée par le ton du livre.

Et quand elle se résolut enfin à monter se coucher, ce soir-là, ses propres démons refirent surface : Becky, les loups enragés, les créatures de l'ombre capables de tuer. Et dans le raclement des branches qui balayaient sa lucarne, elle sombra finalement dans un sommeil agité. Le rêve la poursuivit toute la nuit.

Le vent. Et les hurlements.
Le vent. Et les cris.
Les crocs, et la fourrure,
qui filent dans un éclair rageur,
s'apprêtent à bondir dans les bois.
Un acharné, une machine de mort, un monstre.
Il crie, strident, furieux, perçant :
La vengeance m'appartient.
Clac. Clac. Clac.
Le raclement des griffes sur le parquet était omniprésent.

Chapitre 9

Le lendemain, le panneau d'affichage sur le toit du lycée diffusait un message en mémoire de Becky Jensen. Des peluches, des fleurs et des photos de Becky tapissaient un casier relativement proche de celui de Katelyn. Enfin, elle reconnut Becky : elles étaient ensemble en cours d'anglais. C'était une jeune fille brune, avec des taches de rousseur, comme Katelyn.

Les témoignages se succédaient dans le bâtiment. Les filles, en larmes, se serraient dans les bras les unes des autres. Les professeurs arboraient des mines sombres. Un bonnet noir enfoncé jusqu'aux oreilles, un jeune homme distribuait des tracts.

QU'ARRIVE-T-IL À NOTRE COMMUNAUTÉ ? DEMANDONS UNE ACTION ! RÉUNION À LA MAIRIE, DEMAIN À 19 HEURES.

En allant au cours d'histoire, Cordélia prit Katelyn à part.

– Encore désolée pour hier.

Elle semblait épuisée. Katelyn se sentit soudain plus proche de son amie. Elle réalisait les difficultés familiales auxquelles Cordélia était quotidiennement confrontée.

– Alors, qui a gagné ? lança-t-elle avec un rire forcé. Et surtout, à quoi avez-vous joué ?

– Arial, répondit Cordélia avec dégoût.

– C'est si important pour toi ? s'étonna Katelyn.

– C'est un peu compliqué, esquiva Cordélia. Qu'as-tu raconté à Trick ?

– Que tu avais des détails personnels à régler et que j'avais besoin qu'on me ramène.

– J'apprécierais vraiment que tu ne répètes pas à quel point ma famille est étrange... enfin, à vrai dire, que tu n'en parles pas du tout.

Sans blague ?

– Bien sûr, tu peux compter sur moi.

– Merci.

Un silence gêné s'installa. Katelyn chercha à détendre l'atmosphère.

– Rien à voir, mais je crois que Trick veut m'accompagner à la soirée de vendredi. Si elle n'est pas annulée, évidemment. Qu'est-ce que je devrais mettre, à ton avis ?

– Oooh ! Une fête ? s'enthousiasma Cordélia. Chez qui ?

Katelyn se serait donné des claques. À l'évidence, Cordélia n'avait pas été invitée. Ce qui la surprenait beaucoup.

– Eh bien, je ne sais pas vraiment...

– Si tu veux, je peux te ramener chez toi, ce soir, et t'aider à choisir une tenue.

Tous ses vêtements avaient brûlé dans l'incendie et sa garde-robe laissait à désirer. Mais Cordélia avait peut-être une autre raison de venir. Sans doute avait-elle besoin d'un refuge.

– Voilà ce que je te propose, poursuivit Katelyn. On passe mon placard en revue, tu restes dîner et ensuite, on se met sérieusement à notre exposé d'histoire.

Un sourire se dessina sur les lèvres de Cordélia.

– Me prendrais-tu pour une flemmarde, par hasard ?

– Ce n'est pas moi qui l'ai dit ! répondit joyeusement Katelyn.

– Marché conclu, McBride !

Leur gaieté fut de courte durée. Dans le hall, toute l'équipe Timberwolves semblait elle aussi paralysée par le choc. En cours de gym, Mike et son gang étaient d'humeur plus massacrante que d'habitude et enchaînèrent les blagues salaces. Katelyn fit de son mieux pour les ignorer, mettant leur agressivité sur le compte de la peur. Mike lui tapait sur les nerfs, mais elle redoutait sa réaction si elle le provoquait une nouvelle fois, aussi elle se tint tranquille.

– Demain, je t'emmène chez Babette, promit Cordélia.

– Babette ? répéta Katelyn, avec le vague souvenir de Trick mentionnant ce prénom.

– Tu verras, répliqua Cordélia, mystérieuse.

– Parfait. Bon, maintenant parlons un peu de l'ami Xavier Cazador.

– Oh, répondit Cordélia qui se décomposa. À... à ce propos. Cette histoire de mine, ça ne m'emballe vraiment pas, en fait. On pourrait peut-être choisir autre chose.

– Mais tu étais d'accord ! s'exclama Katelyn stupéfaite. En plus, ton père connaît le sujet. Et puis, qui sait ? Ce Cerbère pourrait être la même créature que les prêtres redoutaient tant. Il est possible que tout ça soit lié aux attaques inexpliquées. On pourrait vraiment creuser de ce côté et...

Elle s'interrompit, incrédule. Cordélia était blême. À la regarder de plus près, elle paraissait affolée. Était-ce le Cerbère qui l'effrayait à ce point ?

– Tout ça, c'est du pipeau, répliqua mollement Cordélia. Allons voir M. Henderson pour lui proposer de changer de sujet.

– Bon. Si tu y tiens.

Mais M. Henderson refusa, invoquant le stade avancé de leurs recherches et le fait qu'il ne leur restait plus assez de temps pour recommencer à zéro.

Katelyn en fut secrètement soulagée et même Cordélia prit la nouvelle plutôt bien. Elle marmonna que son père serait ravi de les aider et Katelyn se demanda si son insistance sur le choix de la mine avait tout d'abord eu pour objectif de satisfaire M. Fenner. La dynamique malsaine de la famille Fenner semblait vraiment affecter son amie. Mais cette histoire de Cerbère paraissait véritablement la faire frémir et Katelyn avait du mal à croire qu'une vieille légende puisse effrayer une fille de leur âge. D'un autre côté, l'atmosphère pesante de Wolf Springs n'arrangeait rien. Et deux jeunes filles étaient mortes. Et le coupable n'était certainement pas une créature mythique.

Elle garda cependant tout cela pour elle et l'après-midi suivante, tandis qu'elles traversaient Wolf Springs en voiture, Cordélia sembla retrouver un peu de son entrain. Pour Katelyn, c'était sa première véritable visite en ville et elle ne savait plus où donner de la tête : les maisons à pignons, les coupoles et les anciennes devantures des bâtiments parfaitement préservés.

Dans ce décor enchanteur, seules détonnaient les affichettes annonçant la réunion à la mairie, qui tapissaient les vitrines. Son grand-père y participerait-il ? Elle avait oublié de lui poser la question.

Cordélia se gara quelques rues plus loin et elles suivirent les pittoresques rues pavées du centre. Elles passèrent près d'une belle façade où était accrochée une enseigne métallique blanche : *TAVERNE DE WOLF SPRINGS. DEPUIS 1859*, monument historique.

– C'est peut-être là que Xavier Cazador venait boire, lança Katelyn, emballée.

– Moi je maintiens qu'il n'a jamais trouvé la mine, persista Cordélia.

Katelyn lui avait raconté toute la légende de Cazador.

– Je suis certaine qu'il a tout inventé. D'ailleurs, c'était l'ivrogne de la ville, non ?

– Alors pourquoi Jubal DeAndrew aurait-il disparu deux jours plus tard ?

– Sa fille l'a tué.

– Sympa, grinça Katelyn.

– Non, c'est ça qui est sympa, rectifia Cordélia en désignant une boutique.

Derrière la petite vitrine de Babette Vintage, les mannequins arboraient des looks rétro, inspirés par les différentes décennies. Une jolie petite robe dans le style des années cinquante, qu'on aurait pu voir sur Katy Perry, côtoyait une silhouette masculine portant un jean pattes d'éléphant avec une blouse imprimée aux manches larges. Dans le coin droit était accroché la même affichette pour la réunion et une autre clamait : *EN SOUVENIR DE HALEY ET BECKY – NOUS VOUS AIMONS, BABETTE & CO.*

Une petite cloche tinta lorsqu'elles franchirent le seuil. Une femme séduisante d'une quarantaine d'années était assise derrière le comptoir, un livre à la main, et leur fit un signe.

– Salut, Babette, lança Cordélia.

– Faites comme chez vous, les filles ! leur dit-elle avec un grand sourire, avant de retourner à son roman.

Katelyn parcourut lentement les allées, surprise de trouver une boutique aussi bien achalandée. Elle n'aurait pas démérité face aux magasins de Melrose Avenue, la Mecque des fans de vintage, située dans le quartier ouest de Los Angeles.

C'est là qu'elle la vit : la petite robe idéale. Un modèle court, à imprimé floral, dans des tons crème et mordoré, au tissu légèrement irisé. Les manches ballon étaient en dentelle et une ceinture beige rappelait leurs teintes.

– Ah lala ! s'extasia Cordélia lorsque Katelyn sortit de la cabine d'essayage. Même moi je te trouve à croquer.

– Mais je ne demande que ça, s'esclaffa Katelyn en battant des cils.

Katelyn acheta la robe et Babette interrompit le coup de fil qu'elle passait pour lui tendre son paquet.

– Ce doit être pour une occasion particulière, remarqua la vendeuse.

– Une soirée, expliqua Cordélia avec un clin d'œil.

– Celle de Sam ? s'étonna Babette.

Cordélia hocha la tête un peu trop joyeusement. Katelyn aurait souhaité pouvoir l'amener, mais ne connaissant personne, elle ne se sentait pas le culot d'inviter quelqu'un.

– Alors c'est maintenu, reprit Babette. Il était question d'annuler. Tu dois être la petite nouvelle, Kat McBride.

– Euh, oui, répondit Katelyn, surprise.

– Babette, c'est l'usine à potins, expliqua Cordélia. À Wolf Springs, rien ne lui échappe.

Katelyn respira un grand coup.

– Avez-vous une idée de ce qui... de ce qui a pu arriver à Haley et Becky ?

Le sourire de Babette s'évanouit, comme si elle abandonnait tout faux-semblant.

– Oh, les filles, soupira-t-elle, je ne sais plus quoi penser.

Elle embrassa le magasin du regard, s'assurant que personne ne pouvait les entendre.

– Au début, je faisais partie de ceux qui ont soutenu le projet de Jack Bronson et son rachat de l'ancienne source thermale. Je crée des figurines en céramique, dit-elle en désignant un ensemble de statuettes, dont un loup en costume de Superman, un autre en tenue de kung-fu. Il me les commande pour la boutique de son complexe, et il a pris quelques-unes de mes plus belles pièces en dépôt...

Elle se mordit la lèvre, puis poursuivit :

– Mais d'aussi loin que je me rappelle, je n'ai jamais vu une bête sauvage réagir ainsi. Et avec la saison de chasse qui va bientôt ouvrir. Les ours seront d'autant plus nerveux...

– Tu penses que c'était ça ? demanda Cordélia. Un ours ?

Babette saisit la statuette du loup en Superman.

– Je ne crois pas que ça puisse être un loup. Ils craignent trop l'homme.

– Un loup m'a attaquée, intervint Katelyn, mais Cordélia la fit taire d'un coup de coude.

– Quoi ? Quand ? s'exclama Babette en écarquillant les yeux.

– C'était mon premier jour ici, expliqua Katelyn à la hâte. Un cerf mort était en travers de la route et...

La clochette tinta, annonçant l'arrivée d'un nouveau client.

– On ferait mieux d'y aller, coupa Cordélia.

– Les pièces d'hiver ne vont pas tarder à arriver, souffla Babette dans un murmure exagéré. Je vous mettrai quelques modèles de côté. Je verrai bien... un bleu très clair pour toi, Katelyn. Ça ferait ressortir cette magnifique couleur de cheveux.

– C'est gentil, répondit celle-ci, qui appréciait déjà Babette.

– Amusez-vous bien à la soirée. Maggie, bonjour ! reprit-elle pour la nouvelle cliente.

En se retournant, les deux jeunes filles manquèrent de heurter la vieille dame avec sa canne. Elle portait un épais manteau sombre et un chapeau assorti décoré de plumes noires.

– Une sale histoire, marmonna-t-elle, l'œil sévère. Vous ne devriez pas traîner dans les rues. Rentrez chez vous, en sécurité.

– Oui, madame, répondit Cordélia avant de tirer Katelyn par la manche.

Une fois dehors, elle reprit :

– Écoute Kat, ne confie jamais rien à Babette, quel que soit le sujet. Ça ferait instantanément le tour de la ville.

– Il vaudrait peut-être mieux que les gens soient au courant, protesta Katelyn.

– Pour que tous les péquenauds des environs prennent les bois d'assaut, avec leurs fourches et leurs carabines ? grommela Cordélia. Tu tiens vraiment à ce que Mike Wright vienne tirer autour de chez toi ?

– Tu as raison, concéda Katelyn. Mais est-ce que la police a seulement ouvert une enquête concernant Haley et Becky ? Tu as la télé, chez toi ?

Ici, le moindre lien avec le monde extérieur devenait un véritable luxe.

– Par satellite, répondit Cordélia. On pourrait peut-être la regarder, un jour...

Pour Cordélia, le fait d'inviter des amis chez elle était aussi un luxe.

– Au fait, quelle est ta série préférée ? Je pourrais télécharger les derniers épisodes pour toi.

– C'est gentil, répondit Katelyn, mais je n'en ai pas vraiment. Je n'avais pas le temps de les suivre, avant...

Son grand-père la laisserait-il prendre des cours au gymnase et à la salle de yoga ? Il restait le problème des trajets. Quoi qu'il en dise, Wolf Springs ressemblait de plus en plus à une prison – une dangereuse prison.

– Il y a un genre de salon de thé, un peu plus loin. Ça te tente ? proposa Cordélia en désignant une rue pavée.

– Pourquoi pas ! s'exclama Katelyn, ravie de prolonger cette excursion.

– Génial. Oh, attends, dit Cordélia en tâtant ses poches. J'ai oublié mon portable dans la voiture et mon père veut que je le tienne au courant. Je reviens tout de suite.

– Tu peux y laisser ma robe ? demanda Katelyn.

– Et quelle robe ! renchérit son amie en s'éloignant avec le paquet.

Le vent se leva, l'air se fit plus frais. Katelyn ramena ses bras contre sa poitrine. La silhouette de Cordélia disparut au carrefour, derrière un tourbillon de feuilles soulevé par une rafale.

– Ahouuu !

Katelyn sursauta. Quelqu'un imitait le hurlement d'un loup. Derrière elle se dressait un homme dans un vieux sweat-shirt qui disait : « LE LOUP INTÉRIEUR ». Il lui jeta un regard salace. Ses cheveux étaient sales et les deux manches de son pull étaient découpées aux épaules. Le bas de son jean était en lambeaux.

Le type semblait déséquilibré et Katelyn eut un mouvement de recul.

– Regarde un peu ce qu'on a là, lança-t-il d'un air vicieux.

– Ça alors.

Un autre apparut derrière lui, en tenue de ville. Son costume était impeccable, mais il avait dénoué sa cravate et quelques feuilles s'accrochaient à ses cheveux en bataille. Katelyn le reconnut aussitôt. Le type de l'avion. Près de deux semaines s'étaient pourtant écoulées depuis son arrivée. Ces retraites étaient-elles aussi longues ? Lui, en revanche, ne sembla pas faire le rapprochement.

L'homme en sweat-shirt esquissa un sourire malsain.

– Salut ! Alors, on frissonne ?

– Tu veux qu'on te réchauffe ? renchérit le type de l'avion qui s'avança en chancelant.

– Ça ira.

Elle recula. Étaient-ils ivres ? Ils sortaient peut-être de la taverne...

– T'entends ça ? lança Sweat-shirt à son copain. « Ça ira » !

Rejetant la tête en arrière, ils se mirent à hurler.

– Hé, ça suffit, cria Katelyn, soudain paniquée.

L'homme de l'avion tituba dans sa direction. Katelyn tenta de se rappeler une technique, un mouvement appris durant l'unique cours d'autodéfense qu'elle avait suivi. Mais l'option la plus sûre était sans doute de filer. Elle se retourna... et se trouva nez à nez avec Cordélia, tête haute et poings serrés.

– Hé, bande de crétins ! rugit-elle.

Épouvantée, Katelyn se demanda si elle comptait se mesurer à ces deux brutes.

Mais avant que quiconque ait pu réagir, un troisième personnage apparut au coin de la rue et se précipita vers eux. Il lui parut familier : cheveux grisonnants, barbe courte, polo et pantalon crème. Il se déplaçait d'un pas leste, assuré, comme un athlète. Lorsqu'il se rapprocha, elle sentit qu'il dégageait une force, un certain magnétisme.

– On peut savoir ce qui se passe, ici ?

Il avait beau parler à voix basse, le ton était autoritaire. Sweat-shirt eut un rire embarrassé.

– C'est rien, Jack. On était juste..., bredouilla-t-il avant de se remettre à ricaner.

– Oui ? tonna l'autre – Jack. Vous étiez juste quoi ?

– Ben, on libérait le loup qui est en nous, quoi, répondit le second, mortifié.

Son haleine empestait l'alcool. Katelyn avait vu juste. Ils étaient saouls.

– Oh, vraiment ?

Jack fusilla les deux types du regard. Et puis Katelyn comprit : c'était Jack Bronson, en personne. Ébahie, elle observa la scène.

– Mais on... enfin, on..., balbutia le premier. Rien de grave. Pas de soucis.

Bronson le toisa, lui et son acolyte. L'atmosphère devint électrique.

Cordélia semblait prise de court. Téléphone en main, elle hésitait à appeler la police.

– Retournez immédiatement au centre, lâcha Bronson.

– Mais Jack..., protesta le type en pull, les épaules voûtées.

À côté de lui, l'homme de l'avion parut se calmer et baissa piteusement la tête.

– Toi aussi, ajouta Bronson en sortant son portable. Le bus vous ramènera tous les deux à l'aéroport, dès votre arrivée.

– Hein ? s'écria Sweat-shirt.

– Mais ma société a financé cette formation, argua celui de l'avion. Et je n'ai rien fait !

Bronson les fixa sans rien ajouter. Penauds, les deux hommes finirent par obtempérer et quittèrent les lieux d'un pas traînant, sans protester.

– Je suis vraiment navré, reprit Bronson en se tournant vers Katelyn. Je ne tolère aucun comportement de ce genre parmi mes disciples.

Son autorité avait de quoi stupéfier. Quelques mots avaient suffi à les intimider. Katelyn regretta de ne pouvoir produire la même impression sur Mike. Pour autant, ce Jack Bronson ne lui plaisait guère. Ça, elle en était certaine. Sans qu'elle comprenne pourquoi, il avait quelque chose de glaçant. Elle n'avait qu'une envie : le fuir.

– Vous devriez songer à mettre ces animaux en cage, lui jeta furieusement Cordélia en saisissant la main de Katelyn. Allons-y.

Cordélia descendit la rue d'un pas lourd en tirant son amie derrière elle.

– Ils devraient chasser ce type d'ici, cracha-t-elle.

– Il est tout de même venu à notre secours, intercéda Katelyn.

– Oui, parce que ses fans cherchaient à te sauter dessus.

La réaction de Cordélia face à ces deux brutes étonnait encore Katelyn. Elle avait semblé enragée, prête à en découdre. Cela lui rappela l'épisode du cours de gym, lorsque Cordélia avait défié Mike et manqué de perdre son sang-froid. Était-ce ce que Paulette voulait dire à son sujet ? Qu'elle s'emportait à la moindre provocation et n'hésitait pas à répliquer ?

Le salon de thé occupait le rez-de-chaussée d'un ancien bâtiment en bois. Katelyn perçut l'odeur du café et de la cannelle avant même d'apercevoir l'enseigne. C'était une caricature ridicule de l'aventurier espagnol – personnage emblématique de la région. En dessous, on pouvait lire : *CAFÉ OLÉ*. En franchissant la porte, elle sentit la douce chaleur qui régnait dans la pièce. Un air de jazz flottait en guise de fond sonore.

À l'entrée, plusieurs exemplaires de *Libérez le loup qui est en vous* étaient disposés sur une table.

– J'y crois pas, souffla Katelyn.

Elle saisit l'un des livres et le montra à Cordélia. Derrière le comptoir, un jeune serveur apostropha cette dernière.

– Cordélia ! J'ai appris pour Becky, je suis vraiment désolé.

Cordélia arracha le livre des mains de Katelyn et se rua vers le malheureux garçon.

– Comment oses-tu vendre ces torchons ? Ce type est un malade. Tu as pensé que c'est peut-être l'un de ses adeptes cinglés ou Bronson lui-même qui a assassiné Becky ?

L'homme la regarda, les yeux écarquillés, puis jeta un œil à Katelyn. Celle-ci était affreusement gênée. Mais après ce qui venait de se produire, il fallait bien reconnaître que Cordélia n'avait pas tort.

Le vendredi arriva et avec lui, la soirée.

Dans une excitation grandissante, Katelyn atteignit la rue indiquée par Trick. Grâce à ses explications, elle avait trouvé l'adresse sans difficulté. Au détour d'une venelle sinueuse, non loin du lycée, se dressait la petite maison en pierre sèche, pourvue d'une cheminée. Tout autour, d'immenses arbres se paraient de leurs teintes automnales, couleur d'aubergine, de citrouille et d'or. L'endroit ressemblait à un trou de hobbit. Katelyn fut instantanément conquise. Cela lui rappelait quelques-unes des bâtisses les plus anciennes d'Hollywood, dont très peu subsistaient encore.

Trick lui avait expliqué que Sam était une amie de longue date : ils étaient rédacteurs de la revue littéraire du collège. Katelyn l'avait quelques fois croisée dans les couloirs et elle était heureuse de faire enfin sa connaissance.

Elle avait préféré se garer à l'écart, afin d'arriver plus discrètement. Elle avait besoin de quelques instants pour retrouver son aplomb, retoucher son maquillage et sa coiffure. Elle sortit, verrouilla la portière et glissa les clés dans son sac.

Devant la maison, Trick était adossé à sa Mustang, avec un jean slim, une chemise blanche et ses bottes. Elle vit son regard s'allumer lorsqu'il l'aperçut. Il se redressa.

– Wahou ! lança-t-il en l'admirant de haut en bas.

Un peu embarrassée, elle fit un petit tour sur elle-même.

– Elle te plaît ?

– Je vais devoir me battre pour repousser les prétendants.

Elle lui adressa un sourire radieux et il prit sa main pour l'entraîner à l'intérieur. Avant d'entrer, Trick s'immobilisa. Ses iris presque turquoise semblèrent s'assombrir, donnant une profondeur étonnante à ses yeux. Était-ce à cause de l'éclairage, ou de sa main dans la sienne, qu'elle le voyait différemment ? Une fois encore, quelque chose se jouait entre eux.

– Détends-toi, dit-il doucement.

Surprise, elle eut un mouvement de recul. C'était comme s'il avait lu dans ses pensées.

– Ce n'est qu'une fête, on est jeunes, autant en profiter.

Il inclina la tête, sans la quitter des yeux, puis il s'approcha d'elle. Elle sentait la chaleur irradier de son corps, son parfum agréable, une odeur de cannelle qui émanait de sa peau. Et tout son désir se concentra sur lui, décidé, posé, aussi envoûtant qu'effrayant…

Si Justin était entré brutalement dans sa vie, Trick était différent.

Alors, pourquoi songer à cet imbécile maintenant ?

Trick recula pour lui tenir la porte. Ils pénétrèrent dans une pièce bien plus vaste qu'elle ne l'aurait imaginé, éclairée à la bougie, où une douzaine de jeunes s'était déjà rassemblés. Un grand garçon dégingandé, vêtu d'un imperméable noir et de Doc Martens, jouait du violon électrique en harmonie avec la musique.

Il n'y avait qu'une seule fille en robe, noire et plutôt informe. Ses jambes nues étaient couvertes de tatouages. Elle arborait un nombre impressionnant de piercings et des cheveux d'un noir bleuté. Elle se démarquait des autres, mais, comme eux, elle était en larmes.

– Trick ! gémit-elle d'une voix étranglée en l'apercevant.

Poussant deux garçons sur son passage, elle se précipita vers Trick pour le prendre dans ses bras et sanglota de plus belle. Sans un mot, Trick la serra contre lui et Katelyn, décontenancée, resta à l'écart, consciente que tous les regards étaient braqués sur eux.

– Tina, si tu savais combien je suis désolé, dit-il enfin.

Mais Tina ne le lâchait pas. Renversant son visage ruisselant de larmes en arrière, elle paraissait l'inviter à l'embrasser.

Sam s'approcha alors de Katelyn. Ses cheveux courts étaient teints au henné et elle portait un corsage en velours noir et des leggings – à l'opposé des tenues qu'on croisait au lycée.

– Salut, Kat. Je t'offre quelque chose à boire ?

– Euh, oui, merci, répondit Katelyn, soulagée d'échapper à cette scène embarrassante.

– Suis-moi, il y a tout ce qu'il faut.

Katelyn lui emboîta le pas vers une cuisine minuscule, croulant sous les bouteilles de bière, de vin et d'alcools en tout genre. Les canettes de soda refroidissaient dans des seaux à glace.

– On a à peu près tous les alcools de la terre...

– Ah..., balbutia Katelyn, gênée, car elle ne buvait pas d'alcool.

– Et... on a aussi des sodas ! se reprit Sam, sentant son embarras.

Elle lui tendit un Coca light.

– Tina est la cousine de Becky. Sa famille s'est installée dans l'Oklahoma, l'été dernier. Ils sont revenus pour l'enterrement.

Katelyn eut l'impression de perdre pied. Bien sûr, il y aurait un enterrement... C'était Mme Brandao, la mère de Kimi, qui s'était chargé des funérailles de sa mère : une petite urne encastrée dans l'un des murs du columbarium. Après une cérémonie à l'Unitarian Church de la 18e Rue, Katelyn, Kimi et sa mère s'étaient rendues jusqu'à la jetée de Santa Monica pour lancer des couronnes de fleurs dans l'eau ; une coutume hawaïenne, souvent reprise dans le sud de la Californie. Katelyn avait gardé les siennes, incapable de les lâcher.

Sam attrapa elle aussi un soda, l'ouvrit et poursuivit :

– Tu seras là ? Je sais que tu viens seulement d'arriver, mais...

– Je... je n'en sais rien, balbutia Katelyn.

– Becky était complètement dingue de Trick. Elle racontait à tout le monde qu'ils sortaient ensemble. Elle s'inventait des histoires, à propos de choses qu'il aurait dites ou faites. Bien sûr, ça n'était pas réciproque. Trick ne s'était rendu compte de rien. Un jour, elle a fini par lui avouer ses sentiments et il a tout fait pour la repousser aussi gentiment que possible. Mais elle a pété les plombs et raconté à toutes ses copines qu'il s'était servi d'elle avant de la larguer.

Katelyn était stupéfaite. Trick n'y avait jamais fait allusion. En apprenant la mort de Becky, il avait paru si accablé... Cela expliquait au moins l'aversion de Cordélia pour Trick.

– Pourquoi se trouvait-elle seule dans les bois ? demanda-t-elle à Sam.

– Elle n'était pas dans les bois, répondit Sam avec un regard entendu. Il se trame bien plus de choses à Wolf Springs qu'on ne le raconte.

– Comme quoi ?

Le souffle court, Katelyn posa sa canette sur le comptoir et se pencha vers Sam, impatiente d'en savoir plus.

– Hé ! lança une voix derrière elle. Désolé.

C'était Trick. Katelyn attendit, craignant que Sam n'interrompe ses révélations.

– Je lui ai expliqué, pour Tina, dit cette dernière. On devrait présenter Katelyn aux autres, non ?

Katelyn aurait voulu en apprendre davantage, mais le moment était passé. Trick l'entraîna dans le salon où l'on avait mis la musique à fond. Il la guida au centre de la pièce, où d'autres dansaient déjà. Elle se laissa faire, ondulant dans le rythme lancinant, jusqu'à ne plus voir que lui. Ses yeux verts, sa peau sombre, son visage anguleux. Elle en perdait le souffle. Que ressentirait-elle si Trick l'embrassait comme Justin ?

Je crois que je ne vais pas tarder à le découvrir, se dit-elle avec un frisson d'impatience.

Leurs regards se croisèrent. Mais Trick parut soudain plus grave et il fronça légèrement les sourcils. Avec un mélange d'excitation et d'embarras, elle eut la sensation qu'il devinait ses pensées. Et lui, à quoi pouvait-il bien penser ? Elle aurait aimé le savoir.

Il trébucha et perdit le rythme.

– Est-ce que ça va ? lui demanda-t-elle lorsqu'il se redressa.

Son timide sourire la dérouta. Il paraissait en proie à une souffrance subite.

– Ça va, dit-il d'une voix tendue.

Une ou deux mesures passèrent, puis il tourna brusquement les talons.

Interloquée, Katelyn resta plantée là tandis qu'il se dirigeait vers la cuisine. Cherchant à retrouver une contenance, elle jeta un regard gêné autour d'elle puis se posta discrètement dans un coin de la pièce. De là elle ne le voyait pas.

Elle hésita quelques instants. Fallait-il le suivre et s'assurer qu'il allait bien ? Avait-il eu un malaise ?

Comme il ne revenait pas, elle se décida. Dans la cuisine, personne ne l'avait aperçu. Elle parcourut le reste de la maison. Trick était introuvable et elle commença à s'inquiéter. L'avait-il réellement abandonnée au beau milieu de la soirée ? À présent, elle sentait la colère monter. Enfin, elle croisa Sam dans le couloir.

– Tu as vu Trick ?

– Je vous croyais ensemble, répondit celle-ci, les sourcils levés.

Katelyn haussa les épaules, mais hésita avant de poursuivre.

– Qu'est-ce que tu voulais dire, tout à l'heure ? Quand tu expliquais qu'il se passait plus de choses à Wolf Springs qu'on ne le raconte ?

Sam rougit et observa le couloir d'un regard méfiant, comme si elle redoutait qu'on les ait entendues. Mais Katelyn ne s'avoua pas vaincue.

– Et si elle n'était pas dans les bois... Où est-ce que...

– Pas maintenant, d'accord ? coupa Sam, sur la défensive.

– Mais...

– Écoute, Tina pique une crise. Je dois m'occuper d'elle.

Sam disparut au bout du corridor. Frustrée, Katelyn se remit à la recherche de Trick. Après quelques minutes, elle sortit pour s'assurer que sa voiture était encore là. Le vent glacial s'engouffra sous sa fine robe et fit gonfler sa jupe. Elle frissonna. Le rayon de lune illuminait la Mustang.

Elle écarquilla les yeux en apercevant Trick, assis derrière le volant.

Il était seul. Ramenant ses bras contre sa poitrine, elle s'approcha et tapota doucement la vitre côté passager. Il sursauta et l'observa fixement, d'un regard froid qui la pétrifia. Quelle mouche l'avait piqué ?

Les paroles de Cordélia lui revinrent : « Trick est... imprévisible. »

Il déverrouilla la portière et sortit. Elle eut l'impression de se retrouver face à un inconnu. Il n'avait pas l'air content de la voir. Les yeux plissés, les lèvres pincées, il paraissait même furieux. Ce qui agaçait Katelyn.

– Kat, lança-t-il durement, comme si elle était bien la dernière personne qu'il avait envie de voir.

– Qu'est-ce qui se passe ? Tu essaies de te débarrasser de moi ?

Il y eut un silence. Il ferma les paupières, révélant ses longs cils noirs. Puis il les rouvrit tout grand et la dévisagea.

– Tu devrais t'en aller, déclara-t-il enfin.

Elle eut l'impression de recevoir une gifle.

– Pardon ?

– Je... je suis désolé, marmonna-t-il en enfonçant ses poings dans ses poches. Mais je ne me sens pas très bien.

Elle se sentit humiliée, vexée... et choquée.

– Écoute, si cette soirée ne s'est pas déroulée comme tu le souhaitais...

– Non, dit-il dans un souffle.

Il passa sa main dans ses cheveux. Elle vit la veine gonflée de son cou, sa mâchoire tendue.

– Bon Dieu, Kat. Va-t'en. D'accord ?

Elle aurait voulu mourir. Elle n'arrivait pas à le croire. Et puis d'ailleurs, il n'était pas chez lui. De quel droit la chassait-il ?

Sans répondre, elle tourna les talons. Elle serra les dents, sentant les larmes monter, tandis qu'elle regagnait la fête d'un pas lourd.

– Tu ne sais même pas dans quoi tu t'embarques ! lui cria-t-il.

– Tais-toi, souffla-t-elle sans qu'il puisse l'entendre.

La portière de la Mustang claqua violemment. Furieuse, Katelyn réalisa qu'elle avait dépassé la maison. Très bien. Elle atteignit le pick-up, presque au pas de course, et bondit sur le siège. Les mains tremblantes, elle parvint finalement à introduire les clés dans le contact et démarra.

Elle roulait à toute allure, la mâchoire serrée. *Crétin, crétin, crétin*, pensait-elle rageusement.

C'est alors que deux phares apparurent dans le rétroviseur. Il venait la chercher. Mais elle n'avait pas l'intention de s'arrêter ni de faire demi-tour. Il ne devait surtout pas voir ses larmes.

Les phares la suivirent le long de l'étroite route qui grimpait sur le versant de la colline. Elle devrait encore franchir le tunnel de végétation, sous le dais d'arbres, là où le loup les avait attaqués. Pour se donner du courage, elle monta le volume de la musique et chanta à tue-tête d'une voix éraillée, chevrotante.

Elle roula un long moment sur le chemin qu'elle avait mémorisé. Soudain, les phares derrière elle disparurent. Elle cligna des yeux, se demandant si elle avait pu se tromper d'itinéraire. Elle fixa le rétroviseur, priant pour que Trick réapparaisse.

Ce n'était peut-être pas lui... C'était peut-être quelqu'un d'autre, qui allait ailleurs...

Le pick-up se mit à cahoter. Elle leva le pied, tandis que le véhicule oscillait avec cette mollesse caractéristique d'un pneu crevé. L'estomac noué, elle s'approcha le plus près possible des arbres pour immobiliser la camionnette.

Katelyn observa les alentours. Les bois paraissaient toujours aussi sombres et inhospitaliers. Elle captait peut-être encore le réseau, mais son grand-père ne pourrait pas venir la chercher puisqu'elle avait sa voiture. Elle essaya quand même le numéro de Mordecai. L'appel échoua. Même chose avec Cordélia.

Elle coupa le contact, réalisant qu'elle allait devoir descendre et changer elle-même le pneu. Elle avait les yeux rivés sur les ténèbres : la lumière diffuse des phares ne lui permettait pas de distinguer quoi que ce soit. Elle se maudit d'avoir quitté la fête sur un coup de tête et de ne pas avoir demandé à Trick de la suivre jusque chez elle.

Heureusement, elle découvrit une lampe électrique dans la boîte à gants. Indécise, elle pensa même attendre dans la voiture le lever du jour, mais chassa aussitôt cette idée. Jamais elle ne pourrait tenir ainsi durant des heures. Il fallait qu'elle rentre. Elle respira un grand coup, puis poussa doucement la portière. Elle hésita quelques instants, redoutant d'être attaquée.

La nuit regorgeait de bruits étranges, même si aucun ne paraissait vraiment menaçant. La plupart étaient d'ailleurs paisibles, sinon réconfortants : le chant des criquets, le concert des grenouilles... Elle sortit enfin, laissant la portière ouverte pour donner davantage de lumière et surtout pour remonter plus vite en cas de danger. Elle promena le faisceau de la lampe, mais ne remarqua rien de suspect. Pas de regard luisant entre les arbres.

Elle fit le tour de la camionnette pour identifier le pneu crevé. Le caoutchouc était déchiqueté, comme si elle avait roulé sur un gros clou ou sur une pierre pointue. Dans la benne du véhicule, elle fut soulagée de trouver le cric et la roue de secours. Elle entreprit de surélever le côté arrière gauche du pick-up : M. Brandao lui avait montré comment faire sur la vieille Volvo de sa mère. La voiture l'attendait en Californie, confiée aux bons soins des parents de Kimi.

Elle s'attela ensuite à déboulonner les écrous. Le premier refusa de bouger et elle s'arc-bouta sur la barre, bondissant sur ses pieds jusqu'à le desserrer. Était-ce son grand-père qui avait fixé ce pneu ? Celui qui avait serré les écrous avait une force herculéenne. Les deux autres se dévissèrent plus facilement, mais elle dut fournir un gros effort pour faire lâcher le quatrième, qui céda avec un grincement.

Derrière elle, quelque chose venait de grogner. Katelyn fit volte-face, braquant sa torche sur les ténèbres.

– Qui est là ? appela-t-elle.

Elle eut beau fixer le noir, elle ne distinguait rien. Mais elle réalisa alors que toute la forêt autour d'elle s'était tue. Les grenouilles, les criquets, tous retenaient leur souffle.

– Ça n'est pas drôle ! cria-t-elle, espérant malgré elle qu'il s'agisse d'une mauvaise blague. Elle serrait la lampe dans sa main tremblante, tandis que la lumière tanguait fébrilement entre les branches touffues des arbres.

Mais seul le silence lui répondit et il la terrifiait plus encore que le bruit. Elle se retourna pour retirer le pneu crevé et le jeta dans la benne du pick-up.

La sueur perlait sur son front tandis qu'elle luttait pour replacer la roue neuve sur l'essieu. Elle entreprit de serrer le premier écrou. Une branche craqua juste derrière elle et elle bondit. Les pièces lui échappèrent et disparurent dans le tapis de feuilles qui jalonnait la route.

En nage, elle sentit son cœur cogner violemment dans sa poitrine. Les pulsations résonnaient jusqu'à ses oreilles et l'assourdissaient. La peur, autant que l'effort, la privait de son souffle.

– Qui est là ? demanda-t-elle d'une toute petite voix.

Elle promena le faisceau de sa torche sur le fourré, comme pour ériger une barrière de lumière qui retiendrait les monstres et autres créatures effrayantes. Elle agitait frénétiquement sa lampe, mais ne vit ni n'entendit plus rien. Seul le mugissement du vent qui se levait répandait son inquiétant murmure à travers les branches.

Katelyn s'accroupit et, à tâtons, remua les feuilles à la recherche des écrous. Ses doigts rencontrèrent des petits cailloux et le bouchon d'une bouteille en plastique avant de finalement trouver l'une des pièces. Elle se retourna et le remit en place aussi vite que possible, en serrant de toutes ses forces.

Elle replongea la main au sol pour trouver les autres en s'aidant de sa lampe, espérant apercevoir l'éclat du métal sous la lumière blafarde. Elle saisit le second, mais elle tremblait si violemment qu'elle eut toutes les peines du monde à le fixer.

Alors que ses doigts rencontraient enfin le troisième, elle sentit un souffle chaud contre sa nuque. Avec un cri, elle bascula en avant et se rattrapa à la voiture. Le cric gémit sous son poids. Elle se retourna, brandissant sa lampe comme une arme. Mais il n'y avait rien.

Le vent, c'est le vent, se répétait-elle. Mais le vent est froid et ce souffle était tiède.

Elle se remit au travail pour fixer le troisième écrou qui, par miracle, ne lui avait pas échappé. Elle le serra aussi fort que possible et se pencha une dernière fois pour retrouver le quatrième.

Allez ! Allez ! Elle remuait frénétiquement les feuilles, coinçant la lampe entre ses genoux pour le chercher des deux mains.

Là !

Elle saisit l'ultime pièce et la remit en place. Avec une insupportable lenteur, le véhicule s'abaissa mollement vers le sol. Étouffant un sanglot de soulagement, elle récupéra le cric.

C'est alors qu'un grognement féroce retentit à son oreille. On l'agrippa par le dos de sa robe et la fit basculer en arrière. Elle sentit qu'on lui lacérait l'épaule. Elle voulut hurler, mais ne put retrouver son souffle.

On la traînait à une vitesse inouïe sur le sol inégal. Elle eut à peine le temps de ressentir de la douleur : les branchages, les petites pierres lui égratignaient la peau et déchiraient ses vêtements. Elle agitait les bras, tentant vainement de s'agripper tandis qu'elle frôlait les troncs. Paniquée, incapable de réfléchir, elle n'avait plus conscience que d'une chose : il ne fallait pas laisser cette créature l'entraîner au fond des bois.

Trop tard, comprit-elle, lorsqu'on la tirait sur d'épaisses racines. Elle ressentit le choc jusque dans ses os. Sa tête heurta une pierre et sa vue se brouilla. Elle lutta pour ne pas perdre connaissance. Au loin, elle distingua la lumière des phares et de sa torche, qui disparaissaient tandis qu'on l'attirait de plus en plus profondément dans la forêt dense et sombre. Elle hurlait à présent, s'époumonait dans un sanglot étranglé de terreur. Mais elle était au beau milieu des bois et même si quelqu'un l'entendait, personne ne viendrait la secourir.

Elle allait mourir.

Comme Haley.

Comme Becky.

Chapitre 10

Katelyn décida qu'elle ne se résignerait pas. Elle se défendrait bec et ongles. Se débattant violemment, elle tenta d'agripper son assaillant. Sa main se referma sur une épaisse fourrure et elle tira de toutes ses forces.

Un léger glapissement s'ensuivit et la créature ralentit, sans pour autant la lâcher. Katelyn tourna la tête, tâchant d'apercevoir quelque chose, mais la nuit enveloppait tout et les arbres cachaient la faible lueur des étoiles.

Les arbres !

Lorsqu'elle sentit à nouveau des racines, Katelyn tendit les bras et saisit un tronc. Redoutant le choc, elle poussa un cri. Le loup tira de plus belle. Elle serra les dents, mais tint bon.

Soudain, on la lâcha. Elle bondit sur ses jambes pour faire face à la créature : elle reconnut le loup monstrueux à la fourrure argentée qui l'avait attaquée. Ces mêmes yeux bleus dans la nuit, ces mêmes crocs luisants de bave...

Katelyn se mit à hurler et tenta de s'enfuir, mais elle buta sur des ronces et s'effondra sur le sol. L'animal se jeta sur elle avec un grognement. Katelyn voulut se retourner, mais il joua des griffes sur son dos. Ses énormes pattes la maintenaient plaquée au sol. Le loup gronda de plus belle. Katelyn sentait son cœur sur le point d'éclater et sa respiration devint haletante. Elle se débattit violemment pour se dégager, mais une douleur fulgurante irradia sa nuque et la paralysa, avant qu'elle ne sombre dans le néant.

Katelyn s'éveilla en sursaut. Elle était allongée, les jambes repliées et les vêtements déchirés. Seule. Elle tourna la tête, mais ne vit rien d'autre que des branches décharnées, comme autant de doigts crochus. Elle avait mal à la tête, à la nuque et le visage en feu. Elle lutta pour basculer sur le côté et gémit sous l'effet de la douleur... avant de se trouver nez à nez avec des crocs acérés. D'un geste, elle saisit une pierre et la jeta à la tête de l'animal. Elle se redressa et prit la fuite, prenant garde à ne plus trébucher.

Derrière elle, le hurlement du loup la pétrifia. Elle essaya d'accélérer sa course... mais rien autour d'elle ne lui semblait familier. Une sensation horrible lui écrasa la poitrine. S'éloignait-elle de la route ? Désorientée, elle se retourna, songeant qu'elle s'enfonçait peut-être plus profondément au cœur de la forêt. À présent, elle entendait le loup la talonner. Plus le temps de chercher la bonne direction. Que faire ? Se réfugier dans un arbre ? Mais aucune branche n'était assez basse pour qu'elle l'attrape... Jusqu'à ce qu'enfin, elle aperçoive une lumière dans le noir.

Le pick-up. Refoulant un sanglot, elle gagna de la vitesse. Elle sortit des bosquets et se précipita vers la voiture. Elle allait l'atteindre quand le loup la percuta de plein fouet. Elle sentit ses pieds décoller du sol et dérapa sur la route. Elle heurta la portière au moment où l'animal plantait ses crocs dans sa jambe. Saisie d'une atroce douleur, elle tenta de lui faire lâcher prise. Elle aperçut alors le démonte-pneu abandonné entre les feuilles. D'un geste, elle le brandit et frappa la créature à l'épaule. Le loup glapit, la lâcha.

Le sang coulait le long du mollet de Katelyn et laissait des traces dans les feuilles. Elle devait à tout prix grimper dans le pick-up et rejoindre la maison. La vue du sang, abondant, suffisait à lui donner le tournis.

Soudain, un autre hurlement retentit dans le lointain, plus puissant et plus féroce encore. Ce cri la glaça. Le loup leva le museau, tendant l'oreille. Puis, sans même jeter un dernier regard à Katelyn, il s'enfuit et disparut dans les ténèbres.

C'était comme si des ombres épaisses, impénétrables, s'étaient dressées sur son passage pour engloutir toute trace de l'animal. Sans doute était-ce une illusion, invoquée par sa propre terreur.

Katelyn s'obligea à remuer. Elle s'appuya sur le démonte-pneu pour se redresser. Tremblante, elle lança la barre métallique dans la benne du pick-up puis se hissa sur le siège du conducteur. La douleur lancinante qui lui traversait l'épaule n'était rien comparée à celle qui ravageait sa jambe. Elle s'enferma dans la voiture et démarra, écrasant la pédale d'accélérateur, pour quitter ce lieu le plus vite possible.

Elle amorça brutalement le tournant, manqua de partir en tête-à-queue et redressa juste à temps pour éviter un tronc d'arbre. Elle se mit à pleurer en sentant le sang détremper sa chaussure. Il aurait sans doute fallu faire un garrot, mais il n'était plus question pour elle de s'arrêter. Elle se força à crier, à hurler pour rester concentrée sur la route.

Celle-ci n'en finissait plus. Après une douzaine de virages, Katelyn se demandait si elle n'avait pas dépassé l'embranchement lorsqu'il apparut soudain au détour du chemin. Elle s'y engagea à pleine vitesse et atteignit la maison. Elle faillit tomber en descendant de voiture et, trop épuisée pour courir, elle rejoignit le perron en boitant.

Elle dut s'y reprendre à trois fois pour insérer la clé dans la serrure, se rua à l'intérieur et referma violemment la porte derrière elle.

– Grand-père ! hurla-t-elle.

Pas de réponse. Surprise, elle boitilla jusqu'à la cuisine, alluma la pièce. Ses yeux se posèrent sur un mot, laissé sur la table.

Katie, j'ai dû conduire un ami à l'hôpital. Je reviens très vite. Sois prudente. M.M.

Sois prudente. Elle éclata d'un rire nerveux, incontrôlable, égarée par la douleur, la terreur et le soulagement. Elle ne reconnut pas ces hoquets hystériques qui lui échappaient. Elle rit jusqu'à ce que les sanglots reprennent le dessus, jusqu'à ce qu'elle s'effondre sur le carrelage en pleurant comme jamais elle ne l'avait fait auparavant, plus violemment encore qu'elle ne le croyait possible. Et alors qu'elle pensait avoir épuisé ses larmes, elle sanglota de plus belle.

Enfin, elle se traîna jusqu'à la salle de bains où elle trouva de l'alcool et des pansements. La plaie ne saignait plus. Elle la nettoya du mieux qu'elle put et palpa sa nuque avec précaution. Il ne semblait pas y avoir de blessure.

Dans le miroir, elle ne se reconnut pas. Ses vêtements étaient déchirés à plusieurs endroits, maculés de terre et couverts de feuilles et de brindilles.

Elle se changea, réalisant que sa nouvelle robe était bonne à jeter. Sous la douche brûlante, elle ferma les yeux, encore ébranlée par le choc, espérant faire disparaître la peur en même temps que la saleté. Mais la sensation dévorante dans sa jambe redoublait, comme un rappel constant de l'horreur de la nuit.

L'eau était froide depuis longtemps lorsqu'elle se décida à sortir de la douche. À regret, elle s'enveloppa dans une serviette, puis appliqua des pansements propres sur son mollet. La plaie n'était pas belle à voir. Il y aurait sûrement une cicatrice.

Redoutant un traumatisme crânien, elle examina ses pupilles dans la glace. Elles lui semblaient légèrement dilatées. Était-ce l'effet d'une blessure à la tête ou simplement de sa terreur ? Son prof de gymnastique lui avait un jour dit que s'endormir après un choc n'était pas nécessairement dangereux, mais sa mère avait prétendu le contraire. Elle regretta de ne pas avoir pris le temps de se renseigner. Mieux valait rester éveillée.

Kimi, pensa-t-elle. Elle dévala l'escalier et saisit le téléphone de la cuisine. Ses doigts tremblants glissaient sur les touches, tandis qu'elle priait pour que Kimi réponde. Après quelques sonneries, elle bascula sur la messagerie. Son cœur se serra.

– J'ai besoin de te parler. J'étais...

Elle hésita. Elle imaginait déjà Kimi rappeler, paniquée, et tomber sur son grand-père. Elle avait ignoré son conseil et était rentrée de nuit, sans se faire raccompagner.

Parce que celui qui l'avait invitée l'avait laissée tomber...

– La fête, c'était nul. Rappelle-moi quand tu peux, d'accord ?

Ce prétexte piteux ne tromperait pas Kimi. En entendant sa voix chevrotante, elle comprendrait aussitôt que quelque chose n'allait pas.

Cordélia. Elle pourrait venir jusqu'ici et... Mais en la trouvant, Mordecai s'apercevrait tout de suite qu'il s'était produit quelque chose de grave.

Pourtant, il fallait qu'elle parle à quelqu'un, qu'elle raconte ce qui lui était arrivé. Katelyn prit soudain conscience qu'elle n'avait personne à qui se confier. Une sensation de solitude l'étrangla. *J'ai failli mourir*.

La douleur brûlante, dévorante de sa blessure la rendait folle. Elle remonta laborieusement à l'étage pour enfiler un jogging. Contre sa peau, le tissu ravivait chaque contusion, chaque égratignure. Elle redescendit et fit les cent pas dans le salon, tâchant vainement de retrouver son calme entre deux sanglots.

C'était bien le même loup, elle en était certaine. Elle se rappelait ses grands yeux bleus. Mais comment était-ce possible ? Les lieux des deux attaques étaient relativement éloignés. Et elle n'était sortie que quelques minutes de la voiture pour changer le pneu... Il n'aurait pas pu sentir son odeur et la retrouver en un laps de temps aussi court.

Il s'en était pris à elle les deux fois où elle s'était trouvée seule sur la route. Pouvait-il s'agir d'une coïncidence ? Ça n'en avait pas l'air, mais elle n'osait imaginer une autre explication.

Comment l'animal aurait-il pu deviner qu'elle se tenait là, isolée, sans défense ?

Dans l'âtre, le feu était éteint, mais elle eut soudain très chaud. Une sensation de nausée la gagnait également. Un deuxième symptôme de commotion cérébrale. Elle ne devait surtout pas s'endormir. Si elle n'allait pas mieux au petit matin, elle demanderait à Mordecai de la conduire aux urgences.

Mordecai. Qu'allait-elle bien pouvoir lui raconter ? Bizarrement, un « dis donc, je me promenais toute seule, dans la forêt, quand soudain... » ne semblait pas être la meilleure amorce.

Il serait furieux d'apprendre qu'elle était rentrée seule de nuit. Si quelqu'un l'avait suivie en voiture, elle aurait eu de l'aide pour changer son pneu crevé et rien de tout cela ne se serait produit. Son grand-père serait doublement remonté. Elle n'avait aucun prétexte valable. On ne lui accordait que trop peu de liberté et cette soirée avait représenté une opportunité. Si elle lui avouait que les choses avaient mal tourné, elle serait très certainement enfermée pour le restant de l'année.

Au moins, tu serais en sécurité, lui soufflait une petite voix. Elle la chassa aussitôt, comme toujours.

Non, il fallait inventer une explication.

Sa nausée empirait et elle se rua jusqu'à la salle de bains pour vomir. Assise sur le carrelage glacé, elle fomenta son plan. Elle raconterait qu'un chien l'avait mordue. Un molosse errant, qui rôdait autour de chez Sam. Son grand-père n'irait pas poser de question. Le chien aurait pu la faire basculer et elle se serait cogné la tête en tombant. Provoquant un traumatisme crânien.

Grand-père, où es-tu ?

Il était huit heures passées lorsque Mordecai rentra enfin. Elle l'attendait dans la cuisine. Les vomissements avaient cessé vers trois heures du matin, mais elle craignait toujours de se coucher.

– Bonjour, lui dit-il en se dirigeant aussitôt vers la cafetière. Tu es rentrée de bonne heure.

– Comment va ton ami ? esquiva-t-elle.

– Il... il est mort, répondit-il sans lever les yeux.

– Oh, mon Dieu, souffla-t-elle. C'est affreux. Comment est-ce arrivé ?

Il prépara le café.

– Nous en parlerons plus tard. D'abord, raconte-moi ta soirée.

Elle lui jeta un regard stupéfait, surprise qu'il s'en inquiète alors qu'il venait de perdre un proche.

– Très bien, assura-t-elle mollement.

Visiblement sceptique, Mordecai se retourna, les sourcils levés.

– Enfin, la fête était sympa, poursuivit-elle avec une grimace. J'ai fait de nouvelles connaissances et c'est une bonne chose. Mais un chien errant m'a mordue quand j'ai rejoint la voiture. Il s'est jeté sur moi et je me suis cogné la tête.

Le visage grave, Mordecai s'approcha aussitôt pour examiner son crâne. Elle gémit lorsqu'il écarta ses mèches de cheveux.

– Quelqu'un a regardé ta blessure ? Un adulte ?

Aucun n'était présent à la soirée, mais elle décida de passer ce détail sous silence.

– Non. Il se peut que j'aie un léger traumatisme, mais je n'ai pas dormi et je me sens un peu mieux, maintenant.

– Comment ça, un « léger traumatisme » ?

– Oh, j'ai l'habitude. Enfin, ça m'est déjà arrivé, s'empressa-t-elle d'ajouter devant son air horrifié. Juste une fois. Une petite commotion.

Ce qui n'était pas tout à fait vrai. Elle en avait eu deux, toujours à l'entraînement, mais il n'était sans doute pas judicieux de le préciser.

– Je préférerais qu'un médecin t'examine. Voyons cette morsure.

Elle remonta son jogging et ôta le pansement en serrant les dents. La plaie était toujours aussi laide, mais elle paraissait finalement plus superficielle qu'elle ne l'avait cru.

– Dis donc, il devait être sacrément énervé ce chien, lança Mordecai en la dévisageant.

– Je t'assure, je n'ai rien fait pour le provoquer.

Autant éviter de rentrer dans les détails.

– Il faudra aussi faire un test antirabique. Et le molosse devra être mis en quarantaine.

– Euh... il s'est enfui..., balbutia-t-elle, cherchant à éluder les questions trop précises.

– Et personne ne l'a rattrapé ? Ou proposé de te conduire aux urgences ? insista-t-il, de plus en plus remonté.

– Oh, j'ai préféré ne pas en faire toute une histoire...

Il ferma les yeux et secoua la tête, déplorant sans doute la stupidité des adolescents. Un nouveau coup porté à son émancipation...

– La prochaine fois que tu auras besoin d'un médecin, je veux que tu le dises.

– D'accord.

– Je t'emmène. Une fois là-bas, on en profitera pour demander un examen complet.

– Merci. Je vais me changer, dit-elle en se mettant debout.

– Je crois qu'un jogging suffit pour l'hôpital.

Elle le suivit, tâchant de boiter le moins possible. Dehors, une Subaru était garée près du pick-up. Sans doute la voiture de son ami, songea Katelyn.

En ouvrant la portière de la camionnette, son grand-père eut un mouvement de surprise. Katelyn sentit son cœur s'emballer. Qu'avait-elle laissé sur le siège ? Il sortit le démonte-pneu avec un regard interrogateur.

– Euh... j'ai crevé, expliqua-t-elle soulagée. Et j'ai dû changer une roue avant de... avant que nous rentrions. J'ai oublié de le ranger.

Mordecai ne fit aucun commentaire et ils se mirent en route.

– C'est ton père qui t'a appris à changer un pneu ? demanda-t-il d'un air satisfait.

Elle n'eut pas le cœur de lui rappeler que son père était mort bien avant qu'elle ne commence à conduire. Ce fut son mensonge le plus innocent de la matinée.

– Oui.

– C'est bien, déclara-t-il d'une voix lointaine. Encore un peu de courage, Katie. Nous y sommes presque.

Les « urgences » se résumaient en réalité à une minuscule clinique, ouverte vingt-quatre heures sur vingt-quatre et sept jours sur sept. Était-ce là que l'ami de son grand-père était décédé ? Katelyn n'attendit pas longtemps son tour. En remarquant que le docteur avait un accent de Boston, elle fut, un peu honteusement, soulagée. Elle avait presque redouté que les vétérinaires de Wolf

Springs ne fassent aussi office de médecins dans cette campagne désolée.

– Effectivement, conclut le praticien, c'est une petite commotion cérébrale, mais je crois que tu te remettras très vite. Tu pourras dormir en rentrant chez toi.

– Et la morsure ? insista Mordecai.

– Eh bien oui, observa le docteur en fronçant les sourcils. Définitivement une marque de maxillaire canine...

Katelyn se raidit. Elle n'avait pas imaginé qu'on examinerait sa blessure aussi minutieusement. S'apercevrait-il de la différence ?

– Je vais nettoyer la plaie et je pense que tu auras besoin de quelques points. Et puis nous ferons un vaccin antirabique, par précaution.

– Parfait, renchérit son grand-père.

Le médecin se mit au travail. Il toucha son mollet et Katelyn se mordit pour ne pas crier.

– Pardon, dit-il. Je vais l'insensibiliser.

Quelques instants plus tard, après avoir recousu la plaie, il la banda soigneusement.

– Maintenant, le vaccin : c'est une injection dans le bras et une autre dans la fesse. Il y aura trois rappels.

– Génial, grommela Katelyn, qui n'appréciait pas particulièrement les seringues.

– Eh bien, c'est tout de même mieux que la rage, conclut le médecin.

Elle quitta la clinique avec un certain soulagement et grimpa dans la camionnette. Elle toucha son mollet, toujours anesthésié. Elle s'était jurée de ne plus reprendre d'antalgiques, mais ils avaient leurs avantages.

– Est-ce que ça va ? demanda Mordecai.

– Oui, merci. C'est vraiment gentil de m'avoir accompagnée.

Vaincue par l'épuisement, elle contrôlait mal son émotion.

– C'est normal, voyons. Pas question de jouer avec la santé de ma petite-fille, à aucun prix.

Il paraissait sincère. Katelyn s'en voulait de lui avoir menti, mais comment lui dire la vérité ?

– Et Trick ? Pourquoi ne s'est-il pas occupé de toi ? demanda-t-il brusquement.

– Euh, eh bien...

Son visage s'empourpra. C'était un problème qu'elle n'avait aucune envie d'aborder, mais ne voyait pas le moyen de l'éviter.

– Il n'était pas là lorsque c'est arrivé. Je crois qu'il m'en veut un peu...

– De quoi ?

Si je le savais..., pensa-t-elle, soudain furieuse.

– Enfin tu vois... une histoire de garçons, conclut-elle, évasive, espérant qu'il changerait de sujet.

– Que s'est-il passé ?

Mauvaise réponse. Mordecai parlait à voix basse et n'était pas d'humeur à plaisanter. Mais elle n'aurait su expliquer le comportement étrange de Trick et même si elle l'avait pu, son grand-père était bien la dernière personne qu'elle souhaitait mettre dans la confidence.

– Euh, je...

– Il a eu une attitude déplacée ? tonna Mordecai.

– Non, protesta Katelyn avec embarras, absolument pas. Il était simplement furieux parce qu'il m'a vue... discuter avec Justin Fenner. Il ne l'aime pas.

Le mensonge était sorti sans qu'elle comprenne comment. Mais Mordecai parut s'en contenter.

– Trick se trompe rarement sur les gens.

– Moi, je crois qu'il est jaloux.

Génial. En plus de l'humiliation cuisante que lui avait infligée Trick, elle trouvait à présent le moyen de se ridiculiser devant son grand-père.

– Et là, tu vas me dire de me mêler de ce qui me regarde, pas vrai ? s'esclaffa-t-il.

– Eh bien, à vrai dire... oui.

Ils poursuivirent leur route. Partout, l'atmosphère d'Halloween s'installait peu à peu et les décorations fleurissaient à chaque recoin de la jolie petite ville. Katelyn aurait pu se croire à *Sleepy Hollow*. Elle imaginait le Cavalier sans tête de la légende attendant Ichabod Crane, au bout du pont de fer.

– Très bien, je ne t'en demanderai pas plus. À la condition que tu promettes de m'avertir, si ces garçons se conduisaient mal. Ils auront affaire à moi !

– D'... D'accord, balbutia Katelyn, qui préférait ne pas imaginer la scène.

– Ne t'en fais pas, ma chérie. Il n'existe rien de plus stupide en ce bas monde qu'un garçon en pleine adolescence. Ça finit par passer. Enfin, s'ils vivent assez vieux pour ça...

Katelyn ne put s'empêcher de se demander quel genre de conseils lui aurait prodigués son père à ce sujet.

En s'enfonçant dans son siège, elle observa Mordecai à la dérobée. Katelyn n'avait pas connu sa grand-mère et éprouva soudain une certaine curiosité. Quelle avait été leur histoire ? Elle savait que son père et sa mère s'étaient, eux, rencontrés lors du ballet *La Belle au bois dormant*, un soir de Noël à l'Opéra de Paris. Ils s'étaient mariés avant de repartir ensemble pour la Californie. C'est en apprenant qu'elle était enceinte de Katelyn que Gisèle avait interrompu sa carrière.

– Je peux te poser une question ? demanda Katelyn.

– Bien sûr.

– Comment était grand-mère ?

L'expression de Mordecai se radoucit et il esquissa un sourire discret.

– Elle était gentille, tendre et généreuse. Elle riait tout le temps et souvent de moi, d'ailleurs. Elle disait toujours que je me prenais trop au sérieux. La famille, c'était tout pour elle. Elle était d'une fidélité sans faille. Qu'on touche un cheveu de ses proches et elle se transformait en grizzly. Redoutable !

– J'aurais aimé la connaître, murmura Katelyn.

– Ah, j'aurais donné n'importe quoi pour ça, ajouta-t-il avec ferveur.

– Tu sais, je n'ai jamais vu mes autres grands-parents français.

Cela lui avait toujours paru étrange.

– J'imagine que la famille n'avait pas la même importance chez ta mère que chez nous.

Elle le regarda, piquée, cherchant à comprendre s'il s'agissait d'une critique. C'était pourtant vrai. Gisèle aimait l'intimité des petits comités, son père préférait l'animation des grandes réunions. Était-ce pour cette raison qu'elle n'avait pas revu Mordecai, après la mort de son mari ? Sa mère avait-elle évité tout contact ?

Katelyn avait toujours pensé que c'était Mordecai qui s'était éloigné d'elles. Se pouvait-il que ce soit le contraire ? Incapable de s'en empêcher, elle posa la question.

– Pourquoi n'es-tu jamais revenu nous voir après la mort de papa ?

Mordecai poussa un juron et fit un écart, dans un crissement de freins.

Chapitre 11

Tout se passa trop vite.

Katelyn fixait la route, pétrifiée, tandis que son grand-père écrasait la pédale de frein. Un enfant traversait en courant, serrant dans son petit poing la ficelle d'un ballon, sans se soucier des voitures. L'espace d'un instant, tous les détails de la scène parurent se télescoper. Katelyn remarqua même les taches de rousseur qui criblaient le visage de la fillette.

– On va la renverser ! hurla-t-elle.

Un vrombissement monta sur sa droite. Le pick-up partait en tête-à-queue, mais le bruit de moteur s'amplifia. Une moto, surgie de nulle part, les dépassa. Le conducteur bondit de son engin, interceptant l'enfant pour rouler avec elle sur le bas-côté.

Katelyn poussa un cri.

Mordecai parvint à maîtriser le véhicule et l'immobilisa juste à temps : le pare-chocs effleura la moto, qui avait glissé au milieu de la chaussée. Katelyn sortit aussitôt de la voiture pour se précipiter vers la petite fille, qui hurlait. Elle avait lâché son ballon et le motard la tenait à bout de bras, s'assurant qu'elle n'était pas blessée. Il portait toujours son casque et se tourna vers Katelyn.

Elle ne distinguait pas son visage, mais sut aussitôt que c'était Justin. Son cœur s'emballa.

– Bon Dieu, où sont ses parents, gronda-t-il en tenant la fillette, qui se débattait rageusement.

Quelques personnes sortirent des boutiques et Justin les rassura d'un signe de la main. Mordecai les rejoignit et prit l'enfant des bras de Justin.

– Besoin d'aide ?

– Ça va, merci, répondit Justin en détachant son casque.

Encore accroupi sur le sol, il leva les yeux vers Katelyn. Leur bleu était plus intense que dans son souvenir. Elle remarqua la barbe naissante qui ombrait ses lèvres. Le souvenir de leur douceur, de leur goût l'obséda brusquement.

– Kat, souffla-t-il d'une voix rauque.

Elle se raidit, stupéfaite. Elle savait que Justin n'était pas libre et pourtant, l'attirance était toujours aussi forte. Irrésistible.

– Tu m'aides ? lança-t-il en lui tendant sa main gantée.

Elle redoutait son contact, craignait sa propre réaction, mais elle lui offrit tout de même sa main. Il agrippa son poignet et se redressa.

– Tu es blessé ? demanda-t-elle, consciente que les badauds s'avançaient vers eux.

Immobile, il ne la lâchait pas.

– Plus ou moins. Écoute, j'aurais dû t'en parler, reprit-il en rougissant. Quand bien même... Je n'aurais pas dû te toucher.

Il parlait de leur baiser... Son pouls s'accéléra.

– Tu as eu tort.

– Ça n'était pas réfléchi, balbutia-t-il, le regard braqué sur elle, absorbant chaque détail de son visage. Ne me dis pas que tu ne le sens pas ? Ce lien entre nous ?

La bouche soudain très sèche, Katelyn le dévisagea sans répondre. Lui aussi l'avait ressenti. Ce n'était donc pas son imagination. C'était complètement, absolument...

– Bon, c'est réglé, lança son grand-père qui revenait au pas de course. Sa mère était dans un des magasins et ne s'était pas aperçue de son absence. Elle va venir vous remercier.

– Heureusement que vous avez des réflexes, remarqua Justin, tandis que Mordecai l'aidait à redresser sa moto.

– C'est de famille. Et dire que ma Katie pensait tenir son agilité et sa rapidité de sa mère, plaisanta-t-il.

Katelyn ferma les yeux. Une migraine lancinante lui vrillait les tempes. Peut-être un effet secondaire des médicaments, conjugué avec l'épuisement, dû au manque de sommeil. Ou simplement l'angoisse d'avoir frôlé un terrible accident.

Ou bien était-ce simplement la présence de Justin ?

– Elle a quelques éraflures, observa Mordecai en faisant le tour de la moto.

– Il suffira de l'astiquer, ça disparaîtra, répondit Justin.

La tête sur le point d'exploser, Katelyn pressa ses doigts sur ses tempes.

– J'ai une migraine, intervint-elle. Assez violente.

– Je te ramène à la clinique, déclara Mordecai, inquiet.

– Non. Si tu avais juste un cachet...

– Mince, pesta-t-il. Je n'ai rien sur moi, mais je vais faire un saut à la pharmacie. Attends-moi dans la voiture.

– D'accord.

– La clinique ? demanda Justin d'un air anxieux tandis que Mordecai traversait la rue.

– Oui, j'ai eu un petit accident. Rien de grave.

Elle s'avança vers le pick-up. Au milieu des passants, Justin la regarda s'éloigner. Katelyn s'installa sur le siège. La douleur avait un rythme, une cadence, presque comme une mélodie. Elle avait beau fermer les yeux, le soleil semblait transpercer sa peau. Elle sursauta lorsqu'on tapota contre la fenêtre et en ouvrant les paupières, elle aperçut Justin.

– Hé, insista-t-il lorsqu'elle baissa la vitre. Tu es sûre que ça va ? Tu es vraiment pâle.

– Une grosse migraine.

Sa voix lui parut soudain très forte.

– Navré. Bon, dit-il en se raclant la gorge, il faut qu'on parle.

– Pas la peine, répliqua-t-elle froidement.

– Kat, je t'en prie, écoute-moi. Je n'étais pas venu chez toi dans l'intention de... de faire ce que j'ai fait.

Ses joues s'empourprèrent et il grimaça, puis poussa un profond soupir.

– J'avais simplement envie de te revoir. Je te le jure.

Katelyn baissa les yeux, furieuse et embarrassée. Il tendit la main et effleura ses cheveux, si doucement qu'elle se demanda si elle n'avait pas rêvé.

– Lucy et moi... on est ensemble depuis très longtemps.

Elle essaya de répondre, mais ne parvint qu'à toussoter. Elle ne voulait rien savoir de cette fille.

– Mais si j'avais le choix, poursuivit-il, alors je...

Il prit une profonde inspiration et la regarda droit dans les yeux, déterminé.

– Je n'hésiterais pas. Avec toi.

Elle chercha une repartie cinglante. Il fallait éteindre l'incendie qu'il menaçait de déclencher. Cette passion qu'il éveillait en elle la terrifiait.

– Kat, murmura-t-il. S'il te plaît, dis quelque chose.

– Tu n'as vraiment pas besoin de me raconter tout ça, réussit-elle enfin à articuler.

Un silence pesant retomba. Elle redressa la tête. Il la dévisageait, le regard empreint d'un tel désir qu'elle en retint son souffle. Il semblait sur le point d'ajouter quelque chose, puis releva la tête, distrait. Il écarquilla les yeux et murmura quelques mots incompréhensibles. Il adressa un signe à quelqu'un.

– Hé, Jesse ! Tout va bien ?

La migraine de Katelyn redoublait de violence et elle tourna la tête vers le trottoir. Elle aperçut Jesse, le frère de Justin, et une jeune fille qu'elle ne connaissait pas. Ses cheveux couleur caramel étaient ramenés en une fine queue-de-cheval et elle portait une chemise blanche rentrée dans un jean cigarette. Tout sourire, Jesse tenait fermement dans sa main un cornet de glace. La fille, elle, tripotait nerveusement ses mèches et ne quittait pas Justin du regard.

– Jolie Kat ! cria Jesse en agitant son cornet en direction de Katelyn.

La jeune fille plaça ses mains sous le cône, essayant de prévenir une catastrophe. Elle lui souffla quelques mots et Jesse baissa les yeux, protégeant la boule de glace. Lorsqu'il redressa la tête, il vit que Katelyn lui souriait en lui faisant un petit signe et eut l'air ravi.

Ils s'approchèrent. La tension de Justin était palpable. Katelyn aurait voulu se frapper le front contre le tableau de bord. La colère, la jalousie et l'humiliation se bousculèrent dans son esprit lorsqu'elle comprit qu'il s'agissait de Lucy.

– Il paraît qu'il a failli y avoir un accident, lança celle-ci d'une voix nasillarde.

Elle embrassa Justin, qui répondit distraitement à son baiser.

– Tu vas bien, mon chéri ?

– La grande forme, répliqua-t-il d'un ton las. La moto a glissé, mais rien de cassé.

– Nous étions dans la pharmacie, expliqua-t-elle en jouant avec sa queue-de-cheval. Nous n'avons rien entendu.

– On a vu le chat, annonça Jesse qui s'adressait à Kat. Il faut le caresser doucement, tout doucement. Il ne faut pas l'écraser. Et ça, c'est Lucy. C'est ma sœur.

– Pas tout à fait, mon chou, dit Lucy, amusée. On est dans le Sud, mais pas aussi profond.

– Bonjour, lui dit Katelyn avec un sourire forcé. Je m'appelle Kat.

– Enchantée, Kat, répondit Lucy.

– On n'embrasse pas les étrangers, reprit Jesse en regardant l'une puis l'autre. Seulement la famille.

– C'est vrai, poussin, acquiesça Lucy en lui tapotant la main.

– Mais moi, j'ai embrassé Kat. C'est Justin qui m'a demandé.

Katelyn rougit, mortifiée. Un éclat dur, pénétrant apparut dans les yeux de Lucy, tandis qu'elle passait son bras sous celui de Justin.

– Oui, Jesse m'a dit qu'il avait croisé une nouvelle tête, à la maison.

– J'ai plus de cachets, coupa Jesse. Il faut mes cachets, ou ça empire.

Écartant Lucy et Justin, il se pencha à l'intérieur du pick-up pour embrasser Kat sur la joue.

– Ça n'est pas une étrangère. Lucy m'a acheté une glace, annonça Jesse.

– Je vois ça, répondit Katelyn en se massant la nuque.

La douleur devenait insupportable. Malgré elle, Katelyn fixait la boule de glace, qui menaçait de s'écraser sur la portière.

– Kat est jolie, déclara Jesse.

– Oui, c'est vrai, acquiesça Justin avec amusement.

– Plus de cachets, répéta Jesse.

– Pourtant, il devrait t'en rester, répliqua Justin avec agacement en se tournant vers Lucy.

– J'ai cherché partout, répondit-elle. Mais il n'y avait personne d'autre à la maison alors j'ai préféré l'emmener pour renouveler l'ordonnance.

– J'ai pu voir LaRue, reprit Jesse.

– Dis, Jesse, lui demanda gentiment Justin, c'est toi qui as caché tes médicaments ? Pour voir LaRue ?

– Je dois partir, déclara Jesse. Il faut que je rentre. Les gens pourraient...

– Je le ramène, intervint Justin.

– J'ai encore un balayage dans une heure, et je rentre. Je travaille au salon de coiffure, expliqua Lucy à Katelyn. Tu devrais passer. Avec des cheveux comme ça, je ferais des merveilles.

Pas farouche, hein, pensa Katelyn avec humeur.

– C'est gentil.

Enfin, Mordecai sortit de la pharmacie. Jamais Katelyn n'avait été si heureuse de le voir. Elle avait hâte de rentrer et surtout d'échapper à cette ambiance pesante.

– Salut, hé, salut, lui lança Jesse.

– Bonjour, mon grand, répondit Mordecai.

– Moi, c'est Jesse. Et ça, c'est Lucy. Et ça, c'est Justin. C'est mon petit frère. Et toi, tu es un étranger.

– Mordecai McBride, dit son grand-père en faisant mine d'ôter son chapeau. Et je vois que tu as fait la connaissance de ma petite-fille, Katelyn.

– On l'appelle Kat. Kat, c'est court. C'est comme LaRue. LaRue c'est un chat. On peut le caresser, mais doucement, tout doucement. Justin va me ramener à la maison, maintenant.

– C'est bien, ça, petit, lui souffla Mordecai avec un clin d'œil. Et quand tu montes sur la moto, accroche-toi bien.

– Lucy s'accroche aussi, répondit Jesse. Elle s'accroche à Justin.

C'est bien le problème, grinça Katelyn intérieurement.

– Voyez-vous ça ? s'esclaffa Mordecai.

– On ne peut pas trop caresser le chat. On pourrait lui faire mal.

– Personne ne lui a fait de mal, intervint Lucy, gênée.

– Allez, viens, Jesse, on rentre, ajouta Justin en secouant la tête.

– Au revoir, Kat, lui dit Jesse. Doucement, tout doucement.

– À bientôt, lança Mordecai en se glissant derrière le volant.

Il tendit à Katelyn un sac en papier. Il contenait six ou sept boîtes d'antalgiques. Elle en prit au hasard et tenta d'ouvrir le paquet.

– La mère de la petite vous a remercié, au moins ? demanda-t-il à Justin en aidant Katelyn à libérer un cachet de sa capsule.

Ils secouèrent la tête.

– Elle a peut-être trop peur de se montrer. J'avoue que je lui ai passé un savon, déclara-t-il avec un sourire. Je suis un peu soupe au lait.

Katelyn fut surprise. Jusque-là, elle ne l'avait jamais remarqué.

– Eh bien, à bientôt, conclut Justin.

– J'ai été ravie de vous rencontrer, renchérit Lucy.

– Moi aussi, répondit Katelyn qui trépignait sur son siège.

– Venez à la maison. Venez jouer, intervint Jesse.

– Je viendrai, c'est promis, assura Katelyn avec un sourire. Merci pour l'invitation.

Mordecai démarra et Katelyn leur adressa un dernier signe avant de se laisser aller contre l'appuie-tête, soulagée d'en finir avec cette mascarade.

– Effectivement, déclara son grand-père, Trick a de quoi être jaloux.

– Tu as pensé à prendre de l'eau ? demanda Katelyn, ignorant le commentaire.

– Mince ! J'ai complètement oublié.

– Justin et Lucy sont ensemble, grinça-t-elle d'une voix tendue.

– Mais ils ne sont pas mariés, tout de même. Et il est évident que tu lui plais. Un garçon qui risque sa vie comme ça... c'est un type bien. Il s'occupe aussi de son frère.

– Écoute, ce genre de clichés, ce n'est vraiment pas mon truc, grinça-t-elle en fermant les yeux.

Elle préféra changer de sujet, lasse de parler de Justin.

– Ton ami... qui est décédé. C'est arrivé... à la clinique ?

– Il s'appelait Mason Slater, répondit Mordecai, songeur. Je l'ai conduit au centre médical de Bentonville. Son cœur a lâché. Mais je savais que ses jours étaient comptés.

Il était ému et Katelyn eut de la peine pour lui. Elle posa sa main sur la sienne.

– Je suis vraiment navrée, grand-père.

Le terme lui venait de plus en plus naturellement. L'expression de Mordecai s'attendrit et il serra ses doigts.

– Ce nom-là, c'est le plus doux du monde, commenta-t-il.

De retour à la maison, Katelyn monta pour s'allonger. Elle émergea quelques heures plus tard, réveillée par une odeur absolument répugnante. Les yeux bouffis de sommeil, elle tituba jusqu'au rez-de-chaussée.

– Qu'est-ce que c'est que ça ?

Debout devant la cuisinière, Mordecai se retourna.

– Des artichauts. Tu m'avais dit que c'était ton légume préféré.

– C'est sans doute une variété différente, remarqua-t-elle en se pinçant le nez.

– Je n'en avais jamais cuisiné. On les cuit dans l'eau, c'est bien ça ?

Elle leva le couvercle. Un nuage de buée s'échappa de la casserole et elle aperçut deux gros artichauts dans l'eau frémissante.

– Oui, c'est ça. Je suis certaine que ça sera délicieux.

Elle sourit, mais en était malade d'avance.

Pendant le repas, Katelyn toucha à peine à son assiette. Mordecai mit sa nausée sur le compte du vaccin antirabique et elle ne chercha pas à le contredire. Après dîner, ils s'installèrent dans le salon, devant l'un des vieux films de Mordecai. Katelyn piquait du nez. Elle était sur le point de céder à l'appel du sommeil lorsqu'on frappa à la porte. Son grand-père se leva pour ouvrir. Une ombre apparut sur le seuil, mais elle ne put distinguer le visiteur. Mordecai s'avança sur le perron et referma la porte derrière lui. Il y resta quelques minutes et le bruit de la télévision empêcha Katelyn d'épier la conversation.

Enfin, la porte se rouvrit et Mordecai laissa entrer Trick. Le jeune homme portait ses habituelles santiags. Katelyn sentit son cœur cogner dans sa poitrine, mais elle se ressaisit aussitôt. Il l'avait abandonnée, et voilà le résultat.

– Je serai dans le garage si vous avez besoin de moi, souffla discrètement son grand-père.

Katelyn fixa obstinément l'écran, les mains déjà moites. Le silence était sa meilleure arme et elle comptait bien s'en servir.

– Kat, je suis désolé. Je me suis conduit comme le dernier des idiots. Je... Il s'est passé quelque chose et j'ai mal réagi. Je te demande pardon.

Le malaise grandit. Elle voulut se racler la gorge, peut-être pousser un soupir... n'importe quoi, mais elle demeurait malgré elle aussi immobile qu'une statue, presque incapable de réfléchir.

– Kat, insista-t-il.

– Tu aurais dû venir t'excuser ce matin. Comme ça, tu aurais au moins pu me conduire à l'hôpital, répliqua-t-elle froidement.

Il écarquilla les yeux et il se baissa pour s'accroupir à sa hauteur.

– Comment ça, à l'hôpital ?

De quoi avaient-ils bien pu parler, sous le perron, sinon de cet épisode ? Elle imaginait que Mordecai lui aurait reproché de ne pas l'avoir immédiatement emmenée aux urgences, ou de ne pas avoir rattrapé le chien... compromettant par la même occasion ses mensonges.

– J'ai été attaquée.

– Hein ?

Il s'assit près d'elle et lui prit la main. Elle se raidit, tâchant de maintenir une certaine distance entre eux, mais Trick n'en parut pas conscient. Il guettait sa réponse.

– Que s'est-il passé ? Kat, dis-moi.

Il parlait d'une voix rauque, éraillée par l'inquiétude. D'un regard, il sembla l'examiner de la tête aux pieds, alors même qu'elle était pelotonnée sous sa couverture.

Lorsqu'il prit son visage entre ses mains, elle se dégagea furieusement.

– Kat, enfin, c'est moi, insista-t-il, comme pour la rassurer. Qui t'a attaquée ?

Devant son air anxieux, Katelyn sentit sa carapace se fendiller et sa détermination s'évanouir. Peut-être parce qu'il n'arrêtait pas de la toucher. Ou parce qu'il paraissait réellement inquiet. Elle hésita. Elle avait besoin de se confier et elle voulait lui faire regretter son comportement de la veille, mais il était très proche de Mordecai. Et s'il vendait la mèche ?

– Personne. C'était juste un chien. Quand j'ai quitté la fête.

– Quel genre de chien, exactement ? demanda-t-il, blême.

Quelle importance ?

– Suffisamment gros pour me croquer la jambe. Mon grand-père a dû me conduire aux urgences et j'ai reçu un vaccin antirabique.

Elle releva son jogging, révélant son mollet bandé. Il se pencha pour l'observer et, gênée, elle le cacha aussitôt.

– Kat, je suis vraiment désolé, souffla-t-il, décomposé. J'aurais dû être là. Je me suis endormi dans la voiture et je ne me suis réveillé que ce matin. J'ai vu que le pick-up n'était plus là et Éric m'a dit que tu venais sans doute de partir.

– En fait, je suis rentrée juste après notre dispute.

– Quoi ? s'exclama-t-il, surpris.

Ils demeurèrent quelques instants silencieux.

– C'est entièrement ma faute. Je ne te lâcherai plus d'une semelle.

Décidément, il ne comprenait rien.

– Je n'ai pas besoin d'une baby-sitter, grinça-t-elle, mais d'un ami sur qui compter.

Il baissa la tête. Elle remarqua son profil, fin et délicat, contrasté dans la lumière douce de la pièce. Il était si séduisant...

– Et tu peux compter sur moi, à cent pour cent. Même si je n'ai aucune envie d'être ton ami et je sais que tu comprends de quoi je parle.

Il parut sur le point de lui prendre la main, mais se ravisa.

– Quel que soit ce dont tu as besoin, je suis là pour toi.

Finies les provocations, les taquineries, il était parfaitement sérieux. D'abord embarrassantes, ses paroles la rassuraient peu à peu. Pourtant, les avertissements de Cordélia semblaient se vérifier. Et puis, il fallait passer à autre chose... Et puis, aussi, qu'il le paie un peu.

– C'est vrai, tu t'es conduit comme le dernier des idiots.

– Je sais, souffla-t-il, les yeux perdus dans le vague, laissant pendre ses mains entre ses genoux.

– On peut savoir ce qui t'a pris ?

Katelyn demandait et exigeait, même, une explication.

– Ça t'ennuie qu'on mette ça de côté ? Ça n'a rien à voir avec toi.

Elle attendait la suite et ne dit rien.

– Comme tu voudras, poursuivit-il en haussant les épaules. En plus, je n'avais pas imaginé que la soirée se transformerait en veillée funèbre pour Becky.

Cela ne répondait pas à la question de Katelyn et n'expliquait pas son comportement.

– Écoute, j'ai conscience d'avoir tout fait de travers. J'aurais préféré te voir t'amuser un peu, ajouta-t-il d'un ton plein de regret. Tu en as besoin.

– Ah, parce que tu sais ce dont j'ai besoin ?

– Oui, dit-il avec un hochement de tête, comme pour lui-même. Et ce n'était pas de ça.

– Ce dont j'ai besoin c'est... qu'on me masse les pieds, déclara-t-elle en remuant les orteils.

Elle ne put s'en empêcher. Le sérieux seyait mal à Trick et après cette journée aussi étrange qu'interminable, elle n'était pas d'humeur à bouder. Il regarda ses pieds, puis releva la tête.

– J'ai dit que je serai là pour toi, pas pour tes pieds, hein.

Elle éclata de rire et après une hésitation, il l'imita. Mais la migraine reprenait de plus belle et l'épuisement la gagnait.

– Il faudrait que je dorme un peu.

– On se voit quand même lundi matin ?

Elle aurait voulu le taquiner, mais la fatigue l'en dissuada.

– Ça marche.

– Ouf ! Merci, mon Dieu ! Je suis pardonné.

– Disons en période de probation. Plus droit à l'erreur.

– Code écarlate déclenché, lança-t-il en faisant mine d'actionner un interrupteur.

– Très bien, répondit-elle, ne trouvant plus la force de sourire.

– Bon, OK, ça n'est pas drôle. À lundi, conclut-il avec un soupir.

Puis il disparut. Katelyn fixa longuement la porte et sursauta lorsqu'elle se rouvrit. Son petit brin d'espoir s'évanouit quand elle aperçut son grand-père.

– Alors ? Tu as mis les choses au clair ? demanda-t-il.

– Je crois.

– Bien. Comment te sens-tu ?

– Épuisée, avoua-t-elle avec un bâillement.

– Allez, va dormir ! On terminera le film demain.

Katelyn se brossa les dents et se débarbouilla à la hâte avant de s'écrouler sur son lit. Le regard fixé sur la lucarne, elle avait l'impression que tout tanguait autour d'elle. Ses paupières lourdes se fermèrent et, à l'instant même où elle succombait, elle crut apercevoir deux yeux bleus braqués sur elle.

Des yeux verts.

Des yeux jaunes.

Et noirs.

Un son étouffé sur le parquet. Griffes rétractées.

Dans sa jolie robe, Katelyn est étendue sur le sol de la forêt.

Les arbres bruissent dans le vent.

Elle baigne dans un rayon de lune.

Katelyn, souffle une voix. J'arrive.

Les pattes.

Les griffes.

Elle sait qu'elle rêve dans son lit, mais elle est en nage, saisie de crampes qui la paralysent jusqu'aux os. Son corps est une combinaison, un carcan trop étriqué. Sa peau semble sur le point d'éclater.

Elle sait qu'elle dort.

Et qu'il y a quelque chose dans la chambre.

Le lundi matin, elle était de retour à la clinique pour sa deuxième injection. Après avoir prévenu Trick, Mordecai l'y conduisit lui-même.

Après une longue attente dans une salle glaciale, une infirmière apparut pour lui administrer le vaccin. Elle s'apprêtait à ressortir aussitôt, mais Katelyn l'interpella.

– J'ai des migraines, expliqua-t-elle. Et aussi des nausées.

Sans compter les rêves absurdes.

– C'est parfaitement normal, répliqua l'infirmière, visiblement débordée. Une légère réaction au vaccin. Vous avez mal à la tête en ce moment même ?

– Non, mais...

– Il ne vous reste que deux injections. La prochaine, vendredi et l'autre le vendredi suivant. Les effets secondaires devraient se dissiper complètement après ça.

– Moi, ça ne me paraît pas vraiment normal, bougonna Katelyn, tandis qu'elle et son grand-père sirotaient un café dans le pick-up.

Ou plutôt, lui le buvait, mais elle se contentait de fixer la tasse en carton, écœurée par l'odeur.

– Tu préfères que je te ramène à la maison ? lui demanda-t-il.

L'écho de sa voix semblait décuplé. Katelyn serra les dents.

– Pas la peine de hurler.

– Je ne hurle pas, dit-il en lui jetant un regard inquiet, avant de reprendre, à voix basse : tu es certaine de ne pas vouloir rentrer ?

Katelyn pesa le pour et le compte. Elle serait volontiers retournée se coucher pour se remettre de sa « légère réaction ». Mais il fallait qu'elle parle à Cordélia. En cas de malaise, elle pourrait toujours s'allonger à l'infirmerie.

– Non, ça ira, répondit Katelyn.

La camionnette cahotait sur la route et le gémissement des ressorts sous les sièges lui parut plus bruyant que d'habitude. Ce grincement raviva sa migraine.

Sur le parking, elle chercha des yeux la Mustang de Trick. En l'apercevant, une chose extrêmement curieuse se produisit. La plaque d'immatriculation emplit son champ de vision, comme grossie à la loupe. Un rectangle blanc, marqué de caractères rouges, décoré d'une tête de loup stylisé, rouge également. Les mots : *ARKANSAS – GO RED WOLVES !* étaient inscrits au-dessous, en petites lettres noires.

– Hé..., souffla-t-elle.

Mais l'image disparut aussitôt. Elle ne vit plus que l'arrière de la voiture et la plaque, trop éloignée pour la déchiffrer. Elle ne distinguait même plus la tête de loup sur le côté. Ce n'était qu'une tache rouge.

Les yeux rivés sur le pare-chocs, elle tenta de recommencer, sans succès.

Elle jeta un œil affolé à Mordecai, qui manœuvrait sur le parking. Gisèle était migraineuse et avait décrit à sa fille les symptômes des crises : vision trouble, perte d'équilibre et une douleur intense, insoutenable. Elle disait qu'en regardant ses mains, elles lui paraissaient parfois énormes, déformées. Au premier signe de névralgie, Gisèle prenait automatiquement un cachet et buvait plusieurs tasses de café. La caféine était censée favoriser la circulation. Katelyn souffrait-elle de la même chose ? Elle retourna son sac à la recherche d'un antalgique et l'avala avec une gorgée de café froid avant que son estomac ait pu protester.

Son grand-père immobilisa le véhicule.

– Si jamais tu ne te sentais pas bien, appelle-moi. Je viendrai te chercher.

– Merci.

Elle hésita une dernière fois à lui demander de la ramener immédiatement, mais ouvrit finalement la portière et descendit.

Dans la salle d'histoire, Cordélia lui fit de grands signes.

– Alors, que t'est-il arrivé ce week-end ? À en croire la rumeur, le yeti t'a sauté dessus ?

– Non, rien d'aussi passionnant. C'était juste un chien, répondit Katelyn, qui s'en tint à sa première version.

– La mère de Sam travaille à la clinique. Elle dit que ton grand-père t'a amenée aux urgences et que tu paraissais vraiment secouée.

– Un chien, répéta-t-elle en rougissant.

– Tu n'as pas vraiment l'air sûre de toi, observa Cordélia, sceptique.

Katelyn aurait eu besoin de parler à quelqu'un, de tout raconter de cette affreuse soirée et surtout, des étranges symptômes qu'elle présentait depuis. Elle ne pouvait se confier à Trick. Elle redoutait trop qu'il avertisse Mordecai. Quant à Kimi, elle se faisait de plus en plus distante : elle ne l'avait pas rappelée du week-end. Il ne lui restait donc que Cordélia.

– Très bien, mais tu dois me promettre de ne rien répéter. Et surtout pas à mon grand-père.

Son amie hocha la tête.

– Ce n'était pas un chien.

Cordélia la dévisagea, stupéfaite. M. Henderson réclama le silence.

– Ah, la joie du lundi ! déclara-t-il. D'abord, faisons le point sur vos exposés.

– Qu'est-ce que c'était ? souffla Cordélia.

– Mesdemoiselles, vous avancez bien ? leur demanda-t-il avec un grand sourire. Vous voulez bien me faire un petit topo ?

– Kat ? murmura Cordélia, qui piaffait d'impatience.

– Bien sûr, monsieur, répondit Katelyn en hochant la tête. On se concentre sur la mine d'argent. Et le Cerbère, ajouta-t-elle, sans savoir pourquoi.

– Un cerbère ? Fantastique ! s'exclama M. Henderson. Mais attention à bien référencer vos sources, conclut-il avant de passer à la table suivante.

– Je t'expliquerai pendant le déjeuner, dit Katelyn à Cordélia.

Cordélia marmonna une vague réponse.

– Tu n'as pas l'air non plus dans ton assiette. Toi aussi tu as eu un week-end difficile ?

– Non, souffla Cordélia en détournant le regard.

Mais Katelyn n'était pas dupe.

Katelyn n'eut qu'à montrer son mollet pour être dispensée de sport. Le professeur l'envoya en permanence où elle passa le plus clair de son temps la tête posée sur le bureau, priant pour que la journée s'achève rapidement.

Lorsque la sonnerie retentit, Katelyn chercha Sam dans les couloirs, bien décidée à tirer ses insinuations au clair concernant les mystères de Wolf Springs, la relation entre Trick et Becky et le lieu où l'on avait découvert le corps sans vie de la jeune fille. Y avait-il un rapport avec les loups ? Katelyn était quelque peu agacée par les indiscrétions de la mère de Sam. Le personnel médical de la clinique n'était-il pas tenu à une certaine confidentialité au sujet de ses patients ?

Mais elle ne l'aperçut nulle part. Ses maux de tête empiraient et elle hésita à avertir son grand-père, car elle souhaitait d'abord retrouver Cordélia afin de lui parler.

Pendant la pause, les deux jeunes filles traversaient le hall et Katelyn observa le vitrail du saint et du loup. Pourquoi les prêtres avaient-ils voulu inclure un tel animal dans un décor d'église ? Ce détail devait cacher une anecdote intéressante.

Elles quittèrent le bâtiment principal et atteignirent un carré d'herbe jaunie où étaient disséminées quelques tables de pique-nique. Il faisait froid, mais Cordélia avait insisté pour sortir.

Katelyn déballa son sandwich et se demanda aussitôt si le beurre de cacahuète de son grand-père avait ranci. Il dégageait une odeur de moisi. Encore sa « légère réaction » ?

– Hé, lança Trick qui s'approcha en courant. Ça a été à la clinique ?

– On déjeune entre filles, rétorqua Cordélia d'un ton glacial.

Trick jeta un regard interrogateur à Katelyn. Gênée, celle-ci hocha la tête et il haussa les épaules.

– Excuse-moi, reprit Katelyn. Oui, ça s'est bien déroulé.

– Parfait. À plus tard.

Il rejoignit une table où étaient installées deux personnes qui étaient présentes à la soirée. Mais Sam n'était pas avec eux. Était-elle venue en cours ?

– C'est quoi le problème entre Trick et t...

– Tu disais que ce n'était pas un chien, coupa Cordélia, tendue. Alors, quoi ?

Les mains crispées sur son sac, elle scrutait le visage de Katelyn, suspendue à ses lèvres. Katelyn laissa échapper un soupir.

– Très bien. J'avais crevé et je changeais le pneu, quand il m'a sauté dessus et ma traînée dans les bois, Cordélia. J'ai vraiment cru mourir...

Un spasme de douleur lui paralysa le crâne et elle dut s'interrompre. Tout en massant ses tempes, elle inspira profondément.

– Quoi ? Qu'est-ce qui t'a traînée dans les bois ? pressa Cordélia.

Elle ne paraissait pas remarquer son état ou même s'inquiéter. Elle se contentait de la regarder fixement. En l'observant, Katelyn hésita brusquement à en dire plus. Sans comprendre pourquoi, elle était soudain indécise.

– Raconte-moi, souffla Cordélia.

– Un loup.

Son amie ne réagit pas. Elle cligna plusieurs fois des yeux, puis sembla contracter les épaules et le ventre, comme frappée.

– Quoi ?

Maintenant que son secret était dévoilé, loin d'en être soulagée, Katelyn se sentait plus mal. Cette angoisse, cette peur intense étaient restées tapies au plus profond de son être. Elle avait besoin que Cordélia la croie et comprenne ce qu'elle avait vécu.

– Un loup. Le même qui nous avait attaqués, Trick et moi. J'en suis certaine.

Cordélia plaqua ses mains contre sa bouche.

– Oh, Kat, souffla-t-elle mollement.

– C'était vendredi soir. Il m'a entraînée dans la forêt et j'avais réussi à m'échapper. Mais il m'a poursuivie... et m'a mordue.

– Mordue ? répéta Cordélia.

Son expression changea du tout au tout et elle saisit Katelyn par le bras, la regardant droit dans les yeux.

– Est-ce qu'il a entaillé la chair ? siffla-t-elle d'un ton éperdu qui effraya Katelyn.

– Ce n'est rien, vraiment, dit-elle pour se rassurer elle-même autant que Cordélia. On m'a fait un vaccin antirabique.

Figée, son amie se taisait, les yeux écarquillés. Katelyn eut l'impression de parler une autre langue.

– Je sais, je suis vraiment idiote. Mais je n'avais pas prévu de me retrouver seule dans les bois. Imagine... si mon grand-père l'apprenait.

– Kat, l'interrompit Cordélia d'une voix grave.

Mais Katelyn poursuivit, donnant des détails qui devaient sembler ahurissants.

– Je suis fichue. Mordecai ne doit pas savoir que je lui ai désobéi, mais s'il s'agissait du même animal qui a attaqué Haley et Becky ? Et que vendredi, c'est moi qu'il a pourchassée ? Ça paraît absurde, mais c'est comme s'il m'attendait. Ou me connaissait. Je ne me trouvais pas du tout au même endroit, et ce loup apparaît par hasard à chaque fois que je suis seule. Tu crois que je ferais mieux d'en parler ?

– Est-ce qu'il a entaillé la chair ? répéta Cordélia d'une voix suraiguë.

Quelques têtes se tournèrent dans leur direction et lentement, Cordélia lâcha Katelyn. Elle la fixait, semblant la voir pour la première fois et son attitude devenait presque plus inquiétante que le souvenir du loup. *Qu'est-ce qui lui prend ? A-t-elle peur de la rage ?*

– Cordélia, ce vaccin n'est qu'une précaution. La rage ne se transmet pas par simple contact. Et je te promets de ne pas te mordre.

Mais Cordélia ne répondit pas.

– Depuis, il m'arrive des choses étranges. Mon odorat est complètement déboussolé et j'ai parfois la sensation d'avoir un effet de zoom quand je regarde quelque chose. Et j'ai l'ouïe si sensible que j'ai sans arrêt l'impression qu'on me hurle aux oreilles.

Katelyn parlait de plus en plus vite, pressée de tout avouer, de mettre des mots sur son angoisse.

– J'ai eu beau le mentionner à la clinique, ils s'obstinent à prétendre que c'est le vaccin. Mais c'est tellement intense... Je fais aussi de terribles cauchemars. Je revois le loup, qui bondit, qui se moque de moi et ses yeux bleus luisent dans le noir.

– Des yeux bleus ? s'exclama Cordélia. Tu es certaine qu'ils étaient bleus ?

Reprenant sa respiration, Katelyn examina le visage de son amie. D'une pâleur extrême, elle s'était mise à trembler.

– Est-ce que ça va ? insista Katelyn. Tu penses que c'est le même loup qui a attaqué les deux autres filles ? Tu crois que je devrais avertir mon grand-père ?

– Surtout pas ! hurla Cordélia, d'un cri strident qui perça les oreilles de Katelyn.

Derrière elles, les gens installés aux tables de pique-nique les observèrent.

– Cordélia, qu'est-ce qui te prend ?

– Rien.

Elle parlait tous bas, mais semblait prise de nausée et peinait à recouvrer son souffle.

– Tu... tu as raison. Je suis simplement... rassurée que tu sois saine et sauve.

Katelyn n'en croyait pas un mot.

– Et toi ? Que t'est-il arrivé ce week-end ? Je vois bien qu'il s'est passé quelque chose.

– Tu ferais peut-être mieux de retourner à Los Angeles, reprit Cordélia d'une voix chevrotante. Oui, c'est ce que tu dois faire. Rentre chez toi.

Puis, sous le regard stupéfait de Katelyn, elle se leva d'un bond et traversa la pelouse en courant, disparaissant à l'intérieur du bâtiment.

Chapitre 12

Tandis qu'elle suivait Cordélia du regard, Katelyn sentait sa migraine redoubler d'intensité. Elle voulut rappeler son amie, mais la douleur la paralysait. Ses genoux se dérobèrent et elle se serait effondrée si Trick ne l'avait pas rattrapée à temps. Il la tint fermement par les épaules et la guida vers le banc.

– Qu'est-ce qui se passe ?

– Mal... à la tête, souffla-t-elle d'une voix étranglée.

– Je veux dire entre Cordélia et toi ?

– Trucs de filles, articula-t-elle.

Le soleil brillait trop fort. Ses rayons transperçaient ses paupières. Et la réaction de Cordélia n'avait fait que raviver ses craintes.

– Tu... tu pourrais appeler mon grand-père ? Lui demander de venir me chercher ?

– Laisse tomber, déclara-t-il. Je te ramène chez toi.

Ils n'échangèrent que quelques mots sur le trajet du retour. La douleur, l'inquiétude l'avaient rendue muette. Quelle mouche avait piqué Cordélia ? Pourquoi avait-elle paniqué, en lui conseillant de rentrer à L.A. ?

Katelyn s'assoupit et ne se réveilla que lorsqu'elle sentit la voiture s'immobiliser et le moteur s'éteindre. Ils étaient arrivés.

– Ne bouge pas, murmura Trick en descendant de la Mustang.

Il fit le tour pour lui ouvrir la portière tandis que son grand-père dévalait les marches du perron. Mordecai se pencha vers elle, observa son visage.

– Katie ? Tu te sens mal ?

– J'aurais dû l'amener aux urgences, dit Trick.

– Ça va, c'est juste le vaccin, répondit-elle.

Elle désirait être seule pour réfléchir.

– Il vaudrait mieux t'allonger, suggéra Mordecai. Tu veux que je t'aide à monter ?

– Non, je peux me débrouiller. Merci, Trick.

– Tu peux compter sur moi, assura-t-il en les suivant jusqu'au perron.

Elle les laissa tous les deux au rez-de-chaussée et gagna sa chambre, où elle s'étendit sur son lit avant de sombrer dans un sommeil agité, mais sans cauchemar. Lorsqu'elle descendit dîner, Trick était parti. Katelyn garda le silence, obsédée par les événements et la tournure qu'ils prenaient. Que lui arrivait-il ? Et pourquoi Cordélia avait-elle si mal réagi ?

L'odeur de la nourriture – une soupe de légumes – la répugnait. Dehors, dans la nuit, l'écho des tam-tams qui résonnaient dans les montagnes la rendait folle. Elle voulait hurler. Elle se mit à table, mais ne put rien avaler.

– Je remonte, déclara-t-elle enfin.

– Repose-toi bien, ma chérie, lui dit son grand-père. Appelle-moi si tu as besoin de quoi que ce soit.

Elle hocha la tête et regagna sa chambre.

Les bois sont splendides, sombres et profonds.
Je te pourchasserai jusqu'au fond des bois.

Un souffle chaud sur ses paupières closes. Des griffes acérées contre sa jambe, à l'endroit de la morsure. Où les points de suture maintiennent la chair déchirée.

Katelyn, tu portes la marque.

Tu es mienne.

Une sensation de brûlure dévora son mollet, comme si on la marquait au fer. Katelyn se réveilla en sursaut. Elle se redressa et bondit hors du lit, les os en feu. Elle tituba le long du couloir et s'enferma dans la salle de bains. Relevant son pyjama, elle examina la blessure. Les sutures se détachaient, comme rejetées par son organisme. La douleur s'intensifiait et, ne sachant plus quoi faire, elle tira sur les fils qui se défirent aussitôt.

Le soulagement fut immédiat. Elle épongea les gouttelettes de sang qui perlaient à la surface de la plaie. Mais elle ne ressemblait plus qu'à une profonde égratignure.

Elle examina sa peau, stupéfaite.

Non, c'est impossible ! On ne peut pas cicatriser aussi vite.

Elle rabaissa le pyjama et observa son épaule. L'épiderme, parfaitement lisse, ne portait plus aucune marque.

– Eh bien, souffla-t-elle à voix haute, c'était moins sérieux que je ne le pensais.

Elle surprit son reflet dans le miroir et secoua la tête. Qui essayait-elle de convaincre ?

J'avais besoin de sutures. Une blessure pareille ne guérit pas aussi rapidement !

Elle regagna sa chambre et s'assit sur son lit, les mains posées sur ses genoux. Elle avait beau regarder, revérifier. Tout avait bel et bien disparu. Dans le noir, elle écoutait les tam-tams, le vent et les battements erratiques de son cœur.

Les tam-tams.

Et le vent.

Katelyn.

Le lendemain, aucune trace de morsure ne subsistait. Comme son épaule, la peau était intacte, sans la moindre cicatrice. Katelyn était aussi sidérée qu'effrayée.

Qu'est-ce que cela signifiait ? Que lui arrivait-il ?

Elle repensa à l'expression de Cordélia, en l'entendant décrire l'attaque du loup et les curieux symptômes qui avaient suivi. Son amie avait tout simplement perdu les pédales.

Parce qu'elle a eu peur de moi. Elle sait ce qui se passe.

Et Katelyn comptait bien obliger Cordélia à le lui expliquer.

– Ça ne va pas ? demanda Trick le lendemain matin sur le chemin du lycée.

– Pas vraiment, non.

– Tu veux en parler ?

Sur l'instant, Katelyn hésita à se confier. Elle était sur le point de tout lui dire lorsque son téléphone émit un bip. Un SMS de Kimi.

Alors, chérie ? Plus d'appel, plus de message... Tu me snobes ?

Katelyn était estomaquée. C'était elle qui faisait la morte !

Trick alluma le poste. *How Soon is Now*, des Smiths, retentit tandis que la Mustang fonçait à travers la forêt. Le moment propice aux confidences s'était envolé. *Mieux vaut attendre de confondre Cordélia*, se dit-elle. *De la forcer à s'expliquer.*

Pardon pour le silence, répondit-elle à Kimi. *Il se passe pas mal de choses, ici.*

L'euphémisme de l'année.

Aucune excuse ! rétorqua Kimi dans un second message.

– Ça va mieux ? cria Trick par-dessus la musique.

Non. Toujours pas.

– Oui ! hurla-t-elle.

Trick lui jeta un regard en coin, mais ne fit aucun commentaire.

L'averse s'abattit sur Wolf Springs au moment où ils atteignaient le lycée. En avance pour son cours, Katelyn fit comme à son habitude un détour par la bibliothèque, avec l'intention d'en apprendre davantage concernant les morsures de loup. Elle aurait dû y songer plus tôt ! Qui sait, elle découvrirait peut-être quelques indices. Traversant le hall, elle chercha Cordélia des yeux dans la foule, mais aussi Sam et Beau. Au-dessus d'elle, la pluie tambourinait contre le toit tandis que l'orage redoublait de violence. Un vent sifflant s'engouffra jusque dans le bâtiment. Tout autour d'elle, des murmures incessants montaient. Dondi fit signe à Katelyn de s'approcher.

– Sam s'en va, annonça-t-elle. Elle s'installe à Little Rock. Sa famille part à la fin de la semaine.

– Ah ? s'étonna Katelyn, qui trouvait la décision pour le moins rapide.

– Ouais, c'est nul, gémit Dondi en faisant la moue. On avait un exposé d'anglais à rendre ensemble et maintenant elle me laisse tomber. Hé, lança-t-elle à Maria qui s'approchait, tu connais la nouvelle ? Sam quitte Wolf Springs !

Le téléphone de Katelyn tinta une fois de plus. Un nouveau message de Kimi s'afficha : une photo de Jane et elle, brandissant deux énormes scies où elles avaient écrit « *VIVE L'ARKANSAS* » au marqueur noir. Elles envoyaient des baisers en direction de l'objectif. Il devenait évident que Kimi l'avait remplacée.

Je ne peux pas me confier à elle, pensa-t-elle sombrement. *D'ailleurs, je n'ai personne à qui parler.*

Cordélia arriva en histoire au moment où la sonnerie retentissait et s'installa sans un mot. Katelyn essaya d'attirer son attention, mais elle refusait obstinément de la regarder. À la fin de l'heure, Cordélia s'éloigna avec Dondi. De plus en plus surprise, Katelyn les suivit. En cours de gym, le professeur était absent et la surveillante hésitait à envoyer les élèves en permanence. Tous étaient rassemblés en petits groupes dans le gymnase et la surveillante les laissa seuls, le temps de récupérer une fiche.

Katelyn entraîna Cordélia à l'écart. À contrecœur, cette dernière s'assit sur les gradins. En la voyant masser son poignet, Katelyn s'aperçut qu'elle avait laissé des marques rouges sur sa peau.

– Qu'est-ce qui m'arrive ? demanda-t-elle brusquement, désespérée.

– De quoi tu parles ? répondit Cordélia en ouvrant de grands yeux.

– Tu t'es enfuie en courant hier, s'emporta Katelyn. Tu as eu peur de moi.

– Non.

– Regarde. Regarde ça, grinça Katelyn en remontant le bas de son jogging. On ne voit même plus la morsure.

Cordélia, stupéfaite, observa la jambe intacte.

– C'est un miracle ! s'exclama-t-elle avec un enthousiasme peu convaincant.

– Je suis certaine que ça n'en est pas un. Et je pense que tu sais quelque chose. Tu dois me dire quoi.

Cordélia croisa les bras et se pencha en avant, l'air coupable.

– Je ne vois vraiment pas de quoi tu veux parler.

– Arrête de me mentir, explosa Katelyn, aussi furieuse que désespérée. Je croyais que tu étais mon amie !

– Je le suis, répondit Cordélia en évitant son regard. Je t'assure que tu vas très bien. Tu as simplement trop d'imagination et tu dois te calmer. Prends un peu de recul. Tu as enchaîné les chocs, récemment. D'abord avec ta mère et maintenant cette attaque...

– Ne prends pas ma mère comme excuse, siffla Katelyn, hors d'elle. Ça n'a rien à voir. Je n'arrive pas à croire que tu te serves de ça. L'autre soir, quand nous avons entendu les cris, tu m'as dissuadée d'appeler la police. Il se passait quelque chose d'anormal et tu le savais, n'est-ce pas ?

Elle observa Cordélia, qui rougissait.

– C'était un chat. Tu l'as dit toi-même.

Devant ses mensonges flagrants, Katelyn ne savait plus quoi penser.

– Mais un loup a hurlé. Au moment même où Becky était attaquée, c'est ça ? Nous étions dehors pendant qu'on tuait Becky.

Cordélia prit une profonde inspiration, tremblante.

– Même si c'était le cas, nous n'aurions rien pu faire.

– Quoi ?

Katelyn fut choquée par sa réponse. Elle l'avait redoutée sans y croire. Elle fit un geste en direction de Cordélia, mais celle-ci grimaça et Katelyn laissa retomber sa main sur ses cuisses.

– J'ignore ce qui est arrivé à Becky.

Le ton était piteux, misérable.

– Mais pour moi ? Tu sais quelque chose.

– Non, je t'assure.

– Tu mens, j'en suis sûre. Je t'en supplie, explique-moi ce qui se passe.

– Non, souffla Cordélia. Je n'ai rien pu faire pour Becky et je ne peux rien faire pour toi.

– Qu'est-ce que ça signifie ?

Katelyn crut devenir folle. Elle était à présent certaine que Cordélia détenait la clé de cette énigme, mais son amie ne cédait pas. En la voyant immobile, les yeux baissés, la colère de Katelyn décupla. Cordélia refusait même de lui faire face. Impossible de l'atteindre.

– Regarde-moi, implora Katelyn, désespérant d'obtenir une réponse.

N'importe laquelle. Mais Cordélia ne bougea pas.

– Cordélia, s'il te plaît.

Rien. La fureur montait toujours et finit par déborder, si bien que Katelyn fut incapable de se contenir plus longtemps.

– Regarde-moi ! hurla-t-elle, tremblante de rage.

Cordélia bondit. Le cri résonna dans la grande salle. Les autres s'interrompirent pour les dévisager. Les yeux de Cordélia s'embuèrent. Son souffle devenait haletant.

– Je... j'ignore qui t'a fait ça, chuchota-t-elle.

– Tu sais quelque chose, insista Katelyn en baissant la voix.

– Crois-moi, Kat, si je pouvais te parler, je le ferais. Mais je ne suis pas la seule concernée... je... c'est une histoire trop longue... trop... tout.

– Mais que veux-tu dire à la fin ?!

Cordélia bafouillait, s'embrouillait. Elle avait peur, mais pas de Katelyn. C'était comme si on la muselait, qu'on la manipulait. Katelyn songea à cette étrange villa, tout droit sortie d'un conte de fées, où Cordélia et son semblant de famille Addams habitaient. Katelyn avait tenté de se rapprocher de la jeune fille, de lui offrir son amitié, mais maintenant qu'elle avait besoin de son aide, Cordélia se dérobait.

– Parfait, déclara Katelyn en se levant brusquement. Alors je ferai ce que j'aurais dû faire depuis le début : tout raconter à mon grand-père.

– Non ! Tu ne peux pas ! s'écria Cordélia en l'agrippant par le bras.

– Et pourquoi ?

– Parce que...

Ses lèvres frémirent et elle dévisagea Katelyn, terrifiée.

– Sinon, mon père te tuera.

– Ton père me tuera ? répéta-t-elle, incrédule. Tu es sérieuse ?

Cordélia semblait aussi perturbée que la veille, lorsqu'elle lui avait appris l'attaque du loup.

– Oui, souffla Cordélia, tête baissée, en ramenant ses genoux contre sa poitrine. Il n'hésitera pas.

La surveillante revint avec sa fiche et leva les yeux vers elles.

– J'ai parlé d'une heure de permanence, les filles, pas de bavardage. Est-ce que je dois vous séparer ?

– Non, madame, répondit machinalement Katelyn.

Dès que la surveillante eut le dos tourné, Katelyn observa Cordélia. Blême, tremblante, celle-ci avait au moins trouvé le courage de la regarder en face.

– Tu dois tout me dire, souffla Katelyn.

– Je le ferai, céda Cordélia, vaincue. Je te le promets. Mais... pas ici. Pas au lycée.

Le soulagement submergea Katelyn. Enfin des réponses ! Mais elle n'entendait pas donner à son amie la possibilité de se dérober. Il n'était plus question d'abandonner.

– Après les cours, alors, insista Katelyn.

– Je dois d'abord récupérer quelque chose, chez moi.

Katelyn souffla. De quoi pouvait-elle avoir besoin ?

– Ne t'avise pas de te défiler, reprit-elle en soutenant son regard bleu.

– Non, je t'assure. Fais-moi confiance, Kat. C'est suffisamment pénible comme ça.

Voyant que Katelyn était sur le point de protester, elle saisit sa main et serra si fort que Katelyn eut l'impression qu'on lui broyait les os. Elle grimaça et observa le poignet de Cordélia, où elle-même avait laissé une marque un peu plus tôt. Était-ce un bleu qui apparaissait sur sa peau ?

– Je te rejoindrai chez toi, en fin de journée. Préviens ton grand-père que tu m'as invitée à dîner. Nous discuterons après le repas.

– Et tu me diras la vérité ? insista Katelyn.

– Oui. Mais tu ne devras le répéter à personne. Tu dois me le jurer.

– C'est juré, répondit fermement Katelyn.

Ce fut le mensonge le plus pénible qu'elle eût jamais proféré. Cependant, il fallait absolument qu'elle sache.

Cordélia ne paraissait toujours pas convaincue. Enfin, elle hocha la tête.

– Marché conclu.

L'averse perdurait et Katelyn déjeuna au réfectoire, un vaste espace lugubre aux allures de caverne que les élèves ne fréquentaient qu'en cas de pluie. Jusque-là, elle n'avait jamais prêté attention aux fresques murales jaunies par le temps : des images de loups recouvraient les cloisons du sol au plafond. Elle éprouva la soudaine envie de détruire ces dessins, de s'en prendre à eux comme on s'en était pris à elle.

Elle s'obligea à détourner le regard et observa les tables. Elle ne vit Cordélia nulle part, mais tout en cherchant une place, elle remarqua Trick, installé avec ses amis. Il se leva et s'approcha, un bol de nouilles à la main. Une odeur de sève de pin flottait dans l'air. Était-ce son parfum ?

– Salut, lança-t-elle avec un sourire las.

Elle avait beau apprécier sa compagnie – il parvenait toujours à la faire rire –, elle préférait éviter les questions.

– Viens, dit-il.

Il l'entraîna à l'écart, vers un escalier dérobé à l'autre extrémité de la pièce, avant de s'asseoir sur une marche.

– Depuis ce matin, reprit-il, tu as la mine désœuvrée de quelqu'un qui a perdu sa meilleure amie... je me trompe ?

Elle sourit, cherchant à éluder la question. Puis elle le regarda. L'étrange effet de zoom recommença. Occupant son champ de vision, les yeux de Trick étaient espacés, de chaque côté de son nez aquilin, et encadrés par deux rangées de longs cils. Ses iris verts étaient piqués de taches dorées et bleues qu'elle n'avait encore jamais remarquées.

La vision disparut presque instantanément. Elle retrouva la totalité de son visage anguleux, marqué par l'anxiété et... autre chose. Était-il furieux ?

Elle tangua légèrement sur la marche.

– Qu'est-ce que tu manges ? demanda-t-elle d'un air aussi détaché que possible. Ça a une odeur de sapin.

– Des nouilles ramen, répondit-il, ahuri. Qu'est-ce qui t'arrive ?

– Je voudrais aller chez Sam, après les cours, déclara-t-elle subitement.

Cordélia ne la rejoindrait pas chez son grand-père avant au moins deux heures. Ce qui lui laissait amplement le temps de tirer au clair les insinuations de Sam.

– J'aimerais lui dire au revoir, avant qu'elle ne déménage. Tu sais qu'elle part bientôt. Ça t'ennuierait de m'attendre une petite demi-heure avant de me ramener ?

– J'ignorais que vous étiez si proches, s'étonna-t-il. Aucun problème. Je t'y emmènerai.

– Non, répondit Katelyn du tac au tac. Enfin, ne le prends pas mal, mais je préférerais qu'on se retrouve entre filles. Et puis, c'est tout près du lycée.

– Hé, Tricky !

Un garçon au look gothique, vêtu de noir des pieds à la tête, l'interpellait. Il avait des cheveux corbeau, les yeux soulignés au khôl et une collection impressionnante de piercings.

– C'est ton tour, reprit-il.

– On fait une partie de go, expliqua Trick à Katelyn. Tu connais ? C'est un genre de jeu d'échecs.

– Non, mais va jouer au go ! s'amusa-t-elle d'un ton volontairement nonchalant. Quand j'aurai dit au revoir à Sam, je te retrouverai sur le parking du lycée.

Il hocha la tête, se leva, mais parut soudain hésiter, sur le point d'ajouter autre chose. Il se détourna finalement et retrouva ses amis. Malgré elle, Katelyn le suivit du regard, les yeux rivés sur ses larges épaules. Elle ne voulait pas le rejoindre à sa table, mais aurait aimé qu'il reste avec elle. Il disait vouloir être plus qu'un ami pour elle et pourtant, c'est ce dont elle avait besoin.

C'est alors qu'elle aperçut Beau, dans l'entrebâillement de la porte, à l'entrée du réfectoire. Il l'observait. Elle fit mine de se lever, avec un geste incertain dans sa direction. Beau hocha la tête et disparut. Elle le rejoignit dans le couloir où il l'attendait, voûté, les mains enfoncées dans les poches. Après le décès de Becky, Beau s'était fait très discret et avait gardé ses distances.

– Qu'est-ce qui se passe ? demanda-t-elle.

– Eh bien, comme tu peux l'imaginer, dit-il avec une grimace, depuis la mort de Becky, ma grand-mère est paniquée. « Ça recommence. Il y en aura d'autres »… tu vois le genre.

Il tâchait d'en rire, mais cachait mal sa gravité. D'un signe de tête, Katelyn l'encouragea à poursuivre.

– Cette nuit, vers deux heures du matin, nous l'avons entendu hurler dans sa chambre. Elle prétendait qu'un monstre était à sa fenêtre.

– Un monstre ? s'exclama Katelyn. Comme quoi ? Comme… un animal, peut-être ?

Un loup ? Katelyn garda l'idée pour elle. Elle attendait de voir si Beau y ferait allusion.

– Elle a seulement dit qu'il était énorme. Elle a parlé de ses yeux bleus. Elle criait et aucun de nous ne parvenait à la calmer. Et puis…

Il s'éclaircit la gorge, en regardant ses pieds.

– Elle a fait une attaque. Ils l'ont emmenée à Bentonville. Elle est en soins intensifs.

– Mon Dieu, souffla Katelyn, bouleversée, en posant la main sur son épaule. C'est affreux.

– Elle m'avait dit t'avoir croisée chez Babette, avec Cordélia.

Katelyn se rappela la vieille dame et son grand chapeau noir à plumes. Elle leur avait conseillé de rentrer chez elles, en sécurité. Aujourd'hui, Katelyn regrettait de ne pas l'avoir écoutée.

– Je peux faire quelque chose ? reprit-elle.

– Je ne sais pas, répondit-il avec un soupir. Je voulais juste t'avertir.

– Est-ce qu'elle tenait un journal, ou quelque chose qui nous aiderait à comprendre ce à quoi elle faisait allusion ?

L'idée de fouiller dans les affaires d'une vieille dame entre la vie et la mort ne la réjouissait guère, mais Katelyn espérait trouver un indice.

– Je verrai ce que je peux découvrir, assura Beau.

– J'espère vraiment qu'elle se rétablira vite. Tu allais déjeuner ? ajouta-t-elle en désignant le réfectoire.

– Non, je te cherchais simplement, répondit-il en rougissant. Bon... à plus tard.

– D'accord. Merci de m'avoir prévenue.

Elle le serra une dernière fois dans ses bras. Beau lui adressa un timide sourire avant de tourner les talons et de se diriger vers le bureau de Mme Walker.

La pluie avait cessé, mais pas les bourrasques, qui soulevaient des brassées de feuilles sur la route. Devant chez Sam, Katelyn hésita à rebrousser chemin. Mais elle n'avait plus d'autre choix. Si Cordélia revenait sur sa parole, Sam était peut-être la dernière personne capable de lui apporter des réponses et d'ici à un jour ou deux, elle serait partie. Le cœur battant, Katelyn pressa la sonnette et Sam ouvrit, les traits tirés. En voyant Katelyn, elle sembla retrouver un brin de gaieté.

– Salut ! lança-t-elle en poussant la porte, révélant un empilement de cartons.

– J'ai entendu dire que tu déménageais.

Sam hocha la tête et toute la chaleur disparut de son regard. Elle se tourna et fit signe à Katelyn d'entrer.

– Mes parents se séparent, annonça-t-elle mollement, les yeux rivés sur les paquets.

– Oh, je suis désolée.

Katelyn était néanmoins rassurée par cette explication logique à ce départ précipité.

– Ça n'est pas vraiment une surprise, poursuivit Sam avec un haussement d'épaules. Ma mère ne s'est jamais plu ici. On lui a proposé un poste d'infirmière à Little Rock, elle a décidé d'accepter. Mon père, lui, retourne dans l'Oklahoma...

Katelyn hocha la tête. Elle s'en voulait de remettre la mort de Becky sur le tapis, mais elle devait saisir sa chance et ne voyait aucun moyen d'aborder subtilement le sujet.

– Je suis vraiment navrée de ce qu'il t'arrive. J'espère ne pas me montrer trop directe, mais l'autre soir, tu as fait allusion aux circonstances du décès de Becky. Nous devions en reparler, mais...

– C'est vrai.

Sam hocha la tête, puis se dirigea vers la cuisine. Katelyn lui emboîta le pas.

– Un soda ?

– Euh, volontiers.

Katelyn s'appuya sur le bar et aperçut alors une pile de coupures de journaux, surmontée d'un épais document qui ressemblait à un ancien parchemin replié. Sam sortit deux canettes de Coca et ensemble, elles s'installèrent sur les tabourets en bois.

– Tu sais que ma mère travaille à la clinique. Avant de conduire Becky à Bentonville, la police l'a d'abord amenée là-bas. Et ma mère a surpris une conversation téléphonique du médecin : d'après lui, il y avait quelque chose d'anormal dans ses blessures. Il n'avait jamais vu ça.

– Mais encore ? souffla Katelyn, la gorge serrée.

Sam passa la main dans ses cheveux, hésitante.

– Je ne sais pas... Il disait qu'on avait déplacé le corps. Certains éléments auraient démontré qu'elle aurait pénétré dans le centre de Bronson. Tu sais, le type qui organise des séminaires sur la recherche du « loup intérieur ». Ma mère n'a pas clairement tout entendu.

– Alors, est-ce que la police enquête sur le centre de Bronson ?

– Je n'en ai pas la moindre idée, soupira Sam. Wolf Springs est un endroit tellement spécial. Ici, tout est prétexte au secret, au mystère. Et les choses se rapportent toujours à la famille. Si tu n'as pas au moins des arrière-grands-parents natifs du coin, tu n'es jamais vraiment accepté.

– Je vois.

Katelyn songea à Cordélia, qui avait dû abandonner l'équipe des pom-pom girls pour des raisons familiales. Elle jeta un regard anxieux à son portable. Une éternité semblait encore la séparer du moment où son amie la rejoindrait chez elle.

– Oh, devant toi, ils sont tout sourire, reprit Sam. Mais si tu n'es pas née ici, tu resteras toujours une étrangère. Je suis un peu soulagée de partir. J'aurais aimé...

Elle hésita.

– ... que mes parents ne divorcent pas pour ça.

– Je comprends, c'est douloureux, répondit Katelyn, compatissante.

Elle serra Sam dans ses bras, comme elle l'avait fait avec Beau. Décidément, les mauvaises nouvelles s'enchaînaient à Wolf Springs.

– Merci, souffla Sam, avant de désigner la pile de coupures de presse. Ce sont d'anciens articles sur la ville. Ma mère les a découverts dans une vieille boîte qu'elle voulait conserver. Elle va se renseigner afin de proposer tout ça à une association quelconque.

Katelyn saisit le parchemin et le déplia. Une gravure à l'encre représentait un paysage. Au premier plan, un large rocher en forme de cœur, aux contours déchiquetés. Peut-être un éboulis ?

Derrière lui, on distinguait quelques arbres et en arrière-plan, une cascade qui dévalait le flanc de la montagne. L'image lui parut vaguement familière, sans qu'elle puisse se rappeler pourquoi.

– Ça t'ennuie si je t'emprunte quelques articles pour les consulter ?

– Si tu veux, acquiesça Sam en se levant. Connaissant ma mère, elle finira par les mettre à la poubelle, de toute façon. À vrai dire, elle a plus important à faire que de chercher des associations de sauvegarde du patrimoine. Promets-moi juste de me les rendre si elle me les réclame.

– Bien sûr !

En voyant Sam emballer les articles dans un sac en plastique, elle eut l'impression d'avancer un peu. Elle laissa son numéro à Sam, puis la jeune fille la raccompagna.

– Sois prudente, d'accord ? Je ne me suis jamais sentie à l'aise dans cette ville. Ne te fie à personne, ajouta Sam avec un petit sourire. Sauf à Trick. C'est quelqu'un de bien.

– Il va te manquer ?

– C'est vraiment un type fantastique. Et il t'aime beaucoup. Si j'étais avec lui, j'aurais sans doute voulu rester. Et puisque tu es là, profites-en !

– Peut-être..., répondit Katelyn, en se forçant à lui rendre son sourire.

Mais pour l'instant, les histoires de garçons étaient le cadet de ses soucis. Sam ne lui avait pas appris grand-chose et il n'y avait plus qu'à espérer que Cordélia se montre plus bavarde. En admettant qu'elle tienne parole. Katelyn sortit et remonta la rue pour regagner le parking du lycée, où Trick l'attendait, appuyé contre sa Mustang, la lèvre fendue et la joue violacée.

– Trick, s'écria-t-elle en se précipitant vers lui. Que s'est-il passé ?

– Aucune importance, répondit-il. L'autre type est mort.

Chapitre 13

– Très drôle. Vraiment, c'est à se rouler par terre. C'était qui ? Mike ?

Il tressaillit et Katelyn comprit qu'elle avait visé juste. Son angoisse se mua en colère. Elle espérait secrètement qu'il aurait mis Mike en pièces.

– Tu as pu voir Sam ? demanda-t-il.

– Tu ne comptes pas m'en dire davantage ?

– Ça ne te concerne pas. Comment va Sam ?

Sans attendre la réponse, il lui ouvrit la portière. Il paraissait furieux. Sans doute contre Mike, ou celui qui l'avait mis dans cet état.

Dans l'habitacle, *Sympathy for the Devil*, des Rolling Stones, monta peu à peu. Trick fonça comme un dément à travers les rues de la ville et s'engouffra dans le tunnel de la forêt, où le flou de la végétation enveloppait tout. L'air grave, préoccupé, Trick déposa Katelyn chez son grand-père presque sans un mot.

La Mustang repartit en trombes dans les bois, la laissant seule sur le perron. En rentrant, elle prévint Mordecai de la visite de Cordélia et grimpa dans sa chambre « pour travailler ». En réalité, elle voulait examiner une fois encore sa jambe et son épaule, qu'elle retrouva intactes.

Elle songea à Becky Jensen. Un meurtre maquillé en attaque animale ?

Les mots de Cordélia lui revinrent en mémoire. *Mon père te tuera.*

Enfin, à bout de nerfs, elle réalisa qu'on frappait à sa porte. Elle l'ouvrit brusquement, espérant que Cordélia se trouve derrière, mais ce n'était que son grand-père.

– Que se passe-t-il ? demanda Mordecai. Je t'entends faire les cent pas.

– Des histoires de garçons, répliqua-t-elle, fronçant les sourcils pour davantage d'effet.

Elle cherchait ainsi à éviter les questions. Mais il demeura sur le pas de la porte.

– Tu sais, j'ai été un garçon moi aussi.

À court de patience, Katelyn se mordit la langue.

– Je sais, mais depuis les femmes ont obtenu le droit de vote, tu vois, marmonna-t-elle.

Une étrange expression passa sur le visage de Mordecai. Un mélange de surprise et... d'embarras, peut-être. Elle-même se sentait honteuse. Comment avait-elle pu lui lancer quelque chose d'aussi méchant ?

– Exactement le genre de réponse que m'aurait servi ton père, reprit-il avec un soupir. Tu lui ressembles tellement...

Stupéfaite, elle cligna des yeux. Personne ne lui avait jamais dit cela. À Santa Monica, tout le monde trouvait qu'elle tenait de Gisèle. Mais la plupart de ses amis n'avaient pas connu Sean.

– Tu avais raison, ajouta-t-il avec douceur. J'aurais dû venir à l'enterrement de ta mère.

– Oui, tu aurais dû.

Il fallait qu'ils crèvent l'abcès. Mais elle était pour l'instant incapable de formuler clairement ses sentiments. Elle était obsédée par l'idée de parler à Cordélia, de lui arracher des révélations. Katelyn ferma les yeux et lutta pour se ressaisir, pour recouvrer son calme. Son grand-père avait sans le savoir mis les pieds dans le plat et ne méritait pas ses mouvements d'humeur. Pire, si elle continuait, il pourrait soupçonner quelque chose de plus grave que des histoires de garçons. Le silence retomba. Katelyn lui prit la main.

– Ton ami qui est décédé, poursuivit-elle d'un ton plus doux. Mason. Il y aura une cérémonie pour lui ?

Attendri, il eut un sourire triste.

– Il n'aura que quelques vieux compagnons et la terre aride du pays pour l'accompagner... Une étrange combinaison.

– Tu m'as manqué, tu sais, souffla-t-elle tandis que les souvenirs refaisaient surface. J'aurais voulu te voir. J'avais besoin de te voir.

– Je sais. Moi aussi, j'en avais besoin, répondit-il, les yeux humides.

– Alors, pourquoi n'es-tu pas venu ? demanda-t-elle d'une petite voix.

Il détourna le regard et le cœur de Katelyn se serra. Encore des secrets, encore des choses qu'on cherchait à lui cacher. Puis Mordecai la surprit en reprenant la parole.

– J'avais quelque chose d'important à faire, ici. Je t'en prie, Katie, il faut me croire.

Avant qu'elle ait pu répondre, il pencha la tête.

– On a frappé, non ?

Elle le suivit dans l'escalier, les yeux rivés sur sa chemise, sur ses cheveux gris. Malgré son impatience de retrouver Cordélia, elle n'aurait échangé ces quelques instants avec son grand-père pour rien au monde. Ils annonçaient un avenir plus prometteur.

Mordecai ouvrit la porte à Cordélia. Le souffle court, elle tenait son sac à dos serré contre elle. Elle parvint à esquisser un sourire, puis se tourna vers son amie. Son regard était clair et brillant. Katelyn y vit de la peur, mais aussi de la détermination.

– Euh, tu crois que nous avons le temps de travailler un peu sur notre exposé d'histoire avant le dîner ? demanda Cordélia.

Katelyn était pressée de la prendre à part, mais lutta pour paraître détachée.

– Oui. Sam m'a prêté des documents intéressants. Des coupures de journaux. Je suis allée chez elle après les cours, je voulais lui dire au revoir, conclut-elle en faisant signe à Cordélia de la suivre dans l'escalier.

Dès qu'elles eurent atteint le couloir, les deux jeunes filles oublièrent leurs faux-semblants et se précipitèrent vers la chambre. Une fois la porte fermée, Katelyn se tourna et interrogea son amie du regard. Mais Cordélia, inspectant la pièce, observa la lucarne et secoua la tête.

– On ne peut pas parler ici.

– Où ça, alors ? rétorqua Katelyn. Nous n'avons pas vraiment le choix.

– On pourrait sortir un peu. C'est juste que... s'il entrait et voyait ce que j'ai à te montrer...

Elle se mordit les lèvres.

– Tu me fais peur, murmura Katelyn.

– Tant mieux. Parce que tu as toutes les raisons d'avoir peur.

Katelyn leva les yeux au ciel. Ces sous-entendus commençaient à la lasser. Elle jeta un regard par la fenêtre.

– Il fait déjà trop sombre. Mordecai ne me permettra jamais de sortir. On peut fermer à clé, si tu veux. Et puis il s'active dans la cuisine. Il n'entendra rien.

Cordélia avait eu deux heures pour préparer ses révélations. Katelyn ne comptait pas la laisser quitter cette pièce avant d'avoir obtenu des réponses.

Cordélia s'assit sur le lit et ramena ses genoux sous son menton.

– Mon père, dit-elle enfin d'une petite voix, perd la raison. C'est une forme de démence, un peu comme un Alzheimer.

– Oh, je... c'est terrible, souffla Katelyn qui ne s'attendait pas à cela.

– Depuis quelque temps, il a un comportement bizarre, poursuivit Cordélia comme si elle ne l'avait pas entendue. Tu as bien vu... toute cette histoire d'olympiades...

– C'est ce qui te fait dire qu'il pourrait me tuer ?

– Peut-être, murmura Cordélia.

– Voyons, Cordélia, ça n'a aucun sens. Ça n'explique absolument rien, siffla Katelyn, qui luttait pour parler à voix basse et ne pas s'emporter.

Cordélia demeura un long moment silencieuse, puis leva brutalement la tête pour regarder la lucarne. Elle soupira comme si le poids de millions d'années pesait sur ses épaules, puis observa Katelyn.

– Ensuite, je t'ai dit la vérité. J'ignore réellement ce qui a pu t'arriver. Ou ce qui t'a attaquée. Tu dois me croire.

Katelyn acquiesça lentement, envahie par une immense déception. Elle pensait qu'enfin, toutes les pièces du puzzle se mettraient en place. Mais la vie n'était jamais aussi simple.

– Nous étions d'accord : il s'agissait d'un animal, non ?

Et pas d'un dément. Pas d'un homme souffrant d'Alzheimer.

– C'est vrai, répondit Cordélia avant d'ajouter d'un air hésitant : Plus ou moins.

Elle s'éclaircit la gorge, puis reprit d'une voix plus affirmée.

– Même en mettant de côté la maladie de mon père, tu as sans doute remarqué que ma famille était un peu... bizarre.

– Un peu ? s'étrangla Katelyn avant d'avoir pu s'en empêcher.

– Oui, souffla Cordélia sans sourire. Et nous ne sommes pas les seuls. Plusieurs familles de Wolf Springs sont tout aussi étranges.

– On ne cesse de me répéter que cet endroit est étrange, intervint Katelyn, qui attendait la suite.

Son amie agrippa brutalement sa main. Elle se pencha si près que leurs fronts se touchaient presque. Puis elle ouvrit son sac à dos et en tira une photo encadrée. C'était celle d'un loup, au pelage roux, au regard bleu et vif qui fixait l'objectif. L'image semblait presque irréelle, tant le photographe était parvenu à capturer l'essence de l'animal.

Son âme.

– Euh... je vois, répondit Katelyn avec un frémissement.

D'où venait l'obsession de cette ville pour les loups ? Cordélia retourna le cadre et l'ouvrit, révélant le verso du tirage. Chaque coin était marqué de curieux caractères, presque comme des runes anciennes que l'on trouve parfois sur certains jeux de tarot. Sans un mot, Cordélia lui tendit la photo et Katelyn plissa les yeux pour tenter de déchiffrer les inscriptions.

– *Cordélia. Lune du chasseur*, traduisit pour elle son amie. Et ma lignée. Du côté de ma mère et de mon père. Mais tout est lié.

C'était comme si Cordélia s'était mise à parler une langue étrangère.

– Je ne comprends toujours pas, répondit Katelyn, perdue.

– Mais si, tu comprends, reprit Cordélia à voix basse. Tu sais. Tu refuses simplement de l'admettre.

– Admettre quoi, au juste ?

Katelyn avait la bouche affreusement sèche. Les mots lui échappaient par saccades. La tête lui tournait et soudain, tout ce qui semblait flou devint brutalement plus net. Cordélia tapota la photo.

– Voilà qui je suis. Qui est ma famille. Et qui tu es peut-être, toi aussi.

Katelyn secoua la tête, se sentant défaillir.

– Non. Non, je ne comprends pas.

Elle voulut se dégager, mais Cordélia refusa de la lâcher, serrant ses doigts si fort qu'elle les broyait presque.

– Voilà pourquoi nous vivons au milieu des bois. Voilà pourquoi mes sœurs ont un comportement si étrange. Mon cousin Jesse t'embrasse sur les joues, parce que c'est comme ça que... les loups... se reconnaissent.

Katelyn eut l'impression qu'on lui retournait l'estomac.

– Est-ce que tu essaies de me dire que tu... tu es...

Elle voulut se lever, mais Cordélia la retint d'une poigne de fer. De sa main libre, elle sortit d'autres photos.

D'autres loups.

– Arial. Regan. Mon père.

Les cadres s'entrechoquaient tandis que Cordélia se penchait vers Katelyn, qui sentit son souffle contre son oreille.

– Des loups-garous, Kat. Voilà ce que nous sommes.

– Non, répliqua Katelyn en secouant fermement la tête. C'est absurde.

– Tu sais que c'est vrai. Tu le sais.

Sous l'effet de l'adrénaline, Katelyn s'arracha à l'étreinte de Cordélia et bondit. Elle s'appuya contre le mur, prise de vertiges, luttant pour ravaler ses larmes. Cordélia était folle. Katelyn devait s'éloigner d'elle. Son grand-père trouverait quoi faire...

Cordélia se précipita vers elle. Katelyn essaya de la repousser, mais elle ne faisait pas le poids.

– Tu sais que c'est vrai, répéta-t-elle dans un murmure. Seuls les louveteaux ont les yeux bleus. Ce que tu as vu dans la forêt, avec Trick, ça ne pouvait pas être un loup ordinaire.

– Mais il doit bien exister des...

– Chez les chiens-loups, ou peut-être, à de très rares exceptions, avec une mutation génétique. Les loups adultes n'ont pas les yeux bleus. Les loups-garous, si. La couleur d'iris reste la même après leur transformation.

– Qu'est-ce que tu veux dire ? souffla Katelyn, qui frémit.

– La vision, les sensations accrues... Tout ça en fait partie.

Soudain, Katelyn comprit à quoi Cordélia faisait allusion. *Cette acuité des sens, que j'éprouve en ce moment même.* Intérieurement, elle hurlait de terreur à mesure que ses craintes se confirmaient.

– Alors, maintenant je suis un... C'est ce que je suis ? demanda-t-elle d'une voix éraillée.

– Je n'en sais rien, répondit Cordélia en se mordant les lèvres.

Katelyn se retint de la secouer violemment.

– Comment ça, tu n'en sais rien ?

– Je te l'ai dit : j'ignore ce qui t'a attaquée.

La colère, l'angoisse montaient dans son regard. Katelyn tressaillit, cherchant à admettre, à comprendre qui était vraiment Cordélia et ce qu'elle-même pouvait être.

Non, c'est impossible. Ce n'est pas réel. Oh mon Dieu... Katelyn tremblait si fort qu'elle en avait mal dans les os.

– Katelyn, je...

– Mais toi, que t'est-il arrivé ? coupa Katelyn.

– Qu'est-ce que tu veux dire ?

– Qui t'a mordue ?

– Personne, répondit Cordélia, perplexe. Je suis née comme ça.

Katelyn accusa le coup. Puis soudain, un fol espoir l'envahit : elle-même n'était pas née... enfin, comme ça. Mais la peur demeurait présente. Intense, insupportable. Cordélia pouvait se métamorphoser en loup. Elle pouvait l'attaquer.

– Les loups-garous engendrent des loups-garous, expliqua-t-elle. Dans ma famille, personne n'est humain.

Personne n'est humain.

– Justin, souffla Katelyn, l'estomac noué.

Justin, qu'elle avait laissé l'embrasser...

– Oui. Et Jesse aussi.

Un frisson parcourut Katelyn, qui plaqua une main sur sa bouche. Aucun d'eux, pas même Cordélia, n'était humain.

– Et que se passe-t-il si tu mords quelqu'un ? Si tu entailles sa chair ?

– La personne se métamorphose, avoua-t-elle enfin en la lâchant. Mais ce n'est pas moi qui t'ai mordue. Je te le jure. C'est impossible. Pour moi, le changement ne s'opère que durant la pleine lune : je suis encore trop jeune pour les transformations spontanées. Et tu n'as pas été mordue pendant la pleine lune.

Katelyn demeurait silencieuse. Les tremblements reprenaient de plus belle, sous l'effet du choc et de l'incrédulité. Enfin, elle s'obligea à poser la question suivante.

– À qui l'as-tu fait ?

– Moi ? À personne ! Un seul membre de notre meute a été métamorphosé par morsure. C'est mon beau-frère, Doug. Regan et lui étaient ensemble depuis le lycée. On l'a examiné, mis à l'épreuve, puis notre dominant a donné son accord.

– Et qui est ce dominant ? demanda Katelyn, qui avait l'impression de perdre la tête.

Tout ceci était invraisemblable ! Cordélia soupira et parut hésiter.

– Mon père dirige la meute. Il l'est devenu l'année qui a précédé ma naissance.

– Et tu dis qu'il... n'a plus toutes ses facultés, reprit Katelyn qui n'arrivait toujours pas à y croire.

– Oui.

– Et moi, on ne m'a pas examinée, ni mise à l'épreuve et il n'a pas donné sa permission.

– Non.

Désemparée, Katelyn se laissa retomber sur le lit. Même si elle racontait tout à son grand-père, que pourrait-il faire ? La croirait-il seulement ? Et si tout ceci était vrai, Cordélia représentait-elle une menace ? Katelyn s'allongea quelques instants, prise de vertiges.

Elle sentit Cordélia s'asseoir près d'elle. Elle ne voulait pas l'admettre, mais au fond, elle avait toujours su qu'il s'était produit quelque chose de terrible, cette nuit-là. La manière dont ce loup l'avait pourchassée. Ses sens qui se développaient... ses cauchemars, si réels. Ses blessures, qui avaient pratiquement disparu du jour au lendemain.

– Tu t'en doutais depuis le début, accusa Katelyn. Quand je t'ai décrit mes symptômes, tu avais déjà compris.

– Non, s'obstina Cordélia. Mon père a mordu Doug la veille de la pleine lune. Nous n'avons donc pas eu le temps d'observer les changements avant sa métamorphose, le lendemain. Tous les loups se transforment durant la pleine lune, mais les plus âgés peuvent le faire lorsqu'ils le souhaitent.

Katelyn ramena ses bras contre sa poitrine.

– Ce qui veut dire que vous tuez ceux qui croisent votre chemin ?

– Non ! protesta Cordélia, choquée. Nous n'agressons jamais personne ! C'est défendu. Voilà pourquoi ça n'a aucun sens.

Aucun de nous ne ferait une chose pareille. Autant imaginer que ton ours en peluche s'anime brusquement pour te sauter dessus.

– C'est pourtant arrivé ! Quelle autre créature aurait pu s'en prendre à moi ?

Cordélia poussa un long soupir et prononça un mot, tout bas. Deux syllabes, à peine audibles, que Katelyn ne comprit pas. Elle se pencha et Cordélia les répéta.

– Cerbère, chuchota-t-elle.

Les sourcils froncés, Katelyn observa fixement son amie.

– Comme dans la légende de la mine ?

Livide, Cordélia hocha la tête.

– Voyons, Cordélia, ce n'est qu'un mythe !

Mais encore quelques minutes plus tôt, les loups-garous l'étaient, eux aussi.

– Quand j'étais petite, mes sœurs me racontaient sans cesse des histoires sur le... enfin, sur lui, pour me faire peur, expliqua-t-elle d'une voix tendue. Elles adoraient me torturer avec ça. Et elles ont réussi : je faisais sans arrêt des cauchemars. Je n'en dormais presque plus.

Katelyn écoutait Cordélia, manifestement terrifiée.

– Lorsqu'on a retrouvé Haley morte dans les bois, j'ai demandé à mon père s'il pensait que le... le monstre avait pu l'attaquer. Justin a surpris notre conversation et ils se sont tous les deux moqués de moi. Mais je n'étais pas dupe, Kat. Eux aussi avaient peur. Puis, après le décès de Becky, j'ai entendu mon père patrouiller autour de la maison, chaque nuit. Mais il n'a jamais voulu l'avouer.

– Que va-t-il m'arriver ? demanda Katelyn.

Peu à peu, l'incrédulité laissait place à l'angoisse, plus insidieuse. Non, cela ne pouvait pas être vrai. Pourtant...

– Si c'était bien… lui… je l'ignore. Tu deviendras comme lui… comme elle.

– C'est-à-dire ?

– Un monstre, sanglota Cordélia.

– Quel genre de monstre ?

Un monstre… comme toi ? Ou pire encore ?

– Personne ne sait réellement à quoi il ressemble. On ne le connaît qu'à travers les récits, comme ceux du croque-mitaine, ou du père Fouettard. Certains prétendent qu'il peut prendre l'apparence de l'un d'entre nous, mais lorsqu'il se transforme, il est hideux. Difforme…

Comme le monstre que la grand-mère de Beau a aperçu à sa fenêtre ? Ou que j'ai aperçu à la mienne ?

Katelyn perdait les pédales, au bord de l'hystérie.

– Mais si c'était bien l'un d'entre nous, poursuivit Cordélia, alors tu te métamorphoserais durant la prochaine pleine lune. Il se pourrait aussi bien que rien ne se produise. C'est peut-être un husky qui t'a mordue. Ou un loup qui présenterait une dégénérescence. Ce qui expliquerait qu'il t'ait attaquée. Et qu'il ait les yeux bleus…

– Quand sera la prochaine pleine lune ? demanda Katelyn d'une voix chevrotante.

– Une quinzaine de jours après Halloween, répondit Cordélia avec une hésitation.

La semaine de son anniversaire. Et ce serait sans doute la fin de la vie telle qu'elle l'imaginait. Cordélia lui reprit les mains, plus doucement cette fois.

– Je serai là pour t'aider Kat. Je veillerai sur toi.

Katelyn se sentit nauséeuse. Non, c'était forcément un cauchemar… Une horrible farce…

– Et ton père…

– Les soirs de pleine lune, nous nous rassemblons pour un rituel officiel, avant de partir chasser. Mais je pourrais trouver une excuse – prétexter que je ne me sens pas bien – et t'emmener dans un endroit secret. Je garderais l'œil sur toi. Ce ne serait pas la première fois que quelqu'un manque la chasse.

Katelyn ferma les yeux.

– Tu veux dire que nous devons le cacher à ton père ?

Cordélia hésita, puis hocha la tête.

– Il est tellement imprévisible... et son état ne fait qu'empirer. La nuit dernière, il m'a réveillée en pleine nuit pour me poser des questions au sujet de la Constitution. Puis il a appelé mes sœurs pour les interroger à leur tour. À trois heures du matin, conclut-elle en s'essuyant les yeux.

– Oh Cordélia... Mais puisque vous ne faites jamais de mal à personne, pourquoi voudrait-il me tuer ?

– Mais si tu es... l'une d'entre nous, les règles ne sont plus les mêmes, répondit Cordélia en baissant la tête.

Elle se leva et reprit la photo de son père.

– Il devra bientôt désigner un nouveau dominant, ou quelqu'un pourrait le défier, dit-elle dans un souffle.

– Le défier ?

– Le combattre. Jusqu'à la mort, si nécessaire.

– Vous êtes tous complètement malades...

Katelyn tangua, si bien que Cordélia dut la faire asseoir et passa un bras autour de ses épaules.

– Je ne veux pas te faire peur. Mais cet univers est le mien et je n'en connais pas d'autre. Maintenant que mon père n'a plus toute... les prétendants se multiplient. Il cherche à désigner l'une d'entre nous comme alpha.

– Tu veux dire toi... toi et tes sœurs ? demanda Katelyn, stupéfaite. Mais tu n'as que seize ans !

– J'en ai dix-sept, reprit Cordélia après un long silence. Je suis sa préférée, mais je suis aussi la plus jeune et je n'ai pas de partenaire. Souvent, il voit ça comme une bonne chose, parce qu'il a la possibilité de choisir quelqu'un pour moi, mais parfois, il prétend que je suis trop distraite pour faire une dominante idéale. Et... il lui arrive même d'oublier qui je suis, ajouta-t-elle, perdue. On t'a mordue sans permission – et si c'était bien l'un d'entre nous, il sera furieux.

– Génial, grinça faiblement Katelyn. Voilà pourquoi tu voulais que je rentre à Los Angeles.

– Oui. J'ai paniqué, mais c'était une mauvaise idée. Tu serais livrée à toi-même et puis à Los Angeles... un loup-garou lâché dans une ville pareille...

– Alors, viens avec moi, supplia Katelyn.

– Je ne peux pas partir comme ça. J'ai besoin d'une permission. Et mon père ne cesse de répéter qu'il faut rester groupés. Pas seulement à cause de la succession. Il y a eu quelques frictions avec d'autres meutes. Il est crucial pour nous d'affirmer notre autorité. S'ils apprenaient qu'un humain a été attaqué sur notre territoire et que nous ignorons l'identité du coupable, nous serions la risée de tous.

– Qui ça, « ils » ?

– Dom et sa meute. Nos rivaux. Tu n'as pas besoin de t'inquiéter de tout ça maintenant, ajouta-t-elle, cramoisie, en secouant la tête. Mais c'est la raison pour laquelle je ne peux pas partir.

– Ces garçons qui te plaisent..., souffla Katelyn. Ces « types », comme tu les appelles. Ce sont aussi des loups-garous ?

– Tous à l'exception de Bobby, répondit Cordélia en effleurant les cheveux de Katelyn. J'ai demandé à ce qu'il soit intégré, mais mon père a refusé. Il n'était pas assez robuste.

Sans savoir pourquoi, Katelyn songea alors à Mike. Un affreux pressentiment la saisit.

– Est-ce que d'autres élèves du lycée... ?

– Pas au lycée. Mais deux sont au collège et quelques-uns sont à l'école primaire. Ça devient un véritable problème, expliqua Cordélia avec un soupir. Notre meute prend trop d'importance. Autrefois, seul le couple dominant se reproduisait, ce qui limitait le développement de notre espèce. Puis, avec l'apparition des contraceptifs, notre alpha a modifié les règles parce qu'il pensait que tous seraient prudents. Mais les gens ne l'ont pas été suffisamment. Aujourd'hui, on compte plus de trente individus dans notre meute et c'est déjà vingt de trop.

Katelyn hocha lentement la tête tandis qu'elle prenait peu à peu conscience des paroles de Cordélia. En s'approchant de la coiffeuse, elle observa son reflet dans la glace. Avait-elle changé ? La transformation avait-elle déjà commencé ? Elle hésita.

– Dès que nous avons découvert quelque chose sur le Cerbère, tu n'as plus voulu te concentrer sur la mine d'argent.

– Ce thème ne m'a jamais vraiment emballée. Pour nous, l'argent est un métal toxique, qui peut nous tuer. Alors imagine : deux meutes ne s'entendent pas et la fille d'un dominant en fait le sujet de son exposé, au lycée...

Dans le reflet du miroir, elle vit Cordélia changer d'expression, mais ne sut comment l'interpréter.

– Mon père m'a ordonné de continuer à travailler avec toi, alors j'étais partagée...

Cramponnée à la coiffeuse, Katelyn attendait la suite.

– Et quand tu as découvert ces détails concernant le... le Cerb... le Cerbère, reprit-elle plus fermement. Qu'il se terrait dans la mine de la Madre Vena, j'ai supplié mon père de me laisser abandonner le sujet. Mais ça l'a fait rire, comme toujours.

– C'est ton père, il ne te forcerait jamais à faire quelque chose de dangereux.

– Avant, peut-être, souffla-t-elle, mais maintenant qu'il n'a plus toute...

Cordélia posa une main tremblante sur son front.

– Le Cerbère... pourchasse les mauvais loups-garous.

– Les mauvais loups-garous ? répéta Katelyn, mal à l'aise.

– Ceux qui n'obéissent pas aux règles. Ou... tous ceux qui trahissent notre secret.

Elle leva des yeux écarquillés, apeurés, vers Katelyn.

– Comme moi.

– À qui d'autre en as-tu parlé ? demanda Katelyn après réflexion.

– Personne ! Mais lorsque Jesse et Justin sont venus habiter chez nous, je craignais trop que Jesse laisse échapper quelque chose. J'ai cessé d'inviter des amis à la maison.

– Mais tu ne peux pas le contrôler !

– Exactement.

Cordélia respira un grand coup et repoussa une mèche derrière son oreille.

– Personne ne le peut. À l'époque de mes grands-parents, il n'aurait pas survécu. Ils l'auraient... Enfin, il ne serait plus là.

Katelyn la dévisagea. Cordélia baissait les yeux, triturant un fil de sa chemise.

– Tu veux dire qu'ils l'auraient tué ? murmura Katelyn.

Cordélia jeta un œil inquiet à la porte de la chambre.

– Ils l'auraient abandonné dans la forêt, juste après sa naissance. C'est la coutume.

Katelyn sentit la nausée revenir.

– Mais nous ne faisons plus ce genre de chose, la rassura Cordélia. Il y a trop de gens aux alentours. Quelqu'un pourrait nous surprendre.

– C'est surtout monstrueux ! observa Katelyn.

– Kat, tu dois comprendre : nous ne sommes pas humains.

Katelyn ne savait plus quoi répondre. Ni quoi penser, d'ailleurs.

– Peut-être le Cerbère est-il revenu pour nous mettre dans le droit chemin. Justin dit que nous nous obstinons trop à ressembler aux humains. Qu'il faudrait retrouver nos coutumes ancestrales.

– Justin ?

Après tout ce qu'elle avait entendu, l'idée que Justin rejette sa part d'humanité lui parut pire encore.

– Tu sais à présent pourquoi je ne voulais pas en parler. Alors, oublions ça pour le moment, d'accord ? Jusqu'à ce que nous soyons certaines.

Jusqu'à ce que nous soyons certaines...

– Mais il est évident que l'un de vous m'a mordue. Et nous allons devoir discuter de ça, insista Katelyn.

– Je refuse de croire ça, s'obstina Cordélia. Raconte-moi exactement ce qui s'est passé. Repends depuis le début.

Katelyn ferma les paupières, submergée par des images qui la glaçaient.

– Il m'a sauté dessus et m'a traînée dans les bois. Il m'a mordue, murmura-t-elle, le souffle court. Il avait les yeux bleus et il était énorme. Alors je l'ai frappé avec une barre de fer, puis... c'est comme s'il s'était dissipé dans les ténèbres... comme s'il était devenu une ombre.

– Qu'est-ce que tu as dit ? s'étrangla Cordélia.

Katelyn passa une main dans ses cheveux. Elle ne voulait pas se remémorer tout cela. Mais elle devait se ressaisir, comprendre ce qui lui arrivait.

– Je ne saurais pas l'expliquer autrement. Je n'étais pas certaine d'en croire mes yeux. Sur le moment, ça ressemblait à une hallucination.

– Le Cerbère..., souffla Cordélia.

– Ou alors... j'étais sans doute simplement terrorisée.

Le silence s'épaissit tandis que Katelyn tentait d'accepter ces révélations en cascade. Lorsque le loup l'avait attaquée, elle pensait qu'il la tuerait, comme les deux autres filles. Elle avait cru s'en être sortie. Mais au fond, qui connaissait le sort le plus pénible ?

– Et pour Haley et Becky ? reprit Katelyn.

– Je n'en sais rien, Kat. Je n'en sais pas plus pour elle que pour toi. Mais tu ne dois en parler à personne. Personne, tu m'entends ? Ni à ton grand-père, ni à Trick. Personne, répéta-t-elle gravement.

Katelyn comprit qu'elle ne plaisantait pas.

– Très bien. Mais comment vais-je m'en sortir ?

– Tout ira bien, Kat, murmura Cordélia.

– Comment peux-tu en être certaine ? répliqua rageusement Katelyn. Il y a quarante ans, plusieurs personnes ont été agressées. Les attaques recommencent et c'est mon tour. Tu ne peux pas prétendre que tout ira bien alors que tu ne sais même pas qui m'a mordue !

– Les filles ! À table !

La voix de Mordecai les fit sursauter.

– J'ai besoin d'aide, poursuivit Katelyn, ignorant son grand-père.

– Je t'ai dit que je t'aiderai, répliqua Cordélia, avant de reprendre, la mine défaite : je suis navrée, Kat, mais il faudra te contenter de moi.

Le dîner se déroula dans un silence pesant. Après le départ de Cordélia, Katelyn parcourut tous les livres dont elle disposait, cherchant des détails sur le Cerbère, la mine d'argent, les loups et Wolf Springs. Elle aurait presque pu réciter par cœur l'histoire de Xavier Cazador. Mais elle n'apprit rien de nouveau.

Tard dans la nuit, Katelyn était allongée dans son lit et tendit les doigts vers la lucarne, qui n'était plus qu'un rectangle noir constellé de gouttes de pluie. Épuisée, elle laissa retomber son bras. Mais elle fut incapable de dormir. Elle fixait l'obscurité et ne s'arrêtait plus de trembler.

Elle se leva et prit une douche brûlante. Son cœur cognait sourdement dans sa poitrine qui lui semblait soudain trop étroite. Mais alors qu'elle enfilait un pyjama propre, elle s'aperçut que ce n'était pas les battements de son cœur, mais le bruit des tam-tams. L'écho des hurlements retentissait, perçant l'épaisseur des ténèbres avant de se perdre entre la cime des arbres... *Les disciples de Jack Bronson.*

Elle les écouta quelques instants, puis descendit l'escalier. Le feu brûlait toujours dans la cheminée, mais la pièce était déserte. Elle pressa l'interrupteur et les cris reprirent de plus belle, une cascade de voix montant crescendo. Les tam-tams battaient à ses oreilles comme le sang dans ses veines.

Et elle voulait sortir les rejoindre.

Non, se ressaisit-elle.

Elle laissa la lumière allumée et se tourna pour regagner l'escalier. Une fois de plus, son regard fut attiré par le tableau représentant le cerf derrière un arbre. Et ce rocher. Le rocher en forme de cœur qui occupait le premier plan...

Brusquement, elle se souvint de l'avoir vu ailleurs : sur la gravure du parchemin, parmi les coupures de journaux que Sam lui avait données.

– Katie ? appela son grand-père depuis l'étage.

– Je n’arrive pas à dormir avec ces tam-tams.
Un silence, puis :
– Quels tam-tams ?

Chapitre 14

Difficile de passer ses journées – et ses nuits – à prétendre que tout allait bien. À faire semblant de ne pas compter les heures – 408 exactement – qui la séparaient de la prochaine pleine lune. Soit dix-sept jours. Katelyn en occupa la plus grande partie avec des recherches concernant les loups-garous, le Cerbère et les événements qui avaient secoué Wolf Springs, quarante ans plus tôt. Elle supplia Cordélia d'interroger ses sœurs pour à nouveau entendre leurs récits effrayants, de fouiller la maison à la recherche du moindre indice susceptible de les aider à comprendre ce qui lui arriverait le soir fatidique. Cordélia lui assura qu'elle ne trouvait rien de nouveau. Mais la jeune fille paraissait si terrifiée par le Cerbère que Katelyn ne pouvait s'empêcher de douter. Elle réalisa alors que l'unique personne à connaître son secret n'était peut-être pas digne de confiance.

Elle passait ses nuits à se retourner dans son lit, où l'écho des tam-tams résonnait à l'unisson avec les battements de son cœur. L'angoisse, les rêves étranges la tourmentaient, sans parler de la perspective de ne jamais retrouver Los Angeles.

Elle reçut les rappels du vaccin antirabique et ne s'embarrassa pas de questions au sujet des effets secondaires. La dernière injection était prévue pour Halloween, ce qui n'était pas sans ironie. Elle se retint de demander à l'infirmière si elle n'avait pas quelque chose pour la lycanthropie, car elle n'osait plus faire allusion aux loups-garous, pas même avec Cordélia.

Katelyn commençait à ressentir les inconvénients de la vie dans une petite ville. Elle étouffait, trépignait. Avec Cordélia, elles auraient eu besoin d'intimité pour discuter, mais Wolf Springs n'en offrait que peu.

Impossible de se retrouver chez les Fenner, pour des raisons évidentes, et la maison de Mordecai n'était pas suffisamment grande pour s'isoler complètement. Quant aux lieux publics, elles y croisaient toujours quelqu'un impatient de faire la connaissance de la nouvelle venue.

Un après-midi, après les cours, Katelyn et Cordélia partirent faire un tour en voiture. Les feuilles d'automne tombaient comme une pluie d'étincelles dans les marais qui venaient grossir la rivière. Katelyn avait déniché dans la bibliothèque de son grand-père un ouvrage intitulé *Les Ozarks et leurs contes à dormir debout.*

– Écoute ça ! s'exclama Katelyn en commençant sa lecture.

Au début de l'année 1937, un homme nommé Barry Cazman arriva à Wolf Springs. On le décrivait comme un séduisant jeune homme, aux cheveux d'un noir bleuté. Il prétendait être le descendant de Xavier Cazador, qui était à l'origine de la redécouverte de la mine perdue de Madre Vena en 1868. Cazman affirmait avoir hérité d'une carte de son ancêtre.

Cazman embaucha quelques ouvriers des environs afin qu'ils l'aident à localiser la Madre Vena, mais fut rapidement à court de fonds sans avoir fait la moindre trouvaille. Pour se refaire, il se mit à fréquenter le Club de Wolf Springs, un tripot rigoureusement illégal, situé près de la source thermale qui a donné son nom à la ville. La chance sembla un temps lui sourire et il amassa suffisamment d'or pour reprendre ses recherches de la Madre Vena.

Puis, une veillée de Noël, il reparut à la porte de la maison de jeu, les vêtements en lambeaux. Ses cheveux si sombres avaient blanchi d'un seul coup. Il prétendait que lui et ses hommes avaient enfin trouvé le rocher en forme de cœur, mais tandis qu'il s'en approchait, un loup avait bondi derrière la pierre. Cazman avait aussitôt levé son fusil et au même instant, l'animal s'était métamorphosé en une créature monstrueuse qui attaqua l'expédition. Cazman fut, selon ses propres dires, l'unique survivant.

« Cette créature sortait tout droit de l'enfer », aurait-il déclaré avant de mourir. On retrouva la carte au fond de sa poche.

Katelyn interrompit sa lecture et le silence retomba. Les mains tremblantes, elle referma le volume et dévisagea Cordélia, qui agrippait fébrilement le volant.

– Encore un qui a vu le Cerbère, commenta inutilement Katelyn.

Cette histoire de rocher lui rappelait vaguement quelque chose, sans qu'elle sache exactement quoi.

– Mon père m'a demandé des nouvelles de notre exposé, murmura Cordélia. J'ai expliqué que nous étions dans l'impasse.

– Nous pouvons sans doute nous estimer heureuses qu'il n'ait pas suggéré à tes sœurs de se pencher sur le problème.

– Je crois qu'il l'a fait, répondit son amie, mal à l'aise. C'est juste qu'il ne me l'a pas dit.

– Alors ? Est-ce qu'elles y ont fait allusion ? À la mine, ou au Cerbère.

– Ça t'ennuierait de ne pas répéter ce mot sans arrêt ? répliqua Cordélia, furieuse, avec un regard inquiet dans le rétroviseur.

– Il faut que nous en parlions.

– Non, c'est inutile. Et puis la nuit commence à tomber. Je dois te ramener chez toi.

Ce jour-là, la conversation s'arrêta là.

Le plan détaillé de l'exposé devait être rendu une semaine avant le texte. À la date convenue, Katelyn et Cordélia remirent leur copie à M. Henderson. Le lendemain, il leur demanda de rester après les cours.

Assis à son bureau, il se leva en les voyant approcher et s'appuya nonchalamment sur un coin de la table.

– Je voulais vous dire que votre travail est vraiment génial, déclara-t-il en leur adressant un large sourire, mais votre bibliographie est un peu clairsemée. Elle est complète ? Vous n'auriez pas trouvé par hasard un ouvrage de Theodore Switliski ?

– Non, répondit Cordélia. Qui est-ce ?

– Un archéologue. Il a étudié les environs pour son livre qui a fait école : *Le Folklore des Ozarks*. Je n'ai jamais réussi à dénicher un exemplaire.

Katelyn se rappela soudain que M. Henderson avait lui-même été chercheur avant de s'installer en ville. Il paraissait un peu déçu.

– Bon, tant pis. Et je ne peux pas vraiment vous en vouloir de ne pas avoir trouvé davantage de références sur le sujet. Merci d'être venues me voir.

Elles quittèrent la salle pour se diriger vers leurs casiers.

– Pourquoi est-ce que je me fiche complètement de ma moyenne d'histoire, ce semestre ? gémit Katelyn. Enfin, je m'interroge tout haut, je ne te demande pas de réponse. Mais je suis incapable de me concentrer. J'ai même du mal à réfléchir. Je suis tout le temps angoissée.

– Je sais, c'est pareil pour moi. Mais...

Cordélia hésita, secouant brièvement la tête.

– Quoi ?

La jeune fille ne dit rien. Ensemble, elles arpentèrent le hall. Apathique, Katelyn remarquait à peine le sol sous ses pieds. Elle sentit Cordélia se raidir près d'elle et leva les yeux.

Trick s'avançait. Katelyn avait fait son possible pour garder une attitude détachée, comme s'il était simplement son ami, qui la conduisait chaque matin au lycée. Mais en le voyant, elle éprouva l'envie soudaine de se jeter dans ses bras et de tout lui dire. Avec un profond soupir, elle se ressaisit.

Trick lui sourit avant de lancer un regard méfiant à Cordélia.

– Qu'est-ce que tu as contre lui, au juste ? souffla Katelyn.

– Il a brisé le cœur de Becky.

– Non, c'est faux, s'exclama-t-elle. Sam m'a expliqué que...

– Salut ! dit Trick en s'approchant de Katelyn. Quoi de neuf, Kat ? Ça va ?

– Oui, oui, répondit-elle avec un peu trop d'empressement.

– Tu en es sûre ? répéta-t-il en penchant la tête.

– Je t'assure, tout va bien.

Trick ignora ostensiblement Cordélia.

– Je voulais te confirmer, pour ma fête d'Halloween. Je viens d'avoir mes parents au téléphone et ils sont d'accord.

Katelyn l'observa avec des yeux ronds et il fronça les sourcils.

– Je t'en ai parlé, ce matin, dans la voiture.

– Ah, euh, oui, bien sûr.

Manifestement, elle avait eu la tête ailleurs.

– Tu viendras, Cordélia, n'est-ce pas ? lança-t-il à la jolie rousse, la tête haute, comme s'il la défiait d'oser refuser.

– Personne ne manque ses soirées d'Halloween, expliqua-t-elle à Katelyn, sans lui répondre. Même ceux qui ne l'aiment pas.

– C'est parce que je me fiche de savoir qui vient, répliqua-t-il avant de braquer son regard émeraude sur Katelyn. Sauf toi. Toi, je voudrais que tu viennes.

– Nous y serons, assura Cordélia en le toisant. Kat, nous irons chez Babette pour trouver un déguisement. D'ailleurs, on pourrait y aller tout de suite.

Elle fusilla Trick du regard, tandis que lui n'avait d'yeux que pour Katelyn.

– Parfait, je vais justement dans cette direction. Ça t'ennuie que je t'accompagne, Kat ? Il faut que je te parle. Une fois chez Babette, je vous laisserai faire votre shopping entre filles.

– Eh bien, euh... je suis avec Cordélia.

Katelyn aurait aimé rester avec lui. Elle en éprouvait le besoin. Elle voulait l'entendre lui dire que tout allait bien, que la vie fantastique, époustouflante dont elle avait rêvé lui souriait encore, qu'il la prenne dans ses bras et que... que...

Mais elle ne pouvait rien lui révéler.

– Comme tu veux, répondit Trick, déçu.

– C'est ça, coupa Cordélia. Allez viens, Kat.

Ils se dirigèrent tous les trois vers le parking. Katelyn se tenait entre lui et Cordélia. Encore sous le coup de l'émotion, elle trébucha, et Trick saisit sa main, glissant ses doigts entre les siens. Cordélia ne sembla rien remarquer, ou du moins n'en laissa rien paraître.

Ils atteignirent le pick-up de Cordélia en premier. Les filles grimpèrent. Trick s'avança du côté passager et Katelyn baissa la vitre.

– Sois prudent, dit-il.

Il paraissait soudain très sérieux. Le soleil ambrait ses lèvres et ses joues. Si beau. Si humain.

Katelyn acquiesça en souriant, tandis que son amie démarrait la voiture. Le pick-up quitta le parking et se dirigea vers la ville.

Avec un coup d'œil dans le rétroviseur, Cordélia souffla, exaspérée.

– Tu le crois, ça ? s'indigna-t-elle. On dirait qu'il nous suit.

Katelyn ne répondit pas et appuya la tête sur la vitre, les yeux rivés sur le reflet de la Mustang dans le rétroviseur latéral. Avec un peu d'imagination, elle parvenait presque à se persuader qu'il venait la secourir.

Le centre de la petite bourgade était tout proche. Dès qu'elles eurent rejoint la rue principale, Cordélia se gara presque immédiatement et coupa le contact.

– Prête ? lança-t-elle joyeusement.

– Cordélia, je ne peux pas, déclara Katelyn, soudain décidée. Je n'ai pas l'intention d'acheter de déguisement et encore moins d'assister à une soirée. Je t'en prie, ajouta-t-elle, une main sur le front. Allons-nous-en.

– Allez, faisons juste un essai, insista Cordélia en ouvrant la portière. On va s'amuser.

Les jambes en coton, Katelyn suivit Cordélia jusqu'à la boutique de Babette. La clochette tinta. Babette était assise au comptoir, le téléphone à l'oreille. Elle adressa un grand signe aux filles tandis que Katelyn refermait la porte derrière elle.

– La femme-vampire ? suggéra Cordélia en désignant des collants résille. Ou une sorcière tentatrice ?

Sans même l'écouter, Katelyn s'engouffra dans la cabine d'essayage et se laissa tomber sur le banc, croisant les bras sur sa poitrine.

– C'est ridicule, lâcha-t-elle lorsque Cordélia la rejoignit.

– Non, c'est la vie qui continue, déclara son amie en déposant les collants près d'elle. Voilà ce que je crois, Kat : on va à cette fête ensemble, même si oui, Trick est un insupportable profiteur et on passe la nuit là-bas, comme le fera la moitié du lycée.

– Chez Trick ? s'exclama Katelyn, stupéfaite.

– C'est comme ça que se déroulent les soirées ici, tu te rappelles ?

– Les filles, vous avez besoin de quelque chose ? lança Babette, qui semblait soudain un peu trop proche de la cabine.

– Tout va bien, Babette, merci, répondit Cordélia.

Elle baissa la voix.

– Bon, très bien, tu n'es pas d'humeur. On verra plus tard pour les costumes, d'accord ?

– D'accord, grommela Katelyn.

Le matin d'Halloween, Katelyn reçut sa dernière injection antirabique. Mordecai lui offrit aussi un cadeau d'anniversaire anticipé : la Subaru de Mason Slater. Il l'avait rachetée et jura à Katelyn que le pauvre homme n'avait pas rendu l'âme dans sa voiture. Rassurée, Katelyn accepta donc ce présent, d'ailleurs sans trop de scrupules : un véhicule signifiait davantage de liberté.

Son grand-père la suivit avec le pick-up tandis qu'elle négociait la série de virages qui jalonnait la route de l'hôpital. Il était convenu que si elle se sentait d'aplomb après le vaccin, elle irait seule au lycée. Sinon, ils repartiraient ensemble et reviendraient chercher la Subaru plus tard. Dans une petite ville comme Wolf Springs, personne n'y réfléchissait à deux fois avant de laisser une voiture sur un parking.

Mais Katelyn, pour sa part, réfléchit longuement à la soirée qui s'annonçait. Cordélia et elle devaient rentrer chez les Fenner pour se préparer avant de rejoindre la fête de Trick. Elle était encore surprise que les autres parents et même son grand-père aient accepté qu'ils dorment sur place. Certes, c'était une habitude, dans une ville aussi étendue et isolée que Wolf Springs. Avec ces kilomètres de mauvaise route à travers les bois, les parents étaient sans doute plus rassurés de ne pas voir leur progéniture reprendre le volant au milieu de la nuit.

Comment réagir si Trick tentait quelque chose ? se demandait-elle.

Les mains moites, elle se sentit rougir. Un frisson la parcourut. Les images se succédaient dans son esprit. Heureusement, l'infirmière ne tarda pas à arriver. Après l'injection, elle essaya de l'interroger une nouvelle fois sur les possibles effets, sans succès. L'infirmière annonça que le médecin devait examiner ses points de suture. Katelyn éluda, prétextant qu'il les lui avait déjà retirés.

Katelyn et Mordecai attendirent quelques minutes afin de s'assurer qu'elle supportait le vaccin et prirent un rapide petit déjeuner dans le café qui jouxtait la clinique. Katelyn avala son café sans difficulté. L'odeur ne la dérangeait plus. La voix de son grand-père ne lui parut pas plus sonore que d'habitude et elle ne ressentit aucun mal de tête.

Pleine d'espoir, elle osait à peine respirer. Était-il possible que toutes ses inquiétudes aient été injustifiées ?

– Je me sens d'aller seule au lycée, annonça-t-elle. Et de faire le reste.

– Très bien, répondit Mordecai. Amuse-toi bien, Katie. Et... sois prudente.

Elle grimpa dans la Subaru et lorsqu'elle se retourna pour lui adresser un dernier signe, elle remarqua les traits tirés de Mordecai, comme s'il n'avait pas dormi de la nuit. S'inquiétait-il pour elle ?

S'il pouvait se douter..., se dit-elle. Comment aurait-il réagi si elle lui avait avoué la vérité concernant son attaque ? Y avait-il des gens à Wolf Springs qui partageaient le secret des Fenner et les aidaient à le protéger ? Elle espérait ne jamais connaître la réponse.

Après les cours, Katelyn suivit Cordélia jusqu'à la villa. Son amie lui avait juré que son père serait absent. Justin et Jesse semblaient eux aussi avoir disparu. Katelyn en fut soulagée, quoiqu'un peu déçue. Les deux jeunes filles commencèrent aussitôt à se préparer. Cordélia avait finalement opté pour le vampire, mais une fois chez elle, découvrit que Jesse avait laissé des taches de chocolat sur son costume.

– Qu'est-ce que je vais faire ? gémit-elle.

Dans le placard de son amie, Katelyn dénicha une robe longue en soie noire, et songea brusquement au costume qu'elle portait dans son rêve, la nuit du tremblement de terre.

– On pourrait te faire un chignon très serré et accrocher une grosse fleur sur le côté. Avec des yeux charbonneux et des lèvres très sombres, ça te donnerait un air de danseuse de flamenco.

– Ça me plaît ! s'exclama Cordélia, rassurée.

Une demi-heure plus tard, elles sortirent enfin de la chambre et Katelyn était fière du résultat ; Cordélia était splendide. Une poudre irisée sur ses paupières et ses joues ajoutait à l'aura de mystère qu'elles avaient créée avec la robe et le chignon. Katelyn était aussi impressionnée par le port de son amie et sa démarche noble, une véritable allure de princesse.

Ce qu'elle était, d'une certaine manière...

Le costume de Katelyn tranchait nettement avec celui de Cordélia. Elle avait opté pour une simple tunique blanche, ceinturée d'une corde dorée. Des rubans s'entrecroisaient sur sa poitrine. Il s'agissait en réalité d'un drap récupéré, à force de suppliques, chez son grand-père. Il avait retrouvé la ceinture et quelques feuilles dorées parmi les accessoires de sa grand-mère remisés au garage. Avec les feuilles, Katelyn fabriqua une couronne dont elle se coiffa. Jambes nues, elle passa des sandales à strass, un des rares vestiges de sa vie en Californie.

– Tu fais trop ingénue, décréta Cordélia. Essaie au moins ça, dit-elle en lui tendant des sandales dorées à talons hauts. Je crois que nous faisons la même pointure.

Katelyn esquissa un sourire et se baissa pour les enfiler. Au même moment, la fente de sa toge s'ouvrit jusqu'à la cuisse et Cordélia eut un signe de tête approbateur.

– Bon, peut-être pas si ingénue que ça...

Les talons lui allaient parfaitement et ils s'accordaient avec le reste de son déguisement. Aussitôt, Katelyn se sentit d'humeur plus joyeuse.

– Effectivement, je devrais sans doute la jouer plus sexy, décida-t-elle avant de déchirer l'autre pan de la tunique.

– J'adore ! s'exclama Cordélia.

Elles emportèrent des sacs de couchage et des affaires de rechange. Pour Cordélia, passer la nuit sur place semblait tout à fait normal. Mais Katelyn demeurait nerveuse. Elle ne cessait de songer à Trick. Où dormirait-il ? Et où dormirait-elle ?

Katelyn prit le volant et Cordélia joua les copilotes. Elles suivirent le chemin d'un vallon traversé par un petit cours d'eau. Des branches s'y penchaient, parsemant le courant de feuilles jaunies. La lumière des phares dansait sur les chênes et les frênes. À mesure qu'elles approchaient, elles rejoignirent un flot de voitures qui convergeaient toutes dans la même direction. Déjà la rumeur de la musique montait dans les collines.

Un semblant de parking avait été aménagé sur le champ qui jouxtait une clôture blanche, et un large portail grand ouvert. Une enseigne en fer forgé, rongé par la rouille et le temps, y était accrochée : LAITERIE SOKOLOV.

– Sa famille possède une laiterie ? s'exclama Katelyn, surprise.

– Elle n'existe plus depuis des années, ricana Cordélia. Mais les Sokolov sont sans doute la famille la plus riche des environs. Son père est plus ou moins dans le design. Il est toujours en déplacement et la mère de Trick l'accompagne la plupart du temps. Trick a même son propre loft.

Les yeux ronds, Katelyn n'en revenait pas. Elle n'aurait jamais imaginé que Trick vienne d'un milieu aussi aisé.

– Je pensais que ta famille était la plus riche des environs ! Enfin, à cause de la villa et de... ce que vous êtes...

– Pas vraiment, répondit Cordélia. Ce sont mes grands-parents qui ont bâti cette maison. Les Fenner ont de l'influence, mais nous n'avons pas tant d'argent que ça.

Katelyn rassembla ses affaires et les deux jeunes filles descendirent de la Subaru. Le soleil avait presque disparu à l'horizon et le froid était déjà vif. Katelyn se félicita d'avoir pris son manteau.

– J'ai mon portable, dit Cordélia, presque pour elle-même. Si je l'oublie, j'aurai de gros ennuis.

Elle le tira de sa poche et regarda l'écran.

– Pas de réseau. Tant mieux. Mon père ne pourra pas m'appeler toutes les cinq minutes.

Soudain, des nappes de brouillard montèrent et s'élevèrent rapidement en épaisses volutes, derrière lesquelles les filles disparurent presque entièrement. Autour d'elles, les invités éclatèrent de rire en voyant des zombies apparaître de part et d'autre du chemin, le visage barbouillé de gris et de blanc, les bras ballants, les cheveux sales. Avançant d'un pas désarticulé, ils guidaient les nouveaux arrivants vers une grange en ruines, d'où s'échappaient des flashs de stroboscope.

– Une parade de zombies ! s'écria Cordélia en battant des mains.

Elle saisit la main de Katelyn et l'entraîna dans une course effrénée. Elles s'arrêtèrent pour retirer leurs talons et Katelyn en vint à regretter ses sandales. Il leur fallut zigzaguer dans un labyrinthe de plants de maïs installés dans la grange, puis grimper à une échelle en bois jusque sous les combles, où l'on avait entreposé d'énormes balles de foin. Trick et ses amis y avaient créé de toutes pièces une véritable petite maison hantée, où se succédaient des tableaux vivants plus morbides les uns que les autres. Des épouvantails pendus au plafond, une sorcière remuant sa potion dans un chaudron, un autre type assis sur un fauteuil en métal faisant mine de s'électrocuter. Une scène sanguinolente représentait un patient sanglé sur une table d'opération, poussant des hurlements stridents, tandis qu'un faux chirurgien en blouse blanche brandissait des instruments tranchants. La peinture rouge giclait dans tous les sens. Lorsque Cordélia et Katelyn s'arrêtèrent pour les observer, le faux électrocuté bondit de sa chaise et se mit à les pourchasser.

Les deux amies s'époumonèrent à mesure qu'il les entraînait vers une longue glissière en aluminium qui descendait de l'autre côté de la grange.

– Un toboggan ! s'exclama Cordélia, qui saisit aussitôt l'un des sacs en toile empilés à proximité et se laissa glisser le long de la rampe.

Hilare, Katelyn l'imita et cria en voyant se rapprocher les meules de foin, recouvertes de tissu noir et orangé, placées à l'autre extrémité, pour amortir les chutes. Elle aperçut les arbres et les buissons décorés de guirlandes électriques aux ampoules noires. Le crépitement du stroboscope s'intensifiait.

La pente s'adoucit et c'est à une vitesse relativement faible que ses pieds touchèrent la paille. Cordélia l'aida à se redresser. Ivre de rire, agrippant fermement ses sandales, Katelyn manqua de heurter Trick. Il portait exactement les mêmes vêtements que le jour de leur première rencontre : un tee-shirt noir, les manches relevées jusqu'au coude, un jean et ses santiags. Il portait également un panama noir, une plume corbeau passée dans le bandeau, et mâchonnait un brin d'herbe. Dans ses larges mains, robustes comme celles d'un gymnaste, il tenait deux gobelets en plastique contenant une boisson rouge, où surnageaient des glaçons eux aussi tintés. En le voyant, Katelyn sentit son cœur s'emballer et ne put rien faire pour réprimer le sourire béat qui se dessinait sur ses lèvres. Il la dévisagea de haut en bas, avec un sifflement impressionné.

– Mesdames, dit-il en leur tendant les verres. Un peu de sang frappé ?

– Ach, merzi Vlad, lança Katelyn dans sa plus belle imitation de Bela Lugosi.

– Ché fous afais préfenue, cheune fille, de ne pas prononcer ce nom, susurra-t-il.

À point nommé, *Bela Lugosi's Dead*, de Bauhaus, démarra à plein tube. Un véritable groupe reprenait la chanson sur une scène improvisée et la voix rauque, suave du chanteur s'accordait parfaitement avec le morceau.

– Puisque le pot de colle est là, je vais voir ailleurs si j'y suis, siffla Cordélia, ignorant le verre que lui tendait Trick.

Katelyn voulait lui rappeler que le « pot de colle » était leur hôte, mais Cordélia l'embrassa sur la joue et s'éloigna avant qu'elle ait pu prononcer un mot.

En se retournant vers Trick, elle sentit son cœur bondir dans sa poitrine. Il la dévorait des yeux et saisit sa main.

Elle cherchait quoi dire pour désamorcer la tension lorsque trois personnes s'approchèrent. Katelyn les reconnut : elles déjeunaient souvent avec Trick. Le garçon était déguisé en diable : visage rouge, cornes, cape et queue fourchue. Quant aux deux filles qui l'accompagnaient, l'une était vêtue d'une robe noire victorienne à volants, les cheveux relevés en un chignon très serré et les joues enduites de produit phosphorescent. L'autre, travestie en homme, portait un complet veston maculé de sang et une barbichette postiche.

– Éric a terminé de monter une nouvelle séquence, déclara la fille en costume. Viens donc la voir !

Elle prit le verre qu'avait refusé Cordélia, en but quelques gorgées, puis le passa à son amie. Celle-ci le vida et le reposa sur une table en bois.

– Oh, non, s'exclama Trick en levant les yeux au ciel. Pitié, pas maintenant.

– Une scène de quoi ? intervint Katelyn, intriguée.

– Allez, Trick, insistèrent les filles, hilares, en le tirant par le bras.

Katelyn sentit poindre la jalousie.

Le garçon – Éric ? – s'approcha d'elle.

– On filme *Dark of the Moon* en russe. J'ai installé de quoi visionner les nouveaux rushs dans le loft de Trick.

– Le comte Trickula est parmi nous, brailla celle au visage fluorescent avant de lâcher Trick pour se tourner vers Katelyn.

– Salut, Kat ! Sauras-tu reconnaître nos déguisements ?

L'autre fille battit des cils.

– Les Curie. Pierre et Marie. Morts tous deux dans d'atroces circonstances, déclara Pierre.

– Oh, oui, de vraies stars d'Halloween, ces deux-là, renchérit Marie.

Elles partirent en courant derrière la grange, vers une petite annexe aux murs blancs et au toit vert. Elles poussèrent la porte et disparurent à l'intérieur. Éric les suivit, laissant Trick et Katelyn à nouveau seuls.

– On s'essaie à un genre de théâtre d'avant-garde. Je t'avertis, c'est affreusement prétentieux.

Katelyn avait encore du mal à réaliser : Trick, ses tendances artistiques, ses amis déjantés, son loft à l'écart de la propriété. Décidément, elle l'adorait.

– J'ai hâte de voir ça. En plus, je suis frigorifiée, ajouta-t-elle pour mieux cacher son enthousiasme.

Il arqua les sourcils, puis passa son bras autour de ses épaules pour l'attirer contre lui. Katelyn s'aperçut qu'elle n'avait plus du tout froid. Elle ne voulait plus qu'il la lâche, jamais.

Et je veux plus encore.

Ils approchaient de la petite maison blanche – était-ce son loft ? – et Trick lui tint la porte. Elle s'engouffra dans une pièce spacieuse, pourvue de deux canapés usés, d'un vieux fauteuil rembourré jouxtant un rideau de scène noir, face à une table basse où, sur une pile de livres, était installé un ordinateur portable. À l'autre bout de la salle, un écran de télé indiquait que l'ordinateur était connecté. Sur les murs adjacents et opposés à la porte se succédaient des bibliothèques croulant sous les volumes en tout genre, les pots remplis de pinceaux et de tubes de peinture.

– Waouh ! C'est tout à toi ?

– C'est ma tanière, confirma-t-il. Bienfenue à toi, ô déesse.

Éric, les deux filles et trois autres personnes s'étaient déjà vautrés sur les canapés.

– Moteur ! lança Éric.

– Tu connais *Dark of the Moon* ? demanda Trick en se penchant vers Katelyn. Et je ne parle pas du troisième Transformers, hein, mais de la pièce de Howard Richardson. John, le héros, est un sorcier amoureux d'une jeune mortelle.

– Note qu'un film des Transformers aurait nettement plus de profondeur en russe, plaisanta Katelyn.

– Tu me plais, Kat McBride, lui murmura-t-il. Je crois même que le mot «plaire» prend un nouveau sens.

Elle sentit son souffle contre son oreille, gagnée par l'euphorie. Sans lâcher sa main, il s'écarta et la guida près de l'ordinateur.

– Et nous, nous jouons le rôle des sorcières qui voudraient garder John pour nous, évidemment, expliqua Marie Curie. Éric joue le rôle du guérisseur.

Avec un large sourire, Katelyn songea aux spectacles montés par certains élèves de son ancien lycée. Après tout, ce n'était peut-être pas une mauvaise idée de passer du temps avec des mordus de théâtre.

Une image apparut sur l'écran. Katelyn reconnut Trick, pieds nus, vêtu d'un jean et d'un débardeur blanc, les cheveux plaqués en arrière. Une plume d'aigle pendait à son oreille. Il paraissait plus âgé. Elle aimait la couleur ambrée de sa peau, son cou élancé et sa carrure d'athlète. Elle le trouvait si irrésistible qu'elle en fut soudain embarrassée et détourna le regard.

Dans la vidéo, les Curie portaient des justaucorps et des collants. L'une était vêtue de blanc, l'autre de noir et leurs perruques volumineuses rappelaient celles des danseuses de kabuki. Elles chantaient pendant que Trick déclamait son texte en russe.

– Mon personnage demande au guérisseur de lui donner une apparence humaine, expliqua Trick. Afin qu'il puisse épouser celle qu'il aime.

Elle écoutait le russe et la langue lui plut. Trick était époustouflant et Katelyn ne cessait plus de sourire.

Le plan s'élargit, révélant Éric, vêtu d'une tunique en peau, des plumes accrochées à ses cheveux. Les sorcières exécutaient une danse sensuelle autour de Trick, l'encerclaient en élevant la voix, comme pour noyer ses paroles dans leur chant. Lorsqu'il fit un pas vers Éric, les sorcières le retinrent.

Sentant la jalousie revenir, Katelyn piqua un fard.

Puis l'écran devint noir.

– Hé ! s'exclama Marie Curie.

– Qu'est-ce qui s'est passé ? s'étonna Éric.

– Laisse-moi jeter un coup d'œil.

Trick serra la main de Katelyn puis vint s'asseoir entre ses amis sur le canapé pour pianoter sur le clavier.

Les joues empourprées, Katelyn était troublée, dépassée par ses découvertes. Avec Trick, elle allait de surprise en surprise. Toute cette soirée semblait irréelle. Elle se leva, espérant retrouver une contenance en s'aspergeant le visage d'eau.

– Où est la salle de bains ? demanda-t-elle à l'un des garçons.

Elle posa ses chaussures et suivit la direction qu'on lui indiquait, vers le rideau noir.

Hésitante, elle souleva le pan le plus proche de la porte. Elle ne savait pas à quoi s'attendre, et découvrit un vaste espace dans le prolongement de la pièce. Elle comprit qu'il s'agissait de sa chambre. Elle aperçut un lit à baldaquin, recouvert d'un simple édredon blanc. Sa table de chevet croulait aussi sous les livres.

Sur un support, dans un coin de la pièce, Katelyn remarqua quelque chose qui la laissa sans voix. Un buste d'argile représentant sa mère, Gisèle Chevalier.

La ressemblance était parfaite. Le sculpteur avait capté la beauté classique de la danseuse, son petit nez retroussé, ses lèvres dessinées, ses grands yeux si expressifs. Dans ses cheveux, le peigne ancien, de style espagnol, qu'elle portait lors de la *Pavane pour une infante défunte*. La photographie originale, dont s'inspirait le buste, avait brûlé dans l'incendie qui avait emporté Gisèle.

Les larmes montèrent. Le cœur serré, elle s'avança vers la sculpture, main tendue, appuyant ses doigts sur la joue glacée. Elle ferma les yeux, écrasée sous le poids de l'émotion. Le chagrin, la douleur, la culpabilité, la nostalgie, l'amour, la joie : sa mère.

Où Trick avait-il déniché un pareil objet ?

– J'aurais préféré que tu ne le voies pas tout de suite, murmura Trick, qui la rejoignit.

Elle sentit son souffle contre son épaule.

– Il n'est pas encore terminé.

– Tu veux dire que... que c'est toi qui as fait ça ? s'exclama-t-elle sans détacher son regard de l'expression juvénile, optimiste de sa mère, de ses yeux, de sa bouche et de tous les souvenirs qu'ils lui évoquaient.

– J'ai trouvé la photo sur Internet, poursuivit Trick. C'est ton cadeau d'anniversaire.

– Mais comment as-tu deviné que...

– Kat, je ne suis pas idiot.

Il l'enlaça et l'attira contre lui, puis se pencha pour l'embrasser sur la joue. Le geste si tendre, si caressant, fit céder le barrage que Katelyn avait érigé contre son propre chagrin. Elle fondit en larmes.

– Elle me manque tellement. Si tu savais...

Trick se glissa devant elle, sans lui cacher la vue du buste, et la serra dans ses bras. Elle se blottit contre lui et sanglota doucement. Il posa une main derrière sa nuque et la berça.

Ses pleurs ne cessaient pas.

– Excuse-moi, murmura-t-elle, ses mots étouffés contre son tee-shirt. C'est ta soirée et...

– Chhh... ça ne fait rien. Tu en as besoin.

Après quelques instants, elle parvint à se calmer. Redressant la tête vers lui, elle plongea ses yeux dans les siens, dans ces taches bleutées qui parsemaient ses iris verts, et entrouvrit les lèvres. Il les effleura timidement. Elle agrippa son tee-shirt entre ses doigts et se hissa sur la pointe des pieds, pour le rejoindre. Trick retint son souffle et la serra plus fort contre lui.

– Tu dois d'abord m'y inviter.

Elle prononça alors son nom.

– Trick... Vladimir.

Il l'embrassa de nouveau, hésitant. Elle passa une main derrière sa nuque, l'autre toujours cramponnée à son tee-shirt. Il laissa échapper un soupir rauque. Puis ses lèvres s'écrasèrent sur les siennes. La douceur du moment se changea en chaleur intense, la tendresse en passion. Elle se jeta à son cou et, éperdus, à bout de souffle, ils s'embrassèrent longuement. Il la serrait, la berçait, la désirait.

– Katelyn.

Personne d'autre à Wolf Springs ne l'appelait ainsi.

– Oui ? chuchota-t-elle en le couvrant de baisers.

– Katelyn...

Son cœur se mit à cogner si violemment dans sa poitrine qu'elle n'entendit pas le reste. Aussi entêtant que les tam-tams au plus profond de la forêt, son pouls battait à tout rompre. Elle embrassait sa joue, tout son visage. Elle le voulait tout contre elle. Elle souhaitait s'abandonner d'une manière qui lui était encore inconnue. Avec lui.

Maintenant.

– Euh..., hésita-t-il, en nage et à bout de souffle. Katelyn, on va trop vite.

Mortifiée, elle s'écarta. Quelle mouche l'avait piquée ?

Comme les images d'un film projeté au ralenti, la vision des photos de sa mère dégringolant du mur lui revint. Les cadres se fracassaient les uns après les autres, tandis que la maison s'écroulait autour d'elle, se mêlant aux clichés des Fenner que Cordélia lui avait montrés.

Les mots de son amie résonnèrent dans sa tête : *J'ai demandé à ce qu'il soit intégré, mais mon père a refusé.*

Trick se rapprocha et l'enlaça. Elle sentait son propre parfum sur son tee-shirt. Elle devinait son pouls battre sous son cou. Ses pupilles étaient dilatées.

– J'ai dit qu'on allait trop vite, pas que je voulais arrêter, souffla-t-il en déposant un baiser sur son front, ses paupières, sa tempe. Il embrassa les larmes sur ses joues.

– J'ai promis à ton grand-père de me tenir à carreau.

Mon grand-père. Ma vie. Et si tout ça se produit vraiment, qu'adviendra-t-il de nous ? Que lui ferait M. Fenner ?

Elle le repoussa. Mais plus fermement qu'elle ne l'aurait cru et il bascula en arrière. Il écarquilla les yeux, surpris et blessé.

– Katelyn…, dit-il.

– C'est Kat, le reprit-elle d'une voix tremblante, vaincue. Voilà qui je suis à présent.

Une nouvelle vague de larmes brouilla sa vue tandis qu'elle se précipitait vers la porte.

– Katelyn ! cria-t-il.

Mais elle s'enfuit.

Au beau milieu des lumières folles, des hurlements, de la musique, Katelyn courait pieds nus. L'herbe gelée scintillait. Partout autour d'elle, elle sentait l'odeur de la nuit. La lune, qui n'était pas tout à fait ronde, luisait comme un poing fermé prêt à l'écraser. Tout son corps s'embrasait. Elle frissonnait et haletait entre deux montées d'adrénaline. Elle éprouvait l'envie de se jeter tout habillée dans l'eau glacée.

Elle trébuchait le long du champ, évitant les invités déguisés qui la regardaient, stupéfaits. L'ombre d'un bosquet d'érables paraissait l'appeler. Sans réfléchir, elle s'y réfugia, faisant voler leurs feuilles qui retombèrent en pluie.

Puis elle se fondit dans les ténèbres rassurantes où, cramponnée à un arbre, elle tentait de reprendre son souffle. Secouée de tremblements, elle ne parvenait pas à retrouver ses esprits. Sa vision était trouble et son cœur battait si vite qu'il semblait sur le point de se décrocher de sa poitrine.

– Salut, jeune fille ! lança une voix familière.

Dans le noir, elle distingua des yeux bleus qui l'observaient fixement.

Justin.

Avant d'avoir pu réagir, Katelyn le regarda s'avancer vers elle, coiffé d'un tricorne, vêtu d'un costume sombre et d'une chemise déboutonnée au col. Le contraste du noir accentuait ses traits dessinés et le bleu profond de ses yeux.

– Je cherche Cordélia. Son père a tenté de la joindre à plusieurs reprises. Tu ne l'aurais pas aperçue, par hasard ?

Katelyn savait qu'elle aurait dû s'enfuir. Elle en avait conscience. Mais elle ne put que demeurer immobile, attendant qu'il vienne à elle.

Ce qu'il fit. Sa vue se concentra sur ses lèvres, entrouvertes, elles paraissaient douces, humides.

Sans crier gare, il l'embrassa.

Elle lui rendit son baiser. Comme si Trick n'existait plus. Comme si Lucy n'existait plus.

Mais son contact éclipsait toute pensée. Il la souleva de terre et l'emporta vers le fourré, sans jamais interrompre leur baiser. Et Katelyn ne protesta pas.

– Je t'ai fait peur ? murmura-t-il contre ses lèvres. Oh, Kat, Kat, je ne peux pas m'empêcher...

Et aussitôt, une nouvelle angoisse la saisit. C'était mal. C'était un mauvais rêve. Mais il se pencha pour l'embrasser de nouveau et elle répondit de toute son âme. Sans même comprendre comment, elle se retrouva étendue sur le sol, Justin au-dessus d'elle, son corps maintenant le sien prisonnier de ses baisers fous, intenses. Elle devinait ce qu'il désirait parce qu'elle désirait la même chose.

Non, ça n'est pas ce que je veux. Non. C'est Trick, que je veux.

– Justin, arrête, parvint-elle à lui souffler.

C'est alors qu'une ombre obscurcit son champ de vision.

– On peut savoir ce que vous fabriquez ? gronda une voix.

Chapitre 15

En redressant la tête, Katelyn aperçut Cordélia, le visage déformé par la colère. Jamais elle ne l'avait vue dans une telle fureur.

– Tu as une copine ! hurlait-elle à Justin.

Celui-ci s'était déjà relevé en levant les mains, comme pour plaider l'innocence.

– Et toi, tu le sais très bien ! reprit Cordélia en se tournant vers Katelyn.

– Cordélia, je t'en prie. Il m'est arrivé quelque chose..., implora Katelyn en s'asseyant.

Les mots lui venaient péniblement et pourtant, tous ses sens étaient en alerte.

– Aide-moi, je t'en supplie.

– Bobby m'a dit que j'étais supposée te retrouver ici ! Pourquoi ? Pour que je te surprenne à tromper Lucy ?

– C'est ton père qui m'envoie, expliqua Justin. Il a besoin de toi. Nous avons essayé de t'appeler, mais tu n'as jamais répondu.

Sans un mot, Cordélia tourna les talons et s'éloigna rageusement.

– Cordélia, attends, lui cria Justin en se lançant à sa poursuite.

Katelyn se redressa maladroitement pour les suivre. Tremblante, elle se sentit honteuse. Une épine lui entailla le pied. Elle trébucha et se rattrapa à une branche. Les feuilles volèrent.

– Cordélia ! appela-t-elle.

La branche cassa et Katelyn retomba lourdement. Elle ôta l'épine de son pied et pressa la peau, cherchant à soulager la douleur. Les images de Justin lui revenaient par flashs, et elle ferma les yeux.

Une fois encore, elle tenta de se redresser, mais son pied endolori l'handicapait. Elle s'extirpa de la forêt en boitant, regagna le champ, grimaçant à chaque pas.

Du heavy metal sinistre montait dans l'air et se fit plus intense à mesure qu'elle approchait de la grange, à la recherche de son amie. Elle avait déjà vu Cordélia furieuse, mais jamais à ce point. Comment allait-elle réagir ? Si elle perdait son calme, que serait-elle capable de dire, de faire ?

Je dois la retrouver. Je dois lui expliquer.

Mais expliquer quoi ?

Katelyn remarqua Dondi, assise à une table de pique-nique, et s'avança vers elle en titubant.

– Est-ce que tu as croisé Cordélia ? cria-t-elle par-dessus la musique.

– Elle est partie vers le parking, avec un type, lança Dondi. Qu'est-ce qui t'est arrivé ?

Katelyn ne répondit pas. Elle lui fit un signe et s'éloigna. Elle longea la grange et suivit le chemin. Son pied blessé la faisait souffrir et son esprit s'emballait. Ses émotions se télescopaient et elle était incapable de penser clairement.

Comment avait-elle pu embrasser Trick pour aussitôt se jeter dans les bras de Justin ? Que lui arrivait-il ?

Elle remonta l'allée de graviers jusqu'au parking improvisé. Une lueur scintillait dans le noir : le feu arrière d'une moto.

Deux silhouettes s'y tenaient, blotties l'une contre l'autre, tandis qu'elles s'engageaient sur la route. Justin et Cordélia.

La nuit les engloutit et Katelyn demeura seule, hébétée, ne sachant plus que faire. Rentrer ? Rejoindre la fête ? Retrouver Cordélia chez elle pour tenter de s'expliquer ? Elle serra les poings, prise entre la nausée et l'angoisse. Plus question de retourner à la soirée. Avec la démarche désarticulée des zombies qui les avaient accueillies, elle titubait vers le parking lorsqu'elle remarqua un petit rectangle lumineux sur le sol. En se penchant, elle reconnut le portable de Cordélia.

Réseau Indisp.

Elle grimpa dans sa voiture et tourna la clé. Elle avait les pieds gelés et endoloris. Cherchant quoi faire, elle fixait l'écran du téléphone. Cordélia prenait toujours soin de garder son portable sur elle. Qu'arriverait-il si elle avait résolu de rentrer pour accuser Justin devant Lee Fenner, qui n'avait plus toute sa raison ?

La situation lui apparut avec une brusque évidence. *Et si elle décidait de tout lui révéler, sur un coup de tête ? Si elle m'en voulait au point de chercher à se débarrasser de moi ?*

Il ne restait plus qu'à espérer qu'une fois chez elle, Cordélia tenterait d'appeler Katelyn, ou son propre téléphone. Katelyn posa les deux portables côte à côte sur le siège passager. Puis elle démarra la voiture et, avec un dernier regard à la grange illuminée, quitta le parking.

Elle n'arrivait pas à comprendre pourquoi Cordélia s'était mise dans une colère pareille. Lucy n'était ni sa sœur, ni sa meilleure amie. Katelyn arracha sa couronne dorée et se mordit la lèvre pour ne pas pleurer. Elle tenta de suivre l'itinéraire qu'elles avaient emprunté à l'aller. Mais il la ramenait chez Cordélia et Katelyn réalisa qu'elle serait incapable de retrouver seule le chemin menant chez son grand-père. La confrontation avec Cordélia était peut-être inévitable.

Mais Justin sera là.

En dépit de tout, son souvenir suffisait à l'exalter. Elle poursuivit sa route, toujours indécise, priant pour que Cordélia l'appelle entre-temps.

Sur le trajet, elle reprit ses esprits à mesure que les environs devenaient plus familiers. Presque au même instant, son téléphone sonna. Trick. Elle décrocha, le souffle court.

– Katelyn, où es-tu ? demanda-t-il, inquiet.

– Ça va, je... je suis partie, répondit-elle d'une voix tremblante.

– Où es-tu ?

– Je suis sur la route, dans la voiture.

Elle aurait voulu tout lui dire, mais en était incapable.

– Écoute, je n'avais pas l'intention de précipiter les choses...

Songeant que c'était elle qui s'était emballée, elle sentit son visage s'enflammer.

– Et tu as oublié tes chaussures, ajouta-t-il.

– Tu peux me les garder ? lâcha-t-elle avant que sa voix ne se brise.

– Alors tu ne comptes pas revenir ?

Son silence parla pour elle.

– Cordélia est avec toi ?

– Elle est devant moi, à moto.

Sa réponse évasive parut inquiéter Trick.

– La moto de son cousin ?

– Trick, nous discuterons plus tard. Je t'en prie.

Mais Trick ne semblait pas convaincu.

– Tu rentres seule chez toi, de nuit ?

– Plus tard, répéta-t-elle. Je suis en voiture. Je ne peux pas parler maintenant.

– Je n'aime pas trop ça, mais...

Katelyn retint son souffle. Au loin se dessina la villa des Fenner, entièrement illuminée.

– Je te laisse, redit-elle avant de raccrocher.

Plusieurs véhicules étaient garés le long du chemin, ce qui lui parut étrange. La maison était pourtant déserte lorsque Cordélia et elle l'avaient quittée. Les Fenner donnaient-ils une soirée ?

Elle s'arrêta, rangea les deux téléphones dans son sac et ouvrit la portière. Des airs de violon et des relents de barbecue emplissaient l'atmosphère. C'était bel et bien une fête. Végétarienne ou pas, elle était affamée et son estomac gargouillait.

Elle sortit et rejoignit l'allée près de la maison en boitillant. La moto de Justin était garée sur l'herbe, à l'écart. Les voitures s'entassaient le long du cheminement de graviers.

Un peu plus loin, Katelyn aperçut le pick-up noir de Cordélia. Elle hésita. Elle pourrait peut-être laisser le portable de son amie sur le capot, ou même l'abandonner près de la moto de Justin, pour lui faire croire qu'elle l'avait perdu à ce moment-là.

Ou tout simplement, elle pouvait repartir tout de suite. Indécise, elle fit quelques pas en direction de la moto. Elle aperçut alors deux hommes qui se tenaient sur l'allée de graviers. Ils ne semblaient pas avoir remarqué sa présence, mais lui barraient involontairement la route jusqu'à sa voiture. L'un était en costume, l'autre portait une chemise à manches longues et un jean. Katelyn s'accroupit entre deux véhicules, se mordant la langue sous l'effet de la douleur qui paralysait son pied.

Ce sont peut-être des loups-garous, songea-t-elle. *Il pourrait même s'agir de celui qui m'a attaquée.*

– Il doit vouloir annoncer la succession, disait l'un d'eux.

Il avait des cheveux d'un blond doré et une barbe poivre et sel.

– Sinon pourquoi nous avoir convoqués à la dernière minute ? poursuivit-il avant d'ajouter, d'un air sévère : tu aurais pu mettre un costume.

– Tu plaisantes, papa ? Cordélia m'aurait trouvé ridicule.

Katelyn n'en croyait pas ses oreilles. Ces deux hommes paraissaient si ordinaires. Pourtant, ils n'étaient pas humains. Il lui fallait quitter cet endroit le plus vite possible, avant d'être repérée.

Le père poussa un soupir d'exaspération.

– C'est sans importance, Steve. Lee nous a donné quelques raisons d'espérer.

Le rayon de lune sembla éclairer son sourire de loup.

– Cette fille est notre billet d'entrée pour l'aristocratie de la meute.

– Seulement si l'alpha la désigne comme meneuse, intervint le jeune homme. Et puis, sans vouloir être désagréable, Cordélia n'est pas vraiment mon genre.

– Ne sois pas ridicule, grinça le père en le frappant sur la tête. Tu ne peux pas t'offrir le luxe de faire la fine bouche.

Même de loin, la force du coup surprit Katelyn.

– Papa, bougonna son fils. Devenir le partenaire de l'alpha n'est pas vraiment le rêve.

– Tu es fou ? Nous serions pour toujours à l'abri.

– À moins que quelqu'un ne me défie pour elle, répliqua Steve.

Comme Dom, par exemple, pensa Katelyn. Ces gens étaient décidément tous plus déments les uns que les autres. D'ailleurs ce n'était pas des humains, Cordélia l'avait dit elle-même. C'était des loups-garous.

– Les jeunes, on vous materne trop, observa son père avec un soupir. De mon temps, on devait lutter pour obtenir une position hiérarchique, quelle qu'elle soit.

– Sans vouloir te vexer, papa, est-ce que ça n'est pas un peu barbare ?

Son père le frappa à nouveau, cette fois plus fort.

– Arrête ça ou à la prochaine chasse, tu le regretteras.

Katelyn frémit, la menace était claire. Soudain, elle se sentit affreusement mal. Elle aurait donné n'importe quoi pour remonter dans sa voiture, pour être encore à la soirée. Quelle folie de les avoir suivis jusqu'ici !

Steve redressa les épaules. Sans un mot, ils se dirigèrent de l'autre côté de l'allée, vers la moto de Justin. Courbée en deux, Katelyn s'éloigna sur le chemin, se rattrapant à un véhicule pour ne pas tomber. Elle considéra un bosquet près de la maison, hésitant à s'y réfugier. Elle était si terrifiée qu'elle craignait de ne plus pouvoir remuer. Elle songea à Haley, à Becky, retrouvées mutilées dans la forêt, et se mordit les lèvres.

– Daniel, Steve, lança une troisième voix, celle d'une femme. Est-ce qu'on peut savoir ce qui se passe ? Tout le monde est là, on dirait. J'ai dû me garer à des kilomètres.

– Dommage que ce ne soit pas encore la pleine lune. Nous aurions pu nous passer de voitures.

Katelyn ne se trouvait plus qu'à quelques dizaines de centimètres d'un large pin, près du mur. Elle risqua un regard vers les nouveaux arrivants. Celle qui venait de parler portait également une tenue de soirée. Elle était suivie de plusieurs personnes. Impossible de regagner la Subaru sans être vue.

Avec une profonde inspiration, Katelyn se précipita vers le tronc, prenant garde à ne secouer aucune branche en passant.

– Alors, Steve, qu'en penses-tu ? demanda l'inconnue. Il serait peut-être temps de te déclarer pour Cordélia ?

– Elle serait ridicule de ne pas saisir une telle chance, intervint Daniel d'un ton nettement plus jovial. Regarde-le. Il a eu un cerf à lui tout seul à la dernière lune. Et toi, Myrna, as-tu une idée de ce qui se trame, ici ?

– Bonsoir, tout le monde, bonsoir ! interrompit une voix que Katelyn reconnut sans mal.

C'était celle de Jesse. D'une main tremblante, elle écarta les branches avec précaution pour mieux l'observer. Vêtu d'un costume, ses cheveux étaient soigneusement ramenés en arrière et il accueillit les nouveaux venus en les embrassant sur la joue, geste auquel ils répondirent sans hésiter.

– Joyeux Halloween, leur dit-il.

– À toi également, Jesse, répondit Myrna.

– M. Gaudin est là. Il ne faut pas l'appeler Dominic. Ni l'embrasser, annonça Jesse.

Katelyn étouffa une exclamation. Dom ? Celui dont Cordélia était amoureuse ? Le meneur de la meute rivale ?

– Quoi ? s'étrangla Daniel, visiblement aussi surpris que Katelyn.

Steve parut se décomposer.

– Il... ne compte quand même pas me mettre au défi pour Cordélia, hein, papa ?

– Les Gaudin sont des brutes. Des envahisseurs, siffla Myrna d'une voix suraiguë. Puisque c'est ça, je m'en vais.

Des brutes ? Katelyn pâlit.

– Notre alpha nous a convoqués, lui rappela Daniel. Tu te dois d'être présente. Quant à toi, Steve, du calme. Dominic Gaudin a à peu près autant de prétentions sur Cordélia que Jesse.

– Je ne veux pas épouser Cordélia. Je veux épouser Lucy, répondit aussitôt Jesse, soudain sérieux.

– Jesse ?

Katelyn reconnut la voix de Lucy avant même de la voir. Lucy, la petite amie de celui qu'elle désirait. La jeune fille portait une blouse en dentelle blanche et une jupe de velours noir. Ses cheveux étaient ramenés en une tresse élaborée, décorée d'une plume noire.

– Oh, bonsoir, ajouta-t-elle à la hâte en apercevant les autres. Dominic Gaudin est ici.

Katelyn dévisageait Lucy, tandis qu'une animosité soudaine et inexpliquée envers sa rivale la submergeait. Elle tenta de contenir sa colère. *Mais enfin, qu'est-ce qui me prend ?* se demanda-t-elle. *Justin est son copain, pas le mien. Si quelqu'un a des raisons d'être furieux, c'est elle et pas moi.* Le souffle court, Katelyn redoutait de faire le moindre bruit.

– Nous venons de l'apprendre, répondit Steve.

– Et que fait-il ici ? s'enquit Myrna à voix basse. Que cherche-t-il, au juste ?

– Nous voir tous morts, répliqua Daniel entre ses dents.

– Il désire parlementer, alors soyons aimables, si ça ne vous ennuie pas ?

En dépit de son sourire, Lucy semblait soucieuse. Elle tourna les talons et guida les invités vers l'arrière de la villa. Tous la suivirent, excepté Jesse.

– Héhé, quelqu'un se cache ? demanda-t-il avec enthousiasme.

Il s'avança vers Katelyn, accroupie derrière le pin.

– Attention, j'arrive !

Katelyn se figea, prise de sueurs froides. Aussi silencieusement que possible, elle se glissa sous une branche basse, réalisant qu'elle se réfugiait dans la direction de la maison et s'éloignait de plus en plus de sa voiture. Jesse n'était plus qu'à quelques mètres. Elle continuait son échappée, sans un bruit, passant d'arbre en arbre, terrifiée à l'idée d'être découverte.

Elle finit par atteindre un mur contigu à la porte. Elle se tapit dans l'ombre, près des jardinières aux fleurs mauves. Un parfum de sève flottait dans l'air et, en frôlant des plantes, elle comprit que c'étaient elles qui dégageaient cette odeur résineuse, lui rappelant un sapin de Noël.

– Jesse ! lança Lucy. Allez, viens, poussin.

– Attention ! J'arrive ! répéta Jesse en hurlant.

Il se rapprochait dangereusement. Katelyn s'écartait, prenant garde à rester invisible, à ne pas faire le moindre bruit. Elle n'osait plus respirer. Derrière elle, plusieurs voix montaient. Tous les invités semblaient rassemblés de l'autre côté de la maison.

– Jesse James Fenner ! s'emporta Lucy. Reviens ici tout de suite.

– Ne crie pas, ne crie pas ! gémit Jesse.

Oubliant son jeu, le garçon s'éloigna. Avec un soupir de soulagement, Katelyn s'adossa à un tronc d'arbre. Mais à bout de nerfs, elle ne put retenir ses larmes.

Un hurlement perça le brouhaha. Un deuxième répondit à son appel. Puis un troisième, un quatrième. Des voix humaines, qui s'élevaient en un chœur puissant, lugubre, similaire à celui des disciples de Jack Bronson. Tremblante, Katelyn se boucha les oreilles.

Les cris cessèrent tout aussi soudainement, comme si on leur en avait donné l'ordre.

Lentement, Katelyn souleva une branche, puis une autre, pour mieux observer la scène. Une quinzaine de personnes – ou plutôt, de loups-garous – était installée sur des chaises de jardin disposées au hasard. La plupart étaient bien habillées, en costume et robe noirs. D'autres s'étaient contentées de jean.

Mon agresseur se trouve parmi eux. Un sentiment glacial de colère lui noua l'estomac, une sensation qu'elle ne put réprimer. *En admettant que j'aie été attaquée par un loup-garou*, se reprit-elle, cherchant à se ressaisir. Elle scruta les visages pour mieux les mémoriser.

Sur une petite estrade en bois, la famille Fenner était rassemblée autour d'une table. Aux côtés de Lee, Katelyn aperçut Cordélia, Justin, Lucy, Jesse, les deux affreuses sœurs et leurs époux respectifs, Al et Doug, le seul du clan à avoir été mordu. C'était un homme brun au regard perçant, exactement comme Regan. Tous les messieurs, y compris Justin, étaient en costume. Le rayon de lune semblait donner des reflets argentés à sa chevelure.

Arial avait revêtu une robe à bretelles dorées et Regan, un fourreau noir. Cordélia ne s'était pas changée : elle portait la même robe et la même fleur dans les cheveux. Sa tenue s'accordait parfaitement aux circonstances

– Bonsoir à tous ! J'aimerais tout d'abord vous remercier d'être venus au pied levé, annonça Lee Fenner à ses invités. Dominic, le dominant du clan Gaudin, est parmi nous ce soir.

Quelques applaudissements polis l'accueillirent. À l'évidence, les invités attendaient tous impatiemment des explications.

Katelyn se tourna légèrement et réalisa qu'une autre personne était installée à la table d'honneur, entre Cordélia et son père. C'était un jeune homme robuste et extrêmement séduisant. Ses cheveux d'un blond tirant sur le roux retombaient en cascade sur ses épaules. Le front haut, les sourcils dessinés, son regard paraissait clair, même si Katelyn n'en distinguait pas nettement la couleur. Il portait une chemise en soie au col déboutonné et un pantalon noir, de style années trente. Un bracelet de cuivre luisait à son poignet droit.

– La meute des Gaudin vous transmet ses salutations, dit-il avec un léger accent, qui semblait français. Comme vous le savez, je dirige notre clan depuis la mort de mon père, Jean-Marc Gaudin.

– Ton père était un alpha hors pair, déclara Lee Fenner, toutefois tendu. Une légende.

D'autres applaudissements suivirent et les deux hommes s'assirent.

– Le fils du Gévaudan est venu s'entretenir des affaires du clan, reprit Lee Fenner pour ses hôtes. Mais d'abord, nous avons nos propres détails à régler. N'est-ce pas, les filles ?

Avec l'air sournois de deux chats siamois, Arial et Regan eurent un sourire chafouin. Elles observaient leur père avec des yeux brillants, qui glacèrent Katelyn.

Cordélia paraissait exsangue. Elle s'agitait nerveusement sur sa chaise et Justin tendit le bras pour serrer sa main dans la sienne. Machinalement, Katelyn effleura ses lèvres qui gardaient la trace de ses baisers fougueux. Le désir s'empara d'elle d'un seul coup et elle frissonna devant l'effet qu'il produisait sur elle.

– Mes filles sont devenues de remarquables jeunes femmes. L'une d'elles sera l'alpha Fenrir. Comme vous le savez, la loyauté est notre plus grande vertu. Mais il leur reste une dernière épreuve.

– Papa, intervint Cordélia en rougissant. Euh... nous devrions peut-être...

Un murmure de stupéfaction parcourut l'assistance. Dominic haussa les sourcils puis esquissa un sourire.

– Est-ce que tu me défies ? tonna Lee Fenner en s'approchant de sa fille.

– Non, papa, non, gémit Cordélia en se recroquevillant sur son siège.

Justin fit mine de se lever et de tendre le bras pour la protéger, mais il laissa retomber sa main et baissa la tête en signe d'obéissance.

– Qui est le dominant, ici ? hurla Fenner.

Avant qu'elle ait pu répliquer, il s'éloigna d'un pas rageur et disparut dans la maison, en claquant violemment la porte derrière lui. Personne n'osa dire un mot, ni même bouger.

Mon Dieu, pensa Katelyn. *Serait-il capable de lui faire du mal ?*

En le regardant partir, elle réalisa brusquement qu'elle se trouvait à proximité de la baie vitrée donnant sur la chambre de Cordélia. Elle avait tout d'abord cru que sa fenêtre ouvrait directement sur la forêt, mais elle donnait en fait sur ce bouquet d'arbres et Katelyn risquait d'être découverte. Elle décida de se cacher à l'intérieur de la maison, où elle serait temporairement à l'abri.

Cordélia se leva et Katelyn la regarda se diriger vers la maison.

– Jouez, ordonna Justin à quelqu'un qu'elle ne voyait pas.

L'orchestre se remit aussitôt à jouer, tandis qu'un murmure agité montait dans l'assistance, et Katelyn saisit sa chance. Elle se glissa entre les arbres, poussa le battant de la fenêtre et s'introduisit dans la pièce sombre. Elle posa avec bonheur ses pieds meurtris sur le carrelage froid.

– Tu as un sacré culot, gronda M. Fenner à l'autre bout du couloir.

Katelyn se baissa aussitôt. La porte de la chambre était entrouverte.

– Vos tentatives d'intimidation ne prennent pas avec moi, répondit une voix masculine mâtinée d'un accent.

Elle reconnut la voix de Dominic, qui restait parfaitement calme.

– Je suis venu parlementer, ajouta-t-il.

– Pour mieux semer le trouble, rétorqua Fenner. Un sauf-conduit de dernière minute. N'importe quel idiot doté d'un peu de savoir-vivre connaît les usages.

– Votre meute s'est introduite sur notre territoire pour déverser de l'argent dans nos cours d'eau. Et cette fois, j'ai des preuves, s'emporta Dominic.

– Tu mens. Tu serais capable d'empoisonner les tiens pour mieux nous accuser.

– Papa, implora Cordélia, je t'en prie.

Le claquement d'une gifle retentit.

– Encore un mot et je t'arrache la gorge. Est-ce que c'est bien compris ? enragea Fenner.

Katelyn réprima un cri. Jamais son père ni son grand-père n'auraient osé la frapper.

– Laissez-la tranquille, vociféra Dominic, ou je vous jure que...

– Tu comptes me défier, gamin ? Il s'agit de ma fille et de ma meute.

– Dont l'un des membres a attaqué un humain, répliqua Dominic sans fléchir. Ce qui est formellement défendu par nos deux clans. Par tous les clans.

Katelyn sentit son cœur s'emballer. *Il sait ce qui m'est arrivé. Mais comment a-t-il pu l'apprendre ? Cordélia ne lui aura rien dit...*

– Encore des mensonges, lâcha Fenner. Tu n'as donc rien de mieux à m'offrir ?

– Avec tout le respect que je vous dois, grinça Dominic, nous avons la preuve que les fils de Fenrir ont pénétré sur nos terres. Et que cette humaine, Becky Jensen, a été égorgée par l'un des vôtres.

Katelyn étouffa un soupir. *Ce n'est pas de moi dont il s'agit.* Elle ferma un instant les yeux. *Et Haley ?*

– Encore des fables ! Tu es bien comme ton père, cracha Fenner.

– Et j'en remercie la Bête, répondit Dominic sans se démonter. Soyez réaliste, Fenner. Vous ne contrôlez plus rien. Et pour humilier ainsi vos filles...

– Moi je n'ai pas été humiliée, intervint Regan.

Katelyn se raidit. Les autres les avaient rejoints.

– Cordélia a eu raison de vous arrêter, poursuivit Dominic.

– Elle ne m'aime pas. Elle ne m'a jamais aimé, contra furieusement Fenner.

– Papa...

– Ouvrez les yeux ! Elle est la seule à s'intéresser vraiment à vous. Écoutez-moi bien, Fenner. Je ne tolérerai pas d'agression envers mon clan. Mais il n'est pas trop tard pour envisager une autre solution. Si Cordélia et moi devions nous unir...

– Jamais ! Plutôt la tuer que de te laisser me prendre ce qui m'appartient. Cordélia, va dans ta chambre, immédiatement.

Katelyn tressaillit. Il ne fallait pas que Cordélia la surprenne. Elle devait se cacher. Agrippant son sac, elle se pencha et se cogna contre le bureau de Cordélia. Un livre vacilla. Katelyn le rattrapa de justesse.

Des pas se rapprochaient. Ils résonnaient atrocement aux oreilles de Katelyn, jusqu'à ce que leur écho devienne insupportable. Katelyn s'allongea sur le sol et se glissa sous le lit à l'instant où Cordélia pénétrait dans la pièce en allumant le plafonnier.

Katelyn retint son souffle, sentant son amie s'effondrer sur son lit. Dans le couloir, les deux hommes continuaient d'en découdre. Katelyn se tint parfaitement immobile, serrant le livre et son sac contre sa poitrine. Au-dessus d'elle, Cordélia pleurait sans qu'elle puisse la réconforter.

Katelyn écoutait la respiration tranquille de Cordélia. Des heures semblèrent s'écouler avant qu'elle ose s'extirper de sa cachette. Avec une infinie précaution, elle déposa le téléphone et le livre de Cordélia sur son bureau. Le rayon de lune illuminait les lettres dorées de la couverture.

Folklore de l'Ozark – Theodor Switliski.

L'ouvrage dont leur avait parlé M. Henderson... Cordélia avait mis la main dessus mais n'en avait rien dit à Katelyn.

Celle-ci fila par la baie vitrée et courut jusqu'à sa voiture. Une fois dans la Subaru, elle ouvrit son sac de voyage qui contenait ses chaussures de rechange. Elle les enfila et s'engagea sur la longue route au travers de l'épaisse et sombre forêt, encore dépassée par tout ce qu'elle venait d'apprendre. Dom avait invoqué la « Bête ». Faisait-il allusion au Cerbère ?

Tremblante, choquée, elle regagna tant bien que mal la maison de son grand-père. La chambre de Mordecai était fermée et Katelyn perçut le bruit paisible de sa respiration. Elle redescendit et décrocha le téléphone, hésitant à appeler Cordélia. Avec un soupir, elle se ravisa, puis vérifia que la porte donnant sur l'extérieur était correctement verrouillée.

Une heure s'écoula. Puis une autre. Elle errait, désœuvrée, au rez-de-chaussée, lorsqu'elle posa les yeux sur la toile représentant le rocher en forme de cœur. Elle repassa à la cuisine. Examina la laisse abandonnée dans un tiroir.

Puis le téléphone sonna et Katelyn décrocha aussitôt.

– Kat, est-ce que tout va bien ? chuchota Cordélia à l'autre bout de la ligne.

Le soulagement submergea Katelyn et les mots se bousculèrent.

– Oh. Oui, je suis vraiment, vraiment désolée, Cordélia. Je ne sais pas ce qui m'a pris avec Justi...

– Oh mon Dieu, mon Dieu, souffla son amie. J'ai eu si peur pour toi. Quand j'ai vu mon téléphone et que j'ai senti l'odeur de ton sang...

– L'odeur de mon sang ? répéta Katelyn, choquée.

– Et puis, je l'ai aperçu, à la fenêtre.

– Qu'est-ce que tu as vu ? la pressa Katelyn, gagnée par la panique.

– Il était là. Il était chez nous. J'ai pensé qu'il t'avait attrapée.

– Quoi ? Qu'est-ce que c'était ?

Mais la communication fut soudain coupée.

Chapitre 16

Katelyn tenta de joindre Cordélia, mais n'obtint que la messagerie. Incapable de trouver le sommeil, elle fit les cent pas. Elle repensa à Trick, au buste de sa mère, à leurs baisers, à Justin dans les bois, puis à la réception des Fenner. À la curieuse façon dont ces deux hommes s'adressaient l'un à l'autre, avec une formalité empreinte de menace. À Lee Fenner, qui avait giflé sa fille.

Le lendemain, son grand-père parut surpris de la trouver dans la cuisine.

– Déjà là ?

– Oui, je viens de rentrer, répondit-elle brièvement, afin d'esquiver les questions.

– Ça ne s'est pas bien passé ?

– Pas vraiment, souffla-t-elle en secouant la tête.

Elle opta pour le mutisme, préférant le laisser croire ce qu'il voudrait. Évitant son regard, elle ajouta :

– C'est dur de s'intégrer dans une nouvelle école.

Et c'était décidément vrai. Mordecai acquiesça, compatissant.

– Je sais. Allez, viens, reprit-il en lui faisant signe de le suivre.

À l'extérieur, elle aperçut le fusil qu'elle haïssait tant. Elle remarqua alors qu'il avait coupé quelques branches de l'arbre le plus proche de la maison. Une cible en papier était accrochée au tronc.

– Très bien, dit-il, c'est l'examen final. Tu dois réussir à la toucher.

Katelyn trouvait étrange qu'il tienne absolument à faire cela de bon matin, avant même d'avoir pris un café, mais il avait à l'évidence tout préparé en vue de son retour. Curieusement, elle prit conscience d'être enfin prête : elle devait absolument maîtriser cette arme. Tâchant de dissimuler son tremblement, elle saisit le fusil et visa.

La sonnerie du téléphone fixe retentit et Katelyn tressaillit. Elle jeta un regard hésitant à son grand-père.

– C'est sans doute pour toi, dit-il avec un sourire indulgent. On m'appelle rarement.

Elle lui rendit son fusil et se précipita à l'intérieur. Soulagée, elle reconnut la voix, faible et tendue, de Cordélia.

– Je m'excuse de t'avoir fait faux bond hier soir. Je ne pouvais vraiment pas rester.

– Mon Dieu, Cordélia. Qu'est-il arrivé ?

– Je te raconterai plus tard. Je voulais simplement te rassurer.

Elle raccrocha avant que Katelyn ait pu dire un mot.

Machinalement, celle-ci poussa un long soupir. Elle reposa le combiné et pressa une main contre sa poitrine, comme pour calmer son cœur qui battait à tout rompre. Puis elle passa ses doigts dans ses cheveux et rejoignit son grand-père sur la véranda.

Mordecai lui jeta un regard surpris, auquel Katelyn répondit par un haussement d'épaules.

– C'était Cordélia, dit-elle. Des histoires de filles.

– En plus des histoires de garçons ? renchérit-il.

– Exactement.

– Bon courage.

Il devait se demander ce qui avait pu arriver chez Trick. Mais il se contenta de lui tendre l'arme et elle se remit en position de tir. Le coup partit complètement à côté. Elle recommença... et toucha l'angle inférieur droit de la cible. Agacée, elle baissa le fusil, prenant garde à ce que le canon ne heurte pas le sol, avant de le brandir une nouvelle fois pour viser, puis de tirer.

Dans le mille.

Pendant quelques instants, aucun d'eux ne réagit. Puis Mordecai laissa échapper un cri enthousiaste, glissa la main dans sa poche et en sortit les deux billets.

– Le Cirque du Soleil, Little Rock, dans trois semaines. On passera le week-end sur place.

Dans un élan de gratitude, elle se jeta au cou de son grand-père. Quelques jours loin de Wolf Springs étaient exactement ce dont elle avait besoin.

– Merci, grand-père. Vraiment, merci.

– De rien, ma chérie, dit-il en la serrant fort contre lui.

Après le petit déjeuner, elle tenta en vain de dormir un peu. Elle reçut un appel de Trick qui proposa de passer la voir, mais elle déclina. Après tout ce qui s'était produit avec Justin, elle ne se sentait pas de l'affronter. Mais elle préférait surtout garder ses distances jusqu'à ce qu'elle soit certaine d'être devenue l'une d'entre « eux ».

– Non, murmura-t-elle lorsque le visage de Justin lui revint en mémoire.

La question n'était pas de choisir entre Trick et Justin. Trick était quelqu'un de bien, d'honorable. Et qui savait ce qu'il voulait. Elle sourit en se rappelant cette plaisanterie entre eux. C'était avec lui qu'elle désirait être. Elle avait l'impression de le connaître depuis toujours. Mais si sa transformation devait s'opérer, leur relation deviendrait impossible. Elle devrait mener une double vie, dont il ne pourrait faire partie.

Quant à Justin... pourquoi ne trouvait-elle pas la force de le repousser ? Pourquoi ne lui en voulait-elle pas davantage de se comporter comme un goujat ? L'attirance entre eux était irrésistible. Elle n'aurait su expliquer pourquoi.

C'est alors que Cordélia la rappela.

– Je ne peux pas parler très longtemps. Je dois être prudente, souffla-t-elle.

– Tu dois me dire ce que tu as vu, insista Katelyn.

– Je... j'ai d'abord cru que c'était l'un d'entre nous. Au début. Je dormais et je me suis réveillée en sursaut. C'est là que j'ai senti l'odeur de ton sang et j'ai paniqué. En me redressant, j'ai aperçu un regard bleu qui me fixait à travers la vitre. J'ai pensé que c'était Dom, alors je me suis levée. Je distinguais la silhouette d'un loup. Et puis... elle s'est transformée. C'était comme si je n'avais pu voir que ses yeux et que le reste était enveloppé d'ombre, comme tu me l'avais décrit. Exactement comme tu l'avais décrit. Jamais je n'ai eu aussi peur de ma vie. Et j'ai hurlé à pleins poumons.

– Que s'est-il passé ensuite ? demanda Katelyn en agrippant le téléphone.

– Il a disparu. D'un seul coup. Mon père et mes sœurs sont entrés dans ma chambre. Mon père est sorti pour jeter un œil, mais mes sœurs se sont mises à crier, disant que j'inventais tout ça pour me rendre intéressante et pour que mon père me pardonne.

– Tu penses que c'était le Cerbère ? chuchota Katelyn.

Elle soupira.

– Je ne suis même pas certaine de savoir ce que j'ai vu. Rien que d'en parler, j'en ai encore la chair de poule.

– Mais, Cordélia, imagine que...

– Quand es-tu entrée dans ma chambre ? l'interrompit son amie.

– Lorsque tu nous as... surpris et que tu es partie, je t'ai suivie. Tu avais laissé tomber ton portable dans le parking. Je... J'avais si peur que tu leur racontes tout...

– Oh, voyons, Kat, tu sais bien que je n'aurais jamais fait ça ! Justin est venu me chercher parce que Dominic est arrivé à l'improviste. Mon père et Justin ont tenté de me joindre, mais évidemment je n'ai jamais reçu leurs coups de fil. Justin a eu l'idée d'appeler Bobby, qui m'a retrouvée à la soirée. Puis j'ai réalisé que j'avais perdu mon portable...

– J'avais l'intention de le laisser près de la moto de Justin, pour qu'on pense qu'il était tombé de ton sac. Mais tout ces...

Elle ignorait comment nommer les congénères de Cordélia.

– ... ces gens sont arrivés en même temps et j'ai dû me cacher. Et..., ajouta-t-elle en se raclant la gorge, j'ai surpris la conversation entre Dominic et ton père.

– Il perd la tête, murmura Cordélia. Je ne suis pas certaine que Dom ait eu raison de lui dire toutes ces choses. C'est si dur, gémit-elle en fondant en larmes. J'ai tellement peur.

– Je suis vraiment navrée, pour Justin, reprit précipitamment Katelyn. Je n'avais pas l'intention de... Enfin, il m'a embrassée et je n'ai pas réussi à l'en dissuader.

– Non, c'est moi qui n'aurais pas dû paniquer, répondit Cordélia en reniflant. Notre meute a des règles strictes, sur tout et particulièrement la loyauté envers son partenaire. La trahison est le plus grave des crimes, chez nous. Elle est punie de mort.

– Quoi ?

Katelyn était horrifiée. Elle ferma les yeux. Cela dépassait tout ce qu'elle avait imaginé. Elle préféra changer de sujet.

– J'ai vu le livre de Switliski, dont M. Henderson nous a parlé, dans ta chambre.

Cordélia ne répondit pas immédiatement.

– Euh, oui. Je l'ai trouvé dans la bibliothèque de mon père en rentrant de chez Trick, hier soir. Avant que la réception ne commence. Je suis entrée dans son bureau pour savoir exactement ce qu'il se passait. Dom était déjà là et notre meute se rassemblait. En m'approchant des étagères, le nom sur la tranche m'a frappée. Switliski. Alors je l'ai pris.

Katelyn n'en crut pas un mot. Comment Cordélia aurait-elle eu le temps de faire tout cela entre son retour et le moment où Katelyn l'avait aperçue, entourée de toute sa famille ? D'un autre côté, pourquoi lui mentir ?

– Est-ce que ton père sait que tu l'as emprunté ? la pressa Katelyn.

– Je ne pense pas. Je ne l'ai jamais vu comme ça, Kat. Son état empire encore.

– Oh, Cordélia...

Son cœur se serra en songeant à sa détresse. Elles se trouvaient toutes deux dans des situations impossibles.

– Je suis navrée, Kat, reprit Cordélia dans un sanglot. Pardonne-moi de t'avoir entraînée dans toute cette histoire.

– Je sais. Et je suis terriblement navrée de ce qu'il t'arrive.

– Merci, dit Cordélia avec un soupir. Tu sais, je n'avais jamais eu d'amie comme toi.

Katelyn esquissa un sourire triste.

– Moi non plus, Cordélia.

Et c'était vrai. Lorsqu'elle raccrocha, elle éprouvait davantage de peine pour son amie que pour elle-même.

Maintenant que Katelyn possédait un véhicule, Trick n'eut plus besoin de l'accompagner chaque matin. Le lundi, elle fut soulagée de ne pas avoir à l'affronter.

Il la retrouva cependant sur le parking du lycée et lui jeta un regard hésitant en lui rendant les chaussures oubliées à la soirée. Elle les prit avec un signe de tête et les laissa dans sa voiture. Elle demeurait silencieuse, distante. Il n'insista pas et curieusement, elle le regretta.

À son grand soulagement, elle trouva Cordélia déjà installée en salle d'histoire, pour remettre la version finale de leur devoir. Katelyn la serra dans ses bras et, à la fin du cours, la suivit vers le gymnase.

– Est-ce que ça va ? demanda Katelyn.

– L'atmosphère est... tendue, à la maison, expliqua Cordélia avec une grimace.

– Je suis...

Mais avant qu'elle ait pu répondre, quelqu'un la bouscula violemment et elle heurta Cordélia. En se redressant, Katelyn reconnut Mike qui s'éloignait en écartant brutalement d'autres élèves sur son passage. La colère monta brusquement. Elle bondit, prête à le poursuivre pour en découdre, à lui écraser la figure à coup de talon, mais Cordélia la retint.

– Lâche-moi, grinça Katelyn en cherchant à se dégager.

– Non. Parce que même si tu parviens à lui coller une raclée, ça ne sera jamais fini.

Katelyn se retourna rageusement, une repartie cinglante sur le bout de la langue, mais le regard effrayé de son amie l'arrêta.

– Quoi ?

– Une agressivité accrue, balbutia Cordélia. Ce n'est pas bon signe.

Katelyn cacha sa bouche derrière une main tremblante, toucha ses joues, sa mâchoire, ses pommettes. Si son apparence n'avait pas changé, elle était saisie d'un mal-être omniprésent. Que lui arrivait-il ?

– Alors je me transforme, c'est ça ?

– Je n'en sais rien. Mais ça semblerait logique.

– Tu es certaine que Mike... ne l'est pas ? Un solitaire, qui ne ferait pas partie de ton clan ?

– Ça serait une bonne nouvelle, répliqua Cordélia avec un sourire amer. Dans notre monde, les solitaires ne font pas de vieux os.

Sentant l'angoisse dans le ton de son amie, Katelyn insista.

– Qu'est-ce qui se passe ?

– J'imagine juste le cauchemar... Je ne pourrais pas supporter d'être sans ma meute. Si mon père désignait quelqu'un d'autre pour diriger le clan... comme Justin... j'ignore ce qui pourrait m'arriver.

– Mais Justin ne te forcerait quand même pas à partir ? s'étonna Katelyn.

– On ferait mieux de ne pas discuter de tout ça ici, chuchota son amie.

Katelyn poussa un soupir las. Apparemment, elles ne pouvaient parler nulle part.

Les journées n'en finirent pas. Katelyn guettait le moindre signe de métamorphose. Elle rêvait de Justin, de Trick, d'argent, de loups et de Kimi. Elle rêvait de son père, de sa mère, et se réveillait en larmes. À plusieurs reprises, elle demanda à Cordélia de lui amener l'ouvrage de Switliski, mais son amie paraissait sans cesse « oublier ».

Avec Trick, elle évita le sujet de la soirée d'Halloween. D'ailleurs, leur conversation restait limitée. Il n'en demeurait pas moins présent et visiblement inquiet pour elle – avec raison. Les rêves s'enchaînaient, de plus en plus étranges et violents. À mesure que la pleine lune approchait, Katelyn prenait conscience que toute son existence était suspendue à cette révélation.

Quelle qu'elle soit.

Son anniversaire arriva. Dix-sept ans. Elle aurait dû avoir le sentiment d'avoir la vie devant elle et non derrière. Ce matin-là, elle descendit à la cuisine et découvrit avec stupéfaction que son grand-père lui avait préparé des pancakes en forme de cœur. En voyant son air satisfait – quoiqu'un peu embarrassé –, elle sourit.

– Merci, dit-elle en le serrant dans ses bras.

– Joyeux anniversaire, ma chérie.

Elle ferma les yeux pour refouler ses larmes. Elle avait rêvé d'une vie fantastique, ambitieuse : une existence d'artiste sillonnant le monde. Lorsqu'on l'avait traînée de force en Arkansas, elle avait eu le sentiment que cette vie lui échappait. Et à dix-sept ans, elle redoutait à présent qu'elle s'achève pour de bon.

Au lycée, Trick lui souhaita son anniversaire en promettant de passer la voir durant le week-end pour lui donner son cadeau. Les yeux humides, Katelyn, songea au buste de sa mère et à tout ce qu'elle avait déjà perdu. Était-elle sur le point d'en perdre davantage ?

Les jours suivants s'écoulèrent dans un flou d'angoisse et d'impatience, tandis qu'elle comptait les heures qui la séparaient de la pleine lune. Le moment de vérité.

Katelyn maudit le soleil qui se leva sur le vendredi, pensant que ce serait peut-être le dernier de sa vie de jeune fille ordinaire. Elle tenta de se rendormir, mais perçut le pas lourd de son grand-père dans l'escalier. Elle se retourna et se cacha la tête sous l'oreiller. Quelques minutes plus tard, l'odeur du bacon grillé la fit sortir de sa chambre.

Elle descendit rapidement les marches.
– Bonjour, murmura-t-elle en entrant dans la cuisine.
– Bonjour, répondit Mordecai en lui tendant une tasse de café. Ton porridge sera bientôt prêt.
– Qu'est-ce que tu prépares, ce matin ? demanda-t-elle.
– Œufs brouillés et bacon.
– Miam.
Il la regarda avec des yeux ronds.
– Les œufs, tu veux dire ?
– Non, le bacon.
– Tu es sûre que ça va ? s'enquit-il.
– Oui, s'exclama-t-elle avant de se reprendre.
L'angoisse l'étreignit. L'odeur de la viande la tentait et elle avait bien failli en réclamer à son grand-père.
– Eh bien, j'imagine que c'est un progrès, remarqua-t-il, amusé. Au fait, ta voiture a un pneu à plat. Et je ne te laisse pas partir avec la roue de secours, elle ne m'a pas l'air suffisamment gonflée. Alors j'ai appelé Trick pour qu'il vienne te chercher.
– Quoi ? s'exclama-t-elle, le cœur battant.
– Il n'aura pas besoin de te raccompagner, puisque tu vas dormir chez Cordélia.

Quelques jours plus tôt, elle avait prétexté passer la nuit chez son amie. Ce qui n'était pas tout à fait faux. Elle ignorait où elles s'installeraient durant la soirée, mais Cordélia lui avait promis de l'emmener loin du terrain de chasse du clan. Soudain, Katelyn paniqua.
– Il est en route ? Tu pourrais peut-être m'emmener toi-même...
– Je pense qu'il est déjà parti. Encore des histoires de garçons ? demanda-t-il en fronçant les sourcils.

Pas question de lui parler de tout cela maintenant. Elle avait pris soin de ne jamais se trouver trop longtemps seule avec Mordecai afin qu'il n'ait pas l'occasion de l'interroger à ce sujet. Elle ne pouvait se permettre de perdre ses moyens devant lui, ou devant Trick.

Elle avala son petit déjeuner, puis remonta dans sa chambre et s'habilla lentement. En s'observant dans la glace, elle surprit la peur et le doute dans son regard. Quiconque l'approcherait les verrait aussi. Elle se jura de ne pas laisser son grand-père ou Trick le remarquer, puis sortit.

Trick resta silencieux durant le trajet. Il n'alluma pas la stéréo et ne lui adressa pas une parole. Katelyn plissait les yeux, aveuglée par la lumière naissante qui semblait vive, plus crue, et elle regretta de ne pas avoir pris ses lunettes de soleil.

Tandis qu'ils approchaient de l'école, son ouïe parut se développer brutalement. Même dans l'habitacle de la Mustang, les voix, le rugissement des moteurs, le hurlement des radios devenaient omniprésents. Les mains crispées sur le siège, elle tenta de se calmer.

– Est-ce que ça va ? demanda Trick, le sourcil levé.

– C'est juste que la perspective du lycée ne m'emballe pas, aujourd'hui, répondit-elle avec un timide sourire.

Il se gara sur le parking et, avant qu'il ait pu ajouter quelque chose, Katelyn ouvrit la portière et sortit. Sans même lui adresser un regard, elle se dirigea vers le bâtiment. Les bruits l'assaillaient de toute part. Seule la voix de Trick en était absente.

Quelle folie d'être venue en cours ! Mais suivre sa routine, comme si de rien n'était, lui procurerait peut-être un semblant, une impression de normalité. C'était insensé, mais dans cette ville, rien n'avait de sens.

En entrant en cours d'histoire, elle se figea sur le seuil. Cordélia n'était pas là. Quelqu'un la bouscula et elle s'obligea à s'asseoir à sa place. Elle garda les yeux rivés sur la porte.

Calme-toi, il t'arrive d'être en classe avant elle, se dit-elle, cherchant à se rassurer.

Mais la panique prenait le dessus. Aujourd'hui plus que jamais, elle avait besoin de son amie. *Elle ne m'abandonnerait pas dans un moment pareil ?* songea-t-elle.

Le cours commença. Sans Cordélia.

– Bonjour à tous, lança M. Henderson. Je corrige encore vos exposés, donc inutile de me demander vos notes.

Katelyn se détourna, réalisant que Cordélia ne viendrait pas. Beau attira son attention et hocha la tête. L'effet de zoom se produisit une nouvelle fois. Elle ne distinguait plus que sa mâchoire et son oreille, le grain de sa peau et le duvet sur ses joues. L'angoisse redoubla.

Ça y est. Ça commence.

Beau lui jeta un regard surpris, comme s'il pensait qu'elle essayait de lui dire quelque chose.

– Salut, Kat, souffla-t-il.

– M. Henderson, lâcha-t-elle en levant brusquement la main. Je ne me sens pas bien. Je devrais peut-être passer voir Mme Walker ?

– Très bien, vas-y, répondit son professeur d'un air soucieux.

Saisissant son sac, elle courut jusqu'aux toilettes pour s'asperger le visage d'eau. Son cœur battait à tout rompre et sa trachée paraissait atrocement comprimée. Elle avait du mal à respirer. Elle sentait l'odeur de la Javel sur les miroirs, celle des minéraux présents dans l'eau.

Je ne peux pas. Je ne tiendrai jamais toute une journée, pas dans cet état.

Elle ferma les yeux. Sans voiture, elle n'avait d'autre choix que de prévenir Trick ou son grand-père pour se faire raccompagner. Or cela signifiait donner des explications, répondre aux questions, inventer un malaise fictif qui lui permettrait tout de même de quitter la maison le soir même.

Plus question de se voiler la face : quelque chose était en train de se produire. Le moindre millimètre de sa peau semblait en éveil et cela la terrifiait.

Lorsqu'elle parvint à se calmer, Katelyn essuya son visage. Après une hésitation, elle se dirigea vers le gymnase, espérant pouvoir s'asseoir à l'écart dans les gradins jusqu'au début du cours. Pas question d'avertir Mme Walker. Et que trouverait-elle bien à lui raconter ? Je vais me transformer en loup-garou, d'ici à quelques heures. Vous n'auriez pas un cachet, pour ça ?

En chemin, son téléphone vibra. En voyant le nom de Cordélia s'afficher sur l'écran, elle éprouva un immense soulagement. Elle s'isola dans un coin et souffla farouchement :

– Où étais-tu passée ?

– Je m'assurais que tout était prêt. Comment tu te sens ?

– Ça commence. C'est palpable. J'en suis certaine. Et je suis morte de peur.

Cordélia sembla retenir sa respiration.

– Ça va aller, je vais t'aider à franchir le cap. Je resterai avec toi tout le temps, quoi qu'il t'arrive.

– D'accord, répondit Katelyn qui tentait de juguler l'angoisse.

– Les amis sont là pour ça. On se serre les coudes en toutes circonstances. Pas vrai ?

Katelyn lui était reconnaissante de ses paroles, mais quelque chose clochait. Cordélia paraissait tendue.

– Quelque chose ne va pas ?

– Eh bien, je me suis démenée pour échapper à la chasse, ce soir, expliqua Cordélia. C'est pour ça que j'ai dû rester chez moi. J'ai raconté à mon père que j'étais malade, mais il prétend que j'ai peur d'arpenter les bois à cause du...

– Du Cerbère, acheva Katelyn pour elle.

Elle se mit à faire les cent pas, ne tenant plus en place. Si c'était bel et bien le Cerbère qui l'avait mordue, qu'allait-elle devenir...

– Kat, en admettant qu'il ne t'ait pas attaquée... Et s'il se lançait à ma poursuite dès que nous serons seules ? J'ai enfreint toute sorte de règles. Je suis dans mon tort.

Toi... ou moi ? songea Katelyn. La gorge affreusement sèche, elle fut incapable de parler. *C'est de moi que vient le problème, je n'étais pas censée me transformer...*

– Tu crois qu'il faudrait avertir ton père ? demanda-t-elle enfin.

– Non ! cria Cordélia. Non. Il n'est vraiment pas bien, aujourd'hui, Kat. Il est d'une humeur massacrante. Écoute, je vais te dire où me rejoindre. Ça sera sans doute plus discret si...

– Je n'ai pas ma voiture, coupa Katelyn.

Cordélia parut réfléchir.

– Bon, je passerai te prendre après l'école.

Elle baissa soudain la voix et conclut précipitamment.

– Je dois te laisser.

La matinée s'écoula lentement. À l'heure du déjeuner, Katelyn s'installa dans le réfectoire avec son sandwich et sa pomme. En l'apercevant, Trick se leva et saisit sa main pour l'entraîner à l'écart. Elle tenta de résister, mais, craignant de faire une scène, elle accepta de le suivre. Ils quittèrent la grande salle et Trick la mena jusqu'à un recoin discret, près de l'immense vitrail, sous le regard inquisiteur du saint et de son loup.

– Bon, lâcha-t-il enfin. Finissons-en.

– Pardon ? dit-elle en clignant des yeux, peinant à se concentrer sur ses paroles.

– Parlons de ce qui s'est passé. Au début ça semblait te plaire, puis tu es partie en courant. Et depuis tu as l'air d'un condamné qui attend l'heure de la pendaison.

– Trick..., reprit-elle, soulagée qu'il ne souhaite pas en savoir davantage.

Comme elle aurait voulu pouvoir tout lui révéler... Cordélia, elle, était née loup-garou. Elle ne pouvait pas vraiment comprendre ce que Katelyn s'apprêtait à perdre.

– Il faut qu'on parle, insista Trick, cherchant à capter son regard.

– C'est vrai, dit-elle en fixant ses pieds. Mais... pas maintenant, d'accord ?

– Écoute. Je ne sais pas ce qui t'arrive, mais je suis là si tu as besoin de moi, Katelyn.

Elle le crut sans hésiter. Peut-être parce que lorsqu'elle leva enfin la tête, il paraissait sincère, peut-être parce qu'elle avait simplement besoin de l'entendre. Elle l'ignorait. Mais elle ne put s'empêcher de tendre la main pour effleurer sa joue. Quelque chose s'alluma dans le regard du jeune homme et elle s'avança pour l'embrasser.

Mais se reprit aussitôt.

Je n'aurais pas dû faire ça.

Il la rattrapa et l'attira contre lui. Son baiser était agréable et paraissait tellement naturel. Elle passa ses bras derrière son cou et le serra contre elle. Puisque c'était ce qu'il voulait et qu'elle avait tant besoin de lui, de cela...

Mais il finit par la repousser à bout de bras, les joues en feu.

– Tu sais combien j'ai envie de toi. Mais pas comme ça. Je sens bien qu'il y a quelque chose. Et que tu cherches à me le cacher. Je tiens trop à toi pour te pousser à faire ce que tu risques de regretter. Quand tu seras prête à me faire confiance... à me permettre de t'aider, alors je n'interromprai plus nos baisers. Jamais plus.

Il caressa son visage et plongea son regard dans le sien.

– Tu m'as compris ?

L'esprit de Katelyn s'emballait déjà en les imaginant ensemble, dans toutes sortes de situations différentes : au lycée, chez lui, à la soirée de promo... En dépit du présent, les scénarios impossibles se mêlaient aux rêves. L'espace d'une seconde, elle crut retrouver un sentiment de sécurité.

Puis la sonnerie retentit, marquant la fin de la pause déjeuner et de leur instant partagé.

– Trick, murmura-t-elle, je dois y aller.

– Parle-moi, tu peux avoir quelques minutes de retard, insista-t-il.

– Non, je ne peux pas, répondit-elle tandis que l'écrasante réalité s'imposait à elle.

Elle se détourna et s'éloigna, sans oser jeter un regard en arrière.

Incapable de comprendre comment, Katelyn parvint à tenir durant les cours suivants. Lorsque enfin, elle se dirigea vers le parking, elle avait déjà oublié le reste de sa journée.

Le pick-up de Cordélia l'attendait près du trottoir. Katelyn s'avança vers le véhicule, prête à s'effondrer à chaque pas, brisée par l'angoisse des dernières semaines, des derniers mois.

Elle grimpa dans la voiture et tandis qu'elles s'éloignaient du lycée, elle fut secouée de sanglots hystériques.

– Je sais, ma belle, lui dit doucement Cordélia. Je suis désolée. Si tu savais comme je suis désolée.

Katelyn ne sut combien de temps dura le trajet. Elle ne retrouva ses esprits que lorsque son amie immobilisa le pick-up et coupa le moteur.

– Nous y sommes, annonça Cordélia d'un air lugubre.

Elles se trouvaient au cœur de la forêt. Du moins, c'est ce que Katelyn devinait.

– Mon père a fini par s'énerver et m'a interdit d'accompagner la meute, ce soir, expliqua-t-elle. Ce qui nous arrange dans le cas présent, mais...

Elle s'interrompit, rassemblant sa chevelure rousse.

– Oh, Katelyn, il m'en veut tellement, gémit-elle d'un ton si abattu que Katelyn n'en fut que plus inquiète.

– C'est si sombre, observa Katelyn en jetant un regard autour d'elle. Je déteste ça.

– La lune va bientôt monter, murmura Cordélia en attrapant un sac de voyage.

Elles descendirent du pick-up et l'odeur de la forêt saisit Katelyn à la gorge. Le tapis écarlate, velouté, des feuilles qui entouraient les arbres paraissait si doux, si irrésistible que Katelyn aurait aimé s'y étendre et s'y endormir, pour ne se réveiller qu'une fois le cauchemar terminé.

Elle suivit Cordélia qui contourna quelques bouquets de chênes particulièrement denses jusqu'à une clairière. Les derniers rayons de soleil filtraient à travers le dais de branches. Des fleurs jaunes, semblables à des lys, et d'autres corolles d'un rose éclatant en bordaient la lisière. Au milieu, l'herbe était encore tendre et verte. Au-dessus, elle devinait le ciel indigo et s'émerveilla du silence, de la paix qui régnait sur les lieux. Elle inspira profondément, regrettant de ne pouvoir s'en emprégner.

– Pourquoi m'as-tu amenée ici ?

– Nous sommes loin des territoires de chasse de la meute. Aucun de nous ne vient jamais ici, alors j'ai pensé que nous y serions à l'abri. Enfin, d'eux, tout du moins.

– Merci. Quoi qu'il advienne, merci.

Katelyn n'avait pas surmonté sa peur, mais elle était immensément reconnaissante à Cordélia de sa présence et de sa protection.

– Pas de quoi ! Au fait, je t'ai apporté à manger, reprit son amie sur une note plus joyeuse, tirant quelques paquets enveloppés de papier aluminium et deux bouteilles d'eau minérale de son sac. J'ai aussi emporté une couverture. Il va faire froid.

Katelyn fixa les carreaux bleus et blancs et les franges plus sombres du plaid.

– Je ne pourrai rien avaler, déclara Katelyn, nauséeuse rien qu'à l'idée.

Elles regardèrent le ciel s'obscurcir tandis que l'air fraîchissait. La nuit s'annonçait et la lune avec elle. Katelyn eut soudain du mal à respirer.

– Et maintenant ? demanda-t-elle.

– Maintenant, on se met en sous-vêtements.

– C'est une blague ?

Cordélia eut un petit sourire navré.

– Quels que soient les vêtements que tu portes, quand ça commencera – si ça commence – ils vont finir en lambeaux. Crois-moi. J'ai gâché mes jeans préférés parce que je n'ai pas toujours réagi assez vite.

Katelyn s'exécuta. Frigorifiée, gênée, elle claquait des dents et ramena ses bras contre elle. Cordélia replia leurs affaires pour les ranger dans son sac avant de s'envelopper avec Katelyn dans la couverture.

Appelle Trick, songea Katelyn. *Dis-lui de venir te chercher*.

Impossible. Ce combat n'était pas le sien. Il n'avait rien à voir dans cette histoire.

– Et puis ? insista Katelyn, qui tremblait de tous ses membres.

Elle avait du mal à accepter ce cérémonial, qui lui semblait ridicule. Ça ressemblait à un pari stupide, au genre de défis qu'on voit à la télé.

– On attend. Le soleil aura bientôt disparu et la lune se lèvera. Alors, on sera fixées.

– Comment ? pressa Katelyn.

– Oh, crois-moi, tu t'en apercevras vite. Tu auras l'impression que tout ton corps prend feu. Et les jeunes loups se transforment plus rapidement. Moi, je vais pouvoir retarder ma métamorphose de quelques secondes pour m'assurer que tout se passe bien pour toi.

Katelyn éprouva tout à coup une impression étrange. Elle ressentait des fourmillements, sans savoir s'ils étaient dus au froid ou à quelque chose d'autre. Ses ongles lui parurent plus longs. Elle songea aux photos de Cordélia, de son père et ses sœurs. Ils ne ressemblaient pas à des monstres, mais à de véritables animaux.

Elle compta les minutes. Pendant ce temps, Cordélia lui parlait, comme pour faire la conversation.

– Nous respectons les vieilles coutumes nordiques. Nous sommes les descendants du loup Fenrir. Mais Dom et sa meute suivent la tradition de la Bête. Et si je..., soupira-t-elle, si je l'épousais un jour, tout serait différent.

Katelyn s'obligeait à l'écouter, malgré le bourdonnement du sang à ses oreilles.

– Il ne va peut-être rien se passer..., suggéra Cordélia.

Brusquement, son expression changea et Katelyn la vit paniquer.

– Cordélia..., lança-t-elle tandis que tout son corps frémissait.

– Et si c'est le cas, mieux vaudrait que tu ne restes pas là. Si tu n'es pas l'une d'entre nous, alors tu ne dois pas me voir me transformer.

– Cordélia...

– Prends mes clés, le sac, et monte dans le pick-up. Fiche le camp d'ici.

– Cordélia ! hurla Katelyn, qui tomba à genoux.

La douleur la déchira, plus violente que tout ce qu'elle avait connu.

– Il se passe quelque chose !

Chapitre 17

– Non..., souffla Cordélia.

Le ton, vibrant de regret, résonna jusque dans le cœur de Katelyn.

– Je suis désolée, Kat. Tellement désolée.

Tu m'avais promis que tout irait bien.

Mais lorsque Katelyn ouvrit la bouche, aucun son n'en sortit. Une douleur insoutenable la déchirait, se propageait à travers tout son corps, tous ses nerfs. Un cri plaintif lui échappa, mais elle ne reconnut pas sa propre voix. Celle-ci était différente, pareille à une note lancinante qui résonnait dans sa tête. Encore et encore. De plus en plus fort.

En se redressant, elle aperçut Cordélia, la bouche grande ouverte, les yeux écarquillés, et son expression terrifiée parut se fragmenter jusqu'à n'être plus qu'un tourbillon de couleurs.

Une lueur argentée lui brouillait la vue. C'était celle de la lune.

Quelque chose entaillait sa lèvre et elle réalisa qu'il s'agissait de crocs. Elle sentait son visage se transformer, s'allonger. Puis, comme si ses os se brisaient, ses jambes cédèrent sous son poids et elle s'effondra sur le sol. Aussitôt, l'ossature se ressouda, mais la structure de ses membres semblait atrocement déformée, tordue. Elle retrouva tout à coup une vision nette tandis qu'elle essayait de se relever et vit ses ongles, à présent d'un blanc jaunâtre, se changer en griffes et ses mains en pattes.

Son cri se muait en un hurlement rauque ; un son d'une fureur pure, déchirante, qui montait de sa gorge.

Cordélia se transformait elle aussi : ses cheveux auburn tiraient maintenant sur un brun-roux. Son visage déformé devenait méconnaissable. Des craquements sinistres émanaient de son corps et une queue lui poussait au bas du dos.

Du coin de l'œil, Katelyn aperçut des silhouettes animales se déplacer furtivement entre les arbres. Des loups, qui se ruaient vers elle.

Mais ça n'avait plus d'importance, parce que... pourquoi, d'ailleurs ? Elle était incapable de se le rappeler. L'unique chose qui comptait, c'était...

C'est là que Katelyn disparut et que seul le loup demeura.

La douleur. L'angoisse. Le froid paralysant. Katelyn reprenait peu à peu conscience de tout cela, puis d'une sensation râpeuse contre sa joue. Lentement, elle entrouvrit les paupières et distingua l'herbe puis, au-delà, une rangée de pins.

On l'avait recouverte à moitié, mais elle s'aperçut qu'elle était nue.

Elle se redressa d'un bond, relevant précipitamment la couverture. Clignant des yeux dans la lumière diaphane du petit matin, elle parcourut la clairière du regard. L'endroit semblait familier, semblable à celui où elles se trouvaient encore le soir précédent, mais autour d'elles, plusieurs silhouettes se détachaient. Ils étaient tous nus et s'éveillaient peu à peu : elle reconnut les gens aperçus chez les Fenner. Jesse, pelotonné comme un bébé. Arial et Regan, aux côtés de leurs époux. Lucy, allongée sur le ventre.

– Coucou, murmura Cordélia.

Elle était assise près d'elle, déjà tout habillée. Il y avait du sang sur la manche de son pull.

– Tout va bien, Kat. Tu es un simple loup-garou, comme nous.

Pas un cerbère, donc. Mais Katelyn la dévisagea sans un mot. Puis, humectant ses lèvres, elle tâcha de former un son. Posant un doigt sur sa bouche, Cordélia lui tendit ses vêtements. Groggy, Katelyn les saisit. Elle observa ses mains. Rien ne lui revenait, en dehors de l'atroce sensation qui avait paralysé tout son corps. Peut-être ne s'était-il rien passé. Peut-être n'était-ce qu'un rêve.

– C'est notre meute, souffla Cordélia. Ils savent.

Or si eux étaient au courant, alors son père le serait aussi.

– Tu m'avais dit que nous serions seules, murmura Katelyn Tu l'avais promis.

– Quelqu'un devait être au courant, répondit Cordélia. Et a dû avertir les membres.

Le ton était lourd de sens. En lisant l'effroi, l'inquiétude dans son regard, une terrible appréhension saisit Katelyn et lui retourna l'estomac.

Les autres se redressaient peu à peu, récupérant leurs affaires éparpillées aux alentours. Et là, au beau milieu de la clairière, une carcasse mutilée luisait dans le soleil.

– C'est un cerf ? demanda-t-elle, épouvantée.

Avait-elle participé à ce massacre ? L'avait-elle dévoré ?

– Oui, du moins ce qu'il en reste, répondit Justin.

Vêtu d'un jean et d'un tee-shirt blanc, il se tenait debout devant elle, l'air troublé. Resserrant la couverture autour d'elle, elle observa plus attentivement ses doigts et remarqua des traces pourpres sous ses ongles.

Dégoûtée, Katelyn se pencha de côté, secouée par un haut-le-cœur. Elle était devenue un loup-garou. Elle avait tué un animal. Saisie de convulsions, elle vomit.

Elle sentit les autres remuer et s'approcher. Elle aperçut des bottes plantées devant elle et redressa la tête, face à Lee Fenner, le regard étincelant de fureur.

Jamais elle n'eut aussi peur de toute sa vie.

Il va me tuer.

– Qu'est-ce que tu as fait ? souffla-t-il en se penchant vers elle.

Il la considérait d'un œil mauvais. Raide, les muscles tendus, il semblait prêt à bondir. Sa posture était si terrifiante que Katelyn n'osait plus bouger.

– Papa, laisse-moi t'expliquer, supplia Cordélia en se précipitant vers lui.

Ignorant sa fille, il ne quittait pas Katelyn des yeux. Ramenant ses jambes contre sa poitrine, elle passa ses bras autour de ses genoux. C'était la fin, exactement comme l'avait prédit Cordélia.

– Hé, Kat, salut ! s'égosilla Jesse à l'autre bout de la clairière. Kat est venue jouer ! On peut jouer à chat !

– On dirait bien que la frangine voulait une copine de jeu, susurra Arial, en posant la tête sur l'épaule de son époux.

Celui-ci caressa distraitement ses cheveux, sans pour autant se détourner de la scène qui se déroulait devant lui.

– Non, ça n'est pas ce que tu crois, rétorqua Cordélia. Je ne l'ai pas mordue.

– Si ce n'est pas toi, alors qui ? Tout le monde sait qu'il est interdit de blesser un humain, intervint Regan, une main sur la poitrine, feignant la consternation. À moins bien sûr que le dominant ne donne sa permission. Et il ne me semble pas qu'il l'ait fait.

Ils vont me tuer, pensait Katelyn, désespérée. *Et lorsqu'on retrouvera mon corps, personne ne comprendra jamais ce qui m'est arrivé.* Elle songea à Trick, à son grand-père, et se mit à pleurer. Elle voulut se redresser, mais ses muscles refusèrent d'obéir. Elle dut se contenter de subir le regard furibond de l'alpha Fenner.

– J'ignore qui a fait ça, reprit Cordélia, bras croisés, se tenant à bonne distance de son père. Mais un loup l'a attaquée lorsqu'elle est arrivée ici. Et il l'a mordue il y a trois semaines.

Katelyn jeta un œil à Justin et surprit son expression horrifiée.

– Parle, ordonna M. Fenner à Cordélia. Et dépêche-toi.

– J'espérais qu'il s'agirait d'un animal ordinaire. Mais Katelyn disait qu'il avait les yeux bleus, balbutia-t-elle.

Cette révélation ébranla le groupe qui échangea des regards inquiets. L'air terrifié, ils semblaient vérifier la couleur de leurs iris.

– Devinez quoi ! Devinez ! Moi j'ai les yeux bleus, lança Jesse. Justin a les yeux bleus.

– Oui, répondit M. Fenner sans détourner son attention de Cordélia.

Cordélia a les yeux bleus. Katelyn observa tous les autres. Combien étaient-ils, exactement, à partager ce trait ?

– Papa, je n'arrivais pas à croire que quelqu'un ait enfreint la loi. Je voulais être certaine qu'elle se métamorphose avant de t'en parler. Elle présentait quelques symptômes, reprit Cordélia après une profonde inspiration. Je... je redoutais, en lui cachant tout, qu'elle alerte quelqu'un de l'extérieur. Mais nous ignorions encore s'il s'agissait de signes révélateurs : elle a reçu une injection antirabique après la morsure.

Quelqu'un toussota et le vent gémissait entre les branches, au-dessus d'eux. Les choses se présentaient mal. Katelyn aurait voulu intervenir pour les défendre, elle et Cordélia, mais d'instinct, elle pressentait que rien de ce qu'elle pourrait dire n'arrangerait la situation.

– Papa, je regrette.

– Tu regrettes de l'avoir fait ? Ou de t'être fait prendre ? grinça Arial.

Katelyn ne put se taire plus longtemps. Elle se força à se redresser, emmitouflée dans sa couverture.

– J'ai compris qu'elle savait ce qui m'arrivait. Alors je l'ai obligée à tout m'expliquer, avoua-t-elle à M. Fenner. Je l'ai menacée...

– Ne parle pas sans que je t'y autorise, aboya Fenner, sans même la regarder.

– Mais...

Sa vie était en jeu : elle avait le droit de se défendre.

Sans un mot, M. Fenner se précipita vers elle. L'agrippant par les cheveux, il renversa sa tête en arrière. Sous l'effet de la douleur, Katelyn gémit. Elle perçut un craquement dans sa nuque.

Fenner la repoussa violemment. Elle bascula. Avec un rugissement, il se tourna vers Cordélia qui le fixait, tétanisée, une main plaquée sur la bouche.

– Tu as fait ça derrière mon dos ? cracha son père, les yeux exorbités. Tu as révélé notre existence à une étrangère ? Et tu m'as caché son état ?

Tremblante, Katelyn chercha Justin. Il observait la scène et croisa son regard, lui adressant un bref signe de tête, presque imperceptible.

Je serai là pour toi, semblait-il lui dire.

Près de lui, Lucy s'agrippait à Jesse, qui lui avait pris la main, l'air effrayé. Elle était blême. Justin passa son bras derrière ses épaules.

– J'essayais simplement de tous nous protéger, y compris Katelyn. Et toi aussi, souffla Cordélia en baissant les yeux, soumise.

– Je n'ai pas besoin de ta protection, rétorqua Fenner.

– Papa, je suis tellement désolée. Tu dois me croire. Vraiment, implora-t-elle d'une voix brisée. Je... Tu... Papa, je ne savais pas quoi faire.

Il s'avança impérieusement vers elle. Les poings serrés, il martelait le vide. Vociférant comme un perdu, il semblait incapable de former des mots, rien que des cris. Il fit volte-face et rejeta la tête en arrière, hurlant son nom.

– Cordélia !

Il entrait dans une rage folle. Tous tressaillirent et se reculèrent.

– Je refusais de les croire. Lorsqu'ils m'ont averti, je suis venu ici dans l'intention de leur prouver qu'ils avaient tort.

Il se tourna vers Arial et Regan, qui arboraient des mines défaites. Regan acquiesça comme pour elle-même, tandis qu'Arial lâchait un long soupir. Katelyn les dévisageait, horrifiée. Comment avaient-elles su ? Cordélia et elle avaient pourtant pris toutes les précautions... À moins que l'une des deux sœurs ne l'ait elle-même mordue.

– Ma fille, pesta-t-il. Ma petite fille. Une traîtresse !

Il cracha par terre.

– Papa, je t'en prie. Je te demande pardon. J'ignorais quoi faire parce que ces derniers temps, tu te montrais...

– Cordélia, non ! l'interrompit brusquement Justin.

À ses côtés, Lucy s'était mise à pleurer. Quelque chose changeait dans l'atmosphère de la meute, qui s'était tue.

– J'attendais mieux de toi, murmura Fenner.

Pour la première fois, il ne s'agissait plus seulement de colère. Katelyn perçut son désespoir.

– Je ne peux fermer les yeux sur une chose aussi grave. Tu étais ma petite fille, dit-il en étouffant un sanglot. Ma toute petite.

Justin lâcha Lucy et s'avança vers lui. Katelyn en fut soulagée. Il pouvait peut-être intercéder...

– Oncle Lee, Cordélia t'aime tant. C'est encore une enfant. Il est normal qu'elle commette des erreurs.

– Le genre d'erreur qui pourrait nous mener à notre perte, intervint joyeusement Arial.

Justin l'ignora.

– Pardonnez-lui. Kat ne pourrait-elle pas intégrer notre meute, quelle que soit la façon dont elle s'est transformée ?

– Je pourrais épouser Lucy, s'exclama Jesse. Et Justin épouserait Kat.

Le visage de Lee Fenner se radoucit quelque peu.

– Oui, oui, oui, continuait Jesse en dodelinant de la tête. Kat n'est pas une étrangère.

– On peut dire que tu en as dans le ventre, lança Fenner à son neveu. C'est peut-être toi que je devrais choisir pour me remplacer.

Justin baissa les yeux.

– Oncle Lee, tu resteras mon dominant encore longtemps.

Justin s'avança lentement vers Katelyn et posa une main sur son épaule.

– Kat, as-tu parlé de tout ça à quelqu'un d'autre ? À ton grand-père ? Ou à... ce garçon ?

– Non, répondit-elle d'une voix qu'elle ne reconnut pas. Cordélia m'avait demandé de garder le secret et je l'ai fait. Je vous le jure.

Un murmure méfiant mais approbateur parcourut la meute. Seuls les regards d'Arial et Regan demeuraient froids, intransigeants. Justin serra brièvement l'épaule de Katelyn. Elle aurait voulu saisir sa main et le supplier de l'emmener loin d'ici.

M. Fenner se détourna de sa fille.

– Ton cousin sait invoquer la clémence. Pour lui, j'accepterai donc d'en faire preuve.

– Oh, papa, merci. Merci, murmura précipitamment Cordélia.

Mais le visage de son père se durcit.

– Cordélia Lynn Fenner. Je t'avais choisie pour me succéder. Mais tu t'es révélée indigne de la confiance que j'avais placée en toi. Si tu quittes notre clan, j'épargnerai ta vie. Si tu abandonnes ma maison et disparais à jamais de ma vue, je te laisserai vivre.

Des exclamations et quelques timides cris de protestation montèrent. Cordélia chancela, bouleversée. Katelyn se remémora son expression terrifiée lorsqu'elle lui avait dit que rien ne serait pire que de se retrouver sans sa meute.

– Qu'est-ce qu'il y a ? geignit Jesse avant de fondre en larmes.

Le cœur battant, Katelyn regardait son amie. Elle devait bien pouvoir faire quelque chose... En se tournant vers les deux sœurs, elle surprit leurs mines réjouies, comme si on venait d'exaucer leur souhait le plus cher. L'une d'elles aurait facilement pu être le loup qui l'avait mordue. Si elle parvenait à le prouver, à les démasquer...

– Tu ferais mieux de filer, trancha Fenner.

– Mais pour aller où ? gémit Cordélia d'une voix brisée.

– Au diable, si tu veux, ça m'est égal, rétorqua son père.

– Et Kat ? insista-t-elle. Papa, je t'en conjure. On l'a attaquée...

– Kat n'ira nulle part, répondit-il. En tout cas pas avec toi.

Mortifiée, Cordélia ouvrit la bouche, mais aucun son n'en sortit et elle tremblait de tous ses membres.

– Kat, tu dois venir avec moi, s'écria-t-elle. Il te tuera !

Justin posa une nouvelle fois sa main sur l'épaule de Katelyn et celle-ci comprit qu'il s'agissait d'un avertissement. Elle dut se mordre la lèvre pour ne pas crier. Tout ceci était une erreur. Quelqu'un l'avait attaquée, avait assassiné Haley et Becky. Cordélia n'avait rien fait de mal.

– Tu disais te soucier de son sort, lança M. Fenner à Cordélia, et maintenant, tu lui demandes de quitter la meute ? Elle ne passerait pas l'année. C'est donc ce que tu veux pour elle ? Elle reste avec nous.

Il se tourna vers Katelyn, menaçant.

– Et si tu t'avises de la rejoindre, je vous tue toutes les deux. Tu peux me croire. Tu es l'une des nôtres à présent. Pas elle.

– Pitié, monsieur Fenner, s'étrangla Katelyn tandis que les larmes ruisselaient sur ses joues. Pitié...

– Non.

Katelyn regarda Cordélia, espérant qu'elle lirait dans ses pensées. *Je trouverai le moyen de te venir en aide.*

– Va-t'en, lança Fenner à sa fille.

Sans un mot, celle-ci reprit son sac et se dirigea vers sa voiture.

– Oh, Cordélia ? grinça Arial.

Cordélia s'immobilisa.

– Quoi ? répondit-elle sans se retourner.

– Tu vas marcher, lui ordonna Regan.

– Tu vas même courir, renchérit M. Fenner. Aussi vite que tu le peux.

Cordélia fit face à son père, puis dévisagea Katelyn.

– Tout ça, c'est ta faute, lui dit-elle. Tu es rentrée seule chez toi. Tu es sortie de ta voiture. Et tout ce que j'ai fait, c'était pour t'aider.

Katelyn ouvrit la bouche pour répondre, pour tenter de raisonner son amie, mais on ne lui en laissa pas le temps.

– Non, c'est la tienne, rétorqua Regan.

Cordélia tendit les bras vers son père.

– Si je ne t'ai rien dit, c'est parce que tu perds la rai...

– Cordélia ! hurla Justin. Non !

– File ! lui cria Fenner. Cours !

– Toi ! cracha Cordélia à Katelyn.

Puis elle prit la fuite.

Katelyn pleura tandis que chaque membre de la meute, mâle ou femelle, l'embrassait sur la joue pour l'accueillir. Ils lui apprirent leurs noms : Myrna, qu'elle avait aperçue à la réception. Daniel Berglund et son fils Steve, qui avait passé son bac au lycée de Wolf Springs l'année précédente.

– Justin, annonça enfin M. Fenner. Ramène-la à la maison. Son grand-père ne l'attend que plus tard dans la journée et nous avons encore beaucoup à discuter.

Justin jeta un regard à Lucy, qui le lui rendit avant de prendre Jesse par la main.

– Viens chéri, dit-elle, nous allons rentrer ensemble.

– Je veux rentrer avec Justin, répliqua-t-il d'un air boudeur. Je veux Cordélia.

– Tout ira bien, Jesse, le rassura Lucy tout en toisant Katelyn.

Justin s'assit au volant du pick-up de Cordélia, rajustant le siège afin d'étendre ses longues jambes. Il tourna la clé, mais ne démarra pas le moteur. Près de lui, Katelyn paraissait en état de choc.

– Ça aurait simplifié les choses si tu m'avais tout dit, déclara-t-il enfin.

– Comment ? parvint-elle à articuler.

Son visage exprimait à la fois la honte et l'amusement. Il jeta un œil au rétroviseur et Katelyn surprit le reflet de ses yeux bleus. Où qu'elle aille, le regard bleuté du loup semblait la poursuivre. Au fond, n'importe lequel d'entre eux aurait pu être son agresseur.

– Je ne pouvais pas m'empêcher de t'embrasser, reprit-il d'une voix rauque. Je ne pensais qu'à toi. Même lorsque j'étais avec Lucy, c'était ton image qui me revenait toujours. Et maintenant, je comprends pourquoi. Tu es une femelle solitaire.

C'était sans doute vrai aujourd'hui, mais ça ne l'était pas lorsqu'il était venu chez elle, la première fois, et l'avait emmenée faire un tour dans les bois. Elle n'avait pas encore été attaquée.

Il finit par démarrer le pick-up. Elle se mordit la lèvre en observant les arbres qui défilaient le long de la route. Ils étaient si nombreux et semblaient l'encercler. Où pouvait bien être Cordélia ? Fuyait-elle toujours ? Avaient-ils l'intention de la poursuivre ?

– Quelqu'un est responsable de ce qui m'arrive, déclara-t-elle calmement. Cordélia m'a dit que...

– Règle numéro un : tu ne dois pas mentionner son nom en présence de la meute. À aucun moment, l'avertit Justin. Pour toi, elle est comme morte.

Katelyn le dévisagea. Tout cela était obscur, barbare. Elle était finalement au pays du banjo et en haïssait les habitants.

– Mais elle ne l'est pas, souffla-t-elle. Tu dois m'aider à la retrouver. Parce qu'elle...

– Bien sûr que je t'aiderai, assura Justin.

Elle s'interrompit pour l'observer. Elle ne s'attendait pas à cette réponse.

– Kat, il y a quelque chose que tu dois savoir à mon sujet. Je crois à l'harmonie au sein de la meute. Je crois au respect de nos coutumes et de nos traditions. Lee Fenner est mon dominant et sa parole est d'or. Mais lorsque les Fenner sont venus peupler ces collines, l'époque était différente. C'était un autre monde. Sans portables, sans GPS, sans écoles publiques et sans état civil. On ignore ce que Cordélia pourrait faire. Poussée à bout, elle risquerait de révéler notre secret.

– Jamais elle ne ferait ça, insista Katelyn.

Il esquissa un sourire amer.

– Elle a tenté de surveiller seule ta première métamorphose. Et si les choses avaient mal tourné ? Heureusement que ses sœurs ont tout découvert et averti leur père.

C'était donc bien ça, pensa Katelyn, écœurée.

– Comment l'ont-elles appris ?

– Je n'en sais rien. Cordélia a dû se trahir. Elles ont peut-être surpris un appel téléphonique, suggéra-t-il avec un regard interrogateur. Ce que je veux dire, c'est qu'elle pourrait révéler notre existence et alors nous devrions fuir, à notre tour.

Katelyn sentit son pouls s'accélérer. Elle ignorait encore tant de choses.

– Et si Cordélia était attaquée, comme ces deux filles ?

Elle respirait mal, incapable de se calmer.

Justin gara le pick-up sur le bas-côté. Le soleil baignait son visage de lumière. Il irradiait une chaleur qui fit battre son cœur plus vite.

– Il n'arrivera rien à Cordélia, promit-il. Je ne le permettrai pas.

Lorsqu'il se pencha vers elle, Katelyn ferma les yeux. Il mettait tous ses sens à rude épreuve.

– Merci, souffla-t-elle.

– Comme je te l'ai dit, expliqua-t-il à voix basse, Lee est mon dominant. Mais il a pris une mauvaise décision. Pas seulement pour Cordélia, mais pour toute la meute. Je pense qu'il finira par s'en apercevoir et regrettera son choix. Le clan doit rester soudé, conclut-il d'un ton sinistre.

– Elle avait peur du Cerbère, insista-t-elle, comme pour le mettre à l'épreuve.

Justin ne répondit pas, mais son expression changea.

– Tu crois qu'il existe vraiment ? reprit-elle.

– Ce monde est peuplé de choses effrayantes, dit-il, son visage si proche de celui de Katelyn que leurs nez se touchaient presque.

Elle ne voyait plus que ses yeux. Elle aurait voulu qu'il l'embrasse, qu'il lui promette de la protéger. Mais il ne fit ni l'un ni l'autre. Il se contenta de l'observer.

– J'ai du mal à imaginer plus terrifiant que ce qu'il vient de m'arriver.

– Laisse-toi le temps de t'y faire. Tu verras qu'il y a plus atroce.

– Comme le Cerbère, par exemple ? insista-t-elle.

– Je n'y crois pas, répondit-il brusquement. Bon. À présent, je te ramène chez nous. Lee t'expliquera nos règles. Tu devras tout accepter en bloc, quoi qu'il dise. Tu es mise à l'épreuve. Or s'il n'a pas hésité à chasser sa propre fille...

Il n'acheva pas sa phrase.

– Je vais devoir limiter les dégâts. Et nous devrons aussi découvrir qui t'a attaquée.

– Oui. Oui, merci, répondit-elle précipitamment.

Katelyn ne s'attendait pas à cela de sa part. Elle ne s'imaginait pas que le bourreau des cœurs qui trompait sa copine pouvait se montrer si généreux. En l'aidant, il prenait un risque énorme.

Ils roulèrent quelques minutes en silence. Elle était épuisée et son corps paraissait en ébullition. De tout son être, elle désirait se rapprocher de Justin.

Le tenter.

Elle remarqua une goutte de sang sur sa joue et si une partie d'elle-même en fut dégoûtée, l'autre partie voulait la faire disparaître par un baiser.

Lorsqu'ils arrivèrent en vue de la villa des Fenner, Justin se racla la gorge. Son expression se durcit et dans l'habitacle, la tension monta d'un cran. Une fébrilité négative. Qui ressemblait à de la colère. Ou plutôt non, ça n'était pas seulement de la colère. Mais aussi de la fureur.

– Au fait, il y a une autre règle, lâcha-t-il froidement en plissant les yeux. Avec moi, tu as intérêt à garder tes distances.

Chapitre 18

L'avertissement lui fit l'effet d'une gifle. Garder ses distances ? Elle s'attendait à tout sauf à cela. Humiliée, secouée, elle se sentit rougir. Elle baissa la tête, les yeux rivés sur ses mains, et acquiesça en silence.

Justin sortit de la voiture et ne fit pas le tour pour l'aider à descendre. Il s'avançait d'un pas décidé vers l'entrée de la villa, l'ignorant complètement. Elle le suivit, tâchant de le rattraper. Il poussa brutalement la porte, sans la tenir pour elle.

Katelyn pénétra chez les Fenner, avec l'impression d'être l'objet de tous les regards et d'être pourtant désespérément isolée. Justin avait semblé prendre sa défense dans la clairière, mais maintenant ? Il traversa la pièce sans même se retourner vers elle.

Seule la famille Fenner se trouvait dans le salon. Lee était installé sur un canapé en cuir, tandis que les autres avaient pris place sur des chaises. Ils l'attendaient. Devant cette atmosphère lugubre, Katelyn ramena ses bras contre elle. C'était atroce de se retrouver là sans Cordélia. Ces gens ne lui inspiraient aucune confiance. Doug, le mari de Regan, prit la parole :

– Jesse, ça te dirait d'aller faire une petite balade avec Albert et moi ? Ou une petite partie de foot ?

Jesse hocha la tête, manifestement soulagé de s'échapper.

– Justin, tu viens avec nous ?

– Non. Mais amuse-toi bien ! répondit son frère.

Le trio quitta rapidement la pièce, clairement pressé de les laisser. Arial et Regan se redressèrent légèrement sur leurs sièges, visiblement impatientes de voir la scène qui allait se jouer.

Katelyn avala péniblement sa salive, cherchant à retrouver une contenance. Justin prit la place de Jesse et toisa froidement Katelyn, comme s'il s'agissait d'une étrangère. Elle ne comprenait pas son changement radical d'attitude.

M. Fenner lui fit signe d'approcher.

– À présent, il ne servirait à rien de mentir, déclara-t-il.

Le ton semblait plus clément, mais c'était un ordre et Katelyn devait obéir. En cet instant, il était leur dominant, en pleine possession de ses moyens.

– Dis-moi qui t'a mordue. C'était elle ?

Regan et Arial demeuraient suspendues à ses lèvres, espérant qu'elle incriminerait Cordélia. Elles ignoraient qui était le véritable coupable. Ce n'était donc pas elles.

– Non. J'ignore qui c'est, répondit Katelyn. Cordélia avait du mal à croire qu'il aurait pu s'agir de l'un de vos...

– Ne mentionne plus jamais ce nom sous ce toit, coupa Regan.

– Il avait les yeux bleus, rappela Justin à son oncle.

C'était audacieux, car lui aussi partageait cette caractéristique.

M. Fenner croisa les jambes et pencha la tête, comme s'il observait Katelyn de haut.

– Dis-moi tout, ordonna-t-il.

Katelyn commença son récit et tous l'écoutèrent avec attention. Elle revécut la scène, retrouvant la sensation de peur, les montées d'adrénaline. Lorsqu'elle eut terminé, elle était ébranlée.

– La lune n'était pas pleine ce soir-là, remarqua Fenner, provoquant la confusion de sa famille. J'imagine qu'elle t'aura appris que seuls les individus adultes, plus robustes, peuvent se métamorphoser à loisir. Comme moi, ajouta Fenner avec un air de fierté.

– Moi, je ne peux pas encore le faire. Et Jesse non plus, précisa Justin.

– Elle non plus, pensa tout haut Fenner, avant de regarder ses deux filles.

– Moi non plus, renchérit Arial, visiblement pressée de se disculper. J'essaie depuis des mois, mais pour l'instant sans résultat.

– J'en suis capable depuis près d'un an, dit Regan. Mais je ne t'ai pas attaquée.

– S'il s'agit bien d'un Fenner, reprit leur père, je découvrirai le coupable et le... ou la punirai selon nos lois.

Avec un soupir, il s'enfonça dans le canapé et parut soudain très vieux, très fatigué. Arial se pencha pour l'embrasser sur la joue.

– Nous n'avons intégré qu'un seul humain depuis que je dirige le clan, déclara-t-il.

Katelyn ne répondit pas, craignant d'avouer que Cordélia lui avait également révélé ce détail.

– Le mari de Regan. Nous avons passé toute une année à le former avant sa transformation. Puisque aujourd'hui la charrue est mise avant les bœufs, nous devrons faire de notre mieux.

– Je ferai moi aussi de mon mieux, assura Katelyn. Je vous le promets.

Regan lui jeta un regard sardonique. Quant à Arial, elle leva les yeux au ciel.

– Nous sommes issus d'une noble et fière lignée, reprit leur père. La meute se compose de plusieurs familles, mais la nôtre, celle des Fenner, descend en droite ligne de Fenrir. Nous l'avons toujours dirigée, sur l'Ancien Continent comme sur le Nouveau. Notre histoire est séculaire.

– Tout comme nos ennemis, renchérit Regan.

Katelyn baissa la tête, mais écoutait attentivement.

– Nous observons plusieurs règles afin de maintenir l'ordre et d'assurer notre survie, poursuivit Fenner.

Il jeta un regard entendu aux trois autres loups-garous présents dans la pièce.

– D'abord, expliqua Justin, nous ne faisons jamais de mal aux humains.

– Ensuite, ajouta Regan, nous ne chassons jamais seuls.

– Enfin, conclut M. Fenner, nous ne révélons jamais notre existence aux étrangers. Jamais.

Et pourtant, celui ou celle qui l'avait attaquée avait enfreint au moins deux de ces lois.

– Qu'y a-t-il ? demanda Justin en remarquant son expression.

Elle tenta de déceler un peu d'inquiétude dans sa voix, mais celle-ci restait affreusement neutre.

– La nuit où j'ai été mordue, j'avais déjà vu ce loup-garou. La première fois, il n'a pas pu me faire de mal parce que Tr... enfin, parce qu'un ami l'a effrayé. Mais ce jour-là, j'aurais juré avoir entendu deux loups grogner.

– As-tu aperçu un deuxième individu ? insista M. Fenner.

– Non, mais je suis presque certaine qu'ils étaient deux. Il ne s'est rien passé d'autre, ajouta-t-elle nerveusement. Ce soir-là.

– Et la nuit où on t'a mordue ? Réexplique-moi.

– J'avais crevé.

Elle s'interrompit. Et maintenant la Subaru avait elle aussi un pneu à plat. Décidément, c'était une épidémie à Wolf Springs.

– Il s'est jeté sur moi et m'a poursuivie. Je l'ai frappé avec une barre de fer. Je l'ai touché à l'épaule.

Fenner réfléchit.

– Avons-nous vu l'un des nôtres avec une blessure de ce genre ?

Arial et Regan secouèrent la tête.

– Où t'a-t-il mordue ? reprit M. Fenner.

– Au mollet. J'ai eu plusieurs points de suture, mais à présent, il n'y a plus aucune trace.

Elle effleura son épaule, se remémorant les lacérations.

– C'est ce qui a provoqué ta transformation, ça ne fait aucun doute, conclut Fenner. C'est là que tu... lui en as parlé, j'imagine ?

– Oui. Et elle a pensé qu'il pouvait s'agir de quelque chose d'autre, car elle refusait de croire qu'un membre de la meute puisse s'en prendre à un humain.

– Quelque chose d'autre ? interrompit Regan. Mais qu'y aurait-il d'autre ?

Katelyn se racla la gorge.

– Le Cerbère.

Les deux sœurs éclatèrent de rire. Fenner secoua la tête. Quant à Justin, il se contenta de détourner le regard.

Il m'a menti, se dit-elle. *Il craint le Cerbère*. Cette idée l'effraya davantage.

– Si tu souffles un mot de tout ceci à qui que ce soit, poursuivit Fenner en se levant, tu es morte, et je ne plaisante pas. Ça vaut aussi pour ton grand-père. On pourrait facilement faire croire à un accident, et nous n'hésiterons pas.

Elle eut l'impression qu'on la précipitait dans un torrent glacé. Elle fut parcourue de frissons et son cœur battait à tout rompre.

– Je ne parlerai pas, assura-t-elle avant de prendre une profonde inspiration. Mais mon grand-père va commencer à s'étonner de mon absence.

– Ça, c'est fâcheux, grommela-t-il.

– Je… je pourrais l'appeler si vous voulez. Prétexter que Cordélia m'a invitée à passer une nuit de plus chez elle.

– Ne prononce plus ce nom, rugit Fenner.

– Tout ça ne marchera jamais, gémit Arial.

– C'est mon affaire, pas la tienne, rétorqua son père avant de se tourner vers Katelyn. Penses-tu pouvoir te tenir tranquille si je te laisse partir ?

– Papa, intervint Regan, tu es certain que…

– Qu'est-ce que je viens de dire à ta sœur ? hurla-t-il.

Aussitôt, Regan leva les mains en signe d'excuses et s'éclaircit la gorge.

– Pardonne-moi, papa.

– Ramène-la chez elle, ordonna-t-il à Justin.

Celui-ci tira ses clés de sa poche et se dirigea vers la porte. Redoutant de croiser le regard de Fenner au cas où il changerait d'avis, Katelyn se détourna et suivit rapidement Justin sans un mot. Tout ce qu'elle désirait, c'était quitter cet endroit.

– Ne t'en fais pas Justin, je préviendrai Lucy que tu sauteras… le dîner, lui lança Arial.

– Garce, murmura Justin, si doucement que seule Katelyn l'entendit.

Ils sortirent. Dehors, l'air était vif et les rafales malmenaient les pins.

– On va prendre le pick-up.

Il lui ouvrit la portière de la voiture de Cordélia. Sa proximité était enivrante et Katelyn se raidit lorsqu'il la saisit par le bras pour l'aider à s'asseoir.

– Merci, dit-elle en s'installant, laissant ses mains retomber sur ses genoux pour mieux rompre le contact. J'ai l'impression de ne pas avoir dormi de la nuit.

– C'est le cas, répliqua-t-il.

– Oh, c'est vrai. Ma nouvelle double vie...

– Ne t'en fais pas. Tu t'y feras vite, déclara-t-il en claquant la portière.

Et si je ne veux pas m'y faire ? songea-t-elle.

Il démarra le pick-up et effectua une marche arrière le long de la pente, avant de s'engager sur la route. Elle tenta d'apercevoir la villa, se demandant ce qu'il pouvait bien s'y tramer au même moment : parlaient-ils d'elle ? M. Fenner regrettait-il d'avoir chassé Cordélia du clan ? Elle déglutit péniblement. Cordélia lui en voulait et la haïssait sans doute, à l'heure qu'il était.

Le véhicule prenait de la vitesse, laissant derrière eux l'étrange maison Fenner. Katelyn eut un geste pour toucher la main de Justin, mais se ravisa. Son brusque changement l'avait déroutée. Pire, à présent elle avait peur de lui. Mais elle devait dépasser ses craintes. Il lui fallait venir en aide à Cordélia.

– Justin, ne me ramène pas tout de suite. Mettons-nous à la recherche de Cordélia. Pendant qu'elle est peut-être encore dans les parages.

Il ne répondit pas.

Elle se pencha de côté, loin de lui tandis que le pick-up cahotait sur la mauvaise route. Elle cherchait des yeux son amie, sans trop y croire, si près du domaine des Fenner. Que pouvait bien faire Cordélia ? Elle l'imaginait se frayer un chemin dans les bois denses, perdue et seule. Les larmes montèrent et elle sanglota doucement. Justin garda le silence.

Le téléphone de Katelyn se mit à sonner. Le souffle court, elle le sortit de sa poche. La déception la saisit lorsqu'elle vit que c'était son grand-père. Elle secoua la tête, car Justin la regardait, le sourcil levé.

– C'est mon grand-père.

– Kat, ta vie et la sienne vont dépendre de ta capacité à lui mentir. Et sur le long terme.

Il semblait sous-entendre qu'il jugerait sa prestation et en référerait directement à M. Fenner.

Elle humecta ses lèvres et acquiesça avant de décrocher.

– Coucou ! lança-t-elle. Je suis en route.

– Très bien, ma chérie. Mais nous avons eu un petit problème, à la maison.

Son cœur bondit dans sa poitrine.

– Hein ? Qu'est-il arrivé ? s'exclama-t-elle avec un regard inquiet à Justin, qui lui aussi parut surpris.

– Rien de grave, mais nous avons été cambriolés. Quelqu'un a fracturé la porte de la cuisine pendant que j'étais en ville, hier soir. L'agent Patrick est avec moi. Trick aussi.

– Trick ? répéta Katelyn, l'estomac noué.

Justin pencha la tête, intrigué et un peu agacé. Elle posa une main sur le micro du téléphone.

– Quelqu'un nous a cambriolés. Et Trick, qu'est-ce qu'il fait là ? reprit-elle pour son grand-père.

– Il était venu t'apporter ton cadeau d'anniversaire. Quelque chose qu'il a fait pour toi. Apparemment, ils n'ont pas emporté grand-chose. Les couteaux en argent du service de ta grand-mère et un ou deux tableaux. Patrick pense qu'il s'agissait de gosses qui voulaient s'amuser. Quelle guigne, souffla-t-il, j'avais sorti l'argenterie avec l'intention de la nettoyer pour Thanksgiving. Attends une seconde.

Il y eut quelques instants de silence, puis la voix de Trick retentit.

– Salut, Kat. Ne t'en fais pas, ton grand-père n'a rien.

Avec un long soupir, elle se mit à trembler sous le coup de l'émotion.

– Merci, Trick, répondit-elle d'une voix étranglée.

– Je suis certain que ce sont les mêmes crétins qui m'ont causé des ennuis, il y a quelque temps, poursuivit Trick. Mais cette fois, on ne pourra pas m'accuser.

– C'est... c'est une bonne nouvelle.

Elle avait conscience de son ton gauche, forcé. Justin la fusillait du regard. Elle devait paraître plus convaincante.

– Je me suis dit que tu serais rassurée de le savoir, balbutia-t-il, surpris par son air distant.

– Oui, je suis heureuse de l'apprendre, répondit-elle en essayant de se racler la gorge.

– À bientôt, ajouta-t-il.

Elle raccrocha, les yeux rivés sur son écran. Justin se tourna vers elle.

– Ils pensent que c'était une bande de gamins, expliqua-t-elle. Ils ont volé des tableaux et des couteaux en argent.

– En argent, dit-il avec une grimace. Cordélia t'a au moins avertie à ce sujet ?

Elle hocha la tête.

– Justin, je t'en prie, supplia-t-elle, les doigts pressés contre son front, cherchant à retrouver son calme. Ne sois pas si dur avec elle. Tout le monde semble oublier qu'un loup-garou m'a attaquée et mordue. Et que deux autres filles sont mortes.

– Tu te trompes, dit-il farouchement, la mâchoire crispée. Personne ne l'a oublié. Et lorsqu'on saura qui a fait ça...

Le ton était menaçant, redoutable, il effraya Katelyn. Mieux valait ne jamais avoir Justin pour ennemi.

Il quitta la route principale pour s'enfoncer dans la forêt sombre, où tout avait commencé, et elle l'observa à la dérobée. Elle reconnaissait le chemin emprunté la veille par Cordélia, quand elle la conduisait à la clairière. Elle baissa la vitre. À point nommé, les tam-tams et les hurlements retentirent entre les branches. Justin ne put réprimer un grognement.

– Quel abruti ! lâcha-t-il en levant les yeux au ciel. Il faut vraiment le faire déguerpir.

Ils atteignirent la prairie et Justin coupa le moteur. Le soleil filtrait entre les arbres. La carcasse du cerf avait disparu.

Il sortit et Katelyn l'imita. Elle le rejoignit tandis qu'il redressait la tête et reniflait autour de lui. Elle percevait aussi le parfum de la terre, de l'écorce, l'odeur métallique du sang, celle de la sueur, du savon et du shampoing.

– Viens, lui dit-il.

Ensemble, ils quittèrent la clairière pour s'approcher des arbres entre les taillis. Mille effluves se mêlèrent aux autres. Les tam-tams et les cris redoublèrent, de plus en plus intenses. Ils résonnaient à l'unisson avec les battements de son propre cœur.

Tout en reniflant, elle sentit la chaleur envahir son visage. L'écho des tam-tams et des hurlements montait toujours des profondeurs de la forêt, comme pour mieux donner corps à ses angoisses. Les yeux plissés elle scrutait les recoins sombres du bois, à la recherche de son amie.

Ils s'enfoncèrent entre les arbres. La peur l'enveloppait comme un voile et elle jetait des regards inquiets aux alentours. Une feuille s'agitait sur sa branche, puis se détacha, voletant jusqu'au sol comme une frêle chauve-souris. Derrière le roulement des percussions, elle sentit que quelque chose avançait dans leur direction. Les arbres tanguaient au-dessus d'elle. Katelyn en eut la chair de poule. Elle eut soudain très froid. Elle continua, luttant pour apercevoir quelque chose, n'importe quoi qui puisse lui indiquer le chemin pris par Cordélia. Les odeurs montaient, trop nombreuses pour lui être utiles.

Un peu plus loin, derrière elle, Justin lui lança :

– Ça suffit. Lee va se demander où je suis passé.

– Non. On ne peut pas déjà renoncer, dit-elle d'un ton suppliant, élevant juste assez la voix pour qu'il l'entende.

Mais elle ne le voyait pas.

– Justin, je t'en prie.

– Tant que tu fais partie de la meute, tu dois lui obéir.

– Non, souffla-t-elle, désespérée, décrivant un petit cercle. Cordélia, par pitié, si tu m'entends, réponds-moi.

Autour d'elle, toute la forêt semblait tourner, basculer. Prise de vertiges, elle pressa ses poings contre sa poitrine et s'immobilisa. Tout devint flou et elle ne perçut plus que la voix.

Katelyn.

Je te pourchasserai jusqu'au fond des bois.

– Justin ? murmura-t-elle, parvenant à peine à prononcer son nom.

La peur la clouait sur place. Car il y avait quelque chose d'autre avec elle, dans cette forêt. Avec eux. Quelque chose qui lentement s'approchait. Elle le sentait, le moindre atome de son corps l'avertissait de cette présence. Et du danger.

– Justin ! cria-t-elle d'une voix rauque, terrifiée.

Tu portes la marque.

Tu es mienne.

– Il y a quelque chose... je sens... Justin ! hurla-t-elle. Justin, au secours !

Ça venait de sa gauche. Elle en était certaine. Elle courut vers la droite, se frayant un chemin entre des branches griffues. Puis elle heurta quelque chose de dur et le choc la fit basculer en arrière. Elle se tordit la cheville et perdit l'équilibre, tanguant à droite, puis à gauche comme si elle était ivre. Ses jambes se dérobèrent et en tombant, elle toucha quelque chose de dentelé, de tranchant. L'objet déchiqueta son bras et elle gémit.

– Kat ! cria Justin.

Le taillis remua. Justin sortit des fourrés, le front égratigné. Elle sentit l'odeur du sang.

– Je suis blessée, dit-elle en agrippant son bras meurtri.

– Éloigne-toi, vociféra-t-il. C'est de l'argent.

Elle baissa les yeux et comprit que la plaie avait été provoquée par un objet sombre qui ressemblait à une mâchoire béante, aux énormes dents pointues. C'était la première fois qu'elle voyait un piège de près. Il était ouvert et son bras s'était empalé sur les dents.

– Kat, il est en argent, déclara Justin d'un ton prudent, mesuré.

Il paraissait saisi de nausée.

– Je le sens d'ici.

– Il... il a entaillé la chair, gémit-elle.

Elle tenta de se relever, mais sa cheville céda. Justin se précipita pour la rattraper par le bras, glissant une main derrière sa taille. Elle trébucha, mais il la retint et la serra contre lui.

– Non, murmura-t-il. Non.

Il se pencha pour la soulever de terre. Elle passa ses bras autour de son cou et s'agrippa à lui, sentant les larmes monter.

– Est-ce que... est-ce que je vais mourir ? demanda-t-elle.

Il ne répondit pas. Sans la lâcher, il entama une course éperdue dans la forêt et déboucha sur la clairière. Il ne ralentissait pas, l'air grave, déterminé, en direction de la voiture. Katelyn regarda sa plaie. Son sang imbibait le tee-shirt blanc de Justin.

Il buta sur une racine et tomba. Katelyn s'effondra lourdement. Il poussa un cri et se précipita vers elle, pour l'aider à se redresser. Sur ses joues, le sang se mêlait à la sueur.

– Bon Dieu, lâcha-t-il. Bon Dieu !

– Ça prend combien de temps ? demanda-t-elle d'une petite voix.

Il se figea, puis la dévisagea.

– Ça n'est pas aussi long, répondit-il lentement. Tu devrais au moins avoir perdu connaissance maintenant.

Elle se mordit les lèvres puis soutint son regard.

– Mais... ça n'est pas le cas. La blessure est douloureuse, mais je ne ressens rien d'anormal.

Devant son expression stupéfaite, elle ajouta :

– Ce n'était peut-être pas de l'argent. Qui poserait un piège en argent ?

– Quelqu'un qui cherche à attraper des loups-garous, grinça-t-il. Je t'ai vue te transformer, Kat. Je sais que tu es un loup-garou. Tu ne peux pas être insensible à l'argent.

Il se redressa et ouvrit la portière du pick-up. Puis il se baissa une nouvelle fois pour l'aider à grimper dans le véhicule.

– Je crois que si, répondit-elle d'une voix brisée. Je dois être immunisée...

Il la dévisagea, médusé, avant d'examiner son bras. Avec une grimace, il leva de nouveau les yeux vers elle.

– Mais qu'es-tu, exactement ?

Leurs regards se croisèrent. Katelyn tremblait de tous ses membres.

– N'en parle à personne jusqu'à ce que j'aie tiré ça au clair, dit-il en s'essuyant le visage sur son tee-shirt taché de sang. Ça change tout.

À suivre…

Achevé d'imprimer en Italie par Canale
Dépôt légal : 3e trimestre 2012